RAPACES

Cet ouvrage a été proposé à l'éditeur français par l'agence EDITIO DIALOG, Lille,
et a été publié avec l'aide de l'État autrichien (département II/5 Littérature et édition).
Pour la traduction française :

1, rond-point du Général-Eisenhower, 31101 Toulouse Cedex 9, France.

Ont collaboré à l'édition française de cet ouvrage :
Corrections : Claire Debout
Maquette : Petits Papiers

Dépôt légal : février 2021
ISBN : 978-2-4080-7459-9591-9
Achevé d'imprimer au 1er trimestre 2021 en Espagne par Rodesa.
Ce livre a été imprimé sur du papier issu de forêts gérées durablement.
Plus d'informations sur la fabrication de nos livres :
editionsmilan.com/comment-fabriquons-nous-nos-livres

Certifié PEFC
Ce produit est issu de forêts gérées durablement et de sources contrôlées
PEFC
PEFC/14-38-00306
www.pefc-france.org

URSULA
POZNANSKI

RAPACES

Traduit de l'allemand (Autriche) par Florence Quillet

MILAN

1 ◉

Le train s'arrêta brusquement, comme si le conducteur de la locomotive, d'abord tenté de franchir la gare de Rotenheim à toute vitesse, ne s'était résolu à actionner le frein qu'à la toute dernière minute.

« On comprend pourquoi », observa Jonas, que la secousse avait pourtant failli jeter par terre.

Du gris, rien que du gris. Les rues, les maisons, le temps, tout était gris. Et contrastait singulièrement avec les photos de la brochure sur papier glacé que la très prestigieuse Victor Franz Hess Private University lui avait fait parvenir en même temps qu'une invitation personnelle assortie du formulaire d'inscription.

Serrant un peu plus fort sa valise en aluminium dans sa main, Jonas épaula son sac à dos et descendit sur le quai. Une bruine fine et glacée le transperça aussitôt.

Pas de trace des Müller. « Ben tiens », songea Jonas avec amertume. Pour une fois que le train était à l'heure, sa famille d'accueil avait trouvé le moyen d'être en retard ! D'ailleurs, le contraire l'aurait étonné : cela n'aurait été conforme ni au paysage ni à l'invariable morosité de son existence en général.

Poussant un soupir, il suivit le flot des voyageurs dans le hall et tendit le cou à la recherche de ses hôtes. Silvia et Martin

Müller. Il avait regardé leur profil sur Facebook et leurs visages lui avaient paru d'une banalité affligeante. Personne. Peut-être avaient-ils jeté un coup d'œil par la fenêtre le matin en se levant, et ce qu'ils avaient vu les avait tellement déprimés qu'ils avaient décidé de mettre prématurément fin à leurs jours ?

– Sage décision ! murmura Jonas en se postant sous l'auvent devant la gare, à peu près à l'abri de la pluie qui tombait maintenant à verse.

Cinq minutes passèrent. Puis dix. En proie à une violente irritation, il prit son smartphone dans sa poche et sélectionna le numéro de Silvia Müller, qu'il avait pris soin d'entrer dans ses contacts avant de partir.

À la quatrième sonnerie, la messagerie vocale s'enclencha, et une voix flûtée et faussement enjouée débita le refrain habituel :

« Bonjour, je ne suis pas disponible pour l'instant, mais laissez-moi un message après le bip sonore et je vous rappellerai ! »

Oubliant toutes ses bonnes résolutions, Jonas donna libre cours à sa mauvaise humeur :

– Allô, ici Jonas Wolfram, ça vous dit quelque chose ? Le garçon que vous étiez censée venir chercher à la gare à 16 h 25 ! C'est ce qui était convenu avec mes parents, en tout cas. Mais pas de problème : j'ai à côté de moi un type qui me propose de l'aider à descendre ses deux litres de bibine, donc c'est cool, surtout ne vous gênez pas, prenez votre temps.

À l'instant même où il raccrocha, Jonas regretta son arrogance. Toujours cette maudite impulsivité… Pourquoi son intelligence, qui lui avait valu à dix-sept ans tout juste d'être recruté, bourse à l'appui, par l'une des meilleures universités du pays, le laissait-elle en plan dans les situations les plus banales de la vie quotidienne ?

Son smartphone à la main, il attendit que Silvia Müller le rappelle en se demandant quelle excuse valable il pourrait invoquer. Sachant qu'au fond, il se moquait pas mal de l'avoir au téléphone. Ce qu'il aurait voulu, c'était qu'elle le contacte par un autre canal.

Il refit son numéro, cette fois via une application bien particulière, et tapa le message suivant :

> Suis à la gare mais ne vous ai pas trouvée.
>
> J'espère qu'il n'y a pas de problème.
>
> À tout de suite. Jonas Wolfram

Deux minutes plus tard, un signal sonore l'avertit qu'il avait reçu un SMS.

> Désolée. J'arrive tout de suite. 5 min, 10
>
> maximum.
>
> Me réjouis de faire ta connaissance. Silvia

Jonas esquissa un sourire. Elle avait répondu ! Désormais, il la tenait. Elle le connaîtrait, certes. Mais jamais comme il la connaîtrait *elle*.

Il hésita à appeler l'université pour prendre rendez-vous avec le président de l'université. Le professeur Carl Schratter, docteur en mathématiques. À en croire la photo de lui sur la page d'accueil du site de l'institution, ce devait être un homme ouvert, au nez assez proéminent et aux cheveux blonds grisonnants soigneusement rabattus en arrière. En fin de semaine précédente, il avait envoyé à Jonas un mail de bienvenue dans lequel il lui disait combien il se réjouissait d'accueillir un élément aussi brillant dans son établissement, et l'invitait à venir se présenter dès son arrivée.

Sympa, ce Schratter. Il l'appréciait à sa juste valeur.

Jonas allait décrocher son téléphone lorsque Silvia Müller accourut au coin de la rue, complètement échevelée.

– Jonas ? l'apostropha-t-elle. Pardon pour le retard !

Elle tendit la main pour lui prendre sa valise. D'instinct, il eut un mouvement de recul.

– Je m'en charge, résista-t-il au risque de paraître impoli. Ce n'est pas lourd, je peux la porter tout seul.

Elle regarda autour d'elle avec inquiétude.

– Comme tu voudras, répondit-elle en affichant un sourire forcé, l'air de se rappeler que les circonstances l'exigeaient. Tes affaires sont déjà à la maison. Trois valises et trois sacs, si je ne me trompe.

– C'est bien ça, confirma-t-il, surpris par l'extrême nervosité qui émanait d'elle.

Plissant les yeux, il l'examina des pieds à la tête. Pourquoi était-elle si stressée ?

– Un souci ?

Elle réfléchit une seconde de trop avant d'expliquer :

– Ma voiture est tombée en panne. Mon mari me répète depuis des mois que je devrais la faire réviser, mais j'ai laissé traîner les choses, et voilà. Il va être furieux, mais je ne peux m'en prendre qu'à moi.

– Vous auriez pu me passer un coup de fil pour me prévenir, observa Jonas sèchement.

Elle battit des cils. Voilà qui ne lui avait pas effleuré l'esprit, visiblement.

– Tu as raison, j'aurais dû. Excuse-moi, je suis désolée.

Jonas la suivit sans mot dire jusqu'à la voiture et insista pour charger lui-même la valise dans le coffre.

Tandis qu'ils quittaient le parking, il lui vint une idée.

– J'ai laissé un message sur votre boîte vocale, il y a un peu plus d'une demi-heure. Vous l'avez écouté ?

Elle lui jeta un regard de côté et fit non de la tête.

– Alors, autant l'effacer direct. Maintenant que je vous ai trouvée, pas la peine de vous embêter avec ça.

La maison peinte dans deux bleus différents était entourée d'un jardinet tiré au cordeau. Plus commun et petit-bourgeois que ça, tu meurs. Jonas fit rapidement l'inventaire : haie de thuyas, nichoir à oiseaux, barbecue préfabriqué, piscine de la taille d'une baignoire... tout y était. Ne manquaient que les nains de jardin, une lacune que Jonas se promit de rattraper à l'occasion.

– Attends ici une seconde ! commanda Silvia Müller en introduisant la clé dans la serrure, qui semblait grippée. J'aimerais m'assurer que tout est en ordre, tu veux bien ?

Lui souriant, elle ajouta pour se justifier :

– La première impression, c'est important...

Il se mordit la lèvre pour ne pas éclater de rire. Son opinion était déjà faite, et il ne voyait pas comment il pourrait en changer. Il avait poireauté près d'une heure à la gare, ce n'étaient pas deux ou trois chaussettes par terre qui feraient une différence !

Cette fois, il n'eut pas longtemps à attendre.

– C'est bon, dit Silvia en revenant moins d'une minute plus tard, tu peux entrer. Bienvenue à la maison, j'espère que tu t'y sentiras bien, Jonas. Et tant que nous y sommes, je propose qu'on se tutoie, d'accord ? Et appelle-moi par mon prénom, ce sera plus simple.

Ne sachant que répondre, il serra la main qu'elle lui tendait.

– Ta chambre est au premier. Libre à toi de la décorer à ta guise. Si tu veux accrocher des posters, pas de problème. La connexion Internet est excellente, tu verras.

Jonas se moquait éperdument de ses quatre murs. Par contre, le wifi était quasi existentiel.

– Merci euh... Silvia. Dans ce cas, je vais m'installer.

Elle le précéda dans l'escalier. Parvenue sur le palier, elle ouvrit la première porte à gauche.

– Voilà, c'est ici. La salle de bains est en face. Tu la partageras avec Kerstin.

Ah oui, Kerstin… Jonas savait que les Müller avaient une fille de vingt-deux ans, mais il avait presque oublié son existence. Pas de chance. Il risquait de devoir batailler ferme pour accéder à la salle de bains.

Après avoir fait signe à son hôtesse qu'elle pouvait se retirer, il pénétra dans la chambre. Pas grande, mais ça irait. En revanche, l'ours en peluche calé sur son oreiller n'y resterait pas une seconde de plus. Il le remisa dans l'armoire.

Ses bagages, expédiés huit jours avant, étaient alignés en rang d'oignons devant la fenêtre. Jonas plaça ses écouteurs dans ses oreilles, mit la musique à fond et commença à déballer ses affaires.

– Tu vas te faire hacher menu ! prédit Kerstin au dîner en enroulant ses spaghettis autour de sa fourchette.

– Qu'est-ce que tu racontes, Kerstin ? la rabroua sa mère, si choquée qu'elle en laissa tomber ses couverts. Pourquoi Jonas aurait-il des problèmes ? La Victor Franz Hess Private University est la meilleure du pays. Ceux qui la fréquentent sont la crème de la crème, on peut espérer qu'ils ont du savoir-vivre !

– C'est un repaire de serpents, tu veux dire ! rétorqua Kerstin. Quant à ce gamin… non mais tu l'as entendu ? Un monsieur Je-sais-tout qui se croit sorti de la cuisse de Jupiter ! Ils le verront comme un rival à éliminer et lui rendront la vie impossible. Surtout qu'il bénéficie d'un traitement de faveur : arriver quatre semaines après la rentrée, ça la fout mal.

Jonas haussa les épaules.

– Je ne vois pas pourquoi tu t'énerves : je n'ai fait que répondre à vos questions. Par des phrases correctes et grammaticalement justes, c'est vrai, mais si une formulation soignée suffit à faire de moi un monsieur Je-sais-tout, je me demande si cette fac est aussi élitiste qu'on le dit.

– Génial ! s'esclaffa Kerstin. C'est cool que tu sois là. Je sens que je vais bien me marrer.

Martin Müller, qui n'avait pas desserré les dents de la soirée, leva le nez de son assiette.

– Je vois que tu fais grand cas de ton université, Kerstin, bougonna-t-il. J'apprécie. Sachant le mal que ta mère et moi nous nous donnons pour t'offrir tes études…

Oh non, pas le numéro des parents martyrs !

Pour la première fois, Jonas éprouva un peu de sympathie pour Kerstin. Avec des parents comme les siens, elle n'était vraiment pas gâtée. Il jeta un regard en coin à Silvia qui tirait une tête d'enterrement, et détourna les yeux avec dégoût.

« Le mal que nous nous donnons ». Était-ce lui dont il était question ? Ils s'étaient déclarés prêts à l'accueillir moyennant un loyer substantiel. Ce qu'il ne manquerait pas de leur rappeler le cas échéant.

– J'espère ne pas être une charge pour vous, déclara-t-il d'une voix suave qui fit sourciller M. Müller.

– Bien sûr que non, gronda celui-ci en regardant par la fenêtre, l'air de penser à autre chose. Merci pour ton dîner, Silvia. Délicieux, comme d'habitude. Et maintenant, si vous voulez bien m'excuser, je monte me coucher.

Jonas attendit que ses pas aient fini de retentir dans l'escalier pour annoncer :

– Je crois que je vais faire pareil. J'ai eu une longue journée, et celle de demain risque de ne pas être de tout repos non plus.

Il sortit de table sans attendre la réponse ni prendre la peine de débarrasser, monta les marches quatre à quatre, s'engouffra dans sa chambre et ferma à double tour derrière lui.

Enfin seul !

S'agenouillant devant son lit, il tira la valise en aluminium dissimulée dessous. Elle était cadenassée, la clé était en lieu sûr et le resterait jusqu'à nouvel ordre. Un bref instant, Jonas fut tenté de l'ouvrir, mais préféra la remettre à sa place. Car il n'avait encore personne sur qui lancer Élanion !

2 ◉

– Le président de l'université est occupé ! dit la secrétaire, dont le visage rouge de confusion arracha à Jonas un sourire compatissant.

Lorsqu'il avait frappé une première fois à la porte, elle lui avait paru très pâle. Il n'avait pas voulu la stresser mais, à présent, il y avait une demi-heure qu'il attendait dans les couloirs de l'administration, et il n'avait pas l'intention d'y passer la journée.

– J'avais rendez-vous à 10 heures ! se plaignit-il.

La jeune femme rabattit une mèche derrière son oreille, ouvrit la bouche pour dire quelque chose mais la referma aussitôt, alertée par un vacarme épouvantable en provenance du bureau attenant. Comme si quelqu'un avait renversé une table ou fracassé une chaise contre le mur.

– Espèce d'abruti ! tonna une voix masculine. Est-ce que vous réalisez ce que ça signifie ?

Jonas se pinça les lèvres. Un type sympathique, dis donc, ce Schratter ! Bizarre… ses mails lui avaient pourtant donné une impression très différente. Du coup, ce n'était sans doute pas le moment de le déranger…

– Il vaudrait peut-être mieux décaler le rendez-vous, suggéra la secrétaire d'un ton gêné en attrapant un gros agenda en cuir.

Monsieur le président a beaucoup de soucis en ce moment. Voyons ce que je peux vous proposer… Mmh… demain, vendredi. Même heure. Ça irait ?

Jonas opina.

– Parfait.

De l'autre côté de la porte lui parvenait le bruit de quelqu'un parlant tout bas, sur un ton en apparence contrit. Sans doute l'abruti qui plaidait sa cause. Hélas, Jonas avait beau tendre l'oreille, il ne comprenait rien de ce qui se disait derrière la cloison.

– Si vous avez le moindre souci, venez me trouver, dit la jeune femme en griffonnant une note sur un post-it.

Voyant Jonas loucher en direction du bureau, elle prit une chemise cartonnée grise sur un coin de sa table et ajouta avec empressement :

– Tenez, voici votre dossier. Vous y trouverez toutes les informations nécessaires : votre programme pour ce semestre, vos lieux et horaires de cours, les dates d'examen, les noms de vos enseignants ainsi que leurs coordonnées…

Le dévisageant du coin de l'œil, elle conclut avec une mimique amusée :

– Si vous êtes aussi doué que vous le prétendez, vous devriez pouvoir vous débrouiller avec ça.

Cette phrase, Jonas la connaissait par cœur ! Et elle lui faisait toujours autant plaisir. Oui, quand on planait au-dessus de la mêlée, on n'avait pas besoin qu'on vous mâche le travail.

Il sortit sans dire ni au revoir ni merci, plongé dans ses documents. Mathématiques fondamentales… Calcul différentiel et intégral… Bases de l'algèbre linéaire… Introduction à l'informatique… Introduction à la programmation structurée… Misère, ils l'avaient inscrit en première année ! Ce n'était pourtant pas ce qui était convenu : ces matières, c'était du B. A. BA.

Il avait déjà tout lu sur le sujet pendant ses années de lycée, il ne ferait que perdre son temps avec ça.

Il feuilleta le dossier d'une main fébrile. Les matières plus difficiles venaient plus tard, lorsqu'on commençait à aborder des problématiques plus complexes, comme le développement et l'analyse d'algorithmes, ou les fondements théoriques du codage et de la cryptographie.

Dommage que le recteur ait été si occupé à engueuler ses subordonnés. Sans quoi Jonas aurait pu lui rappeler qu'il était censé sauter les deux premiers semestres et entrer directement en deuxième année.

Il soupira. Vingt minutes plus tard commençait un cours de modélisation mathématique à destination des étudiants en troisième année. Rien n'interdisait qu'il y assiste. Le thème l'intéressait, et s'il avait du mal à suivre, eh bien, ce serait au moins une expérience intéressante…

D'après le plan fourni avec les documents, l'Institut de mathématiques appliquées était à deux cents mètres de l'endroit où il se trouvait. Parfait. Jonas était là pour étudier, alors autant commencer tout de suite. Au pire, s'il s'ennuyait, il pourrait toujours réfléchir à la façon d'améliorer les performances et la stabilité d'Élanion, déjà excellentes, mais encore perfectibles.

Or la perfection était l'exigence minimale.

Bien sûr, quand Jonas entra dans l'amphi, tous les regards se braquèrent sur lui. Amusés, irrités ou condescendants, comme si chacun se demandait ce qu'il faisait là.

Les étudiants devaient tous avoir dans les vingt-deux ou vingt-trois ans, soit quatre à cinq de plus que lui. Jonas avait bien conscience que cela représentait un écart important. Et ce n'était pas tout : indépendamment de leur âge, certains venaient de familles richissimes à qui cela ne posait visiblement aucun problème d'offrir à leurs rejetons des études à plusieurs dizaines de milliers d'euros l'année. Des fils et des filles d'oligarques russes, de grands industriels américains, ou de milliardaires du pétrole de la péninsule arabique. Certains dans la salle arboraient à leur poignet une montre de luxe au moins aussi chère qu'une voiture.

Mmh, ce ne serait pas facile. Si au moins Jonas avait paru plus vieux que son âge, comme certains... Hélas, c'était loin d'être le cas.

Interrompant sa conversation avec son voisin de devant, un étudiant tenta de l'arrêter.

– Désolé, petit, je crois que tu t'es trompé d'amphi.

Jonas avait l'habitude. Il ne se laissa pas démonter.

– Le cours de modélisation mathématique, c'est bien ici ?

Il connaissait la réponse.

– Donc non, je ne me trompe pas, enchaîna-t-il en tapotant l'épaule du garçon.

Apercevant une place au deuxième rang, il alla s'y asseoir et posa son sac à côté de lui. Des rires fusèrent dans son dos. Le coup du geste amical avait été une erreur. L'autre ne lui pardonnerait pas cette familiarité.

– Hé, minus !

Devant lui se dressait un grand gaillard d'un mètre quatre-vingt-dix avec une barbe de trois jours et un sourire en coin à faire tomber les filles. Contrairement à d'autres, lui ne portait pas de montre de marque.

« Minus. » Ben voyons...

– Je m'appelle Jonas.

– Haha. Écoute, Jonas, on n'est pas dans une cour de récréation, ici. Et on n'a pas l'habitude non plus d'accueillir les petits frères et les petites sœurs. Alors, je ne sais pas comment tu as échoué ici, mais ta nounou est priée de venir te chercher.

Quoique avec effort, Jonas afficha un sourire tranquille.

– Excuse-moi, je n'ai pas saisi ton nom ?

L'autre eut un frémissement imperceptible à la commissure des lèvres. Jonas crut qu'il allait éclater de rire – ou s'énerver pour de bon – mais il resta de marbre.

– Aron. Je m'appelle Aron.

C'était le moment de tendre la main, de répondre gentiment et d'expliquer les choses de façon polie, Jonas le savait. De la modestie. Des faits. C'était à la portée de n'importe qui. Sauf qu'au moment d'ouvrir la bouche, son naturel insupportable reprit le dessus.

– Enchanté, Aron. Pour ta gouverne, sache que je n'ai pas atterri ici par erreur. Je prends peut-être un peu d'avance, je ne suis qu'en première année, c'est vrai, mais tu conviendras avec moi que le programme des premiers semestres est de la rigolade. Du coup, j'ai eu envie d'assister à un cours où j'ai une chance d'apprendre quelque chose, pour une fois.

Rabattant ses cheveux en arrière, il poursuivit sur sa lancée :

– D'accord, je n'ai que dix-sept ans mais je suis supérieurement intelligent. C'est tout juste si on ne m'a pas supplié d'accepter une bourse pour que j'étudie ici.

Jonas avait conscience qu'il s'enfonçait un peu plus à chaque phrase. Il aurait fallu qu'il se taise et fasse semblant de rire de sa bonne blague, hélas il était incapable de s'arrêter. C'était plus fort que lui.

– Je suis curieux de voir quel niveau vous avez. Au fait, je ne t'ai pas dit, mais si un point te donne du fil à retordre, je donne des cours de soutien. À un prix très raisonnable. Alors, ne te gêne pas…

Les bras croisés sur sa poitrine, Aron hocha la tête :

– Ma parole, tu es malade !

– Ni plus ni moins que la moyenne.

Du coin de l'œil, Jonas vit arriver quelqu'un d'encore jeune, mais un peu plus âgé que les autres. Ce devait être le prof.

– Tant pis pour toi, conclut Aron. Si tu préfères que Lichtenberger te flanque lui-même à la porte...

Jonas se détendit. En général, il avait moins de difficultés à s'entendre avec les adultes qu'avec ses congénères. De prime abord, ce Lichtenberger avait l'air sympathique. C'était un homme élancé, plutôt beau gosse, cheveux bruns, carrure d'athlète, en jean et pull-over à col roulé. Étrangement, ses gestes ne collaient pas avec le personnage. Il paraissait nerveux et rajustait ses lunettes toutes les trente secondes. Intrigué par ce tic, Jonas s'aperçut que la monture en résine bleu nuit était cassée et réparée avec du scotch transparent. Le bricolage était discret ; cependant, quand on regardait bien...

– Bonjour ! lança Lichtenberger à la cantonade en posant sur la table un cartable en cuir marron. Qui peut me dire où nous en sommes restés la dernière fois ? Aujourd'hui je ne suis pas...

Découvrant Jonas, il plissa les yeux.

– Pardon, mais... je ne vous connais pas. Êtes-vous certain de ne pas vous être trompé de salle ?

Rires étouffés.

– C'est ce que j'ai essayé de lui expliquer ! s'esclaffa Aron, assis quelques rangs en arrière.

Jonas se leva avec lenteur, savourant ce moment. Il n'aimait rien tant que les occasions comme celle-ci. Vingt personnes dans l'amphi. Des garçons, pour la plupart. Aucun d'eux ne ferait ami-ami avec lui à la fin du cours, mais il n'y avait aucune chance qu'ils l'oublient.

– Je m'appelle Jonas Wolfram et non, je ne me suis pas trompé de salle. Je m'intéresse à la modélisation mathématique depuis de nombreuses années...

L'enseignant fronça les sourcils. Ouvrant son cartable, il en retira quelques feuilles.

– Jonas Wolfram ? Pourtant, votre nom ne figure pas sur la liste de mes étudiants…

– Parce que je n'ai pas encore eu l'occasion de m'entretenir avec le président de l'université. Il m'avait promis de me dispenser des deux premiers semestres, malheureusement il n'a pas pu me recevoir.

Lichtenberger passa la main sur son front d'un geste las, vérifia sa liste, puis revint à Jonas.

De sa part, une telle hésitation était surprenante. Il paraissait plutôt du genre à ne pas se laisser marcher sur les pieds, et Jonas s'étonna qu'il ne l'ait pas déjà prié de sortir. Gentiment, mais fermement.

– Puis-je vous demander quel âge vous avez ?

– Dix-sept ans. Mais tellement précoce que c'en est un calvaire. En tout cas j'ai eu une bourse complète pour toute la durée de mes études, et je suis là sur invitation personnelle du président de l'université et du conseil d'administration, qui voient en moi un futur prix Nobel.

Encore une phrase qu'il aurait mieux fait de garder pour lui. S'il ne voulait pas se déjuger complètement, il avait intérêt à fournir la preuve de ce qu'il avançait…

Comme mû par un ressort, il bondit en avant, jeta un bref coup d'œil aux papiers étalés sur la table, et trouva tout de suite ce qu'il cherchait.

– C'est le cours d'aujourd'hui ? OK, alors allons-y…

Sans laisser à son professeur le temps de réagir, Jonas prit un marqueur dans la rainure du tableau blanc et commença :

– Donc… il s'agit d'installer un feu tricolore sur une artère très fréquentée. Quelle doit être la durée des différentes phases pour que la totalité des voitures arrêtées au carrefour ait le temps de s'évacuer ?

S'arrachant à son hébétude, Lichtenberger se racla la gorge.

– Ça suffit, monsieur Wolfram. Je vous prie...

Jonas ne l'entendit même pas.

– En premier lieu, il convient de modéliser le flux. Ce qui nécessite un certain nombre de simplifications : nous nous concentrerons donc sur une voie unique et ferons abstraction d'éventuels doublements. D'autre part, nous ne modéliserons pas les voitures individuellement, mais considérerons une densité de véhicules que nous appellerons ρ, définie sur l'intervalle [A, B], et supérieure ou égale à zéro à un instant T...

Un silence de mort régnait dans l'assistance. Cependant, totalement dans son élément, Jonas ne se rendait plus compte de rien. Les enchaînements logiques lui venaient sans qu'il ait à réfléchir, si vite que le débit pourtant torrentiel de ses paroles lui permettait à peine de suivre sa pensée.

– V désigne la vitesse des autos qui s'engagent dans l'intervalle entre A et B. Le nombre de véhicules qui franchissent le point X à l'instant T est facile à calculer dès lors que l'on connaît ρ, c'est-à-dire la densité de voitures. Si bien que nous devons maintenant établir une équation de mouvement...

Il nota frénétiquement l'équation au tableau, effaça deux chiffres qu'il réécrivit, non parce qu'il s'était trompé, mais parce qu'ils étaient illisibles.

– Monsieur Wolfram, insista Lichtenberger, je me moque éperdument de savoir que vous soyez inscrit ou non, mais vous ne pouvez pas faire le cours à ma place.

Jonas ne fit pas attention à lui.

– Maintenant, nous avons besoin d'une équation pour la vitesse V. Partons de l'hypothèse que la densité de voitures dépend des conditions suivantes : V est une fonction décroissante de ρ ; c'est logique puisque les voitures roulent plus lentement lorsque le trafic est dense. Nous supposons en outre que les voitures roulent sur une route dégagée à la vitesse maximale autorisée et respectent entre elles une distance de sécurité minimale. Le modèle le plus simple qui remplit toutes ces conditions est une relation linéaire entre ρ et V…

Il n'alla pas plus loin. Le maître de conférences lui avait retiré son marqueur des mains. Jonas vit qu'il tremblait. De colère ? Non. Son visage exprimait plutôt quelque chose comme une forte tension. Ou de la peur.

C'était ridicule, voyons. Ce type n'avait aucune raison d'avoir peur !

– Merci, monsieur Wolfram, déclara Lichtenberger d'un ton sec. Nous avons tous parfaitement compris que vous êtes un génie. En revanche, pour ce qui est de votre maturité et de certains aspects de votre personnalité, il semble que vous ayez pas mal de retard à rattraper. Je vous prie donc de quitter mon cours et d'aller suivre le programme de première année, comme tout le monde.

Jonas s'inclina sans un mot, devant lui d'abord, puis devant l'assistance, prit sa sacoche et partit, en proie à une sorte d'ivresse. Chaque fois qu'il résolvait un problème mathématique complexe, c'était pareil : il se sentait en parfaite symbiose avec l'univers et en retirait un sentiment de triomphe et une jouissance extrême.

Sa prestation lui reviendrait sans doute comme un boomerang, et au pire moment pour lui. Jusqu'à présent, ça n'avait jamais raté. En attendant, il aurait marqué les esprits. Et serait le sujet de conversation numéro un d'un bout à l'autre du campus.

3 ◉

Dehors, il faisait chaud. C'était une de ces belles journées d'automne où l'on a du mal à croire que les vacances sont finies. Tout en flânant dans les allées, Jonas sentit que sa griserie retombait peu à peu, faisant place au tourment et à l'abattement. Il avait raté son entrée ! Il aurait dû la jouer plus cool... Prendre un air modeste et non écraser les autres de sa supériorité.

D'ailleurs, il n'était pas certain d'avoir été si brillant que ça. La question n'était pas particulièrement difficile, il n'était pas exclu qu'il y ait eu deux ou trois étudiants dans la salle capables de la résoudre avec le même brio et la même rapidité que lui, sauf qu'eux avaient eu la sagesse de rester à leur place.

Il shoota dans un caillou. Vu la situation, le mieux était sans doute d'assister à un des cours inscrits à son emploi du temps. Au risque de se déconsidérer à nouveau. Car il se connaissait assez pour savoir combien l'ennui le rendait agressif. La maîtrise de soi n'était pas son fort, il venait encore d'en donner une démonstration éclatante.

Pour la première fois depuis qu'il avait mis les pieds sur le campus, il regarda autour de lui. Un peu plus loin, sur sa droite, il y avait un chantier de construction entouré d'une palissade derrière laquelle on apercevait une grue et une pelleteuse. De toute évidence, l'université compterait bientôt un bâtiment supplémentaire. Le bruit des travaux n'était pas dérangeant, heureusement, et ne s'entendait qu'à l'extérieur.

Le reste du parc était bien plus gai et animé. Les étudiants disséminés par petits groupes sur la pelouse bavardaient ou travaillaient, quand ils ne faisaient pas les deux à la fois. Jonas repéra trois jeunes assis sous un arbre qui semblaient s'exprimer en russe. Oui, le public était vraiment international. Tous des fils et des filles à papa, ou des génies, comme lui. Non loin de là, il aperçut deux jeunes Arabes, sans doute des enfants de cheikhs. Et quelques mètres plus à gauche...

Jonas en eut le souffle coupé. Waouh ! Quoi qu'il advienne, il ne regrettait pas le déplacement à Rotenheim. Ce spectacle à lui seul en valait la peine.

La fille était de la même taille que lui. Ce qui frappait chez elle au premier abord n'était ni son visage ni sa silhouette, mais sa façon de se mouvoir avec une grâce et une fluidité extraordinaires. On aurait dit qu'elle dansait sa vie.

Elle s'assit sur un banc, posa son sac à côté d'elle et offrit son visage au soleil en fermant les yeux, l'occasion pour Jonas de la dévisager sans vergogne.

Elle était blonde, ses cheveux avaient la couleur de l'ambre, avec des reflets roux qui chatoyaient à la lumière. Elle portait un jean délavé rentré dans des bottines en nubuck un peu râpées, et un top noir qui dégageait son épaule. Elle souriait comme quelqu'un qui pense à un être cher.

Jonas détourna la tête. Il brûlait d'envie de l'aborder, mais c'était une mauvaise idée. Très mauvaise. Il ne devait rien faire sans s'y être préparé auparavant. Surtout, pas de précipitation.

Elle ne le connaissait pas. Il avait une chance de lui faire bonne impression à condition de ne pas pécher par sa maladresse. Ce qui ne manquerait pas de se produire dès l'instant où il croiserait son regard, à moins qu'il n'ait soigneusement réfléchi à ce qu'il allait dire.

S'aidant de son plan, il partit en direction de l'Institut des sciences économiques et sociales. Deux Américaines arrivaient en sens inverse. Elles n'eurent pas un regard pour lui.

Ce serait pareil avec la fille sur le banc : elle ne le remarquerait même pas. Et ce n'était pas en l'abordant ni en lui disant trois mots en passant qu'il parviendrait à l'impressionner. Il n'avait pas le physique pour ça.

Il n'était pas désagréable à regarder, non. Mais il avait l'air… d'un gamin. Même lorsqu'il ne se rasait pas pendant une semaine, il avait à peine du poil au menton. Par chance, il était relativement grand, mais cela ne faisait pas tout.

Il fallait qu'il s'y prenne autrement. Engager la conversation, s'arranger pour qu'elle le trouve sympathique, puis lui montrer petit à petit quel type exceptionnel il était. Un gars intelligent – ça, c'était clair – mais pas seulement : drôle, loyal, et capable d'une oreille attentive quand il le voulait. Elle tomberait amoureuse de lui progressivement, il faudrait de la patience mais le jeu en valait la chandelle.

Il contourna l'Institut des sciences de l'information. Il avait besoin d'une entrée en matière, un prétexte à une discussion qui aille au-delà du simple échange de banalités. Il n'arriverait à rien en lui demandant l'heure ou son chemin.

Il en était là de ses réflexions lorsqu'il croisa un petit groupe d'étudiants qui le toisèrent des pieds à la tête, l'air de se demander eux aussi ce qu'il faisait là.

Il en était à son troisième tour du bâtiment quand enfin l'inspiration lui vint. Il savait comment aborder la belle de telle sorte qu'elle soit obligée de l'écouter. C'était l'accroche parfaite, à tous points de vue ! L'énorme erreur qu'il venait de commettre, il la convertirait en atout.

Si toutefois la fille était toujours sur son banc…

À son grand soulagement, elle n'avait pas bougé. En s'approchant, Jonas vit qu'elle avait des écouteurs sur les oreilles et pianotait sur son smartphone.

S'avançant avec une lenteur étudiée, il alla s'asseoir à côté d'elle. Elle lui coula un regard contrarié indiquant clairement qu'elle aurait préféré être tranquille, se décala un peu sur sa gauche et se serra contre son sac, une sacoche en cuir vert clair avec des boucles et des rivets de couleur bronze, avec tellement de livres et de polys à l'intérieur que la fermeture éclair ne fermait pas.

Jonas, qui avait décidé de ne pas l'aborder de façon à ce qu'elle lui adresse la parole la première, se contenta de lui faire un signe de tête en souriant d'un air malheureux, comme si cela lui demandait un gros effort ; puis, poussant un soupir, il croisa ses coudes sur ses genoux pour y enfouir son visage.

Au bout de dix secondes à peine, il sentit une main sur son épaule.

– Ça ne va pas ?

Il se redressa. Des écouteurs qu'elle portait à présent autour du cou s'échappait de la musique. Jonas reconnut *Paradise Circus*, de Massive Attack. Un morceau qui ne datait pas d'aujourd'hui. Ils le connaissaient et l'appréciaient tous les deux. Si ça, ce n'était pas un signe…

– C'est… mon premier jour ici, dit-il d'un ton oppressé. Mon premier jour, et j'ai tout foiré.

Parfait. Il avait réussi à donner à sa voix exactement les inflexions qu'il voulait.

Elle le regarda avec gravité. Elle avait des yeux bruns avec des paillettes ambrées rappelant la couleur de ses cheveux.

– Ça ne peut pas être si grave que ça.

– Si, je suis débile, déclara-t-il lentement, tant la phrase peinait à franchir ses lèvres.

Plissant les yeux, elle le dévisagea entre ses cils.

– Si je comprends bien, tu fais tes études ici ?

– Oui.

– Pardon de te demander ça mais… quel âge tu as ?

Il soupira d'un air lamentable, comme si la question rendait les choses encore plus difficiles, et lâcha dans un souffle :

– Dix-sept ans.

– Oh !

– Oui, je suis très jeune. Et pour mon malheur, je fais gamin. Même si… comment dire… je me débrouille assez bien dans certaines matières, au point que la Victor Franz Hess m'a recruté avec une bourse à l'appui. Tu n'imagines pas le plaisir que ça m'a fait.

Voilà au moins qui correspondait à la vérité.

– Et moi, dès la première heure de cours, je me suis mis l'enseignant à dos.

– J'ai du mal à le croire, dit-elle avec un sourire indulgent. C'était qui ?

– Un maître de conférences en mathématiques appliquées. Le docteur Lichtenberger.

Elle ne bougea pas, cependant Jonas eut clairement l'impression qu'elle se raidissait.

– Lichtenberger ? répéta-t-elle d'une voix mate. C'est curieux… Normalement, il est plutôt sympa. Quoiqu'un peu bizarre, ces derniers temps. S'il t'a engueulé, ce n'est sans doute pas ta faute.

« Étonnant », tiqua Jonas. Le prof ne lui avait pas paru de mauvaise humeur. En tout cas pas jusqu'à ce qu'il lui pourrisse son cours.

– Je crains que si, lâcha-t-il, penaud.

Elle ne releva pas. Les yeux rivés sur un bouleau à quelques mètres de là, elle resta un moment silencieuse avant de demander :

– Comment tu t'appelles ?

Elle avait pris les devants. Excellent.

– Jonas Wolfram. Et toi ?

– Linda. Linda Koren. Je suis en licence de marketing.

En marketing ? Mais alors, comment connaissait-elle Lichtenberger ? Donnait-il des cours dans les autres instituts ? Pourtant, on n'avait pas besoin de notions très poussées en mathématiques pour vendre de la lessive…

Là n'était pas le sujet.

– Tu es la première personne que je rencontre à être sympa avec moi, Linda.

La ficelle était certes grossière, mais Linda sembla avaler le compliment. Ou alors elle avait la tête ailleurs, ce qui présentait un avantage.

– Tu crois…

S'interrompant, il se frotta les joues comme s'il n'osait pas formuler la question jusqu'au bout. Puis il se jeta à l'eau :

– Est-ce que tu accepterais de me donner ton numéro ? T'inquiète, je ne te harcèlerai pas avec mes coups de fil. Mais ce serait cool de savoir qu'il y a quelqu'un à qui m'adresser si jamais j'avais un problème.

Son cœur battait à tout rompre.

– Bien sûr, dit-elle après quelques secondes qui lui parurent interminables.

Elle lui dicta son numéro qu'il enregistra dans ses contacts.

Bingo ! Il avait tout ce qu'il lui fallait, et en plus cela avait été d'une facilité déconcertante. Il n'avait plus aucune raison de s'attarder, sous peine de lui taper sur les nerfs. Linda paraissait plutôt du genre à couper court à la conversation et devait rarement laisser les garçons finir leur boniment.

En proie à un sentiment de triomphe encore plus fort que dans l'amphi tout à l'heure, il prit congé :

– Bon, je te laisse. Bon apr…

Il n'acheva pas. Fixant un point dans son dos comme s'il était transparent, elle ne faisait plus du tout attention à lui.

Jonas se retourna. Et comprit tout de suite ce qui avait attiré son regard. Ou plutôt qui, pour être exact.

C'était le type avec lequel il avait eu cet échange désagréable avant le début du cours.

S'approchant à grands pas, celui-ci prit Linda par les épaules et l'embrassa sur les deux joues.

– Salut ma belle !

Machinalement, il tendit la main à Jonas. Et s'écria avec un mouvement de recul :

– Pas possible ! Le petit péteux !

Jonas se ratatina sur lui-même.

– Qu'est-ce qui te prend, Aron ? s'insurgea Linda. Quel besoin tu as d'agresser ce garçon ?

Aron haussa les épaules.

– Tu aurais vu le one-man-show qu'il nous a fait pendant le cours de Lichtenberger tout à l'heure ! Malheureusement pour lui, sa prestation n'a impressionné personne.

Jonas sentit la main de Linda dans son dos.

– C'est son premier jour, le défendit-elle avec conviction. Il était nerveux. Dans ces cas-là, il peut arriver à tout le monde de faire une bêtise...

Aron fit un pas en arrière.

– Ho ho ! Alors comme ça, il a réussi à t'embobiner ? C'est trop mignon ! Cependant, laisse-moi te dire une chose : c'est un petit con. D'abord il m'a proposé du soutien et ensuite, il a fait le cours à la place de Lichtenberger. Entre autres. Du jamais vu.

Levant la tête, Jonas lui jeta un regard de chien battu.

– Linda a raison, murmura-t-il. J'étais hyper tendu, j'ai perdu les pédales. Cela dit, j'ai été débile...

Croisant les bras sur sa poitrine, il se risqua à un vague sourire.

Aron éclata de rire.

– Arrête ta comédie ! Si tu crois pouvoir me faire marcher, tu te trompes. Tu as peut-être réussi à embobiner Linda, mais avec moi, ça ne prend pas.

S'approchant de lui à le toucher, il gronda entre ses dents :

– On a tous compris ce que tu voulais : qu'on soit béats d'admiration et qu'on t'envie ton intelligence. Dommage que tu te sois tiré une balle dans le pied.

Le pire, c'était que Jonas ne pouvait pas lui donner tort. Mais le mal était fait, hélas.

– Je suis désolé, marmonna-t-il d'un ton contrit, s'en tenant à sa stratégie de l'écolier pris en faute. Je donnerais cher pour pouvoir revenir en arrière.

– Donne-lui une chance ! plaida de nouveau Linda. Il a peut-être besoin de quelqu'un pour lui expliquer le mode d'emploi, au moins au début.

– Lui ? riposta Aron avec un rire amer. Tu crois qu'il écouterait ?

Poussant Jonas sans ménagement, il s'assit sur le banc et prit la main de Linda.

– Je suis là, tu sais… et je serai toujours là pour toi. Ça ne dépend que de toi… Tu te rappelles comme…

– Stop ! l'arrêta-t-elle en se dégageant avec brusquerie. On en a déjà parlé, il n'y a pas à revenir là-dessus.

Jonas se mordit les joues pour ne pas éclater de rire : qu'Aron se prenne une veste sous ses yeux, c'était presque trop beau pour être vrai. D'avance, il savoura le moment où celui-ci les verrait, Linda et lui, se promener bras dessus, bras dessous sur le campus.

Parce que cela arriverait, Jonas n'en doutait pas. Ce n'était qu'une question de temps, car il allait tout mettre en œuvre pour la conquérir.

Sachant que les conditions préalables étaient déjà réunies.

4 ◉

Un peu plus de 20 heures. Pour le dîner, Silvia leur avait servi des pâtes trop cuites dans une sauce insipide. Elle-même y avait à peine touché. Martin, pas davantage. Il avait semblé absent et s'était levé de table sur la dernière bouchée pour aller boire une bière avec deux de ses amis.

Kerstin et Jonas auraient eu largement de quoi se resservir, mais ils n'en avaient rien fait. Se remplir la panse, non merci. Et puis, Jonas avait été tout le temps sur des charbons ardents. Il était tellement impatient de passer à l'action qu'il en avait eu l'estomac noué. Kerstin était la seule à l'avoir remarqué.

– Qu'est-ce que tu as à t'agiter comme ça ? Tu es pressé de regarder la télé ?

– Je... j'ai un rendez-vous Skype avec un copain.

Prenant la fuite à la première occasion, Jonas était monté directement dans sa chambre et s'était enfermé à double tour.

Il prit son smartphone dans la poche arrière de son jean. L'étape numéro un consistait à envoyer un SMS à l'aide d'une certaine application qu'il avait développée lui-même. Il pressa sur l'icône – un oiseau aux ailes déployées dont l'ombre se dessinait sur le sol – et écrivit :

Chère Linda ! Je tenais à te remercier d'avoir été sympa avec moi tout à l'heure. Ce n'est pas toujours évident, Aron a raison. Il peut m'arriver d'être puant... Je t'en suis d'autant plus reconnaissant. Bonne soirée. À très vite.

Jonas

Il pressa sur envoyer, s'assit à sa table, ouvrit son ordinateur portable et parcourut ses mails. Il était trop occupé à guetter le bip sonore accompagnant un message entrant pour pouvoir se concentrer sur autre chose.

Cinq minutes passèrent. Puis dix.

Et si elle était au cinéma ? se demanda-t-il. Ou en boîte avec des copains, avec la musique à fond ? Si elle était sortie, Dieu seul savait quand elle consulterait ses messages, et il pourrait dire adieu à ses projets pour la soirée.

La réponse finit par arriver. Vingt-deux minutes exactement après l'envoi de son SMS.

Tu n'as pas à me remercier, c'est normal.

Puant, ça m'étonnerait. J Bonne soirée à toi.

Linda

Jonas bondit de sa chaise, brandit le poing vers le ciel et balança son téléphone sur son lit.

Elle avait répondu, le *spyware* était installé. Il pouvait passer à la suite.

Il sortit sa mallette en aluminium de dessous son lit, la plaça par terre au milieu de la chambre, déverrouilla la serrure à code et souleva le couvercle.

Bien calé dans sa mousse de protection, Élanion brillait d'un éclat métallique. À chacun de ses quatre bras de quinze centimètres d'envergure était fixé un rotor. Jonas le sortit avec précaution de son étui. Bien que la batterie fût presque pleine, il brancha le câble d'alimentation et mit l'appareil en charge. Le temps de vol était de quarante-trois minutes au maximum, ce qui était déjà un exploit au vu des standards actuels, mais il n'était pas question d'en perdre une seconde. Jonas prit la caméra HD et le contrôleur de vol dans la valise. Il n'aurait sans doute pas recours à ce dernier. Attiré par sa cible comme des abeilles par un pot de miel, Élanion suivrait sa trajectoire sans qu'il soit nécessaire de le piloter.

Dix minutes plus tard, la loupiote verte du chargeur se mit à clignoter. Jonas prit Élanion sur son socle, l'alluma et le lança en l'air. Les rotors bourdonnèrent, et le drone de forme discoïdale se stabilisa immédiatement. Ni variations de hauteur ni oscillations latérales. Élanion était agile et rapide, sauf par vent fort, ce qui posait parfois des problèmes.

Jonas le fit atterrir sur le lit à l'aide de la télécommande, monta la caméra et ouvrit le programme correspondant dans son notebook. Ce programme, il l'avait développé lui-même. Pour ses besoins personnels.

L'ordinateur était synchronisé automatiquement avec son portable, si bien que le numéro de Linda était déjà enregistré. Jonas le sélectionna dans la liste de ses contacts : dès qu'il aurait établi la connexion, Élanion se focaliserait sur sa cible. Après avoir choisi le mode « *pilote automatique* » dans le menu, Jonas entra « *trois mètres* » comme périmètre d'approche maximal. Que Linda soit chez elle ou à l'extérieur, il n'y avait aucun risque qu'elle repère le drone à cette distance-là.

Il s'assura que le système de détection des obstacles était bien activé. Une précaution indispensable, sans quoi Élanion ne mettrait pas cinq minutes à se crasher contre un arbre ou une maison. Ce qu'il fallait bien sûr éviter à tout prix.

Une dernière vérification des systèmes. Tout était en ordre, parfait. Jonas ouvrit la fenêtre et jeta Élanion dehors comme on lance un Frisbee, le plus haut et le plus loin possible. Les moteurs se mirent en marche, le drone se stabilisa et partit en flèche. La direction prise semblait indiquer qu'il filait vers l'université.

Jonas ferma la fenêtre et s'assit devant son ordinateur. Les images transmises en temps réel par la caméra étaient excellentes. Élanion parcourait à toute vitesse la ville endormie, survolant les carrefours, les rues éclairées et les parcs plongés dans l'obscurité. Jonas adorait ces vols de nuit, cette perspective plongeante...

Le son était assez bon, même si un léger mugissement dû à la friction de l'air sur le cockpit se faisait entendre à l'arrière-plan. Rien d'anormal. Le bruit cesserait dès qu'Élanion aurait atteint sa cible.

Un carrefour avec des voitures arrêtées, une vieille dame qui promenait son chien, des amoureux qui s'embrassaient sous un Abribus, un petit groupe de fumeurs devant un restaurant... Jonas ne connaissait pas encore assez la ville pour se repérer. Allaient-ils sur le campus ? Ou Élanion suspendrait-il son vol au-dessus d'un bar pour étudiants ?

Six minutes. Au mieux, il en restait encore trente-sept, temps de retour compris. Jonas avait installé un programme de sécurité intégrée qui ramenait automatiquement le drone sur sa base dès que la batterie atteignait le seuil critique. Grâce à ce principe du boomerang, Élanion ne risquait pas de tomber sur la tête de quelqu'un simplement parce que Jonas ne l'avait pas fait revenir à temps.

Huit minutes, OK. À présent, Jonas reconnaissait les lieux. Ils étaient bien dans l'enceinte de l'université, quoique dans un coin où il n'était pas encore allé. Il y avait de la lumière à la plupart des fenêtres. Sans doute Élanion se dirigeait-il vers la résidence étudiante.

Il ralentit sa course, descendit à quinze mètres puis dix, puis neuf, et s'immobilisa devant une fenêtre éclairée. Était-il au bon endroit ? Jonas zooma avec la caméra. Une petite pièce, un lit avec une housse de couette vert tilleul, une armoire couverte de photos et un bureau qui disparaissait sous les livres et les papiers, avec deux tasses à café égarées au milieu du fatras.

Pas de trace de Linda. Jonas se doutait du pourquoi. C'était une des rares failles dans le système d'Élanion : il localisait le téléphone de la personne cible, mais pas la personne elle-même. Si Linda était sortie sans son mobile…

Zoomer encore… Oui, c'était bien ça. Sur l'oreiller vert, un smartphone blanc. Bon sang, ce n'était vraiment pas de chance ! La plupart des gens ne se déplaçaient jamais sans leur portable. Et il fallait que Linda soit du genre à l'oublier chez elle !

Jonas se renversa en arrière. Il pouvait attendre encore. Linda avait peut-être eu un truc à expédier et elle allait revenir très vite. Dans le cas contraire, il passerait en commande manuelle et s'intéresserait à ce qui se passait derrière les fenêtres voisines.

Rapide plan latéral à droite… L'armoire de Linda était ouverte, laissant voir des piles de tee-shirts, de pull-overs et de linge. Un jean était tombé de son cintre.

Focus sur la petite bibliothèque. De nombreux ouvrages de marketing, des romans policiers, une saga scandinave… Quelques recueils de poèmes. Trop chou ! Des dictionnaires : allemand, anglais, français, portugais. Et sur l'étagère du bas…

Jonas tressaillit. La porte venait de s'ouvrir. Vite, il rectifia le cadrage et vit Linda entrer en trombe, claquer la porte derrière elle et se jeter sur son lit. Qu'est-ce qu'elle avait ? Jonas passa en mode enregistrement, focalisa sur les yeux de la jeune fille, ses cheveux ébouriffés, puis fit une rotation à 360° pour capturer l'ensemble de la pièce. À présent, tout était sur son disque dur. Il visionnerait les images plus tard, à tête reposée.

Linda se prit le visage dans les mains, attrapa son téléphone, balaya l'écran pour le déverrouiller et le porta à son oreille.

« Ouvre la fenêtre ! implora Jonas intérieurement. S'il te plaît, je t'en supplie, ouvre ! »

Le correspondant de Linda devait avoir décroché car elle se mit à parler. Calmement d'abord, puis de façon de plus en plus précipitée. Elle secouait la tête avec une nervosité qui semblait augmenter d'une seconde à l'autre.

Gros plan sur le visage, ce visage sublime que Jonas ne tarderait pas à embrasser. Si seulement il avait su lire sur les lèvres... car pour l'heure, Linda donnait l'impression de ne pas savoir si elle devait pleurer ou se mettre en colère.

À un moment, elle se tut pour écouter son interlocuteur. Elle avait les lèvres pincées, et Jonas vit une larme rouler sur sa joue. Puis elle mit fin à la conversation, balança son téléphone sur son lit et enfouit la tête sous son oreiller.

Elle pleurait, secouée par les sanglots.

Jonas s'imagina s'asseyant à côté d'elle et la prenant tendrement dans ses bras. C'était tout juste s'il ne la sentait pas se blottir contre lui et appuyer la tête sur son épaule. Il lui caressait les cheveux... essuyait les larmes sur son beau visage, l'embrassait avec une délicatesse infinie...

En attendant, c'était une bonne chose de savoir dans quel état d'esprit elle se trouvait. Il se mettrait à son diapason, serait disponible, lui montrerait qu'il était là pour elle. Pas comme cet Aron insupportable, qui était d'ailleurs sans doute la cause de tous ses maux...

En parlant du loup... la porte s'entrouvrit et Aron, comme par hasard, passa la tête à l'intérieur. Découvrant Linda recroquevillée en chien de fusil, il s'avança et referma derrière lui. Elle se redressa. Ils échangèrent quelques mots, Aron s'assit à côté d'elle, ce à quoi elle réagit en se levant d'un bond.

« Bravo, songea Jonas avec satisfaction. Jette-le dehors, Linda ! »

Elle s'approcha de la fenêtre et colla le front au carreau. Jonas s'affola. Normalement, elle ne devait voir que son propre reflet dans la glace, mais si vraiment elle faisait attention à ce qui se passait à l'extérieur, elle risquait de découvrir Élanion.

À moins que... Allait-elle enfin se décider à ouvrir la fenêtre et donner à Élanion un peu de grain à moudre ?

Micro !

Hélas, Linda demeura sans bouger, le front collé à la vitre comme si elle avait besoin de se rafraîchir. Derrière elle, Aron gesticulait et parlait sans discontinuer. Au bout d'un moment, elle se retourna brusquement.

Jonas avait beau ne la voir que de dos, il lui sembla qu'elle criait sur Aron. Celui-ci commença par sourire, puis son visage passa par différentes expressions : gravité, irritation, et enfin... fureur.

Aron se releva lentement, pointa sur Linda un index menaçant en prononçant encore une ou deux phrases courtes, et sortit.

Jonas avait déjà assisté à des scènes de ce genre. Chez lui, quand ça bardait entre ses parents. Ils se réconciliaient toujours, mais il y avait au moins un ou deux jours dans l'intervalle où c'était silence radio. Il espéra qu'il en irait de même pour Aron et Linda. Car il avait bien l'intention de ne pas rester les bras croisés sans rien faire pendant ce temps.

À propos de temps... D'après le compteur, Élanion volait depuis trente-deux minutes. Plus que vingt et une, donc. Soit une ou deux avant qu'il ne fasse machine arrière et revienne automatiquement à son point de départ. Dommage !

Jonas contempla Linda. Toujours prostrée sur son lit, une main pressée sur la bouche, elle n'arrêtait pas de pleurer.

Il ne pouvait pas la laisser toute seule. Pas dans cet état-là. Même si elle ne se doutait pas de sa présence, il aurait voulu attendre près d'elle qu'elle aille un petit peu mieux avant de la quitter.

Il sourit malgré lui. D'habitude, la sollicitude n'était pas son fort. Mais Linda était si... différente. Pour être honnête avec lui-même, il éprouvait bien plus que de la sollicitude. Il voulait qu'elle tombe amoureuse de lui. Corps et âme. Et, pour ça, il devait recueillir un maximum d'informations sur elle.

Il prit son téléphone, une fois de plus. Sélectionna le numéro et attendit. Mais personne ne répondit. De dépit, il balança son portable sur son lit.

À cet instant précis, Élanion se mit en mouvement. Le programme de sécurité intégrée avait déclenché le retour automatique, ce qui en soi était une bonne chose, sauf que...

Les coudes sur son bureau, Jonas regarda s'amenuiser le rectangle lumineux de la fenêtre de Linda. Il pouvait désactiver le mode enregistrement à présent.

Élanion revint par le chemin emprunté à l'aller. C'étaient les mêmes images. Ce carrefour... sauf erreur, il passerait bientôt devant un supermarché. Bingo !

Voyant la maison des Müller apparaître à l'écran, Jonas ouvrit la fenêtre. Le drone s'immobilisa en bourdonnant au milieu de la pièce.

– Bon travail, mon grand, approuva Jonas en le saisissant par le corps d'une main experte.

Les rotors ralentirent progressivement jusqu'à arrêt complet. Après l'avoir mis à charger sur sa base, Jonas se rassit devant son ordinateur et se repassa toute la vidéo. Linda seule, puis avec Aron, puis de nouveau seule.

Il aurait donné cher pour connaître la raison de leur dispute.

5 ◉

Le lendemain, Jonas avait quatre cours à son emploi du temps. Une journée assez chargée, donc. Il avait de nouveau demandé à être reçu par M. Schratter mais s'était encore fait refouler par la secrétaire, si bien qu'il avait dû se résigner bon gré mal gré à assister aux cours de première année.

Inintéressants au possible.

Les étudiants avec lui dans l'amphi n'avaient qu'un à deux ans de plus que lui, cependant Jonas détonnait autant dans le paysage qu'un chardon dans un champ de pissenlits.

Tandis que les autres peinaient à suivre et prenaient frénétiquement des notes sans lever le nez de leurs tablettes, Jonas s'efforçait de cacher son ennui et de ne pas soupirer bruyamment quand quelqu'un posait une question. Cependant, comme il était le seul à ne rien écrire, il se faisait remarquer, forcément.

Son voisin de table était un dénommé Sergueï. À en juger d'après ses chaussures et sa montre, il devait être le fils d'un oligarque russe. Il parlait français et allemand couramment, quoique avec un accent prononcé, et avait accueilli Jonas avec un sourire. Il écoutait avec attention les explications de la prof, mais n'y comprenait manifestement pas grand-chose.

Pourtant, c'était clair comme de l'eau de roche ! Tout ce qu'il était nécessaire de savoir était écrit au tableau ! Les chiffres parlaient d'eux-mêmes !

Au bout d'un moment, Jonas s'impatienta. Au lieu de perdre son temps bêtement, il aurait mieux fait de se mettre en quête de Linda. Il disposait d'une heure de battement entre la fin de ce cours et le début du suivant, et il comptait bien la mettre à profit.

Hélas, il eut beau chercher partout, Linda demeura introuvable. Elle n'était ni dehors, ni au self, ni dans le bâtiment des sciences économiques et sociales. Par contre, Jonas aperçut Aron qui se dirigeait à grands pas vers le portail. Il aurait pu lui demander s'il savait où elle était, mais c'était la dernière personne à laquelle il avait envie de s'adresser.

Linda devait être en cours.

Pas grave, le semestre ne faisait que commencer.

Si seulement il ne ressentait pas cette tension intérieure… ce besoin impérieux d'être en sa présence, de sentir sa main dans son dos, et de la voir sourire.

Jonas avait déjà eu une petite amie. Deux, pour être exact. Toutes deux lui avaient tapé sur les nerfs au bout de quatre mois à peine, et il avait chaque fois rompu très vite après.

Avec Linda, les choses ne se passeraient pas ainsi. C'était tout simplement inconcevable. Jusqu'à présent, elle lui avait manifesté plus de compassion que d'intérêt. Raison de plus pour ne rien précipiter. Et ne pas tomber fou amoureux d'elle.

Ça, c'était pour les imbéciles.

Quelle journée débile, elle ne lui avait apporté qu'ennui et frustration ! Tout ce que Jonas avait réussi à glaner, c'était le numéro de Sergueï. Il avait hâte de jeter un coup d'œil par la fenêtre de son condisciple. Les riches avaient-ils leurs quartiers à part ?

Tout en attendant le bus pour rentrer chez lui, il ouvrit son appli secrète et écrivit :

Ravi d'avoir fait ta connaissance ! À demain.
Jonas

La réponse de Sergueï arriva moins de deux minutes plus tard :

Plaisir partagé. J'organise une fête le 23. Tu es dispo ?

Abasourdi, Jonas relut trois fois le message. Les soirées auxquelles il avait été invité jusqu'à présent se comptaient sur les doigts d'une main. Cela valait sans doute la peine d'accepter. Surtout s'il pouvait se faire accompagner de Linda.

Il parcourut les deux cents mètres entre l'arrêt de bus et la maison des Müller comme dans un rêve. Dès qu'il ferait nuit, il enverrait Élanion en reconnaissance. Et il verrait Linda.

Il prit sa clé et l'introduisit dans la serrure – en vain, impossible d'ouvrir la porte ! Il réessaya à plusieurs reprises, dans un sens puis dans l'autre, vérifia s'il avait bien pris la bonne clé...

Nouvelle tentative, aussi infructueuse que les précédentes.

Jonas regarda autour de lui. La voiture de Silvia Müller était garée dans la rue. Celle-ci avait-elle laissé sa clé dans la serrure ? Il sonna à la porte. Un coup bref, d'abord, puis un autre... suivi d'une pression prolongée sur le bouton.

Pas de réaction. Désemparé, Jonas monta sur la terrasse. La baie vitrée était fermée.

Personne dans le salon.

– Hé toi !

Jonas se retourna en sursaut. Celui qui l'avait interpellé était un garçon d'à peu près son âge, nonchalamment accoudé sur la clôture. Grand, brun, plutôt beau gosse, l'air très sportif.

– Si t'essaies de cambrioler, je peux te montrer quelques baraques qui valent le coup.

– Je ne suis pas un voleur, se défendit Jonas. J'habite ici. Mais je n'arrive pas à ouvrir et il n'y a personne.

– Ah, c'est toi le petit génie ? Kerstin m'a parlé de toi.

Sautant par-dessus la clôture, le nouveau venu rejoignit Jonas et lui tendit la main, paume ouverte.

– Passe-moi la clé !

Jonas le jaugea quelques secondes avant de la lui remettre. Son hésitation n'avait pas échappé au garçon, qui la prit avec un grand sourire, fit plusieurs essais puis capitula à son tour.

– Tu sais quoi ? dit-il. T'as qu'à venir chez moi. J'habite juste en face, la maison caca d'oie. On pourrait jouer à *Call of Duty*, qu'en penses-tu ?

Jonas faillit décliner. Il n'aimait pas les jeux vidéo et voulait préparer Élanion pour son prochain vol. Sauf que son drone et son notebook étaient inaccessibles…

– Au fait, je m'appelle Pascal ! enchaîna le garçon avec une mimique désarmante. Au cas où tu n'aurais pas le droit d'aller chez des gens que tu ne connais pas.

– OK pour une petite heure, fit Jonas. Après, il faudra que j'aille travailler.

– Travailler ? répéta Pascal en ouvrant des yeux ronds.

– Oui, pour la fac.

Pascal lui coula un regard en biais.

– Tu as vraiment dix-sept ans ?

Jonas serra les poings.

– Depuis deux mois.

D'un geste emphatique, Pascal mit ses deux mains en avant.

– Pardon ! Je ne voulais pas te vexer. Je suis quelqu'un de curieux.

Jonas pensa à Élanion et à toutes les vidéos stockées dans son ordinateur.

– Alors on est deux.

Les parents de Pascal n'étaient pas là. Les garçons s'installèrent dans le canapé du salon avec un paquet de chips et commencèrent à jouer.

– Comment se fait-il que tu aies atterri chez les Müller ? demanda Pascal au bout d'un moment.

– Mes parents cherchaient une famille d'accueil, et les Müller ont été les premiers à répondre à leur annonce. Pas pour la beauté du geste, je précise. On leur verse une pension substantielle.

En vérité, ses parents avaient craint qu'il ne se retrouve assez vite le nez dans la cuvette des WC s'il vivait dans une résidence étudiante. Pour cause de trouble de la personnalité et de comportement asocial. Mais ça, Pascal n'avait pas besoin de le savoir ; il le découvrirait bien assez vite.

– Moi, si je vivais chez les Müller, je péterais un câble, expliqua ce dernier en mettant un soldat à l'abri derrière un mur. Kerstin est OK, mais ses parents sont des vrais beaufs. Silvia fait partie de ces femmes qui cuisinent des quantités de bouffe astronomiques et congèlent ensuite le tout par petites portions dans des barquettes. D'après Kerstin, le congélo qui se trouve dans leur sous-sol est tellement énorme qu'on pourrait y stocker de quoi nourrir tout le quartier pendant plusieurs jours.

– Ha ha...

Jonas haussa les épaules. À vrai dire, il se moquait bien des Müller et de leur côté Bidochon. Du moment qu'ils le laissaient tranquille...

– Qu'est-ce que tu étudies à la fac ? demanda Pascal, en interrompant le jeu pour ouvrir un deuxième paquet de chips.

– Les mathématiques appliquées.

– Waouh, sérieux ? C'est ton choix ou on t'a obligé ?

– J'ai l'air de quelqu'un qui se laisse dicter ce qu'il doit faire ? répliqua Jonas attrapant une poignée de chips dans le paquet.

À sa grande satisfaction, Pascal parut impressionné.

– Si tu es si fort en maths, est-ce que tu ne pourrais pas me donner un coup de pouce de temps à autre ? C'est ma bête noire. J'aimerais bien intégrer la Victor Franz Hess dans deux ans mais je suis vraiment nul, or il faudrait que j'aie au moins la moyenne.

Jonas se retint d'éclater de rire.

– Tu crois que t'as une chance ? tenta-t-il de biaiser. D'après ce que j'ai compris, pour y entrer, il faut ou avoir un fric fou, ou être exceptionnellement doué.

– Très juste, opina Pascal sans se vexer. Ce qui n'est pas mon cas, loin de là. Mais il y a un quota de places réservées pour les jeunes de Rotenheim. C'est une tradition qui remonte à la création de l'université.

Il s'étira voluptueusement.

– Alors ? Prêt à me briefer sur les différentielles d'une fonction ?

« Tâche d'être tolérant envers les autres », se rappela Jonas à qui ses parents n'avaient pas épargné leurs recommandations. Ce que lui demandait Pascal était du niveau lycée. Le genre de sujets auxquels il était content d'avoir échappé. D'un autre côté, cela ne lui coûterait rien. Et Pascal était cool...

– OK, je veux bien t'aider. Tu as quelque chose à m'offrir en échange ?

Pascal eut un large sourire.

– Tu me fais rentrer les maths dans le crâne à coups de marteau, et moi, je t'explique comment draguer les filles. Tope là !

Une demi-heure plus tard, en rentrant chez les Müller – où la lumière était allumée –, Jonas eut une illumination. Un quota de places réservées pour les jeunes de Rotenheim ? Voilà qui expliquait comment Kerstin avait été admise à l'université...

Cette fois, Jonas n'eut aucun mal à ouvrir. Il trouva Kerstin en train de faire bouillir de l'eau dans la cuisine.

– Je prépare une infusion pour Maman. Elle a une migraine épouvantable et ne se sent pas bien.

– Ah !

Il comprenait, à présent pourquoi sa clé n'avait pas marché : Silvia avait dû monter se coucher directement, et elle avait laissé la sienne dans la serrure. Quant à Kerstin, elle avait sans doute appelé sa mère sur son portable... D'ailleurs, c'était ce qu'il aurait fait lui aussi s'il n'avait pas été distrait par Pascal...

– Je me charge du dîner, annonça Kerstin. Saucisses et pommes de terre, ça te va ?

Compte tenu de la quantité de chips qu'il avait ingurgitée, plus les deux sandwichs à la fin de la partie, Jonas préféra décliner :

– Merci, je n'ai pas faim. Je crois que je vais me passer de dîner.

S'enfuyant sans lui laisser le temps de protester, il courut s'enfermer dans sa chambre. Enfin seul, il tira Élanion de sa cachette.

Le drone était dans sa main, chargé à bloc, prêt à s'envoler. Sa cible étant la même que la veille, Jonas n'eut pas à modifier les paramètres. Avec un peu de chance, ce vol lui en apprendrait un peu plus. La soirée était douce et chaude pour la saison, il y aurait beaucoup de fenêtres ouvertes.

Il allait lancer Élanion quand la grosse berline de Martin Müller s'immobilisa devant le garage. Bizarrement, la portière ne s'ouvrit pas tout de suite. Jonas dut attendre cinq minutes avant que son hôte se décide à descendre de voiture.

Müller se pencha pour attraper sa sacoche sur le siège arrière... puis resta planté au milieu de l'allée, à fixer la maison comme s'il n'avait pas envie d'y entrer. Puis il leva les yeux vers le ciel – sans remarquer qu'il était épié.

Jonas l'aurait volontiers étranglé.

– Il le fait exprès ! râla-t-il, furieux de ce contretemps mais soulagé a posteriori de ne pas avoir lâché Élanion trop tôt.

Car son hôte aurait remarqué le drone à coup sûr. Enfin, il se décida à rentrer chez lui. Cependant, Jonas préféra patienter encore un peu. Surtout, pas de risque inutile.

Dix minutes plus tard, s'étant assuré que la voie était libre, il lança Élanion. Les rotors entrèrent en action, l'engin se stabilisa rapidement et partit aussitôt en flèche, mais dans une direction différente de la veille.

Jonas ferma sa fenêtre à la hâte, s'assit devant son ordinateur et tenta d'analyser les données transmises par Élanion.

Le drone ne se rendait pas à l'université, ça, c'était clair. Malheureusement, Jonas ne connaissait pas encore assez bien Rotenheim pour se repérer. Et si Linda était allée chez une copine à l'extérieur de la ville ? Ce ne serait pas dramatique, certes. Élanion ferait demi-tour en temps voulu. Mais Jonas n'aurait pas la satisfaction de l'avoir vue, ne fût-ce que de loin.

Jonas serra les poings. Élanion survolait des rues où il n'avait encore jamais mis les pieds. Parvenu sur une petite place avec une fontaine, il ralentit, descendit à un mètre cinquante du sol, et se dirigea vers un immeuble au rez-de-chaussée brillamment éclairé.

Restaurante ai Due Torri, lut Jonas sur l'enseigne. Linda était dans un restaurant italien. Devant la fenêtre dînaient deux hommes d'une soixantaine d'années, mais Linda devait être à une table qu'il ne pouvait pas voir.

Jonas lutta contre la déception. Impossible d'attendre qu'elle ressorte, la batterie ne tiendrait pas jusque-là. Et puis, Élanion ne pouvait pas rester à cette altitude. C'était beaucoup trop bas.

Jonas désactiva le pilote automatique, passa en commande manuelle et fit remonter le drone. Puis il le laissa graviter un moment autour du restaurant, le temps de réfléchir.

L'établissement était du genre huppé. Donc cher. Pas de ceux où quelqu'un comme Aron aurait pu inviter une fille. Par contre, Sergueï, oui... Lui ou un des riches Américains, Russes ou Arabes qui pullulaient sur le campus. Ou encore ses parents ! Cette pensée le consola. Peut-être les parents de Linda étaient-ils venus lui rendre visite, et ils lui avaient offert une belle soirée pour changer de l'ordinaire ?

Mais oui, c'était ça, forcément, tenta de se convaincre Jonas tout en ramenant Élanion au bercail.

Sauf que lui-même n'y croyait pas.

Son engin sitôt récupéré et mis à charger, il descendit retrouver les Müller. Au bout d'une demi-heure avec eux, n'y tenant plus, il remonta dans sa chambre avec l'espoir de trouver sur internet des accus plus performants.

6 ◉

Le week-end suivant, Jonas eut droit à ce qu'il détestait pardessus tout : cuisiner en famille, regarder la télé en famille et, même, jouer aux cartes en famille. Pour ne pas déprimer complètement, il fit exprès de perdre, histoire de pimenter un peu la partie.

Contrairement à Silvia, qui se retira dans sa chambre à plusieurs reprises sous prétexte qu'elle avait mal à la tête, Martin Müller semblait ne pas savoir quoi inventer pour que son pensionnaire se sente « comme chez lui ».

Conscient qu'il aurait été contraire à la plus élémentaire des politesses de se débiner dès le premier week-end, Jonas serra les dents. Il endura son supplice en s'efforçant de ne pas penser à Élanion et à tout ce que celui-ci aurait pu lui montrer pendant ces deux jours. Cependant, il vit arriver le lundi matin avec un soulagement indicible.

Pour être sûr de croiser Linda, il regagna le campus avec énormément d'avance et se posta sur un banc, face à l'Institut des sciences éco. De là où il était, il avait vue sur les deux seuls accès au bâtiment. Au bout d'une heure et demie enfin, il l'aperçut.

Elle était seule. Parfait. Il s'avança vers elle d'un pied ferme. Il avait eu largement le temps de réfléchir à ce qu'il allait dire.

– Linda ? l'apostropha-t-il sur un ton un rien trop enjoué. Décidément, le hasard fait bien les choses : je m'apprêtais justement à t'envoyer un message. J'ai un truc à te demander…

Elle sursauta comme s'il lui avait fait peur, puis le regarda avec des yeux ronds, l'air de ne pas savoir du tout qui il était.

Ce n'était pas possible, elle ne pouvait pas l'avoir oublié en l'espace de quatre jours, si ?

Ravalant sa déception et son humiliation, Jonas se força à sourire.

– On s'est rencontrés la semaine dernière, tu te rappelles ? Tu m'as donné ton numéro…

Elle opina distraitement. Jonas fut frappé de constater qu'elle était beaucoup plus pâle que la fois d'avant. Et elle avait des cernes sous les yeux ; ça aussi, c'était nouveau.

– Je suis pressée…

Jonas fit signe qu'il comprenait.

– Tout va bien ? s'inquiéta-t-il.

– Pourquoi ça n'irait pas ? répliqua-t-elle en passant son chemin.

Elle n'était pas d'humeur à bavarder, apparemment. Il aurait fallu décrocher, mais il n'en eut pas le cœur.

– Tu sais, si tu as besoin de quelqu'un à qui parler, je suis là, insista-t-il en lui courant après. Tu n'as pas l'air en forme… Bien sûr, tout ce que tu me confieras restera strictement entre nous…

– Tu vas la fermer, oui ? s'énerva-t-elle. Qu'est-ce que tu me veux ? On ne se connaît pas. Je n'ai besoin de personne, et certainement pas d'un gamin. Alors fiche-moi la paix, OK ?

– Je ne suis plus un…

– Si ! Un gamin, et un pot de colle, en plus. Ta maman ne t'a pas appris à ne pas te mêler de ce qui ne te regarde pas ?

Reculant d'un pas, elle plissa les yeux et le fixa entre ses cils.

– À moins que… tu en pinces pour moi ? se moqua-t-elle avec une moue ironique. Je te plais, c'est ça ?

Renversant la tête en arrière, elle partit d'un rire bien trop fort pour être sincère.

– Si c'est le cas, tu ferais bien de redescendre sur terre. Je ne sors pas avec les bébés. Sois sympa, retourne à la crèche et oublie que tu m'as rencontrée, d'accord ?

Jonas était tétanisé. Il avait déjà été traité de façon bien pire, par des beaucoup plus proches, donc il aurait dû être blindé. Mais les paroles de Linda le mettaient au supplice.

Répondre n'aurait fait qu'aggraver son cas. Si bien qu'il préféra s'éloigner, le rouge au front. Il s'était ridiculisé. Il n'avait pas fallu deux minutes à Linda pour voir clair dans son jeu. Et maintenant… Autant il était à l'aise en mathématiques et dans tous les domaines scientifiques, autant il était inapte aux relations humaines. S'il avait pris le temps de recueillir assez d'informations sur Linda, il aurait pu la conquérir. Aucun doute là-dessus. Hélas, en brûlant les étapes, il avait tout ruiné par sa faute. Quel idiot il était !

Il se réfugia dans le bâtiment de l'administration et s'enferma dans les toilettes du rez-de-chaussée. Pas question qu'on le voie dans cet état. Il avait besoin de quelques minutes pour se remettre.

« Retourne à la crèche. » Pourquoi est-ce que cela faisait si mal ? Pourquoi n'arrivait-il pas à se dire que Linda n'était qu'une imbécile qui lui aurait très vite tapé sur les nerfs ?

Assis sur l'abattant de la cuvette, il enfouit son visage dans ses mains. Un jour, les écailles lui tomberaient des yeux, mais quand ? En attendant, il allait morfler, il se connaissait assez pour le savoir.

Soudain Jonas entendit la porte des toilettes s'ouvrir à toute volée. Des pas sonnèrent sur le carrelage.

– C'est n'importe quoi ! gronda quelqu'un tout bas. Combien de temps ce mensonge monumental va-t-il pouvoir tenir, d'après vous ? On court à la catastrophe !

Cette voix, Jonas la reconnut tout de suite. Elle appartenait à l'homme qui s'était énervé l'autre jour dans le bureau du recteur. Ce devait être Schratter.

– Tu as une meilleure idée ?

– Qui ? Moi ? Je ne suis pour rien dans ce merdier. C'est vous qui avez...

– Ben voyons. Naturellement, comme si tu n'étais pas mouillé aussi !

– Non, je suis en dehors du coup.

– Tu sais ce qu'on attend de toi, n'est-ce pas ?

Jonas retint son souffle. Il valait mieux pour lui qu'on ne le découvre pas, surtout si l'un des deux individus était le président de l'université. Jonas n'avait rien à se reprocher, certes, mais si Schratter s'apercevait qu'il avait surpris ses propos, il pouvait dire adieu à tout traitement de faveur de sa part.

– Si seulement tu ne m'avais pas mis au courant ! Je te préviens : si le scandale éclate, je ne sais rien. C'est clair ?

– Hein ? Tu ne penses quand même pas t'en tirer co...

– Oh, que si. Et maintenant, basta. La discussion est close.

Il y eut un bruit de pas, suivi d'un claquement de porte. Les hommes étaient-ils sortis tous les deux ? Dans l'incertitude, Jonas attendit sans bouger. Bien lui en prit ; car après un instant de silence, il entendit un juron étouffé :

– Et merde... Putain de bordel de merde !

Sur quoi la porte grinça sur ses gonds, et Jonas se retrouva seul. Du moins l'espérait-il. Par prudence, il laissa encore passer deux ou trois minutes avant d'ouvrir le loquet de sa cabine pour se faufiler dehors.

Chacun des mots qu'il venait d'entendre était gravé dans sa mémoire. Malheureusement, leur sens lui échappait complètement. Il était question d'une catastrophe, mais laquelle ? Et ce mensonge monumental, en quoi consistait-il ?

Jonas se rinça le visage à l'eau froide.

Manifestement, il n'était pas nécessaire d'avoir un drone pour surprendre les secrets des gens…

Lorsqu'il arriva devant l'amphi, un quart d'heure plus tard, il y avait déjà du monde dans le couloir. Jonas ne connaissait aucun des étudiants de première année, à part Sergueï, et n'était pas d'humeur à se lier avec eux. Le camouflet infligé par Linda, momentanément éclipsé par l'altercation qu'il venait de surprendre, lui avait sapé le moral. S'appuyant contre le mur, il ferma les yeux. Ses pensées s'entrechoquaient dans son esprit.

« Tu ferais bien de redescendre sur terre. Je ne sors pas avec les bébés. »

« Si le scandale éclate, je ne sais rien. »

– Hé, regardez qui est là ! Le petit con !

La phrase lui fit l'effet d'une détonation. Ouvrant les yeux, il découvrit Aron. Encore lui !

– Alors, tu t'es pas trompé de salle, cette fois ?

Aron regarda autour de lui en riant et en se pavanant jusqu'à ce qu'il ait capté l'attention de quatre étudiants qui bavardaient un peu plus loin.

– Vous voulez bien vous occuper un peu de lui ? leur lança-t-il en désignant Jonas. Il paraît que c'est un génie, sauf qu'il n'a pas encore compris comment marche la fac et aurait tendance à se prendre pour le prof. S'il se met à faire le cours, soyez sympas, faites-le taire, ça lui évitera des ennuis.

Levant la main, il lui ébouriffa les cheveux et poursuivit :

– Il essaie parfois de draguer des filles à qui il n'arrive pas à la cheville. Là aussi, ce serait cool de l'en empêcher, sans quoi il pourrait s'en prendre une belle. Ce serait dommage de l'amocher, pas vrai ? Un si joli minois !

Sur ces mots, il tourna les talons.

Jonas le suivit des yeux, à la fois sidéré et fou de rage. Des rires fusèrent dans son dos. Il faillit exploser, mais réussit à se maîtriser.

– C'était qui ? lui demanda un des étudiants. Ton frère ?

– Non, un enfoiré de première.

Se tournant vers le groupe, il expliqua :

– L'autre jour, je l'ai un peu charrié, alors il a pris sa revanche, c'est tout.

Il pénétra dans l'amphi, conscient des regards qui pesaient dans son dos. Avec son sketch débile, Aron l'avait ridiculisé non seulement aux yeux des quatre étudiants à proximité mais aussi de tous ceux qui se trouvaient dans le couloir.

Il fallait d'urgence qu'il se procure son numéro de téléphone.

Pascal attendait devant chez les Müller, nonchalamment adossé à la clôture.

– J'ai toutes mes affaires ! claironna-t-il en voyant arriver Jonas. Mon livre de maths, mon cahier, et un paquet d'exercices à faire. Prêt à éclairer ma lanterne ? C'est parti !

– Pas le moment..., ronchonna Jonas en s'engouffrant dans l'allée sans un regard pour lui.

Son humeur ne s'était pas améliorée depuis tout à l'heure. Il en voulait mortellement à Aron de son numéro. Pour aggraver son cas, il avait rembarré de façon si cinglante les deux seuls étudiants qui avaient tenté de bavarder avec lui que plus personne n'avait osé lui adresser la parole. Une fois de plus, il s'était mis tout le monde à dos.

Ça, plus deux ou trois réflexions mordantes qu'il n'avait pas pu s'empêcher de lâcher pendant l'exposé, et il s'était taillé une réputation de « petit con ».

Super, comme début.

Pascal, qui l'avait doublé entre-temps, le précédait à reculons.

– Mauvaise journée ?

– Mmh...

– OK. Alors pour commencer, tu vas me vider ton sac. Après quoi, tu essaieras de faire rentrer un peu de maths dans ma misérable cervelle, d'accord ?

Il conclut ses paroles d'une mimique si comique que Jonas éclata de rire. Après tout, pourquoi pas. Il aimait bien Pascal et ne perdait rien à être sympa avec lui.

– Soit, céda-t-il en ouvrant la porte. Mais je te préviens, je suis de très mauvais poil, tu risques de t'en prendre plein la poire.

– Pas de problème, assura Pascal avec un sourire ravi.

Il n'y avait personne dans la maison. Ni Silvia, ni Kerstin, ni Müller, que Jonas ne pouvait toujours pas se résoudre à appeler par son prénom, pas même en pensée, et qui ne rentrerait pas avant le soir.

Une fois dans la chambre de Jonas, Pascal s'installa sur le lit sans prendre la peine d'ôter ses chaussures. Jonas décida de fermer les yeux. Pas la peine de s'énerver pour ça.

– Et donc ? lança Pascal en calant un coussin dans son dos. Vas-y ! Je t'écoute !

Jonas n'avait pas envie de s'étendre, aussi lui résuma-t-il sa journée dans les grandes lignes. Il en fallait plus pour satisfaire la curiosité de Pascal, qui lui tira les vers du nez jusqu'à ce qu'il lui ait tout raconté dans les moindres détails.

– Eh ben, déclara Pascal lorsqu'il eut fini, cet Aron est vraiment un enfoiré de première ! Par contre, si les choses se sont passées comme tu le dis, Linda devait en avoir gros sur la patate.

J'imagine que quelqu'un l'a blessée et que du coup elle s'est défoulée sur toi.

– Tu crois ?

– Elle n'avait aucune raison de te descendre comme elle l'a fait, si ? Tu as dit toi-même qu'elle t'avait paru soucieuse...

Jonas fouilla dans sa mémoire.

– Soucieuse, paniquée, furieuse... tout ça à la fois.

– Tu vois !

Apercevant un paquet de bonbons sur la table de nuit, Pascal y plongea la main.

– Tu lui as servi de soupape, expliqua-t-il, la bouche pleine. Tu étais le bouc émissaire idéal. Elle a vu qu'elle te plaisait et donc qu'elle pouvait t'atteindre. Elle s'est sûrement sentie beaucoup mieux après.

Jonas opina. Oui, Linda avait été méchante exprès, tout comme Aron s'était arrangé pour le rabaisser devant tout le monde.

– C'est toujours la même chose. Quoi que je fasse, je me retrouve toujours sur la touche...

Pascal haussa les épaules.

– C'est vrai que tu la ramènes peut-être un peu trop. Bon, moi, ça ne me dérange pas. Dans la mesure où tu es plus intelligent que tout le monde...

Souriant d'une oreille à l'autre, il ajouta :

– Note que je ne résisterais sans doute pas à la tentation, moi non plus. Sauf que dans mon cas, y a pas de danger...

Jonas voyait les choses différemment. D'accord, Pascal était nul en maths. Mais question finesse d'analyse et capacité d'empathie, il avait une longueur d'avance sur lui.

– Qu'est-ce que tu ferais à ma place ?

Pascal croisa les bras derrière la tête et réfléchit quelques instants.

– Je leur donnerais une autre occupation. Quelque chose de costaud sur quoi se casser les dents. Tu es intelligent, tu vas trouver.

Les deux heures qui suivirent furent consacrées aux différentielles. Jonas fit preuve d'une patience exemplaire, se montrant un excellent pédagogue. Cependant, leur discussion ne lui sortait pas de l'esprit.

Quelque chose sur quoi se casser les dents. Très bien, mais quoi ?

Soudain, il lui vint une idée. Oui, il allait les faire danser, et sur sa musique à lui.

7 ◉

Jonas avait survécu au dîner avec les Müller. Pascal était retourné chez lui, Kerstin était sortie avec des copains, et ses parents regardaient la télé avec le volume à fond.

Enfin seul !

Élanion était prêt à voler. Son corps en aluminium brossé scintillait doucement à la lumière du plafonnier Ikea. Jonas ouvrit la fenêtre, puis le lança en l'air le plus haut possible, savourant comme chaque fois le moment où le drone s'éveillait à la vie et restait quelques secondes en suspension avant de filer vers sa cible.

Cette fois encore, il partit dans une nouvelle direction. Jonas ferma la fenêtre et s'assit devant son ordinateur. Les images que lui envoyait Élanion montraient des voitures garées, des jardinets dans lesquels des gens profitaient de la douceur des derniers beaux jours, un chat qui traversait la rue, un carrefour, une aire de jeux pour enfants, un supermarché aux néons de couleurs vives…

Parvenu au-dessus d'une zone pavillonnaire, le drone ralentit et amorça la descente. Déjà ? Jonas consulta le chrono. À peine trois minutes et demie depuis le départ. Génial, cela lui laissait davantage de temps pour l'observation. Un peu plus d'une demi-heure, quel luxe !

À en croire la position d'Élanion, qui avait suspendu son vol devant une maison au crépi de couleur ocre, Linda devait se trouver dans une pièce du premier étage. Jonas ne put réprimer un juron.

Il y avait des rideaux rouges à toutes les fenêtres, fermés bien entendu. Seule une fente au milieu permettait de voir à l'intérieur.

Jonas zooma le plus possible. Du meuble placé contre le mur opposé, on n'apercevait qu'un pan minuscule, mais Jonas aurait parié que c'était un lit.

L'espace d'un quart de seconde, le coin du lit disparut à sa vue, caché par une masse sombre. Quelqu'un venait de passer devant la fenêtre. Linda ? Pas sûr. D'un autre côté, rien ne signifiait qu'elle était seule.

Comme pour confirmer ses soupçons, une silhouette se profila devant la fente. Plus grande cette fois, un homme. Jonas se frotta les joues. C'était bien ce qu'il craignait. Linda était avec quelqu'un. Et pas n'importe où. Dans une chambre à coucher.

Cette découverte lui fit encore plus mal que les insultes qu'elle lui avait jetées à la figure dans la matinée. Et à sa grande honte, il sentit le besoin de le lui faire payer, de la faire souffrir d'une manière ou d'une autre.

Qui habitait dans cette maison ? Aron ? Faisait-il partie des étudiants locaux, lui aussi, et vivait-il toujours chez ses parents ?

Nouveau mouvement derrière les rideaux. Ce coup-ci, c'était Linda. Aucune erreur possible, elle portait le même tee-shirt bleu ciel que tout à l'heure. Son amant la rejoignit pour l'enlacer. Malheureusement, Jonas ne voyait pas son visage, seulement son jean, un pull-over ou un polo beige, et des cheveux bruns. Peut-être Aron, en effet. En tout cas, ce n'était pas exclu.

– Si seulement l'un d'eux pouvait écarter un peu le rideau ! supplia Jonas à mi-voix. Ou ouvrir la fenêtre, je saurais qui est avec elle…

Sa prière ne fut pas exaucée, hélas. Linda et son ami étaient dans les bras l'un de l'autre. En train de s'embrasser ? C'était l'impression que ça donnait. Pas à pas, ils se rapprochaient de ce qui semblait être le lit…

Jonas se mordit les lèvres, écartelé entre le désir de regarder et celui de détourner les yeux. Le minuscule interstice entre les rideaux ne laissait entrevoir que très peu de choses, et ce très peu de choses le rendait fou.

– Non !

À quoi bon se torturer inutilement ? Ça n'avait jamais été son truc.

Revenant à lui et à la réalité de ce qui l'entourait – sa chambre, la maison des Müller, le bruit de la télévision –, il prit les commandes et rapatria le drone en quelques clics énergiques.

Jonas passa la moitié de la nuit à ruminer. Pourquoi tenait-il tant à Linda alors qu'il la connaissait à peine ? Il avait pourtant dépassé le stade de l'adolescent libidineux ! Et à quoi ça servait d'avoir un QI qui explosait les compteurs si ça ne vous empêchait pas de tomber amoureux de la première venue ?

Aux grands maux les grands remèdes. Jonas connaissait la parade, il n'hésiterait pas à y recourir.

Lorsqu'il bondit de son lit pour se rasseoir à son bureau, son réveil à affichage digital indiquait 3 h 14. Il ouvrit son ordinateur, réfléchit quelques instants et commença à taper. Quelques lignes, ça suffirait. Il les imprimerait plus tard. La petite imprimante qu'il avait apportée était assez bruyante et risquerait de réveiller Kerstin, dont la chambre était juste à côté. À 3 heures et demie, il se recoucha et s'endormit presque aussitôt.

Au moment de partir à la fac, Jonas plia soigneusement en quatre les trois exemplaires en format A5 de son petit mot et les glissa dans sa poche. Il ne savait pas encore comment il s'y prendrait pour faire parvenir le sien à Linda, mais il trouverait certainement un moyen. Et comme il ne serait pas mécontent de déstabiliser Aron, celui-ci aurait droit à son billet également. Si c'était bien lui que Jonas avait vu la veille au soir en compagnie de Linda, le texte risquait de le mettre assez mal à l'aise. Dans le cas contraire, il l'intriguerait, ce qui serait encore mieux.

Le mardi commençait par un séminaire de mathématiques appliquées dont le prof n'était autre que Lichtenberger. En toute autre circonstance, Jonas aurait été impatient de voir comment celui-ci réagirait à sa présence, et s'il lui tiendrait rigueur du mini-esclandre qu'il avait déclenché en lui sabotant son cours. Mais, là, il était beaucoup trop occupé à tirer des plans sur la comète et à imaginer toutes sortes de scénarios qui n'avaient guère de chances d'aboutir.

« Tu n'es qu'un gamin et un pot de colle. »

Ces paroles lui pesaient sur l'estomac. Linda le prenait pour un enfant ? Soit. Mais les enfants ont le droit de jouer, n'est-ce pas ? Eh bien, c'était ce qu'il allait faire. Rirait bien qui rirait le dernier !

– Jonas Wolfram ? C'est bien votre nom ?

Arraché à ses pensées, Jonas réalisa qu'on riait sous cape autour de lui, signe qu'il avait sans doute été déjà appelé plusieurs fois. Zut. Il devait faire attention à garder les pieds sur terre.

– Tout à fait, répondit-il à haute et intelligible voix.

Craignant que son ton assuré ait pu passer pour arrogant, il s'empressa de rectifier le tir :

– Pardon. Je réfléchissais à un truc.

Si Lichtenberger fut surpris de cet aveu, il n'en laissa rien paraître.

– Vous comptez me laisser faire cours ?

– Promis, répondit Jonas avec un sourire repentant qui lui demanda un effort considérable. Encore désolé pour l'autre jour.

Lichtenberger commença à écrire formule sur formule au tableau, mais Jonas décrocha presque immédiatement. Il maîtrisait déjà le sujet, et la question de savoir où il pourrait trouver Linda le préoccupait infiniment plus.

Il décida d'aller au self dès la fin de l'heure et de ne pas en bouger jusqu'à ce qu'elle arrive.

À sa grande surprise, elle s'y trouvait déjà. Elle faisait la queue avec des copines, en pleine discussion animée. Il ne s'était pas préparé à ça. Dans son esprit, Linda se déplaçait toujours toute seule, ce qui était évidemment absurde.

Soudain, il reconnut son sac. Bourré de livres, à fermoir et rivets de couleur bronze. Elle l'avait posé sur une chaise, sans doute pour marquer sa place, ce qui était une sage précaution étant donné la vitesse à laquelle la salle se remplissait.

C'était l'occasion ou jamais. Un rapide coup d'œil en direction de la belle pour s'assurer qu'elle regardait ailleurs, parfait ! Jonas s'approcha de la chaise à grands pas, tira un papier de sa poche et le glissa entre deux gros bouquins.

Ni vu ni connu ! Jonas sortit dans le couloir, monta les marches quatre à quatre et déboucha à l'air libre, écartelé entre un sentiment d'euphorie et la honte de chercher à nuire à quelqu'un dont le seul tort avait été de blesser son amour-propre. Ce n'était pas très fair-play. Linda aurait sûrement des sueurs froides en lisant sa prose aux accents... disons... menaçants. Surtout quand on avait quelque chose à cacher.

D'autres n'y verraient sans doute qu'une plaisanterie sans conséquence. Mais dans le cas de Linda, Jonas était presque sûr de faire mouche.

Il lui restait deux autres billets. Il n'avait pas vu Aron de la journée, cependant, à la réflexion, il était inutile de lui en faire passer un : Linda lui montrerait certainement le sien.

Et donc… pourquoi ne pas en faire profiter quelqu'un au hasard ?

Cette pensée lui donna des ailes. C'était comme de jouer au poker en espérant rafler la mise sur un coup de chance. Même si, en réalité, il était beaucoup plus probable que la personne qui lirait son papier en fasse une boulette et le jette à la poubelle.

Quoi qu'il en soit, Jonas était curieux de voir ce que cela donnerait. Et puis, il était grand temps d'inscrire de nouveaux numéros à son répertoire.

L'après-midi, Jonas se montra sous son meilleur jour, plaisantant avec ses congénères, s'interdisant toute remarque acerbe même si cela le démangeait, allant jusqu'à rester à la fin de l'heure pour aider ceux qui n'avaient pas tout compris.

Lorsqu'il quitta l'université, il avait récupéré les numéros de téléphone de quatre jeunes qui les lui avaient donnés spontanément – en échange du sien, pour l'appeler s'ils avaient d'autres questions. S'il voulait bien.

Jonas avait accepté, bon prince, en se moquant intérieurement de leur naïveté. Il avait profité de l'inattention d'un étudiant, un prénommé Hendrick, pour fourrer un de ses petits papiers dans son cartable. Le troisième, il l'avait plié en tout petit et l'avait glissé subrepticement dans le sac à main d'une fille aux yeux vert émeraude. Une certaine Marlene. Vu le bazar qu'il avait entrevu dans son sac, elle ne le découvrirait peut-être que dans six mois.

D'excellente humeur, Jonas rentra chez les Müller aux alentours de 16 h 30. Pas de Pascal devant la porte, il en fut presque déçu. Il était impatient de lui raconter ce qu'il avait vu la veille au soir, et comment il y avait réagi.

À peine eut-il franchi la porte qu'il tomba nez à nez avec Kerstin.

– Tu tombes à pic ! s'exclama-t-elle en le voyant, ce qui suffit à le dégriser. Maman m'a chargée de faire quelques courses. Ce serait cool si tu pouvais me donner un coup de main !

Pitié, non !

– J'ai du travail, tenta-t-il d'éluder. Pourquoi tu ne prends pas la voiture de ta mère ?

Question stupide. La Volkswagen n'était pas dans l'allée.

– Parce que…, fit Kerstin avec un geste évasif.

– Je vois. Mais, dans ce cas, ta mère n'a qu'à se charger du ravitaillement elle-même !

– D'habitude, c'est ce qu'elle fait. Seulement, aujourd'hui, elle m'a demandé de la dépanner. Elle pensait que tu pourrais m'aider. Si ce n'est pas trop abuser, évidemment.

– N… non, grogna Jonas en cachant mal sa contrariété.

Il avait prévu de faire voler Élanion une première fois de jour, ce qui lui aurait laissé le temps de le recharger avant une deuxième expédition, plus tard dans la soirée.

Mais bon. Puisqu'il était condamné à passer quelques mois dans cette maison, s'il ne voulait pas que sa vie devienne très vite un enfer, il avait intérêt à faire des efforts.

– OK, céda-t-il en attrapant deux grands cabas toujours prêts à l'emploi derrière la porte d'entrée. Allons-y tout de suite, alors.

Il sortit sans attendre la réponse.

Au bout de quelques secondes, voyant que Kerstin ne suivait pas, il lança par-dessus son épaule :

– Tu viens ?

– J'arrive !

Kerstin le rejoignit en courant. Ils n'avaient pas fait dix mètres qu'elle s'immobilisa et fouilla dans son sac à main.

– Une seconde, je vérifie si j'ai bien mon porte-monnaie... Oui, c'est bon.

Le supermarché était à cinq minutes à pied. Jonas était presque sûr qu'il s'agissait de celui qu'Élanion avait survolé la veille en direction de la maison ocre. Serait-il capable de retrouver l'endroit ? En continuant tout droit et en tournant à gauche au bout de la rue... S'il pouvait jeter un coup d'œil à l'interphone, il découvrirait peut-être qui habitait là ?

Kerstin se frappa le front.

– Et merde !

– Quoi ?

– J'ai oublié mon téléphone avec la liste de courses, expliqua-t-elle avec un regard noir qui semblait dire : « C'est ta faute. Si tu ne m'avais pas obligée à me dépêcher... »

« Décidément, dans cette famille, il n'y en a pas un pour racheter l'autre », songea Jonas avec désespoir.

Haussant les épaules, il lâcha laconiquement :

– Pas grave. On fait demi-tour.

Qu'il le veuille ou non, il devait trouver le moyen de s'entendre avec ses hôtes. Dans une résidence étudiante, il aurait beaucoup de mal à cacher Élanion. Et la cohabitation forcée avec des fêtards ne résoudrait pas ses problèmes relationnels, bien au contraire.

Revenus à leur point de départ, ils eurent la surprise de trouver les deux voitures devant le garage. Les Müller étaient rentrés dans l'intervalle. Et ils avaient de la visite : un gros homme à la carrure d'athlète, qui accueillit Kerstin à bras ouverts.

– Alors ? s'esclaffa-t-il au vu de ses sacs vides. C'est tout ce que vous rapportez pour le dîner ? Avec ça, on ne va pas aller loin !

Il partit d'un rire gras qui le secoua tout entier, et enchaîna à l'adresse de Jonas :

– Alors, c'est toi, le petit génie ? Schratter ne jure que par toi. Il a hâte de te rencontrer, à ce qu'il paraît.

– Ah bon ? s'étonna Jonas. Parce qu'il ne m'a pas paru si pressé que ça…

En fait, Jonas avait été si occupé à distiller son venin dans la journée qu'il en avait oublié d'aller frapper à la porte du recteur.

L'homme lui tendit la main.

– Peter Roginski ! Ravi de faire ta connaissance, mon garçon. Si un soir tu as envie de faire une bonne bouffe, viens chez moi : je possède trois des meilleurs restaurants de la ville.

Martin et Silvia Müller sortirent sur le pas de la porte. Tous deux paraissaient étrangement contrariés.

– Vous avez fait vite ! lança M. Müller à sa fille.

Découvrant à son tour les sacs vides, il fronça les sourcils.

– Aïe ! C'est quoi le problème ? Vous avez oublié de prendre de l'argent ?

– Non, mon portable, grogna Kerstin. Sans portable, pas de liste. On y retourne.

Elle n'avait pas fini sa phrase que Jonas lui avait déjà fourré ses cabas dans les mains.

– *Toi*, tu y retournes. Maintenant que tu peux prendre la voiture, tu n'as plus besoin de moi.

Il salua les Müller et leur invité d'un signe de tête, attrapa sa besace dans l'entrée et monta dans sa chambre.

Un tour de clé. Sauvé ! Malheureusement, il ne pouvait pas faire voler Élanion tant qu'il y avait du monde en bas. Cependant, il sortit quand même sa valise de sa cachette.

Il décida de s'intéresser d'abord à Marlene. En guise d'amuse-bouche, pour ainsi dire, en attendant le plat de résistance lorsqu'il lancerait Élanion sur les traces de Linda, plus tard dans la soirée. Il avait hâte de revoir Marlene. Elle avait été l'une des rares à le remercier pour ses explications à la fin du cours. Et elle était loin d'être idiote, apparemment. Jonas avait très bien vu le moment où elle avait eu un déclic.

Ne manquait que le SMS de validation.

> Hi ! J'espère avoir pu t'aider. Si tu as d'autres questions, n'hésite pas. Ce sera avec plaisir.
> À +. Jonas

La réponse arriva dans les trois minutes.

> Sympa. Merci pour tes éclaircissements, j'ai tout compris. Au cas où tu n'aurais pas remarqué, je suis plutôt astucieuse. J Bonne soirée Marlene

Une fille intelligente, c'était bien ce qu'il pensait.

Très content de lui, Jonas sortit Élanion de son étui. Un coup d'œil par la fenêtre… une camionnette de livraison marquée ROGINSKI TRAITEUR en lettres rouge vif remontait la rue en faisant rugir son moteur. Quelques secondes plus tard, elle avait disparu. Le gros plein de bière était parti. Les Müller avaient dû rentrer chez eux car il n'y avait plus personne en bas.

Jonas alluma son ordinateur, vérifia que le numéro de Marlene avait bien été synchronisé dans son répertoire et modifia les paramètres de navigation. Puis il ouvrit la fenêtre et lança son drone. Le ciel était couvert. Tant mieux ; lorsqu'il y avait du soleil, la surface métallique accrochait la lumière et attirait l'œil. Tandis que par temps gris, Élanion était quasiment impossible à repérer.

Le drone s'éloigna rapidement. En direction de l'université, a priori. Peut-être Marlene avait-elle une chambre dans l'une des résidences étudiantes ?

De jour, les images transmises par Élanion étaient d'une netteté et d'une précision incroyables. Jonas zooma sur ce qui se passait dans la rue. Il trouvait toujours amusant d'observer les visages des passants.

D'après ses estimations, Élanion atteindrait le campus dans deux minutes. À la vitesse à laquelle il allait…

On frappa à la porte. Bon sang, ce n'était pas possible ! Ils ne pouvaient pas le laisser tranquille ?

Il fit comme s'il n'avait pas entendu. Mais les coups reprirent de plus belle.

– Jonas ?

Zut, c'était Müller.

– Qu'est-ce que vous voulez ? dit Jonas en prenant exprès un ton mal réveillé. C'est important ?

Silence derrière la porte. Au bout de quelques secondes, M. Müller se racla la gorge.

– Ce ne sera pas long. Juste une ou deux choses dont j'aimerais discuter avec toi. Je peux entrer ?

Jonas étouffa un juron. Il ferma son notebook, mit sa couette en désordre et ouvrit la porte.

– Faites comme chez vous, dit-il en simulant un bâillement. Il y a un problème ?

Sans attendre d'y être invité, son hôte s'assit sur la chaise de bureau et passa la main sur son menton mal rasé. Mauvais signe ; contrairement à ce qu'il avait annoncé, cela risquait de durer un moment. Jonas bâilla une nouvelle fois, histoire de signifier qu'il avait besoin de dormir. Pas très élégant, mais nécessaire s'il ne voulait pas qu'Élanion revienne avant que Müller ait levé le camp.

– Hier, j'ai reçu un coup de fil de tes parents, commença ce dernier. Ils voulaient savoir comment ça se passait. Je leur ai dit que tout allait bien.

Il fixa Jonas d'un air interrogateur. Comprenant qu'il était censé dire quelque chose, celui-ci grommela :

– Vous ne pouviez pas leur faire plus plaisir.

– Sans doute, soupira Müller, qui semblait exténué. Ils se sont plaints que tu ne les appelles pas souvent. Ils m'ont demandé si tu participais à la vie de famille.

Passant la main sur ses yeux avec lassitude, il poursuivit :

– Bon, tu n'es pas là depuis très longtemps, mais j'ai l'impression que tu t'isoles volontiers, je me trompe ?

« Oui. D'ailleurs, si vous pouviez me laisser seul, ce serait merveilleux ! » songea Jonas, bouillant d'impatience.

Poussant un soupir, il dit d'un ton faussement contrit :

– Parfois, c'est vrai. N'empêche, ce week-end, je suis resté tout le temps avec vous, non ? Il me faut un peu de temps pour m'habituer, c'est normal. Bientôt je serai comme un poisson dans l'eau, vous verrez.

– Je l'espère, soupira Müller en se renversant en arrière.

Quoi ? Au lieu de se lever, il prenait ses aises ?

– Tout à l'heure, la façon dont tu as rembarré Kerstin... je crains qu'elle n'ait pas beaucoup apprécié. Ce serait cool si tu pouvais être un peu plus sympa avec elle.

– Oui, bien sûr...

Du coin de l'œil, Jonas loucha vers son réveil. Sept minutes depuis le départ. Élanion devait avoir atteint son but...

« Va-t'en ! supplia Jonas intérieurement. S'il te plaît, va-t'en ! »

Avait-il activé l'enregistrement, au moins ? Sans doute pas, d'habitude, il ne le faisait que lorsque Élanion avait sa cible en ligne de mire.

Il sentit la sueur perler à son front. Pourvu qu'il ne vienne pas à l'idée de cet abruti d'ouvrir son ordinateur ! Il y avait peu de chances qu'il comprenne ce qui se passait, mais on ne sait jamais.

– Je pourrais aider Silvia à la cuisine, proposa Jonas dans une tentative désespérée de se débarrasser du raseur. Mon chili con carne est une merveille.

– Excellente idée ! approuva son hôte avec lassitude. J'ai hâte de voir ça.

« Ce n'est pas l'impression que tu donnes », observa Jonas.

Se forçant à sourire, il dit d'une voix pâteuse :

– Pardon mais je suis vraiment fatigué. Si ça ne vous ennuie pas, je préférerais qu'on poursuive cette conversation plus tard…

Hochant la tête, Müller se leva péniblement de son siège.

– Tu as raison, on en reparlera une autre fois. Mais tu te sens bien chez nous, n'est-ce pas ?

– Carrément !

Jonas aurait dit oui à n'importe quoi, il aurait même demandé Kerstin en mariage si nécessaire ; tout, pourvu que Müller débarrasse le plancher. D'habitude, il ne quittait pas Élanion des yeux une seule seconde. Une catastrophe était si vite arrivée…

– Tant mieux. Repose-toi. Tu nous rejoins pour le dîner ?

– Avec plaisir.

Resté seul, Jonas bondit de son lit, ferma la porte de sa chambre à double tour et rouvrit son notebook.

Il poussa un ouf de soulagement. Élanion émettait encore. La caméra montrait un bout de pelouse avec des bancs en pierre. L'endroit ne lui disait rien, par contre, Jonas reconnut Marlene, assise sur un banc. Elle pianotait sur son portable, l'air concentré. Soudain, elle leva les yeux… fixa l'objectif, sourcils froncés, et inclina la tête sur le côté.

De toute évidence, elle avait découvert Élanion, sans doute depuis déjà un certain temps car elle semblait plus contrariée que surprise. Levant son smartphone en direction du drone – et de Jonas par la même occasion, elle prit une rafale de photos. Oh non, pas ça ! Surtout que ce n'étaient peut-être pas les premières. D'ici qu'elle en ait déjà posté sur Facebook ou sur Instagram…

Jonas reprit les commandes, fit remonter Élanion à douze mètres et le ramena à son point de départ. Il en voulait à Müller, mais encore plus à lui-même. S'en remettre au pilote automatique, quelle bêtise ! C'était une erreur de débutant, qui pouvait coûter très cher. Quand Élanion était en vol stationnaire, à quatre mètres au-dessus du sol, rien n'était plus facile que de l'abattre d'un coup de pierre.

D'un seul coup, la question de savoir si Marlene avait découvert la lettre anonyme paraissait secondaire. Cette fille trop perspicace raconterait-elle avoir vu un drone sur le campus ? Si la nouvelle se répandait, Jonas aurait intérêt à se montrer beaucoup plus prudent.

Tout ça pour un vol qui ne lui avait pas rapporté la moindre information valable ! Maudite précipitation...

Ayant récupéré son drone, Jonas fut tenté de le remettre dans son étui et de l'y laisser jusqu'à nouvel ordre, mais il se connaissait assez pour savoir qu'il aurait sans doute changé d'avis d'ici très peu de temps. Il le raccorda donc à son câble d'alimentation et le cacha sous son lit. Puis il descendit rejoindre les autres dans le salon. Histoire de cultiver les bonnes relations avec sa famille d'accueil.

8 ◉

23 heures. Jonas avait suivi avec la plus grande attention le concours de chant télévisé. Deux heures et demie à subir les braillements de demeurés aussi nuls les uns que les autres ! Kerstin avait profité de la deuxième pause publicitaire pour s'éclipser sous prétexte qu'elle avait du travail. Il savait que c'était faux, car il l'entendait discuter à travers la cloison – sur Skype ou au téléphone.

Avait-elle un copain ?

Jonas entra dans sa chambre et referma le plus silencieusement possible derrière lui. Élanion était chargé à bloc. Était-il encore temps de le faire voler ? Et si oui, quelle serait sa prochaine cible ? Hendrick ou Sergueï ?

Ni l'un ni l'autre, en fait. Seule Linda valait la peine d'une deuxième sortie dans la même soirée.

Il y avait peu de chances que la caméra capte quelque chose d'intéressant. La jeune fille était déjà couchée, ou alors elle regardait la télé ou lisait un bouquin dans son lit.

D'un autre côté, si elle avait lu son mot…

On verrait bien. Jonas ouvrit la fenêtre, lança son drone d'un geste résolu et soupira en le voyant partir en direction de l'université.

Survol de la ville endormie. Les mêmes rues bordées d'immeubles, les mêmes obstacles adroitement contournés. Sauf que, cette fois, Élanion se stabilisa près d'un arbre au feuillage épais, à quatre mètres cinquante de hauteur.

Linda était là, adossée au mur de la résidence étudiante, une cigarette dans une main, son smartphone dans l'autre.

« Mauvais ! », songea Jonas.

Élanion avait beau être extraordinairement silencieux, en l'absence de bruit de fond – la nuit, par exemple –, le vrombissement des rotors s'entendait forcément un peu. Linda risquait d'être la deuxième personne à le découvrir en moins de vingt-quatre heures.

Cependant, elle semblait indifférente à ce qui l'entourait. Elle porta sa cigarette à ses lèvres d'une main tremblante, puis pianota sur son smartphone et le colla à son oreille.

Jonas ne put s'empêcher de sourire. Si elle téléphonait, il entendrait tout ce qu'elle dirait. Il pouvait régler le volume et la sensibilité du micro depuis son ordinateur, éliminer les parasites et même…

– Allô ? Oui, c'est moi. Pourquoi tu ne m'as pas répondu tout à l'heure ?

Le son était excellent. Jonas lança l'enregistrement et se renversa en arrière, les mains croisées derrière la tête. Il visionnerait la scène et en réécouterait chaque mot aussi souvent qu'il le voudrait.

– J'ai tellement peur !

Linda avait baissé la voix, mais on la comprenait encore sans problème.

– Non, je ne sais pas qui c'est. Mais ce qui est sûr, c'est qu'il sait quelque chose.

Elle fit une pause, attentive à ce que lui disait son interlocuteur, puis secoua la tête avec véhémence.

– Non, non, pas tout ! Sinon, le scandale aurait déjà éclaté ! Mais il doit avoir eu vent de quelque chose.

Soudain, elle fondit en larmes.

Misère ! s'affola Jonas. Y avait-il un rapport avec son mot ? Ces trois petites lignes de rien du tout ?

Il ne voyait pas comment. Pourtant, à la façon dont Linda avait dit : « Il sait quelque chose », c'était nettement l'impression qu'il avait.

Elle jeta sa cigarette par terre et l'écrasa du bout du pied. Avec des gestes d'une grâce et d'une élégance dont il ne se lassait pas.

– Tu crois que c'est une tentative de chantage ? hoqueta-t-elle d'une voix entrecoupée de sanglots. Ce serait absurde ! Il y a assez de gens mille fois plus riches que moi sur ce campus…

De nouveau, elle se tut pour écouter son correspondant, puis s'écria avec effroi :

– Oh non, ne dis pas ça, je t'en supplie ! On s'en sortira.

Jonas zooma sur son visage. À la lumière des bornes lumineuses disposées dans les allées, il vit que son mascara avait coulé, laissant des traînées noires sur ses joues.

– Je me trompe peut-être. Et quand bien même j'aurais raison, on pourrait…

Elle pinça les lèvres, sans doute interrompue par son interlocuteur, puis reprit en secouant la tête énergiquement :

– Ensemble, on y arrivera, je te le promets. Dis-moi où tu es, j'arrive tout de suite. Si ! Il faut qu'on réfléchisse calmement. Il s'agit peut-être d'autre chose.

Elle s'essuya les yeux du revers de sa manche, se laissa glisser le long du mur comme si elle voulait rentrer sous terre et demeura un long moment prostrée.

En proie à un malaise grandissant, Jonas fut pris de remords. Si vraiment c'était son message qui mettait Linda dans un état pareil, alors il devait avoir le courage de la franchise. Lui expliquer que ce n'était qu'une plaisanterie de mauvais goût, un canular, un coup de bluff sans conséquence. Bref, une bêtise.

Cependant, si le désespoir de Linda n'avait rien à voir avec son mot, il risquait de se ridiculiser encore plus.

Elle avait raccroché. Son téléphone toujours à la main, elle regardait dans le vide d'un air effondré.

« Allons ! s'exhorta Jonas. Tu as son numéro, appelle-la ! Tu pourras même l'observer et l'enregistrer pendant qu'elle te parlera... Tu lui épargneras une nuit blanche... Avec un peu de chance, elle t'expliquera pourquoi tes trois malheureuses lignes l'ont mise dans un état pareil. »

Sauf que...

Son aveu ferait le tour du campus. Une fois de plus, Jonas passerait pour un salaud. Linda l'avait déjà mouché la veille, il n'avait pas envie d'essuyer ses rebuffades une seconde fois.

Non, il valait mieux laisser passer la nuit. Les choses se seraient sans doute calmées le lendemain. Et dans le cas contraire, il serait encore temps de faire la lumière. Il y aurait peut-être moyen de présenter les faits d'une manière qui lui permettrait de sauver la face ?

Il activa le pilote automatique et donna ordre à Élanion de rentrer. L'espace d'une seconde, il songea à visionner la vidéo en attendant, mais renonça à cette idée. Culpabiliser encore plus, non merci. Et puis, il y verrait sans doute plus clair avec du recul.

Laissant le campus derrière lui, Élanion survola les immeubles obscurs, où seules quelques fenêtres étaient encore allumées, et les rues silencieuses où de rares voitures circulaient encore.

Jonas enviait Linda. Il aurait bien aimé, lui aussi, avoir quelqu'un dans sa vie à qui passer un coup de fil pour lui ouvrir son cœur.

Il avait ses parents, c'est vrai. Mieux valait toutefois qu'ils n'apprennent pas que leur fils espionnait les gens par drone interposé ! Les pauvres, ils auraient mérité d'avoir un gentil garçon… Hélas, ils avaient assez vite compris que cet adjectif pouvait difficilement s'appliquer à leur rejeton.

Poussant un soupir, il ouvrit à son drone. Il était urgent qu'il acquière de nouvelles compétences, autres que techniques et scientifiques.

Lorsqu'il pénétra sur le campus le lendemain matin, Jonas sentit tout de suite qu'il se passait quelque chose d'anormal. Son premier cours était à 9 heures, or l'institut était plongé dans un silence très inhabituel à ce moment de la journée. Personne dans les espaces de détente, ni sur les fauteuils, ni autour des tables de travail. Pas de petits groupes non plus dans les couloirs, ni d'étudiants bavardant devant les salles de classe en attendant l'ouverture des portes. Il régnait une atmosphère plombée. Les rares garçons et filles qu'il rencontra parlaient en chuchotant, comme s'il y avait eu dans la pièce d'à côté un grand malade qu'il ne fallait pas réveiller.

Au premier étage, près d'une fenêtre d'une propreté impeccable, une fille pleurait sans retenue dans les bras d'une copine qui lui tapotait le dos, tout aussi bouleversée.

Jonas ne les connaissait ni l'une ni l'autre. Après quelques secondes d'hésitation, il s'approcha et demanda à celle qui essayait de consoler l'autre.

– Je peux vous aider ?

La fille secoua la tête.

– Non. Anna vient d'apprendre la nouvelle à l'instant. C'est affreux…

Jonas eut l'impression de recevoir un coup à l'estomac.

Il repensa à Linda. Ses larmes… ses mains tremblantes.

– Que s'est-il passé ? demanda-t-il sans être bien certain de vouloir entendre la réponse.

– Tu n'es pas au courant ? hoqueta Anna. C'est Lichtenberger. Il… il est mort !

Jonas n'eut pas à contrefaire la surprise. La nouvelle était terrible, en effet, et il en était sincèrement désolé. D'un autre côté, si déplacé que ça puisse paraître, il se sentit soulagé. Ce malheur n'avait rien à voir avec lui et sa lettre anonyme.

Lichtenberger avait-il eu un infarctus ? La veille encore, il avait donné l'impression de se porter comme un charme…

– Vous savez de quoi il est mort ? Il a eu un accident ?

Les deux filles secouèrent la tête dans un ensemble parfait, à croire qu'elles avaient répété avant.

– Non, répondit la plus vaillante des deux. Tout ce qu'on sait, c'est qu'il a été découvert ce matin par la femme de ménage. En salle 2B.

Ça alors. Cela signifiait que le mathématicien était décédé tard dans la soirée ou dans la nuit, sans quoi on l'aurait trouvé plus tôt.

– Je suis arrivée ici à 7 heures et demie parce que je voulais travailler à la bibliothèque, expliqua Anna. Il y avait des flics partout. Je les ai vus emporter quelqu'un sur une civière recouverte d'un drap. J'étais à mille lieues de me douter de qui il s'agissait jusqu'à ce que le concierge me l'apprenne…

De nouveau, elle éclata en sanglots.

Jonas avait des tas de questions sur le bout de la langue, mais pas de celles auxquelles ces deux filles auraient pu lui répondre. La police était systématiquement appelée en cas de décès inexpliqué. Ce n'était pas parce que Lichtenberger était mort dans les locaux de l'université qu'il avait été assassiné.

Cependant, l'hypothèse d'un meurtre ne pouvait être exclue.

Jonas prit congé d'un signe de tête et se dirigea à grands pas vers son amphi en espérant y rencontrer quelqu'un qui pourrait lui en apprendre davantage. Il ne trouva qu'un avis sur la porte, disant que tous les cours de la journée étaient annulés. Pas d'explication, mais la cause n'était pas difficile à deviner. Les collègues de Lichtenberger allaient sans doute être entendus par la police. Ou alors ils étaient sous le choc.

Jonas avait beau s'interdire d'établir le moindre lien entre le décès de son professeur et l'état d'esprit dans lequel il avait trouvé Linda la veille au soir, il ne pouvait s'empêcher de repenser à son beau visage déformé par l'angoisse et ses protestations désespérées au téléphone.

« J'ai tellement peur… Tu crois que c'est du chantage ? »

En l'entendant, Jonas s'était demandé avec quoi il aurait pu la faire chanter. À présent, il avait peut-être une idée.

Il sortit dans le parc, l'arpenta dans tous les sens… Pas de trace de Linda.

Autour des autres instituts, l'effervescence était la même que les autres jours. Les étudiants bavardaient, plaisantaient ou travaillaient sur leur ordinateur portable. La nouvelle n'était pas parvenue jusqu'à eux ou elle les laissait indifférents, ce qui se comprenait s'ils n'avaient pas connu Lichtenberger.

Contrairement à Linda. Quand Jonas avait mentionné le nom de son maître de conférences, lors de leur première rencontre, elle avait tout de suite vu de qui il s'agissait, disant l'avoir récemment trouvé bizarre.

Bon. Au moins une chose qui serait facile à vérifier. D'autant qu'il avait toute la journée devant lui…

Il prit le bus pour rentrer, mais ne descendit qu'à l'arrêt d'après, face au supermarché où Kerstin l'avait entraîné la veille. Se remémorant le chemin parcouru par Élanion quelques jours plus tôt, il continua tout droit, tourna à gauche au bout de la rue, et parvint moins de cinq minutes plus tard devant la maison aux rideaux rouges.

Devant le garage se trouvaient une Golf gris métallisé et une Passat blanche que Jonas ne se rappelait pas avoir vues sur les images transmises par Élanion. Il est vrai qu'il n'avait absolument pas prêté attention aux voitures ce soir-là : dans sa hâte de voir Linda, il avait occulté tout le reste.

Les rideaux rouges étaient tirés, comme la dernière fois. Dommage. D'un autre côté, cela présentait un certain avantage. Car s'ils l'empêchaient de voir à l'intérieur, ils le protégeaient des regards indiscrets.

Il s'approcha du portail dans l'espoir de découvrir un nom quelque part. Rien. Sur la boîte aux lettres, peut-être ? Pas d'étiquette non plus. Restait encore une solution. Un coup d'œil de chaque côté pour s'assurer que personne ne l'observait… parfait. Soulevant le volet, Jonas introduisit l'index et le majeur dans la fente.

Des lettres, bingo ! Il en pinça une – la plus grande – entre ses doigts, la retira avec précaution, la fourra vite sous son blouson et repartit à grandes enjambées en sens inverse. Il ne s'arrêta qu'une fois certain qu'on ne pouvait pas le voir depuis la maison.

L'enveloppe était froissée et déchirée d'un côté. Mais le nom du destinataire était parfaitement lisible. Jonas déglutit. Une fois de plus, il avait vu juste. Hélas. Car pour une fois, il aurait nettement préféré se tromper.

La lettre était adressée à Mme Barbara Lichtenberger, qui devait être derrière les rideaux, en train de pleurer son mari.

Si pénible que fût le constat, l'histoire n'était pas difficile à deviner.

Contrairement à ce que Jonas avait cru, le personnage masculin qu'il avait entraperçu par la fente du rideau deux jours auparavant n'était pas Aron, mais Lichtenberger, à qui Linda avait rendu visite en l'absence de sa femme. D'où le fait que Jonas n'avait pas vu la Passat blanche sur les images envoyées par Élanion…

Tout en rentrant chez lui, Jonas se repassa le film : Lichtenberger et Linda, seuls dans la chambre. Ils avaient couché ensemble, ça paraissait évident. Et la veille, le restaurant chic… oui, ça se tenait. Même s'il fallait que Lichtenberger ait eu un certain culot pour oser se montrer main dans la main avec une étudiante.

Sachant que le « main dans la main » n'était pas prouvé : Élanion n'avait malheureusement rien envoyé d'exploitable à ce sujet.

Parvenu devant le portail des Müller, Jonas hésita à entrer. A priori, il n'y avait personne à la maison, la tentation était grande de monter dans sa chambre et de se cacher sous sa couette. Au risque que ses pensées s'entrechoquent dans sa tête sans lui laisser de répit. Il valait peut-être mieux…

– Jonas !

Se retournant en sursaut, il vit Pascal en pantalon de jogging et vieux tee-shirt râpé arriver en courant.

– Cool que tu sois là ! lança celui-ci en traversant la rue. Aujourd'hui, je sèche les cours. Un DS de physique. Bien entendu je n'ai pas ouvert mon bouquin.

Tout sourire, il ajouta :

– Je peux monter ?

Sans la sensation de nausée grandissante qui menaçait de dégénérer en sérieuse crise de panique, Jonas l'aurait volontiers envoyé promener. Seulement voilà, quand il mettait tout bout à bout…

Il fallait absolument qu'il sache comment Lichtenberger était mort. Or ce ne serait pas forcément rendu public. Et d'ailleurs ce serait presque préférable. Au moins, Jonas n'aurait pas à se demander s'il n'était pas en partie responsable…

– Alors ? s'impatienta Pascal en sautillant d'un pied sur l'autre comme un sportif interrompu dans son footing.

Soudain, il s'immobilisa et le dévisagea avec inquiétude.

– T'as l'air tout chose… Tu ne vas pas me faire un malaise, au moins ?

Sans un mot, Jonas sortit la clé de sa poche de pantalon, ouvrit la porte, monta dans sa chambre sans se soucier de savoir si Pascal le suivait, se jeta sur son lit et ferma les yeux.

Au grincement de la chaise pivotante, il devina que Pascal venait de s'y asseoir. Celui-ci se mit à fredonner. En se donnant un peu de mal, Jonas reconnut « Locked out of Heaven ». Très à propos.

– Tu m'as dit de leur donner du grain à moudre, lâcha Jonas sur un ton où perçait le reproche. Quelque chose sur quoi se casser les dents…

– Exact, se réjouit Pascal. Et ? C'est ce que tu as fait ?

Jonas respira plusieurs fois à fond.

– Je leur ai posé un problème, commença-t-il avec amertume.

Il devait se reprendre. Certes, au départ, l'idée venait de Pascal. Mais c'était lui qui avait rédigé le texte. Il ne pouvait s'en prendre qu'à lui-même.

– … Une sorte d'énigme, poursuivit-il. Mais ça les a plus perturbés qu'autre chose. Pas seulement eux, d'ailleurs ; d'autres aussi. Pas les bonnes personnes, malheureusement.

– Tu n'as pas l'air de t'être franchement éclaté, observa Pascal.

Jonas se redressa.

– Ce matin, un de mes profs a été retrouvé mort. Et il se pourrait…

Il laissa sa phrase en suspens. De peur qu'en mettant des mots sur sa pensée, elle ne devienne réalité.

– Quoi donc ? insista Pascal.

– Qu'il y ait un lien.

Prenant son courage à deux mains, Jonas lui raconta avoir fait passer à trois personnes une lettre anonyme faisant indirectement allusion à la vie privée de Linda.

– Tu peux préciser ? exigea Pascal en mordillant un crayon ramassé sur la table.

Jonas haussa les épaules. Au point où il en était…

– J'ai surpris Linda au lit avec quelqu'un. Je n'ai pas vu qui c'était car les rideaux étaient fermés et…

Pascal ouvrit des yeux ronds.

– Tu l'as espionnée ?

Difficile de savoir s'il était impressionné ou méprisant. Son étonnement était sincère, en tout cas.

– Je ne le formulerais pas comme ça.

– Mais tu l'as suivie et tu t'es caché dans les buissons pour la surveiller !

Jonas soupira.

– Non plus.

– Bon, fit Pascal sans se départir de son calme. Dans ce cas, explique-moi les choses de la façon qui te paraît correcte.

Jonas était écartelé. Jusqu'à présent, il n'avait révélé à personne ce qui se cachait dans sa mallette. Pas même à ses parents. Cependant, vu les événements, il éprouvait le besoin de se confier à quelqu'un. Ne fût-ce que pour se libérer de l'énorme poids qui lui pesait sur l'estomac. Or il avait confiance en Pascal, qui avait en outre le mérite d'être là. Rassemblant tout son courage, il lâcha d'une seule traite :

– Je lui ai envoyé un drone qui l'a filmée à travers la fenêtre alors qu'elle se trouvait avec un type. J'ai d'abord cru reconnaître Aron. Mais, tout à l'heure, je me suis rendu sur place, et j'ai découvert que la maison en question était celle de mon maître de conférences.

– Un drone ?

– Oui.

– Et le maître de conférences, c'est celui qui est mort ?

– Exact.

Pascal retroussa la lèvre inférieure, une moue que Jonas l'avait déjà vu faire pendant qu'ils travaillaient ensemble. Sans doute le signe d'une réflexion intense.

Mû par une impulsion subite, Jonas s'agenouilla devant son lit, tira à lui la mallette en aluminium et l'ouvrit.

– Voilà ! Je te présente Élanion !

Le visage de Pascal s'épanouit.

– Waouh, trop génial ! D'où tu sors ce bijou ?

– Je l'ai fabriqué moi-même.

– Sérieux ? Trop fort ! Et... pourquoi Élanion ?

– C'est le nom d'un rapace, une espèce rare, répondit Jonas en rabattant le couvercle d'un coup sec. J'ai trouvé que ça lui allait bien : acuité visuelle exceptionnelle, rapidité, souplesse, et vigilance au top. Il ne lâche jamais sa proie...

Il fit une courte pause, le temps de faire disparaître son drone, et ajouta :

– Du moins tant qu'il a de la batterie.

Pascal le regarda avec des yeux remplis d'admiration.

– Et moi qui croyais que tu ne savais rien faire à part manier les chiffres...

– Si seulement ça pouvait être vrai ! Ça m'aurait évité de lâcher Élanion sur Linda, et je n'aurais pas rédigé ces stupides lettres.

– Qu'est-ce qu'elles ont de si grave ?

Le texte, Jonas aurait pu le lui réciter par cœur. Mais il s'y refusait de toutes ses forces. S'il n'avait pas écrit ces mots, Lichtenberger ne serait peut-être pas mort à l'heure qu'il était, et lui ne serait pas en train de se ronger les sangs en se demandant s'il avait une responsabilité dans cette affaire.

Se levant, il s'approcha de son bureau et ouvrit son ordinateur. Il s'étonnait lui-même. Pourquoi faisait-il confiance à Pascal alors qu'il le connaissait à peine ? Peut-être parce que celui-ci faisait preuve en toute circonstance d'une spontanéité et d'une franchise absolues...

Quelques clics, et le document Word apparut à l'écran. En relisant le texte, Jonas sentit la sueur perler à son front. Le message lui paraissait infiniment plus menaçant que sur le moment.

Si tu crois que personne ne sait ce que tu fabriques, tu te trompes ! Aucun rideau ne pourra te protéger, si rouge soit-il. Je connais ton secret. Avec un peu de chance, je le garderai pour moi.

– Waouh ! murmura Pascal d'une voix blanche. À ta place, je n'en mènerais pas large, moi non plus.

Jonas accusa le coup. Il avait espéré que Pascal dédramatiserait les choses, qu'il lui assurerait que personne ne prendrait sa missive au sérieux. D'un autre côté, il n'était pas mécontent d'avoir quelqu'un qui comprenne son angoisse.

– Tu dis avoir filé ton papier à trois personnes, déclara Pascal après réflexion. Qui d'autre en a eu un, à part Linda ?

– Deux étudiants de mon niveau. Marlene et Hendrick. Je ne sais pas grand-chose d'eux.

– Et tu leur balances un mot prétendant connaître leur secret ? Il y a un truc qui m'échappe…

– Tout le monde a ses petits secrets, lesquels, je m'en fiche pas mal, avoua Jonas, conscient qu'il ne se présentait pas sous son meilleur jour, mais devait en passer par là s'il voulait pouvoir se regarder dans la glace. Je voulais juste semer le trouble dans les esprits, tu comprends ? Voir tous ces snobs se tortiller au bout de ma ligne en se demandant si vraiment quelqu'un était au courant de leurs petits arrangements avec le ciel, et si oui, qui.

Il relut son texte à l'écran. Ce n'était pas tout à fait exact. En vérité, il avait surtout voulu se venger de Linda, lui faire payer d'avoir été méchante avec lui.

Il sut sans même le regarder que Pascal hochait la tête.

– Ben mon salaud… Le jour où je trouverai un crapaud dans ma boîte aux lettres, je saurai à qui lancer une merde de chien par la fenêtre !

Jonas réprima une brusque envie de rire.

Hilare, Pascal enchaîna en gloussant :

– Bah, à ta place, je ne me casserais pas la tête. En admettant que ton maître de conférences ait eu une liaison avec Linda et qu'ils aient eu peur tous les deux que cela éclate au grand jour, qu'est-ce que ça explique ? Tu crois que ton prof a paniqué au point de faire une crise cardiaque ? Ou qu'il a voulu rompre et qu'elle l'a refroidi ?

Jonas n'avait pas réfléchi à ça.

– N… non.

– Le gars était marié ?

Jonas ferma les yeux. Il avait toujours dans son blouson la lettre destinée à Mme Barbara Lichtenberger.

– Oui. Ne me demande pas s'il avait des enfants, je n'en sais rien.

Nullement impressionné, Pascal ramassa un bonbon qui traînait sur le tapis et le fourra dans sa bouche.

– Dans che cas, ch'est peut-être bobonne qui l'a gigouillé ? Mais elle, elle n'a pas eu ton papier, n'est-ce pas ?

Jonas se dérida un peu. Pascal avait raison : tout ça n'était que le fait du hasard. Quant aux relations amoureuses entre enseignant et étudiant, elles ne posaient problème que s'il y avait entre eux un rapport hiérarchique, or ce n'était pas le cas puisque Linda n'était pas l'élève de Lichtenberger.

Jonas respira avec soulagement. Les deux événements s'étant produits dans un laps de temps très réduit, il n'y avait rien d'étonnant à ce qu'il ait fait le lien entre ses lettres anonymes et la disparition de son prof. Mais ce n'était sans doute qu'une simple coïncidence.

Restait le désespoir de Linda. Il avait la vidéo, il se la repasserait dès qu'il le pourrait. Il y trouverait sûrement une explication autre que : « Je connais ton secret ! »

Soudain, il entendit claquer la porte d'entrée. Cela ressemblait à Kerstin, laquelle ne mit d'ailleurs pas trente secondes à venir frapper à la porte de Jonas, et passa la tête à l'intérieur sans attendre d'y être invitée.

– Ah, je ne suis pas la seule à être rentrée plus tôt. Toi aussi, tu as fui toute cette effervescence sur le campus, mmh ? Oh, salut Pascal !

– Quelle effervescence ? s'alarma Jonas, qui avait trouvé la fac anormalement calme, au contraire.

– Tu n'es pas au courant ? Le maître de conférences, un jeune mathématicien brillantissime et séduisant…

– Il est mort, je sais, abrégea Jonas. Tous mes cours ont été annulés à cause de ça.

Kerstin s'adossa au chambranle de la porte.

– Exact. Et tu sais de quoi il est mort ?

Jonas n'était pas certain de vouloir l'entendre. Kerstin avait les yeux brillants d'excitation. Ça ne parlait pas en faveur d'une crise cardiaque.

– Il s'est suicidé ! annonça-t-elle avant qu'il ait eu le temps d'ouvrir la bouche. On l'a retrouvé pendu dans une salle de classe. Avec le câble de remorquage de sa voiture.

Jonas sentit le feu lui monter aux joues. Pendu ? Si c'était vrai, alors ses pires craintes étaient justifiées…

Kerstin se méprit sur son expression.

– Oh, pardon, s'excusa-t-elle d'un air sincèrement désolé. Tu as dû l'apprécier tout de suite, il était tellement brillant. Ses étudiants l'adoraient ! Mais ce n'était pas le cas de tout le monde, apparemment.

Baissant la voix, Kerstin regarda Pascal puis Jonas dans les yeux, puis ajouta sur le ton de la confidence :

– Le bruit court que quelqu'un le faisait chanter.

9

Kerstin était sortie aussitôt après avoir lâché sa bombe, visiblement très contente de son petit effet. Jonas ignorait s'il avait pâli, mais ses mains s'étaient mises à trembler si violemment qu'il les avait pressées l'une contre l'autre de toutes ses forces pour que ça ne se voie pas.

Pascal n'avait pas tardé à prendre congé :

– Bon, je vois que tu n'apprécies pas beaucoup ma compagnie. Je peux le comprendre. Mais ne te fais pas trop de nœuds au cerveau, mon grand : il faudrait vraiment être taré pour aller se pendre à cause de tes trois malheureuses petites lignes.

Jonas ne demandait qu'à le croire, mais comment ? Même si son mot n'avait été qu'une goutte d'eau faisant déborder le vase, le résultat n'en était pas moins tragique.

Il s'imaginait la scène comme s'il y était : Linda courant retrouver Lichtenberger pour lui montrer la lettre anonyme. Lui la renvoyant chez elle, soit très en colère, soit de façon extrêmement tendre, au contraire, comme pour la préparer à ce que cet adieu soit le dernier.

Son ami parti, Jonas s'enferma à clé. Il ne voulait être surpris par personne. Puis il ouvrit la vidéo de Linda fumant sa cigarette en bas de son immeuble la veille au soir.

Il mit son casque sur les oreilles.

– *Allô ? Oui, c'est moi. Pourquoi est-ce que tu ne m'as pas répondu tout à l'heure ?*

Si, comme il le pensait, la phrase s'adressait à Lichtenberger, cela signifiait que celui-ci était encore en vie à ce moment-là, c'est-à-dire – à en croire la date et l'heure d'enregistrement affichées au bas de l'écran – à 23 h 17.

– *J'ai tellement peur !*

Jonas mit sur pause, revint cinq secondes en arrière et réécouta la phrase.

– *J'ai tellement peur !*

Oui, c'étaient ses mots. Incontestablement.

– *Non, je ne sais pas qui c'est. Mais ce qui est sûr, c'est qu'il sait quelque chose.*

Si, hier encore, Jonas avait eu des doutes, à présent c'était une certitude : le « il » en question ne pouvait désigner que l'auteur du billet. Donc lui.

Sauf que Linda se trompait. Jonas ne savait rien. Rien du tout. Pas plus à l'heure qu'il était qu'au moment où il avait écrit son mot. S'il soupçonnait Linda d'avoir eu une relation avec Lichtenberger, il n'en avait pas la moindre preuve.

– *Non, non, pas tout ! Sinon, le scandale aurait déjà éclaté ! Mais il doit avoir eu vent de quelque chose.*

Jonas tressaillit. Ça, c'était une phrase-clé ! Ce qui terrorisait Linda allait bien au-delà de la crainte que sa relation avec Lichtenberger soit découverte.

Les yeux rivés sur l'image, il regarda Linda écraser sa cigarette.

– *Tu crois que c'est une tentative de chantage ? Ce serait absurde...*

Jonas aurait voulu se boucher les oreilles. Il se sentait abominablement mal. S'il avait eu un minimum d'honnêteté, il aurait dû se précipiter chez Linda et lui avouer la vérité, lui expliquer qu'il était l'auteur de la lettre, pas pour la faire chanter, non, seulement pour prendre sa revanche.

Il avait bien trop peur des conséquences.

Quid si Lichtenberger s'était réellement suicidé à cause de lui ? Linda ne se priverait pas de le lui reprocher. Comment vivre après ça, avec la mort d'un homme sur la conscience ?

– Oh, non, ne dis pas ça, je t'en supplie ! On s'en sortira.

Jonas se prit la tête dans les mains. Était-ce la dernière conversation qu'ils avaient eue ?

– Je me trompe peut-être. Et quand bien même j'aurais raison, on pourrait… Ensemble, on y arrivera, je te le promets. Dis-moi où tu es, j'arrive tout de suite. Si ! Il faut qu'on réfléchisse calmement. Il s'agit peut-être d'autre chose.

Le film s'arrêtait là. Jonas referma son notebook. Ce soir, il n'enverrait Élanion à personne. L'idée qu'il pourrait encore découvrir autre chose le remplissait d'épouvante.

Soudain, Jonas pensa à l'enveloppe dans la poche intérieure de son blouson. Il la rapporterait à sa destinataire le lendemain, avant que quelqu'un la découvre par hasard dans ses affaires. En attendant…

Ramassant son blouson qu'il avait jeté par terre à son arrivée, il prit l'enveloppe et l'étudia attentivement. L'adresse était écrite à la main, en lettres bâton impeccables, sans nom d'expéditeur. Le pli était plutôt épais. De quoi pouvait-il s'agir ? Certainement pas une lettre, ou alors son auteur avait beaucoup, beaucoup de choses à raconter.

Des photos ? Montrant Lichtenberger et Linda dans des poses compromettantes ? Si c'était le cas, mieux valait ne pas rapporter l'enveloppe et la jeter avec son contenu, de façon à ce qu'elle ne tombe dans les mains de personne.

Comment savoir ?

Jonas hésita quelques instants. Hélas, le combat était perdu d'avance. Pour se justifier, il se dit que son indiscrétion visait avant tout à épargner de nouvelles souffrances à la veuve. Mais il n'était pas idiot au point de se mentir à lui-même.

Il prit des ciseaux sur son bureau, découpa proprement l'enveloppe et sortit ce qu'il y avait dedans.

Il crut halluciner. De l'argent ! Toute une liasse de billets ! Et pas n'importe lesquels : rien que des grosses coupures !

Se laissant tomber sur son lit, Jonas contempla les billets mauves avec stupeur. Au bout d'un moment, s'arrachant à son hébétude, il s'employa à les compter. Il recommença à plusieurs reprises, histoire d'être sûr de ne pas se tromper. Et parvint chaque fois au même résultat : vingt billets de cinq cents.

Quelqu'un avait envoyé dix mille euros à Barbara Lichtenberger !

10 ◉

Jonas ne put fermer l'œil de la nuit. Il lui semblait qu'un énorme poids de plusieurs kilos lui écrasait la poitrine et l'empêchait de respirer. Comme s'il n'avait pas déjà assez d'ennuis, à présent, il y avait ce paquet de fric dont il ne savait que faire.

Il devait le rapporter là où il l'avait pris, c'était évident. Mais telle qu'il l'avait ouverte, l'enveloppe ne pouvait pas être recollée... En prendre une autre ? Oui, forcément. Même si cela impliquait de réécrire l'adresse. Or l'expéditeur l'avait rédigée à la main, et rien ne disait que c'était le premier envoi de ce genre. Problème : s'il y avait déjà eu des précédents, une écriture différente pourrait éveiller les soupçons de Barbara Lichtenberger. Quant à une étiquette pré-imprimée, ce serait sans doute pire.

Garder le magot ? Hors de question. Non seulement ç'aurait été du vol mais surtout Jonas aurait eu bien trop peur qu'on découvre une telle somme dans ses affaires. Alors quoi ? Jeter le tout ?

Jonas passa à plat ventre. N'importe quoi ! Jeter dix mille euros alors que, tôt ou tard, quelqu'un s'inquiéterait de leur disparition, c'était la pire des solutions.

Il finit par opter pour une enveloppe vierge. Au risque que Barbara Lichtenberger la mette à la poubelle en pensant que c'était une pub.

Auquel cas ce serait elle la responsable. Pas lui, si ?

Peut-être y avait-il encore un moyen de jouer cartes sur table. En faisant ce qu'il essayait de faire depuis son arrivée : avoir un entretien avec Schratter. Jonas le croyait assez ouvert pour pouvoir lui parler d'Élanion sans qu'il sorte de ses gonds. La lettre anonyme, mmh... ce serait sans doute une autre paire de manches. Quant à lui avouer qu'il piquait du courrier dans des boîtes aux lettres après en avoir espionné les destinataires par drone interposé... décidément, non, ce n'était pas la peine d'y songer...

Jonas se renversa sur le dos. Il en revenait toujours à l'enveloppe vierge. De tous les scénarios, c'était encore le moins mauvais.

Il n'avait pas l'habitude de se balader avec dix mille euros dans sa poche. Il était toujours très vigilant lorsqu'il se déplaçait avec Élanion dans sa mallette mais, là, c'était différent. Une enveloppe était si vite égarée...

Le cours lui passa très loin au-dessus de la tête. Jonas était tellement nerveux à la perspective de ce qui l'attendait qu'il n'écoutait rien et fut incapable de répondre lorsqu'on l'interrogea.

Marlene, assise deux rangées devant lui, se retourna et le scruta avec attention. Il eut toutes les peines du monde à soutenir son regard. Avait-elle fait le lien entre lui et la présence d'un drone sur le campus ?

C'était ridicule, voyons ! Elle n'était pas devin. Pas plus qu'elle ne pouvait lire dans ses pensées... même s'il avait l'impression d'être complètement transparent.

Jonas se plongea dans son livre de statistiques en faisant mine d'être très concentré, et attendit la fin de l'heure en rongeant son frein.

À peine la chargée de TD eut-elle rassemblé ses affaires qu'il bondit de sa chaise et se rua vers la sortie. Il avait une heure avant le cours d'informatique. En se dépêchant, il avait une chance de faire l'aller-retour dans l'intervalle.

Il avait hâte d'être débarrassé de sa corvée. D'un autre côté, il ne pouvait se permettre aucune précipitation. Au contraire, il devait faire preuve de la plus extrême prudence et de toute la discrétion possible. Pour cela, il avait besoin de temps. Ce qui impliquait de bien choisir son moment.

Il s'assit sur un banc un peu à l'écart. Mais au bout de quelques instants à peine, incapable de tenir en place, il se leva pour arpenter les allées au hasard, les yeux baissés pour que personne ne lui adresse la parole. Au détour d'un chemin, il vit Linda se diriger vers le self, bras dessus bras dessous avec une copine. Ses cheveux étaient relevés en une queue-de-cheval, et Jonas fut frappé par le peu de grâce de ses mouvements. Parvenue devant le bâtiment, elle se sépara de son amie et s'éloigna de quelques pas. Elle s'adossa à un arbre, les bras autour de sa taille. Visiblement, elle pleurait.

Il hésita à aller la trouver. Devait-il lui parler ? Essayer de la consoler ?

Non, il n'aurait pas su quoi lui dire. Quant à lui avouer qu'il était l'auteur de la lettre anonyme, telle qu'il la voyait à présent, cela lui paraissait plus inenvisageable que jamais. Il n'en avait pas le courage.

Ravalant sa honte, il décida de tenter sa chance auprès du recteur. Après tout, celui-ci s'était impliqué personnellement dans son admission à la Victor Franz Hess Private University. Ce qui faisait sans doute de lui la seule personne à souhaiter sa présence ici.

Schratter avait fait entrer le loup dans la bergerie mais ça, il ne le savait pas encore.

Jonas poussa la porte vitrée. Une horrible odeur de désinfectant à la lavande lui sauta au nez.

Il monta au premier étage en priant le ciel que le recteur soit là. Il lui serait plus facile de décider jusqu'où il pouvait aller dans la confidence lorsqu'il l'aurait en face de lui.

La porte du secrétariat était entrouverte. Il la poussa résolument.

– Bonjour, en quoi puis-je vous aider ? le salua la secrétaire.

– J'aimerais parler au recteur. Je suis déjà passé l'autre jour, vous vous souvenez ? Jonas Wolfram. Bourse au mérite en mathématiques appliquées.

Elle haussa imperceptiblement un sourcil.

– Ah oui, je me rappelle. Vous tombez bien : nous avions convenu d'un rendez-vous pour demain vendredi, malheureusement le docteur Schratter vient de me demander de revoir son planning. Il a hâte de vous rencontrer, mais étant donné les circonstances... il est complètement débordé, vous comprenez ?

– Le docteur Lichtenberger était un de mes professeurs, acquiesça Jonas. Je l'ai à peine connu mais j'ai eu le temps de m'apercevoir qu'il était un type brillant. J'ai eu du mal à croire qu'il soit mort.

– Ça a été un choc pour nous tous, soupira la secrétaire.

Ôtant ses lunettes, elle s'essuya les yeux avec précaution pour ne pas abîmer son maquillage.

Comment s'appelait-elle, déjà ? C'était la troisième fois que Jonas la voyait, mais il n'avait pas cherché à savoir son nom. S'approchant du comptoir, il loucha sur la pile de courrier posée sur son bureau.

« Tu t'intéresses trop aux lettres des autres ! songea-t-il avec dérision. Dieu sait pourtant que ça ne t'a pas réussi. »

De toute façon, les lettres étaient toutes adressées au Dr Carl Schratter. Par contre, la carte à puce retenue par un ruban bleu négligemment abandonnée à côté de l'ordinateur comportait un nom et une fonction : Mme Andrea Gilles, assistante du recteur.

– J'imagine que ça n'a pas dû être facile pour les femmes de ménage qui l'ont découvert, hasarda Jonas sur un ton songeur.

– Vous ne croyez pas si bien dire, approuva Mme Gilles en remettant ses lunettes. L'une d'elles est en arrêt de travail. Elle a même dû être hospitalisée.

Assailli par un nouvel accès de mauvaise conscience, Jonas enfonça ses ongles dans ses paumes.

– On sait de quoi... enfin, y a-t-il des indices qui permettent de penser... je veux dire, pourquoi il...

– Vous êtes très affecté, n'est-ce pas ? se méprit la jeune femme.

Se levant, elle lui posa la main sur l'épaule.

– Vous n'êtes pas le seul. Malheureusement je ne peux pas vous renseigner : même si nous connaissions la réponse à ces questions, nous n'aurions pas le droit de vous la communiquer.

– Bien sûr, c'est normal.

– Je suis désolée que les choses soient ce qu'elles sont alors que vous venez à peine d'arriver. Ce n'est sans doute pas ce que vous aviez espéré...

« Si les choses sont ce qu'elles sont, c'est précisément PARCE QUE je viens d'arriver », corrigea mentalement Jonas, qui s'aperçut avec effroi qu'il était au bord des larmes.

Voyant qu'il avait les yeux mouillés, Mme Gilles compatit :

– Oh, pardon, j'avais oublié ! Vous n'avez que seize ans, n'est-ce pas ?

– Dix-sept.

Comme si c'était une question d'âge !

– Ça va aller, pas de souci, murmura-t-il. Seulement, c'est la première fois que je suis confronté à un drame comme celui-ci...

« Et aussi la première fois que la crainte d'avoir un mort sur la conscience m'empêche de dormir, songea Jonas avec amertume. Ou que je me balade avec sur moi dix mille euros volés... »

Tout ça était d'une telle absurdité qu'il faillit éclater de rire. Mais cela aurait été du plus mauvais effet, or il ne voulait pas ruiner la bonne opinion que la secrétaire semblait avoir de lui.

Il prit congé :

– Je dois aller en cours. Si cela vous convient, je repasserai demain. Sauf...

Il fit semblant de réfléchir avant d'enchaîner :

– ... sauf si vous pouviez me donner le numéro de monsieur Schratter. Comme ça, je pourrais prendre rendez-vous directement avec lui, voire discuter d'un certain nombre de points par téléphone.

Mme Gilles secoua la tête.

– Je regrette, ce n'est pas possible. Il m'a donné des instructions très précises à ce sujet. Par contre, rien ne vous empêche de lui écrire un mail.

Prenant un post-it, elle y nota l'adresse et le lui tendit.

– Tenez, c'est encore ce qu'il y a de plus simple. Monsieur le recteur répond toujours.

Quoique dépité, Jonas afficha un air reconnaissant.

carl.schratter@hessuniversity.org, lut-il. Oui, il enverrait un mail au recteur. Ce serait mieux que rien.

Mais pour ce qui était de lui envoyer Élanion, c'était raté.

Jonas assista à son cours sans rien capter de ce que racontait le prof. Il était beaucoup trop occupé à planifier sa journée.

D'abord, il rapporterait les dix mille euros à leur destinataire. La boîte aux lettres était disposée de telle sorte qu'avec un minimum d'adresse il pourrait y glisser l'enveloppe en passant devant sans s'arrêter. En revanche, il n'aurait pas le loisir de vérifier si quelqu'un regardait à travers le rideau rouge.

Ensuite, il se sentirait plus léger et serait de nouveau en état d'articuler deux idées de suite. Se renseigner sur Lichtenberger, par exemple : quelle était la vraie raison de son suicide ? Car il y en avait une, forcément.

L'homme aurait-il été dépressif ? Quelques années auparavant, la mère de Jonas avait perdu une amie atteinte d'une grave dépression, décédée d'une overdose de médicaments. Si Lichtenberger était psychologiquement fragile, cette stupide lettre anonyme pouvait l'avoir achevé, en effet…

Jonas cacha son visage dans ses mains. Jamais il ne sortirait indemne de cette affaire… Sa culpabilité éclaterait au grand jour, forcément…

En attendant, il fallait qu'il comprenne pourquoi et comment son mot avait pu conduire à un tel désastre. Pour cela, il avait besoin d'un maximum d'informations.

Il n'y avait quasiment personne dans la rue à part une vieille dame en train de promener son chien. Jonas s'approcha de la maison des Lichtenberger avec des précautions dignes d'un sniper. La main profondément enfoncée dans la poche, il serrait convulsivement l'enveloppe avec les billets.

Boîte aux lettres en vue. Format réglementaire, gris métallisé, volet fermé. Plus que dix mètres. Jonas jeta un bref coup d'œil par-dessus son épaule : la voie était libre. Parfait.

Quatre mètres. Mentalement, il répéta son geste. Tendre le bras, soulever le clapet, glisser l'enveloppe sans s'arrêter, il n'y avait aucune raison que ça se passe mal.

Go ! Il sortit l'enveloppe de sa poche, en glissa un coin sous le clapet, la poussa dans la fente et poursuivit son chemin. Hélas, il n'avait pas dû pousser assez fort car il n'avait pas fait trois pas qu'il l'entendit tomber par terre.

Se maudissant, il revint précipitamment en arrière, la ramassa et répéta l'opération.

Quel abruti ! Comment avait-il pu être aussi maladroit !

Levant les yeux, il s'assura qu'il n'y avait personne à la fenêtre. Ouf, dans son malheur, il avait eu de la ch…

– Jonas ? Qu'est-ce que tu fais là ?

Il se retourna en sursaut. Marlene ! Un bouquet de fleurs à la main, elle le fixait à travers ses cils.

– Qui, moi ? balbutia-t-il. Je… je…

Elle le toisa de haut en bas puis de bas en haut.

– Tu viens de déposer une lettre, je ne me trompe pas ?

Le cœur battant, Jonas réfléchit à toute allure. Nier l'évidence ne ferait que le rendre suspect.

– Oui, avoua-t-il. Mais je ne tiens pas à ce que ça se sache.

Elle hocha la tête à la façon d'un chat.

– Ah bon ? Pourquoi ça ?

– Ce serait trop long à expliquer, éluda-t-il avec un soupir évasif. Et toi ? À qui tu apportes des fleurs ?

– À Mme Lichtenberger, répondit-elle avec un petit signe du menton en direction de la maison. De la part du Bureau des élèves. Je suis nouvelle, mais il n'y a eu personne pour se dévouer. Ils voulaient faire livrer une gerbe avec une petite carte, j'ai trouvé que ce serait trop impersonnel.

Disait-elle la vérité ? Jonas guetta un signe d'embarras dans ses yeux incroyablement verts, mais son regard était limpide comme de l'eau de roche.

De son côté, elle l'observait toujours avec insistance.

– Tu m'accompagnes ? Ou tu préfères t'en tenir à ton petit mot ?

Donc elle croyait à une carte de condoléances. Excellent, il n'aurait pas trouvé mieux.

– Allez, viens ! le pressa-t-elle. Moi aussi, je suis dans mes petits souliers. Quand je me suis proposée, je ne pensais pas que je serais aussi intimidée.

Tournant la tête vers la porte d'entrée, elle soupira :

– Si je le pouvais, je ferais demi-tour, mais ce serait un point négatif sur ma liste.

Il dut avoir l'air ahuri car elle ajouta en riant :

– Laisse tomber, tu ne peux pas comprendre. Bon, tu viens ? À deux, ce sera plus facile…

Sans vraiment savoir pourquoi – poussé par le remords, sans doute, ou par une certaine forme de curiosité malsaine –, Jonas fit signe que oui. Et le regretta aussitôt.

Marlene fouilla dans son sac, en sortit un stylo-bille et le lui tendit :

– Tiens, signe là, toi aussi.

La carte était couverte de noms, une cinquantaine au bas mot. Jonas inscrivit ses initiales dans un coin.

Marlene appuya sur la sonnette. Il ne se passa rien pendant un moment, si bien que Jonas espéra pouvoir s'en aller sans tambour ni trompette, mais Marlene avait de la suite dans les idées.

– Attends !

Au même instant, la porte s'entrouvrit et une jeune femme passa la tête dans l'embrasure. Elle paraissait plus fatiguée que malade de chagrin. Son tee-shirt n'était qu'à moitié rentré dans son jean, et ses cheveux bruns étaient attachés par un simple élastique.

– Oui ?

– Madame Lichtenberger ? s'enquit Marlene.

– C'est moi.

– Je m'appelle Marlene Dornik, j'étais une étudiante de votre mari. Je suis chargée de vous présenter les condoléances de toute la promo et vous dire que nous sommes tous désolés. Votre mari était un excellent professeur, il va beaucoup nous manquer.

Ne sachant quoi ajouter, elle lui tendit son bouquet. Des lis pourpres avec quelques fleurs blanches et beaucoup de vert.

– Merci, dit Mme Lichtenberger qui n'avait cessé de la fixer avec méfiance. Dites-moi une chose : y a-t-il une raison personnelle à votre démarche, mademoiselle ?

Jonas comprit tout de suite le sous-entendu. De même qu'il concevait pourquoi la jeune femme ne s'intéressait absolument pas à lui : contrairement à Marlene, en qui elle redoutait visiblement une potentielle rivale, il ne représentait pas une menace pour elle.

– Une raison personnelle ? s'étonna Marlene, déstabilisée par la question. Non, pas particulièrement…

– Ah, dans ce cas… merci.

La jeune veuve balaya la rue du regard, comme si elle voulait s'assurer que personne n'avait été témoin de la scène, puis reporta enfin son attention sur son bouquet.

– Jolies fleurs… Je vous proposerais volontiers d'entrer mais…

– C'est très gentil à vous, nous ne voudrions surtout pas vous déranger, déclina Marlene au grand soulagement de Jonas. Encore toutes nos condoléances…

Barbara Lichtenberger ne chercha pas à les retenir. Pas plus qu'elle ne les suivit du regard. Ils n'étaient pas parvenus à la boîte aux lettres qu'elle avait déjà refermé sa porte.

11 ◉

Ils remontèrent la rue sans un mot. Jonas était écartelé entre des sentiments contradictoires, à la fois bouleversé et plein d'admiration : la veuve de Lichtenberger ne semblait pas étouffée par le chagrin, c'était une évidence. Cela dit, il ne fallait pas se fier aux apparences. Il y avait des gens que la douleur dévorait de l'intérieur et qui étaient déchirés sans que cela se voie.

Ce qui étonnait encore plus Jonas, c'était la façon dont elle avait regardé Marlene. L'air de se demander si elle aussi, elle avait…

Or si, comme il le supposait, Barbara L. était déjà au courant des incartades de son mari, il n'y avait pas vraiment de raison que celui-ci se soit supprimé à cause de la lettre anonyme. Il devait donc y avoir autre chose.

Pourtant, Jonas n'arrivait pas à se défaire de sa mauvaise conscience. Un jour, il espionnait la maison de Lichtenberger, et le lendemain, le maître de conférences était retrouvé mort dans sa salle de classe. Entre les deux : « Je connais ton secret. » La phrase qui tue.

Marlene marchait légèrement devant lui. Il l'observa à la dérobée. Elle avait reçu son mot, elle aussi. L'avait-elle lu ? Si oui, comment l'avait-elle interprété ?

– Je t'invite à boire un verre ! proposa-t-elle en se retournant à peine. Il y a un café sympa pas loin d'ici. Je te dois bien ça : c'est la deuxième fois en peu de temps que tu me rends service. Avant-hier déjà...

Marquant un temps d'arrêt, elle le regarda avec gravité avant de poursuivre :

– La question de maths que tu as reprise avec moi et quelques autres, avant-hier, ç'aura été le dernier cours de Lichtenberger, tu te rends compte ?

Jonas déglutit, trop atterré pour répondre. Il n'avait pas réfléchi à ça.

Le café dans lequel elle le fit entrer, quelques instants plus tard, était en effet un endroit sympa. Un intérieur de bric et de broc, avec des chaises dépareillées, des poufs et des fauteuils disposés au hasard et, aux murs, des tableaux de toutes les tailles et de tous les styles. Marlene se dirigea droit vers un canapé à rayures bleu et gris devant lequel se trouvaient une table basse en bois de récupération et deux fauteuils vert clair.

– Un double expresso et une forêt-noire ! commanda-t-elle au passage. Et toi, tu prends quoi ?

Jonas s'arracha à ses réflexions.

– Un Perrier, dit-il. Avec du citron.

Marlene balança sa veste sur le canapé et s'y affala.

– De l'eau ? Ce n'est pas avec ça que tu vas me ruiner !

Jonas s'assit sur un des fauteuils. Et se mordit la lèvre en voyant Marlene poser son sac à main sur ses genoux pour chercher quelque chose. Si dans quinze secondes elle lui agitait son papier sous le nez, il lui confesserait tout.

« Du calme ! se reprit-il, le cœur battant, tandis qu'elle fourrageait dans les profondeurs de son sac. Elle ne peut pas savoir que tu es l'auteur du message... »

Il était certain qu'elle ne l'avait pas vu glisser la lettre dans son sac. Cependant, son geste avait peut-être été remarqué par quelqu'un, et ce quelqu'un avait jugé bon de la prévenir ?

Enfin, elle trouva ce qu'elle cherchait et exhuma non pas une feuille A5 pliée en quatre, mais un carnet noir et un stylo-bille.

Ouvrant son calepin, elle déclara d'un ton ravi :

– Trois sur quatre, pas mal ! Encore un point, et le compte sera bon pour la journée.

Abasourdi, Jonas la vit dessiner une grosse croix rouge à côté d'une annotation. Penchant la tête pour lire ce qui était écrit, il décrypta :

Sortir de ma zone de confort.

– Qu'est-ce que tu fais ? demanda-t-il, très intrigué.

– Je me fixe des objectifs et je coche quand ils sont atteints. C'est le seul intérêt des listes, tu ne trouves pas ? De voir noir sur blanc que les choses avancent.

Jonas ouvrit des yeux ronds.

– Une minute. Tu t'es chargée de livrer les fleurs rien que pour pouvoir biffer un point sur une *to-do-list* ?

– Pas seulement, dit-elle avec une petite moue. Je l'ai fait aussi parce que ça me paraissait important. Résultat, ajouta Marlene avec un sourire réjoui, j'ai fait d'une pierre deux coups !

Jonas n'avait jamais rencontré personne d'aussi méthodique.

– Tu t'inventes une nouvelle liste tous les matins ?

Marlene se recula pour laisser la serveuse déposer leur commande sur la table. Dont une énorme part de forêt-noire.

La fille repartie, elle but une gorgée de café, puis elle expliqua en posant sa tasse :

– Non, je me concentre sur les trucs que je dois améliorer. Et ça, ça demande de l'exercice.

Elle s'attaqua à son gâteau et poursuivit, la bouche pleine :

– Tu comprends certainement ce que je veux dire. Même si le génie que tu es n'a pas de progrès à faire !

Jonas porta son verre à ses lèvres. Appliqué à la vie courante et non aux seules matières scientifiques, le concept était intéressant.

– Donc, tu t'entraînes à sortir de ta zone de confort ?

– C'est ça. De façon à en repousser les limites.

– Ah… Et quoi d'autre ?

Marlene découpa maladroitement un bout de gâteau.

– Des trucs du genre : être sympa avec quelqu'un que je n'aime pas, ravaler une réflexion désagréable, ne pas réagir aux humiliations, ou encore : entre deux options, toujours choisir la plus difficile.

Elle finit son café d'un trait.

Jonas devait reconnaître qu'il était très impressionné.

– Et comment fais-tu les jours où personne ne t'agresse ?

– Ça arrive, mais moins souvent que tu ne le crois. Quand on n'est pas complètement filiforme, la plupart des gens considèrent que vous faites partie d'une race à part qui ne mérite pas d'être respectée. Ils en oublient les règles de politesse les plus élémentaires.

Voyant qu'il ne comprenait pas ce qu'elle voulait dire, elle expliqua :

– Par humiliations, je n'entends pas que les insultes ou les moqueries. Ça peut être un surnom ou une réflexion lancée sans réfléchir, du style « Bouboule », « Hippopotame », ou « Pas étonnant que tu sois grosse avec tout ce que tu avales ! ».

Comme pour donner plus de poids à ses paroles, elle enfourna le dernier bout de gâteau qui restait.

Jusqu'à présent, Jonas n'avait pas vraiment fait attention à son physique. Il n'avait remarqué que ses yeux verts. Sans être aussi séduisante que Linda, elle n'avait rien d'un hippopotame, loin de là.

– En ce qui me concerne, poursuivit Marlene, il y a eu une période où je me suis demandé ce qui était le mieux pour moi : me conformer aux attentes des autres, ou assumer mes rondeurs ? Répondre aux provocations, ou ne pas réagir ? Eh bien, tu veux que je te dise ? Je préfère la seconde option. Ça m'amuse plus.

« Tu veux rire ! faillit répondre Jonas. Aussi loin que je m'en souvienne, je n'ai jamais pu me conformer à ce qu'on attendait de moi. Malheureusement, pour ce qui est de m'amuser… »

Sachant qu'il n'avait jamais essayé de ne pas réagir. Rendre les coups, ça oui. Prendre les gens de haut, leur couper l'herbe sous le pied ou les moucher, il savait faire. Mais ne pas réagir, il s'en sentait parfaitement incapable. Il n'y avait qu'à voir comment il avait riposté à l'humiliation infligée par Linda…

– Intéressant, ton programme, commenta-t-il. Bien que difficile à tenir.

– La difficulté, moi, ça me plaît.

Pointant sa fourchette vers lui comme si elle hésitait à l'embrocher, elle demanda :

– Et toi, c'est quoi, ton objectif ?

« Me convaincre que je ne suis pour rien dans la mort de Lichtenberger, songea Jonas avec défaitisme. Sauf que je ne vois pas comment. »

– Je n'en ai pas, avoua-t-il, penaud. Dommage.

Marlene le fixa d'un air inquisiteur.

– Mmh… il y a quelque chose qui te tracasse, pas vrai ? Quelque chose de suffisamment gênant pour que tu aies éprouvé le besoin d'écrire une lettre de condoléances à l'épouse d'un prof que tu as à peine connu, et d'aller la glisser toi-même dans sa boîte aux lettres.

Le sourire aux lèvres, elle ajouta avec une lueur perfide dans les yeux :

– Ou alors ce n'étaient pas des condoléances ? Mais qu'est-ce que c'était, sinon ?

Jonas fut si estomaqué par sa perspicacité qu'il fut tenté de tout lui avouer. Mais c'était trop risqué. Il n'arrivait pas à la cerner. Après tout, elle ne le voyait peut-être que comme « quelqu'un avec qui être sympa même si elle ne l'aimait pas ». Un point sur une liste. Rien d'autre.

Et puis, elle était bavarde. Rien ne garantissait qu'elle n'irait pas raconter son secret à tout le monde.

– Si, c'était une carte de condoléances, mentit-il. Tu as raison, j'ai à peine connu Lichtenberger. Mais mon premier cours avec lui s'est très mal passé. J'ai vraiment été odieux. Après, je m'en suis beaucoup voulu. Et comme à cause de sa mort, je n'ai pas eu le temps de m'excuser, il m'a semblé qu'écrire un mot était la moindre des choses.

La ficelle était énorme. Pourtant, Marlene fit celle qui comprenait.

– Pour lui, ça ne changera rien, observa-t-elle. Mais toi, ça t'aidera à te sentir mieux, c'est clair.

Levant la main, elle héla la serveuse et demanda l'addition.

En fait de se sentir mieux, Jonas culpabilisait un maximum. Il l'avait espionnée, lui avait envoyé une lettre anonyme avec des menaces, et maintenant il lui mentait et elle lui payait sa consommation !

Les gens avaient raison. Il n'était qu'un salaud.

Il n'y avait personne chez les Müller. Cependant, Silvia avait dû partir précipitamment car dans le jardin la brouette était en travers du passage ; dans la maison, deux paires de chaussures traînaient au milieu de l'entrée, et la table du petit-déjeuner n'avait pas été débarrassée.

Jonas grimaça un sourire. Il se fichait pas mal du désordre, là n'était pas le problème. Simplement, il y avait du relâchement : après s'être efforcée pendant une semaine de donner l'image de la parfaite maîtresse de maison, Silvia donnait de sérieux signes de fatigue.

Il résista à la tentation d'aller se jeter sur son lit et de faire le mort. Cela lui aurait fait du bien, ne fût-ce que quelques minutes, mais après il se serait détesté encore plus.

Il avait commencé à pleuvoir. Du coup, la question de savoir si cela valait la peine d'envoyer Élanion – par exemple à Linda – ne se posait plus.

Jonas se rendit compte alors à sa grande stupeur qu'au fond, elle pouvait bien faire ce qu'elle voulait, et avec qui, cela ne l'intéressait plus. Il n'avait plus envie ni de la séduire, ni de lui rendre la monnaie de sa pièce. La disparition de Lichtenberger avait changé la donne. Auparavant, il n'avait pas eu le courage de l'aborder. Maintenant, il n'en ressentait même plus le désir.

Il s'assit devant son ordinateur et ouvrit sa messagerie. Dans la barre d'adresse, il entra : *carl.schratter@hessuniversity.org*. Puis il se renversa en arrière et réfléchit, les mains croisées derrière la tête. Comment faire pour s'attirer la confiance du recteur tout en lui servant une version très édulcorée des événements ? Pas évident !

Il écrivit :

Monsieur le recteur,

J'ai essayé plusieurs fois de vous rencontrer depuis mon arrivée, malheureusement sans succès, c'est pourquoi je prends la liberté de vous contacter par mail.

Cela sonnait-il comme un reproche ? Non, c'était factuel. Rien à redire à ça.

J'aurais aimé m'entretenir avec vous de mon cursus. Il me semble que je pourrais être dispensé des cours d'initiation – quitte à les valider en passant les examens lors de la prochaine session. Certes, il n'y a aucune urgence, j'imagine que ce n'est pas votre priorité en ce moment et qu'étant donné les circonstances, vous avez d'autres impératifs.

Ça c'était peut-être un peu familier. Mais bon…

À ce propos, je dois vous avouer que je suis moi-même très préoccupé. Le décès du Dr Lichtenberger ne me sort pas de l'esprit. Non seulement du fait de son caractère tragique, mais aussi parce que j'ai fait une observation dont j'imagine qu'elle pourrait bien avoir un lien avec le geste de cet éminent professeur.

Là, il avançait vraiment à visage découvert. Bah, au pire, Schratter le prierait de ne pas se mêler de ce qui ne le regardait pas, et le prendrait pour un jeune blanc-bec qui espionne ses semblables pour faire l'intéressant…

D'accord, en soi, ce n'était pas complètement faux. Sauf qu'il n'avait pas besoin d'Élanion pour se mettre en vedette ; il y arrivait très bien tout seul.

Il réfléchit à la façon de formuler la suite sans passer pour un voyeur.

J'ai en effet surpris le Dr Lichtenberger dans une intimité très étroite avec une de ses étudiantes, et ce, la veille même de son suicide. Je n'aurais sans doute attaché aucune importance à ce fait divers si les événements n'avaient pas pris une tournure aussi dramatique.

Jonas se mordit la lèvre. Il n'avait jamais rien écrit d'aussi ridicule.

Depuis, je n'ai cessé de me demander si je ne devrais pas m'en ouvrir à vous. Il me semble qu'étant le recteur de cette université, vous êtes en

droit de savoir. Cependant, il se peut que je me trompe et qu'il n'y ait aucun lien avec la mort du Dr Lichtenberger. Je l'espère, en tout cas.
Je vous serais donc très reconnaissant de m'accorder un rendez-vous afin que je puisse vous exposer les faits de vive voix.
Une fois encore, je vous remercie chaleureusement de vous être impliqué comme vous l'avez fait pour me permettre d'étudier dans votre établissement.
Respectueuses salutations,
Jonas Wolfram

Il se relut et trouva que l'ensemble était plutôt pas mal. De toute façon, il pourrait toujours s'abriter derrière ses dix-sept ans. Si le recteur lui reprochait sa démarche, il s'excuserait en disant que tout ça n'était qu'une erreur de jeunesse. Un regrettable malentendu.

Jonas cliqua sur *Envoyer* et se sentit tout de suite beaucoup mieux. Les dés étaient jetés.

Il s'allongea sur son lit. Ce serait bien de dormir un peu. S'il décidait d'envoyer Élanion à la chasse aux images plus tard dans la soirée, il avait intérêt à être frais. En tout cas, il ne tenterait rien avant le dîner, qui promettait d'être intéressant pour une fois : combien on pariait que Kerstin se gargariserait de tous les ragots qu'elle aurait pu glaner autour de la mort de Lichtenberger.

Bingo.

– Quelqu'un a dit qu'il avait des dettes, et pas qu'un peu, commença-t-elle, à peine le rôti servi. Il paraît que la banque va hypothéquer sa maison. Son assurance-vie ne marchera pas parce que c'est un suicide.

Fixant son assiette d'un air faussement contrit, elle ajouta :

– Sa pauvre femme doit être désespérée…

« Ce n'est pas l'impression que j'ai eue, songea Jonas. Stressée, oui ; désespérée, sûrement pas. »

– On ne sait rien d'autre ? s'enquit Martin Müller.

Kerstin haussa les épaules.

– Le reste n'est que pure spéculation. Certains prétendent qu'il ne s'est pas suicidé tout seul, mais qu'on l'y a aidé. Pourtant, il s'est pendu. C'est la méthode la plus classique quand on veut mettre fin à ses jours, non ?

Jonas acquiesça pour la forme. En réalité, il n'avait pas d'idée sur la question. Il y aurait certainement une autopsie. On en saurait plus quand on aurait le résultat.

– Vous auriez vu la panique sur le campus ! poursuivit Kerstin. Il y avait des étudiantes en larmes dans tous les coins. Même les filles des autres instituts. Faut dire qu'il était particulièrement beau gosse. Enfin… ça dépend pour qui. Moi, c'était pas mon genre.

Elle fixa Jonas d'un air interrogateur.

– Quoi ? bougonna-t-il. Tu me demandes s'il était mon genre ? À moi ?

Elle commençait à lui taper sur les nerfs. Comme tous dans cette famille. Entre elle et son goût pour les ragots, Martin et ses sermons moralisateurs, et Silvia et son indifférence à tout ce qui se passait autour d'elle, il était servi !

« Être sympa avec quelqu'un que je n'aime pas », se rappela Jonas.

Souriant imperceptiblement, il se tourna vers Silvia.

– Le repas était excellent, merci.

Un point !

– Et la conversation à table était passionnante.

Et de deux !

– Je peux vous aider à débarrasser ?

Lorsqu'il monta dans sa chambre un quart d'heure plus tard, Jonas avait de nouveau la pêche. Soit les exercices de Marlene portaient déjà leurs fruits, soit il était content d'avoir quelque chose en commun avec elle.

Que faisait-elle en ce moment ? Était-elle en train de travailler ? Sortie avec des amis ? Où habitait-elle ? Avait-elle un copain ?

Il sortit sa mallette de dessous son lit. Avec un peu de chance, Élanion lui fournirait la réponse à chacune de ces questions. Bien que… cela le rebutait d'espionner cette fille, même s'il ne s'expliquait absolument pas pourquoi. Pas par peur qu'elle repère Élanion, en tout cas. Car, cette fois, il ne quitterait pas son écran des yeux une seule seconde.

Non, ce qu'elle avait à lui confier, il voulait qu'elle le lui raconte d'elle-même.

Autant, face à Linda, il n'avait eu aucun scrupule à chercher son avantage par tous les moyens – y compris déloyaux –, autant vis-à-vis de Marlene, cela lui paraissait impensable.

Bon, mais ce n'étaient pas les cibles qui manquaient. Hendrick, par exemple. Ou alors ce riche boyard, comment s'appelait-il, déjà ? Ah oui, Sergueï.

Jonas ouvrit son répertoire. Ses contacts étant impeccablement classés, il n'eut aucun mal à retrouver le numéro de téléphone du jeune Russe. Ce faisant, il s'aperçut qu'il avait deux nouveaux mails. Tous deux de nature à lui donner des palpitations, chacun dans son genre.

L'un était de Marlene. L'autre du recteur.

Sans se demander une seule seconde lequel ouvrir en priorité, il se précipita sur le premier.

Hi, M. surdoué !

Si tu n'as toujours pas de programme, voici quelques suggestions de ma part (pour ta to-do-list, au cas où tu aurais oublié) :

– Concéder une fois par jour à quelqu'un le droit d'être plus intelligent que toi.

– Donner une fois par jour un coup de main désintéressé à quelqu'un.

– Dire la vérité une fois par jour même lorsqu'il serait plus facile de mentir…
Tu en penses quoi ?
Ah, et aussi : le prochain café est pour toi. Avec un gâteau, cela va de soi.
Ciao.
Marlene

Il voulut répondre tout de suite. Mais pour lui dire quoi ? Qu'il était d'accord pour tout ? Mmh, cela demandait réflexion.

Il réfléchit, puis commença à écrire :

Salut Marlene !
Je retiens tes idées, merci. Pour ce qui est de les mettre en pratique, je ne peux rien te promettre. (Cf. la rubrique : « dire une fois par jour la vérité même lorsqu'il serait plus facile de mentir. »)
D'accord pour t'offrir le prochain café ; le suivant aussi, très volontiers.
Gâteau en prime, naturellement.
Bonne soirée, à très vite
Jonas

Il fit partir le mail sans l'avoir relu pour être sûr de ne pas le trouver stupide ou trop exalté, et se surprit à espérer qu'elle lui répondrait dans la soirée. Si elle était devant son ordinateur en train de travailler, ce n'était pas exclu. Auquel cas il lui donnerait rendez-vous le lendemain.

C'était étrange. Très récemment encore, Linda occupait toutes ses pensées. Et depuis tout à l'heure, Marlene l'avait complètement éclipsée. Était-il dans son état normal ? Ou avait-il un problème ? Est-ce qu'il zapperait encore dans deux jours ?

Peu probable. Car avec Marlene, c'était différent. Il avait vraiment envie de la connaître. Passer du temps avec elle, rire, s'amuser, discuter… en étant sûr qu'elle le comprenait.

– Tu es malade, mon vieux ! murmura-t-il en ouvrant le mail du recteur.

Lequel devait avoir du travail par-dessus les oreilles et rester au bureau tard le soir, car son mail était parti à 20 h 42.

Cher Jonas,

Merci pour votre mail. Je regrette de ne pas avoir pu vous recevoir, mais je suis certain que cela ne saurait tarder. J'ai hâte de faire votre connaissance. Je savais au vu de votre curriculum vitae que vous étiez un jeune homme talentueux, votre mail de tout à l'heure me l'a encore confirmé.

Je déplore, bien sûr, que votre arrivée dans notre établissement ait été entachée par un événement aussi dramatique que la mort du Dr Lichtenberger. C'était un excellent professeur pourvu de grandes qualités humaines, et je l'appréciais beaucoup. Son décès me touche personnellement.

Je vous suis d'autant plus reconnaissant de la confiance que vous me manifestez en me faisant part de vos observations. Pourriez-vous me donner des détails concrets ? Qui était l'étudiante en question ? Où la rencontre a-t-elle eu lieu ?

Soyez assuré que je ferai bon usage de tous les éléments que vous pourrez me fournir, dans la plus grande confidentialité et discrétion, cela va sans dire. J'ai besoin de comprendre comment mon collègue et ami a pu en arriver à une telle extrémité. Dans cette optique, il pourrait être nécessaire que j'aie un entretien avec cette jeune personne.

Pour ce qui est de notre rendez-vous, je dois malheureusement vous demander de patienter. J'aurai le plaisir de vous rencontrer dès que les choses se seront un peu calmées.

Dans l'immédiat, je vous remercie de vous adresser à mon assistante, Mme Andrea Gilles. Elle est prévenue, n'hésitez pas à la solliciter pour toutes les questions pratiques si vous avez besoin d'aide.

Sincères salutations.

Dr Carl Schratter

Recteur de la Franz Victor Hess Private University

Le mail avait beau être amical, il inspira un étrange malaise à Jonas, qui avait fait exprès de taire le nom de Linda et n'était absolument pas disposé à le donner.

Il pourrait prétendre qu'il l'ignorait. Il ne connaissait presque personne à la fac, on le croirait sur parole.

Par contre, histoire de donner un gage de sa bonne volonté, il voulait bien la décrire, quitte à retoucher un peu son portrait…

La vérité, ce serait pour une autre fois. Même si, en l'occurrence, il était beaucoup plus difficile de mentir.

12 ◉

Il était environ 23 heures lorsque Jonas envoya Élanion en mission. Objectif : Sergueï. Il ne nourrissait pas beaucoup d'espoirs. Dans le meilleur des cas, il verrait où vivaient les étudiants fortunés. Guère plus. Si toutefois il ne tombait pas sur des rideaux fermés. Chers, sans doute, mais tout aussi opaques.

Élanion prit la direction habituelle; cette fois, il survola l'ensemble du campus pour aller se positionner à l'arrière d'un bosquet, au-dessus d'un petit immeuble de trois étages dont le toit plat répandait une vive lumière bleutée.

Il ne s'agissait pas d'un simple toit, comme ne tarda pas à le constater Jonas, mais d'une piscine brillamment éclairée dans laquelle deux filles faisaient des longueurs. Le micro, ultrasensible, lui apportait des bruits d'eau au milieu de leurs rires.

Élanion décrivit une courbe élégante, puis suspendit son vol à hauteur d'une fenêtre du deuxième étage, devant ce qui devait être un salon. L'aménagement faisait penser à ces clubs très fermés pour aristocrates britanniques, avec de gros fauteuils en cuir, des murs tendus de tissu et, au milieu du salon, une gigantesque table de billard, à laquelle se trouvait justement Sergueï. Une queue de billard dans la main droite, celui-ci tenait par la taille une jolie fille aux cheveux roux, et tous deux fixaient un grand brun qui rentra adroitement la boule rouge dans l'une des quatre poches.

Jonas lança l'enregistrement. Il s'était bien douté que les fils à papa étaient mieux logés que leurs camarades, mais le contraste dépassait de loin tout ce qu'il avait imaginé.

L'immeuble ressemblait à une immense villa de luxe entourée d'un parc magnifique. Passant en mode manuel, Jonas fit le tour du propriétaire : derrière la maison se trouvaient deux courts de tennis, une vaste piscine paysagée pour les beaux jours et, dissimulé par des arbres un peu plus loin, un grand parking. Curieux de voir les marques des voitures, Jonas fit descendre Élanion et ne fut pas déçu du voyage : Bentley, Jaguar, Maserati... deux Ferrari... une vieille Aston Martin.

Reprenant de l'altitude, le drone passa au-dessus du toit piscine au moment où l'une des deux naïades sortait de l'eau et s'enveloppait d'un drap de bain.

Soudain, Jonas crut apercevoir en contrebas quelque chose qui l'intrigua. Il descendit pour en avoir le cœur net.

C'était bien ce qu'il pensait. Le long de la maison, il y avait deux camionnettes avec l'inscription ROGINSKI TRAITEUR en lettres rouge vif.

Roginski. L'ami des Müller. Jonas l'avait croisé la fois où il était rentré bredouille du supermarché avec Kerstin. Tiens donc, le restaurateur régalait aussi les étudiants friqués, visiblement ! Avec sans doute une carte différente chaque jour et des menus pour tous les goûts : végétarien, sans gluten, hypocaloriques, que sais-je encore...

Pendant ce temps, leurs pauvres petits camarades des résidences universitaires cuisinaient eux-mêmes... Jonas se demanda où il préférerait vivre s'il avait le choix. La réponse le stupéfia : « N'importe où, pourvu que ce soit le même endroit que Marlene. »

Le lendemain, il n'entendit pas son réveil et se leva très en retard par rapport à d'habitude. Du coup, il n'eut pas le temps de répondre au recteur avant le petit-déjeuner. Il se doucha et s'habilla rapidement, puis piqua un sprint jusqu'à l'arrêt de bus.

Il arriva cinq minutes avant le début du cours. Marlene était déjà dans l'amphi, assise près de la fenêtre. Elle lui avait gardé une place à côté d'elle et lui fit signe de venir s'asseoir. Il la rejoignit en quelques bonds, en proie à une sensation de légèreté extraordinaire.

– Hier soir, j'ai planché jusqu'à minuit sur les deux exercices qu'on avait pour aujourd'hui, annonça-t-elle sans s'embarrasser de préliminaires. Ça t'intéresse de comparer ?

Pour la première fois de sa vie, Jonas regretta de n'avoir rien préparé.

– Je n'ai pas mes notes avec moi, répondit-il au plus près de la vérité. Mais si tu veux, je peux jeter un coup d'œil à ce que tu as fait.

Elle le regarda d'un air hésitant, puis sortit de sa besace trois feuilles couvertes de calculs qu'elle lui tendit.

Il parcourut le premier problème. Le résultat était juste, elle y était parvenue par le biais d'une démonstration beaucoup plus longue et alambiquée que nécessaire.

– Ça, c'est bon, commenta-t-il en lui rendant son papier.

Le deuxième cas était plus compliqué. Et Marlene avait commis une erreur de raisonnement au milieu. Les yeux rivés sur le passage correspondant, Jonas était paralysé. Jusqu'à présent, il n'avait jamais pu s'empêcher de faire sentir sa supériorité, voire d'être sarcastique dans sa façon de reprendre les autres. Or il ne voulait à aucun prix blesser Marlene. Ce qu'il fallait, c'était faire preuve de tact, de diplomatie…

– Et donc ? le pressa Marlene.

– Il y a une petite erreur, lâcha-t-il du bout des lèvres. Là, tu…

Elle lui arracha le papier des mains.

– Attends ! Laisse-moi trouver...

Plissant le front, elle se prit la tête dans les mains et se concentra sur l'énoncé.

Il prit son mal en patience. Jusqu'au moment où il lui sembla que ce n'était pas chic de la laisser patauger.

– C'est...

– Chhhut !

Les minutes suivantes furent un véritable supplice. Jonas priait le ciel pour que la prof arrive enfin, mais celle-ci ne semblait pas un modèle de ponctualité.

– J'y suis ! s'exclama soudain Marlene en prenant l'un des trois stylos-billes disposés devant elle.

Elle biffa la proposition erronée et réécrivit autre chose pardessus. Ce coup-ci, c'était juste.

– Bravo ! la félicita-t-il.

Elle le fixa, une lueur amusée dans les yeux.

– On dirait que ça t'étonne ?

Il n'eut pas le temps de prétendre le contraire que la prof – Mme Stöbling – entra dans la salle.

– Reprenons où nous en étions ! annonça celle-ci en se plaçant devant le tableau blanc. Mais avant : avez-vous des questions ?

Marlene passa le reste du cours à prendre frénétiquement des notes, et Jonas à regarder devant lui d'un air rêveur. Il maîtrisait déjà le sujet. D'autant qu'il avait bien d'autres problèmes beaucoup plus difficiles à résoudre.

Devait-il dire à Marlene qu'il était l'auteur de la lettre anonyme ? Si elle ne l'avait pas déjà trouvée depuis longtemps, elle finirait forcément par tomber dessus. Mais s'il lui en parlait, elle le verrait tel qu'il était, c'est-à-dire un menteur et un impudent qui s'en prenait à des inconnus ! Combien de temps mettrait-elle à lui faire avouer qu'il avait adressé le même torchon à Linda et, à travers elle, à Lichtenberger, moins de vingt-quatre heures avant son décès ?

Non, impossible. Avouer était au-dessus de ses forces. Surtout sachant l'importance qu'elle accordait à l'honnêteté…

Sauf si en jouant la carte de la franchise, il pouvait marquer un point, justement…

– Jonas Wolfram ?

Marlene le tapa du coude.

– Oui ? fit-il en réalisant que tout le monde le regardait.

– Sans vouloir vous vexer, vous semblez largué. Vous avez perdu le fil ? Si vous voulez, je peux répéter…

Dans d'autres circonstances, il aurait souri avec arrogance. Pas ce coup-ci.

– N… non, non, bredouilla-t-il, rouge de confusion. Ça va, je vous assure.

La prof le fixa quelques secondes, puis parcourut l'assistance du regard.

– Est-ce que quelqu'un d'autre a besoin d'une explication ? Si tout le monde suit, je continue…

Quelques mains se levèrent.

« Au lycée, songea Jonas, ce ne serait jamais arrivé. »

Au lycée. Ici, c'était différent.

– Elle connaît ton nom, chuchota Marlene à son oreille, tandis que Mme Stöbling répondait aux questions. Tu dois être le seul dans la salle…

Jonas n'était pas sûr de s'en réjouir. Il faisait parler de lui, ça n'avait rien de nouveau. Mais pour la première fois de son existence, il aurait préféré qu'on ne fasse pas attention à lui.

Ses pensées dérivaient… La réponse au président de l'université… il devait absolument l'envoyer le plus vite possible. Le contraire serait très impoli : Schratter avait pris la peine de lui répondre alors qu'avec le suicide de Lichtenberger, il avait des soucis par-dessus la tête.

Jonas se promit de le faire dès qu'il rentrerait.

En attendant, il s'offrirait volontiers un petit plaisir.

– Tu te rappelles que je t'ai promis un café ? dit-il à Marlene à la fin du cours.

– Et un gâteau ! répondit-elle avec un sourire ravi.

Elle insista pour lui faire découvrir son café préféré sur le campus. Un local avec des tables bistrot, des chaises en bois et une musique en sourdine qui n'empêchait pas de s'entendre.

Cette fois, Jonas commanda un café latte avec beaucoup de mousse, et regarda Marlene avaler son gâteau au chocolat et à la banane.

– Tu n'as rien noté de particulier ces derniers temps ? demanda-t-il en détournant les yeux.

– Dans quel genre ?

– Je ne sais pas, dit-il avec un haussement d'épaules. Des trucs inhabituels, des changements de comportement chez certaines personnes...

Plissant les paupières, elle pointa sa fourchette à gâteau dans sa direction.

– Tu penses à quelque chose de précis, avoue !

– Non, non. Je me demande juste si avant la mort de Lichtenberger il n'y aurait pas eu...

– Ah, alors toi aussi, tu l'as repéré ? le coupa-t-elle en s'animant.

Posant sa fourchette, elle s'essuya la bouche avec sa serviette et ajouta :

– Je ne me trompe pas, n'est-ce pas ?

« Merde ! pesta intérieurement Jonas. Merde, et re-merde ! »

– Quoi donc ? fit-il innocemment. Qu'est-ce que je suis censé avoir repéré ?

Elle planta dans les siens ses yeux d'un vert fantastique.

– Tu sais très bien ce que je veux dire.

Il fut tenté de céder, ne fût-ce que pour échapper à son regard transperçant, mais cela l'aurait obligé à s'enferrer encore plus dans le mensonge. Car il aurait dû faire semblant de ne pas savoir qui était derrière Élanion.

– Non, je t'assure, je ne vois pas...

Marlene se pencha en avant.

– Tu as dû remarquer que tu étais observé. Allez, reconnais !

Jonas respira avec soulagement. Telle qu'était formulée la question, il pouvait tout à fait y répondre par la négative sans trahir la vérité.

– Franchement, non. Pourquoi voudrais-tu qu'on m'observe ?

Marlene engloutit le dernier morceau de gâteau et regarda dehors de l'air de chercher quelque chose.

Au bout d'un moment, repoussant son assiette, elle répéta :

– Pourquoi ? Mais parce que tu es une star, je te rappelle ! Ils t'ont fait venir ici en anticipant le fait que tu aurais le prix Nobel un jour et que, grâce à toi, la Victor Franz Hess Private University serait célèbre dans le monde entier.

Elle but une gorgée de café, prit son portable et ouvrit sa galerie de photos. Elle en fit défiler quelques-unes, puis tourna son portable vers Jonas.

Élanion. Sur fond de ciel gris. L'image était excellente.

– Un drone, dit-il d'une voix neutre.

– Exact. La preuve que la fac surveille les étudiants. Sans doute en priorité les plus riches, et toi aussi, certainement.

– Moi ?

– C'est clair. Ce ne serait pas étonnant qu'ils cherchent à savoir ce que tu fais, avec qui tu traînes... ce genre de choses. Moralement inacceptable, mais compréhensible.

À son tour, Jonas regarda par la fenêtre – en sachant pertinemment qu'il n'avait aucune chance de voir apparaître Élanion.

– Je ne vois pas l'intérêt de me surveiller, déclara-t-il. Je suis quelqu'un de très quelconque, contrairement à ce qui se passe dans ma tête. Mais ça, c'est top secret.

Marlene croisa les mains sous son menton.

– Dommage. Pourtant, j'ai très envie d'essayer, figure-toi. Je te crois curieux, pourtant tu ne m'as pas demandé ce qui me fait penser qu'on nous surveille. Ni quand j'ai vu ce drone. Et donc, je suis prête à parier que tu as une idée sur la question, mais que tu ne veux pas me le dire. Je me demande bien pourquoi…, conclut-elle en hochant la tête.

De là à ce qu'elle devine tout, il n'y avait qu'un pas. Un pas qu'elle ne devait franchir en aucun cas…

– C'est simple, improvisa Jonas. À mon avis, tu fantasmes, voilà pourquoi ! Tu confonds sécurité et espionnage. Vu le nombre de « fils de » qui étudient ici, il est logique qu'il y ait des caméras partout, en particulier du côté des quartiers VIP. C'est un monde à part. Avec tennis, piscine, salle de billard… un truc de dingue !

– Ça fait envie, hein ? répondit Marlene avec un sourire suave. L'ennui, c'est que le commun des mortels n'y a pas accès. Pour entrer, il faut une carte à puce ou une invitation spéciale. Alors il faut que tu m'expliques d'où tu sors ça.

Jonas se mordit la langue, il n'avait pas vu partir le coup et Marlene était trop fine pour qu'il l'endorme avec des platitudes. Soudain, il eut une illumination.

– C'est Sergueï qui me l'a dit. C'est là qu'il habite. Il m'a invité à une soirée et m'a décrit un peu les lieux pour que je ne sois pas surpris.

– Ah, je comprends mieux, dit-elle sur un ton qui démentait ses paroles. Bon, merci pour le café. À présent, faut que je te laisse. J'ai des recherches à faire à la bibliothèque pour mon mémoire.

Elle ne le croyait pas, c'était évident.

– Je t'accompagne ! proposa-t-il avec empressement.

– Je suis parfaitement capable de trouver mon chemin, répliqua-t-elle avec froideur. Mais si tu y tiens, pourquoi pas.

Jonas régla l'addition et ils sortirent. Tout en marchant, Marlene ne cessait de regarder vers le ciel. Vide, forcément.

Parvenue devant le bâtiment abritant les différents espaces de documentation, elle lui tendit la main :

– Bon, eh bien... à bientôt.

– Ciao..., fit-il en lui rendant maladroitement son salut.

Quoiqu'il lui en coûtât, Jonas ne pouvait pas s'imposer davantage, il s'éloigna. Lorsqu'il se retourna, quelques secondes plus tard, elle avait disparu.

13 ◉

Il avait du temps avant son cours. L'occasion de répondre au mail de Schratter, ou plutôt, puisqu'il était sur le campus, d'en profiter pour frapper à la porte de son bureau. Peut-être aurait-il plus de chance cette fois-ci…

Mme Gilles l'accueillit avec un sourire et un petit geste de la main lui signifiant de patienter. Elle était au téléphone.

– Je lui transmettrai, c'est promis. Nous vous sommes extrêmement reconnaissants de votre générosité, ce laboratoire sera un exemple unique… Certainement… Encore un immense merci. Et bien des choses à votre épouse…

Après avoir raccroché, elle tapa une note dans son ordinateur et pivota sur sa chaise.

– Bonjour, Jonas ! Vous venez chercher votre nouvel emploi du temps, n'est-ce pas ? Le docteur Schratter m'a chargée de vous dire qu'il est d'accord pour vous dispenser des deux premiers semestres. Si vous voulez, nous pouvons élaborer votre programme ensemble, et je le lui ferai valider ensuite.

Jonas loucha en direction du bureau. La porte était fermée.

– Il n'est pas là ?

– Non, malheureusement. Il s'est absenté il y a une demi-heure. Encore une fois, ce n'est pas grave. Dites-moi ce qui vous intéresse et je le lui soumettrai.

Jonas ravala sa déception. Passer directement en deuxième année lui importait beaucoup moins maintenant qu'il avait rencontré Marlene. Ce qu'il aurait voulu, surtout, c'était livrer à Schratter une description de la jeune personne aperçue en compagnie de Lichtenberger assez floue pour mettre Linda hors de cause.

– Ça ne presse pas, répondit-il avec un sourire charmeur. Je me suis rendu compte en suivant les cours de première année que ça ne me faisait pas de mal de réviser les fondamentaux. Je verrai dans quelque temps. Pour l'instant, il me semble que le mieux est de ne rien changer.

La secrétaire fronça les sourcils.

– Vous êtes sûr ? Pourtant le recteur m'a laissé entendre que vous aviez insisté…

– C'est vrai. Mais j'ai précisé qu'il n'y avait pas d'urgence.

Fixant ses pieds d'un air gêné, il ajouta :

– Je crains de m'être un peu avancé. Depuis, j'ai réfléchi, et je crois sincèrement préférable que je m'en tienne à l'existant.

Elle devait le prendre pour une girouette. Et se dire que les génies étaient des gens compliqués…

– Comme vous voudrez. Je préviendrai monsieur le recteur.

– Merci, dit Jonas en lui tendant la main.

La manœuvre visait à jeter un œil sur le bureau au cas où il pourrait apercevoir le numéro de Schratter quelque part, hélas Mme Gilles était quelqu'un de parfaitement ordonné, qui ne laissait rien traîner. Jonas battit en retraite pour ne pas paraître indiscret.

Il se dirigeait vers le self lorsqu'il croisa Sergueï qui en sortait. Sans jolie rousse à ses côtés.

– Salut ! l'apostropha le jeune Russe. Alors ? Je te vois à ma fête ?

– Avec plaisir ! répondit Jonas.

Il n'avait pas fini sa phrase qu'il la regretta. Il n'était pas à l'aise en société, et ne voyait pas de quoi il pourrait parler. Il n'avait ni Ferrari, ni yacht, ni propriété en Toscane. Rien de tout cela ne l'intéressait, et il aurait encore l'impression d'être un alien, comme partout où il allait.

Il passa l'heure qui suivit à se demander sur qui lâcher Élanion ce soir-là. Mais, avant, il avait une corvée à accomplir. La réponse à Schratter ne pouvait plus attendre.

De retour dans sa chambre, il s'assit à son bureau et chercha l'inspiration.

Monsieur le recteur,

Je comprends que vous souhaitiez connaître le nom de la jeune fille en question. Je ne suis malheureusement pas en mesure de vous le donner pour la bonne raison que je l'ignore. Comme vous le savez, je ne suis ici que depuis peu et n'ai pas encore eu le temps de faire la connaissance de mes camarades. À cela s'ajoute le fait que j'ai à peine aperçu le visage de cette personne. Je ne la reconnaîtrais même pas si je la croisais sur le campus.

Je regrette de ne pas pouvoir vous aider davantage. J'espère que cette affaire sera éclaircie rapidement.

Sincères salutations.

Jonas Wolfram

Il se relut et trouva son message convaincant. En plus, c'était vrai, il n'aurait pas pu reconnaître Linda à travers la fente du rideau si Élanion n'avait pas été paramétré sur sa cible.

Schratter ne pouvait que le croire. Fin de l'épisode.

Il cliqua sur *Envoyer*. Au même instant, on frappa à sa porte. Sa bonne humeur s'évanouit tout à coup. Ah non, pas les Müller, peu importe lequel…

– Tu m'ouvres ? dit Pascal de l'autre côté. Ou il faut que je prenne rendez-vous ?

Jonas promena un regard sur sa chambre pour s'assurer qu'il n'y traînait rien de compromettant, et réalisa soudain qu'il ne craignait rien : Pascal était la seule personne au monde à être au courant de ses activités.

Il le fit entrer.

– Journée de merde ! annonça Pascal en se jetant sur le lit. Je crois bien que j'ai foiré mon DS d'anglais. Pourtant, d'habitude, je suis plutôt bon...

Il ajouta avec un geste théâtral :

– Je suis sur une mauvaise pente...

Pointant l'index sur Jonas, il enchaîna sans transition :

– Et toi ? Des nouvelles du front ?

Jonas secoua la tête. Il n'avait pas envie de lui raconter qu'il avait survolé la résidence des étudiants riches. Il la lui décrirait bien assez tôt, une fois qu'il se serait rendu sur place. Après la soirée, donc.

– Rien ? Et côté cœur, alors ? Allez, dis !

– Je n'ai pas grand-chose à t'offrir. À part un café avec une copine...

Pascal se redressa sur ses coudes.

– Linda ?

– Comment ça, Linda ? Non, non. Pas elle. Marlene.

– C'est qui, celle-là ?

En une fraction de seconde, Jonas tenta de se rappeler jusqu'où il était allé dans la confidence. Pascal était-il au courant pour l'enveloppe ? Non. Donc il ignorait qu'il l'avait croisée devant chez les Lichtenberger.

Soudain, Pascal se frappa le front.

– Je sais ! s'exclama-t-il, ravi. C'est la fille à qui tu as filé une de tes lettres anonymes ! Et alors pour te remercier, elle t'invite à boire un verre ? Ou tu lui as fait du chantage ?

Jonas se massa les tempes. Il avait mal à la tête.

– Ni l'un ni l'autre. On s'entend bien, c'est tout. Elle… elle sort de l'ordinaire. Et elle ne soupçonne pas que c'est moi qui ai glissé ce foutu message dans son sac. Je ne suis même pas sûr qu'elle l'ait découvert…

Pascal passa la langue sur ses lèvres d'un air gourmand.

– Du mystère, du mensonge… très prometteur, comme début !

Jonas ne put s'empêcher de sourire.

– Tu ne peux pas la fermer ?

– Très bien, je la ferme et je ne te raconte pas ce que j'ai vu cet après-midi devant chez toi…

– Mais encore ?

– Des gens qui regardaient la maison comme s'ils voulaient l'acheter. Très intéressés, visiblement. Les Müller veulent la vendre, tu crois ?

Si c'était le cas, ils n'en avaient pas parlé à Jonas. D'ailleurs, ça lui était égal. Voire ça l'arrangerait, car il aurait alors une bonne raison de s'installer dans une résidence étudiante.

– Tu leur as parlé ?

– Non, j'étais derrière ma fenêtre. J'ai d'abord cru qu'ils venaient pour une livraison, c'était une camionnette réfrigérée. Mais les deux types qui en sont sortis ont fait le tour de la maison en regardant partout. Très étrange, comme façon de faire. Une dizaine de minutes plus tard, un gros plein de soupe est arrivé au volant d'une BMW et il a discuté un moment avec eux.

Jonas s'imagina la scène :

– C'étaient peut-être des livreurs qui s'étaient trompés d'adresse ?

Pascal secoua la tête.

– Franchement, ça m'étonnerait : ils ont tournicoté un certain temps autour de la maison. Ç'aurait quand même été plus simple de sonner à la porte, non ?

Au fond, Jonas se fichait pas mal de cette histoire. Cependant, un détail l'intriguait.

– Tu te rappelles le logo sur le fourgon ? Ce n'était pas marqué « ROGINSKI TRAITEUR » par hasard ?

Pascal se mit à rire.

– Pas vu. Si j'avais su que c'était un traiteur, je me serais précipité pour leur demander la permission de goûter, tu penses bien !

Pascal parti, Jonas avala sans broncher le goulasch trop gras préparé par Silvia, puis il décida de faire voler Élanion. Sans personne en ligne de mire, juste pour le plaisir. En mode télécommandé.

Il le lança en direction du campus avec l'espoir diffus que Marlene pourrait s'y trouver, comme lorsqu'il l'avait aperçue sur un banc, le mardi précédent. Cependant, vu l'heure, il ne se faisait pas beaucoup d'illusions.

De fait, il n'y avait pas âme qui vive dans le parc, à part un couple d'amoureux qui s'embrassaient. Jonas ne se rappelait pas les avoir déjà rencontrés. Il guida Élanion jusqu'à l'immeuble où habitait Linda, le fit monter à hauteur des fenêtres et regarda un groupe de trois étudiants qui lavaient la vaisselle dans une cuisine avec l'air de bien s'amuser. Jamais vus non plus.

Dépassant le bâtiment, il décrivit une large courbe pour rejoindre les différents instituts. Il n'y avait de lumière qu'à de rares fenêtres, dont celles de la bibliothèque et – si son sens de l'orientation était bon – de l'administration. Soudain, Jonas sursauta. Sauf erreur de sa part, il y avait quelqu'un dans le bureau du recteur.

Un rapide coup d'œil en haut de son écran lui apprit qu'il était 22 h 48. Un peu tard pour travailler, même si Schratter avait eu mille autres choses à faire dans la journée…

Jonas approcha Élanion… Zut ! les stores à lamelles lui bouchaient la vue. En soi, ce n'était pas une tragédie, cependant ç'aurait été cool de voir à quoi ressemblait Schratter avant de le rencontrer. Il avait déjà entendu sa voix, une fois, le jour où celui-ci avait invectivé un de ses collègues sur un ton qui contrastait singulièrement avec la politesse courtoise de ses mails.

Certes, il était plus facile d'être aimable par écrit qu'à l'oral. C'était à la portée des plus colériques. Schratter était-il de ceux-là ? Était-il du genre à exploser quand on le poussait dans ses retranchements ?

Réponse : oui. Du moins s'il en croyait les bruits transmis par les micros ultrasensibles d'Élanion.

Quelqu'un parlait. D'une voix trop basse pour que Jonas comprenne ce qu'il disait, mais le ton était clairement celui de la fureur contenue. L'homme – c'était un homme – engueulait quelqu'un. Ou quelqu'une ? Andrea Gilles, par exemple ? Le recteur l'avait-il dans le collimateur ? Elle avait donné à Jonas l'impression d'une personne dévouée et compétente, mais si Schratter avait besoin d'une soupape, cela ne pesait pas lourd dans la balance.

Il approcha Élanion au plus près de la fenêtre. Ce n'était pas sans danger car malgré leur extrême précision, les caméras ne permettaient pas d'évaluer correctement les distances de moins de dix centimètres. Si par malheur l'une des hélices venait à frôler la vitre, outre un bruit épouvantable, cela provoquerait une chute irrémédiable.

Jonas ne captait toujours que des propos étouffés, mais il lança quand même l'enregistrement. En retravaillant la bande-son à l'aide de ses trois programmes audio, il parviendrait peut-être à les rendre intelligibles.

Moins de deux minutes plus tard, la lumière s'éteignit. Fin des hostilités. Le silence revint dans le bureau. Élanion n'avait presque plus de batterie, pourtant Jonas lui fit faire un détour par la bibliothèque. Et y découvrit effectivement Marlene. La tête dans les mains, elle était cent pour cent concentrée sur le livre qu'elle avait sous les yeux.

Jonas fut touché de la voir ainsi. Elle travaillait vraiment dur. Il se rendit compte alors qu'il ignorait si elle faisait partie des surdoués, du contingent d'autochtones ou des étudiants fortunés.

Il écarta la seconde option. Si elle avait été originaire de Rotenheim, elle n'aurait pas habité sur le campus.

Plus que huit minutes d'autonomie. Il était temps de rapatrier Élanion. Jonas enclencha la fonction RTH, « Return to Home ». Le drone rentrerait par le plus court chemin bien mieux que s'il continuait à le piloter lui-même.

Jonas ouvrit la fenêtre et guetta Élanion. L'air frais s'engouffra dans la pièce. L'hiver serait bientôt là.

Soudain, un mouvement en contrebas attira son attention. Rêvait-il ou avait-il aperçu une silhouette ? Là, il y avait une ombre derrière les arbres ! Mais non, il devait se tromper... son imagination lui jouait des tours.

Il l'espérait. Car sinon...

Cependant, il n'avait pas le choix : il fallait impérativement qu'il récupère son drone, sans quoi il le perdrait. Par prudence, il éteignit la lumière. Dans l'obscurité, Élanion était quasi invisible et il volait assez haut pour ne pas refléter la lumière des réverbères. Jonas le surveilla à l'écran pour être sûr de ne pas le rater. Encore deux cents mètres... Plus que cent... Élanion s'approcha en bourdonnant de la fenêtre et se posa pile dans la main de son maître.

Parfait.

En fermant la fenêtre, Jonas vit une auto démarrer dans la rue. Il décida de ne pas y accorder d'importance.

14 ◉

Le week-end promettait d'être une torture. Pour deux raisons. La première : Jonas avait très envie de voir Marlene mais il n'osait pas la contacter de peur qu'elle l'envoie promener. La seconde : les Müller étaient tous chez eux et il se sentait décidément à l'étroit dans la maison, comme si elle était subitement devenue trop petite pour quatre. Silvia avait les nerfs à fleur de peau, Martin alternait des moments de fatigue et de mauvaise humeur, et Kerstin semblait avoir du mal à supporter ses parents.

Jonas songea à s'enfermer tout simplement dans sa chambre, mais comme il y avait peu d'espoir qu'on le laisse tranquille, il prétexta une histoire de documents oubliés et de recherches à faire à la bibliothèque pour s'échapper. Direction le campus.

La plupart des étudiants avaient dû rentrer chez eux car l'université était quasi déserte, à l'exception des différents cafés où il y avait plus d'animation qu'en semaine. Il décida de s'en remettre au hasard et de se mêler aux quelques étudiants qui s'y pressaient. Si la chance était de son côté, il tomberait sur Marlene. Dans le cas contraire, il rencontrerait peut-être des gens intéressants.

Le premier bistrot dont il poussa la porte était archi plein. Il promena un regard circulaire sur la salle en se hissant sur la pointe des pieds pour mieux voir, et ressortit presque aussitôt.

Sa déception fut de courte durée. Il trouva Marlene à la cafétéria, assise à une table isolée, en train de tourner distraitement son café tout en lisant un gros livre avec attention.

Il prit place à côté d'elle sans attendre d'y être invité. Elle lui accorda un vague sourire puis s'absorba de nouveau dans sa lecture. *Introduction à la théorie de l'information et du codage*, lut-il en tête de page.

– Salut ! fit-il d'une voix rauque. T'inquiète, je ne te dérangerai pas longtemps. Dis-moi juste si tu m'en veux.

– Non, répondit-elle sans lever le nez de son livre. Seulement je n'ai pas l'intention de continuer à perdre mon temps avec toi.

Elle avait dit ça sans aigreur, sur un ton détaché, presque gentil, qui faisait d'autant plus mal. Jonas déglutit.

– Pourquoi ?

– Parce que tu n'en vaux pas la peine. Tu es peut-être un génie, mais tu es un très mauvais acteur. Quand tu mens, ça se voit comme le nez au milieu de la figure.

Fermant son livre d'un coup sec, Marlene ajouta :

– Je ne sais pas ce que tu as déposé dans la boîte aux lettres des Lichtenberger, mais je ne crois pas à ton histoire de condoléances. Et je suis sûre que tu as tout de suite su à quoi je faisais allusion lorsque j'ai abordé la question du drone.

Impossible de lui raconter encore des salades. Elle le mépriserait encore plus, d'autant qu'il ne pourrait pas lui donner tort.

– Tu as raison, avoua-t-il. Dans les deux cas. Malheureusement, je ne peux pas t'en dire plus. Un jour, je t'expliquerai. Plus tard. Là, c'est encore trop tôt.

Au lieu de la réaction sarcastique à laquelle il s'attendait plus ou moins, elle déclara en hochant la tête :

– Tu vois ! Là, je te crois. Et maintenant, laisse-moi tranquille.

Son peu de curiosité le désarçonna au point qu'il fut tenté de tout lui raconter, y compris ce qu'il avait observé la nuit précédente. Mais il se fit violence et se dirigea vers la sortie. Cependant, au bout de quelques pas, il rebroussa chemin.

– Une question : tu as déjà rencontré le recteur personnellement ?

À sa façon de s'arracher à son livre, il vit qu'elle avait du mal à se dominer.

– Schratter ? Oui, deux fois, brièvement.

– Et alors ? Il est comment ? Sympa ? Autoritaire ?

Elle soupira :

– Tu n'as pas à t'inquiéter. C'est quelqu'un d'accessible et courtois. Supérieurement intelligent, ça oui, et plutôt strict. Cela dit, il s'intéresse pour de vrai à ses étudiants. Tu l'apprécieras beaucoup, j'en suis sûre.

Jonas aurait aimé la croire.

Il était presque au grand portail quand il croisa Sergueï qui parut ravi de le voir, fouilla dans sa besace et en retira une enveloppe qu'il lui tendit avec un large sourire.

– Tiens, pour mercredi soir ! Voilà le carton d'invitation, tu en auras besoin pour entrer. Il ne sera valable que de 19 h 30 à 20 h 30, donc tâche d'être à l'heure, OK ?

Sans attendre la réponse, il lui tapota l'épaule et poursuivit :

– Je me réjouis de te présenter à mes amis, petit génie. Enfant prodige, c'est comme ça qu'on dit chez vous ?

– Oui, acquiesça Jonas avec lassitude.

Il allait tourner les talons quand Sergueï le retint par le bras.

– Tu es fort en calcul mental, hein ? Je veux dire... tu sais multiplier des nombres à dix chiffres, extraire une racine carrée... tout ça plus vite qu'une calculette ?

C'était donc ça ! On l'invitait pour épater la galerie ! Pour être le clown de service, à qui on demanderait de se livrer à des acrobaties mathématiques…

Bah, après tout, pourquoi pas. Il avait déjà joué les chiens savants pour faire plaisir à ses parents, trop heureux de montrer à leurs familles et amis combien leur fils chéri était intelligent.

– Bien sûr, déclara-t-il, grand prince. Avec plaisir !

– Super ! se réjouit Serguei en levant un pouce. J'ai hâte de voir ça !

Jonas sourit par-devers lui. Il s'était demandé plus d'une fois ce qui lui avait valu cette invitation. Car le jeune Russe n'avait aucune raison de le trouver particulièrement sympathique : c'était tout juste s'ils avaient échangé trois mots…

À présent, il savait à quoi s'en tenir. Pas grave : la soirée lui permettrait de se faire des relations. Et puis un bienfait n'est jamais perdu, les riches savaient peut-être des choses que les étudiants normaux ignoraient, et il glanerait des informations intéressantes ? D'ailleurs, pourquoi attendre quatre jours ? Il pouvait très bien aller à la pêche aux renseignements tout de suite, en commençant par retravailler l'enregistrement audio, pour voir ce qu'il pourrait en tirer.

De retour dans sa chambre, Jonas s'assit à son bureau et mit son casque sur les oreilles. Le bruit de friture dominait tout le reste. À un moment, il crut identifier un son. Oui, c'était ça : « *act* ». Et, un peu plus loin, « oné »…

Il régla les basses et les aigus et réécouta le passage avec attention. Cette fois, il comprit « actions mal coordonnées », nota ces deux mots sur son calepin et réappuya sur *Play*. Suivit une douzaine de secondes pendant lesquelles il n'entendit que des grésillements qui cessèrent brusquement au profit d'une voix énervée. Jonas saisit « n'importe quoi », affina ses réglages, revint en arrière et réussit à capter :

« *Finira forcément... avoir... Qu'une question de t...* »

– Ça finira forcément par se savoir, répéta-t-il à mi-voix en écrivant la phrase. Ce n'est qu'une question de temps.

Le tout était de savoir ce qu'il y avait derrière « ça ». La suite le lui dirait peut-être ?

Très concentré, il se remit au travail. Hélas, il y avait tellement de bruits de friture que les seules phrases à peu près intelligibles qu'il réussit à distinguer furent :

« *Pas pouvoir le conserver encore très longtemps. Par votre faute, bande d'idiots !* »

Le ton de Schratter était en totale contradiction avec le portrait que Marlene lui avait fait du recteur. Un homme accessible et courtois ? N'importe quoi !

D'un autre côté, Jonas savait pour en avoir un exemple dans sa propre famille que personne n'est jamais ou tout blanc ou tout noir. Son oncle Bernard... quel enfoiré, celui-là... Médecin de son état, très aimé de ses patients. Certes, parce qu'ils ne le fréquentaient pas d'assez près ! Ceux qui connaissaient son vrai visage changeaient de trottoir en le voyant. Violent, intolérant, ne supportant pas la contradiction, capable à l'occasion de faire voler les chaises dans la pièce si l'envie lui en prenait... Jonas avait assisté un jour à une scène qui l'avait marqué à vie. Il avait sept ans alors et avait pleuré dans la voiture pendant tout le trajet du retour. Depuis, il s'était toujours arrangé pour n'avoir aucun contact avec ce déplaisant personnage.

Schratter était peut-être de la même espèce. Affable et souriant par-devant tant qu'on lui obéissait au doigt et à l'œil, hystérique quand les choses ne se passaient pas comme il le voulait.

Jonas repensa à ce qu'il venait d'entendre.

« Pas pouvoir le conserver encore très longtemps. Par votre faute, bande d'idiots ! » Peu à peu, un soupçon prenait forme dans son esprit. Que pouvait-il y avoir de si important à conserver, à part le renom et la réputation de l'université ? La fureur de Schratter devait avoir un rapport avec les événements des derniers jours. Y avait-il un… secret que Jonas ignorait ? Le recteur cherchait-il à préserver la thèse du suicide ?

Si Lichtenberger avait été assassiné, Schratter avait effectivement du souci à se faire. Un meurtre ruinerait la réputation de son établissement.

Un meurtre… Commis par qui ? Quelqu'un d'irascible et violent ?

« Stop ! s'interdit Jonas. Stop ! Tu vas beaucoup trop vite ! La police est sur le coup, or, pour autant que je sache, il n'y a pas d'enquête en cours. »

Si les flics avaient soupçonné un crime, Kerstin en aurait forcément entendu parler, et elle lui en aurait bassiné les oreilles pendant des heures.

Quant à maquiller un assassinat en suicide sans que la police et le médecin légiste s'en aperçoivent, même pour des cerveaux aussi brillants que ceux de la Victor Franz Hess University, c'était mission quasi impossible. Surtout dans le cas d'une pendaison.

Jonas appuya de nouveau sur *Play*. Pendant près d'une minute, il n'entendit que de la friture. L'interlocuteur du recteur était sans doute quelqu'un de posé. Dommage ! Jusqu'au moment où la voix de Schratter s'éleva de nouveau, moins fort que précédemment, mais en détachant chaque syllabe, si bien que Jonas réussit à saisir quelques mots : «… qu'elle en sait plus qu'elle ne veut bien l'avouer. »

Elle ? Donc une femme était au courant de ce qui s'était réellement passé.

« Barbara Lichtenberger », pensa aussitôt Jonas.

Les dix mille euros… était-ce le prix de son silence ? Si oui, ils s'en étaient tirés à bon compte ! Quelle femme accepterait de couvrir l'assassin de son mari pour dix mille euros ? Personne. À moins d'avoir des problèmes financiers… ou des raisons d'en vouloir à son mari…

Le cerveau de Jonas tournait à cent mille tours. Pourtant, plusieurs questions restaient sans réponse. Seule certitude : il ne voulait surtout pas se trouver mêlé à cette histoire.

Hélas, pour ça, il aurait dû réfléchir avant d'agir… et s'abstenir d'espionner les gens par drone interposé.

De la friture émergea soudain une phrase :

«… n'a jamais su tenir sa langue. Vous savez bien… »

Impossible de savoir de qui il s'agissait. Barbara Lichtenberger ? Andrea Gilles ? Ou quelqu'un d'autre ?

Jonas se passa la main sur le front. S'il y avait une chose qu'il ne regrettait pas, c'était de ne pas avoir donné à Schratter le nom de Linda.

15 ◉

Jonas avait espéré pouvoir se barricader dans sa chambre et ne plus en sortir, mais Martin le mit à contribution pour de menus bricolages du genre : tenir l'échelle pendant qu'il changeait une ampoule, reboucher un petit trou dans l'entrée – un morceau de plâtre qui s'était détaché –, ou encore ramasser les feuilles mortes dans le jardin.

Jonas s'était vanté un soir de ne pas avoir besoin de travailler, tellement les cours lui paraissaient faciles, et il le regrettait amèrement. Car à présent, il n'avait plus cette excuse pour se défiler.

Il avait ratissé près de la moitié de la pelouse lorsqu'il commença à pleuvoir. Zut, il ne pourrait pas faire voler Élanion. Sans laisser à Martin le temps de lui trouver une nouvelle corvée, Jonas prétendit avoir mal à la tête. Oui, une migraine épouvantable. Non, il n'avait pas besoin de cachet. Il faisait parfois des réactions bizarres aux médicaments. Il avait juste besoin de s'allonger. Oui, tout de suite. Non merci, pas besoin d'une infusion…

Il éprouva un sentiment de liberté incroyable à refermer la porte derrière lui. Il se serait évadé d'un cachot qu'il n'aurait pas été plus soulagé. Il verrouilla à double tour et resta debout au milieu de la pièce, à écouter les bruits de la maison. La télévision, le lave-linge, Silvia qui s'activait dans la cuisine... Tout cela ne le concernait pas et c'était tant mieux. En tout cas, une chose était sûre : il ne ferait pas long feu chez les Müller.

Tirant son téléphone de sa poche, il sélectionna un numéro dans ses favoris.

– Salut, Paps !

– Jonas ! Bonjour mon grand ! Comment ça va ?

Un déclic. Son père avait mis le haut-parleur. Jonas identifia le bruit caractéristique de la Volkswagen.

– Super. Vous êtes en route ?

– Oui, on est invités à un barbecue chez Susan et Tobias. Sans doute le dernier de l'année.

– Cool. Ici, il pleut.

Difficile de faire plus plat. Jonas respira un grand coup.

– Écoutez, je sais que vous pensez que je suis mieux dans une famille d'accueil, mais je préférerais avoir une chambre sur le campus...

Silence crispé au bout du fil. La mère de Jonas se racla la gorge.

– Pourquoi ? Il y a un problème ? Les Müller ne sont pas gentils avec toi ?

– Si, si, ce n'est pas ça. Seulement... on n'est pas sur la même longueur d'ondes.

Il soupira, certain de ce qui allait suivre.

– Le problème n'est pas nouveau, Jonas. Tu n'es pas facile à vivre, tu le reconnais toi-même. Et à mon avis ce serait sans doute pire en résidence universitaire, où tu aurais plus de gens à supporter.

Sa mère marqua une pause, s'attendant probablement à ce qu'il la contredise, mais il n'insista pas, de sorte qu'elle crut bon de reprendre :

– On en a souvent parlé ensemble, tu ne te rappelles pas ?

– Si. Mais cette fois, je ne pense pas que ce soit moi le problème. Il y a beaucoup d'étudiants ici avec qui je m'entends très bien…

Il se mordit la lèvre. En fait de beaucoup, le compte s'arrêtait à deux : Pascal et Marlene ; laquelle le fuyait parce qu'il lui avait menti.

– Je suis même invité à une soirée…

Il en aurait pleuré. On aurait dit un préado victime de harcèlement que ses camarades autorisaient enfin à jouer avec eux !

– Tant mieux, mon chéri, se réjouit sa mère. N'empêche… se débrouiller tout seul en résidence universitaire, c'est encore une autre étape. On en reparlera quand tu auras dix-huit ans, d'accord ? D'ici là, une famille d'accueil me semble encore la meilleure solution…

– À moi aussi, intervint M. Wolfram.

Jonas les connaissait assez l'un et l'autre pour savoir qu'il pourrait avancer tous les arguments qu'il voudrait, il se heurterait à un mur. Ils ne reviendraient pas sur le sujet.

Il leur raconta quelques menues anecdotes des derniers jours, leur souhaita une bonne soirée et raccrocha.

Dehors, il pleuvait encore.

Le dimanche matin, en repensant à l'altercation qu'il avait surprise dans le bureau de Schratter, Jonas éprouva le besoin d'en parler à Pascal.

Il attendit 9 heures et demie pour sonner à sa porte. Une femme d'une quarantaine d'années lui ouvrit immédiatement. Elle était en tenue de jogging et finissait de glisser son smartphone dans son brassard.

– Bonjour ! le salua-t-elle en le fixant de ses grands yeux bleus. Tu es ?

– Jonas. J'habite en face. Je peux voir Pascal ?

– Pas de problème, dit-elle en s'effaçant pour le laisser entrer. Il dort encore, si tu le réveilles il sera content de te voir. Le petit-déjeuner est prêt.

Jonas eut une seconde d'hésitation. Mais Pascal ne s'était jamais gêné pour débarquer chez lui à l'improviste, si bien qu'il fit taire ses scrupules et monta au premier.

Il frappa à la porte. En vain. Tapa plus fort… pareil. Abaissant la poignée, il pénétra dans la pièce. Pascal dormait sur le dos et ronflait la bouche ouverte. Jonas s'approcha de lui et claqua des doigts à quelques centimètres de son oreille. Là, Pascal ouvrit enfin un œil. En reconnaissant Jonas, il bondit de son lit.

– Excellent ! Donne-moi cinq minutes, je te rejoins en bas.

Jonas crut halluciner. Le petit-déjeuner des Brittner était beaucoup plus copieux et infiniment plus original que le triste pain-beurre-confiture que Silvia Müller lui servait invariablement chaque matin. Il y avait de la salade de harengs, de l'ananas frais, un plein saladier de müesli et du yaourt.

– Super équilibré ! observa-t-il.

– Ma mère y tient beaucoup, expliqua Pascal, hilare, en fouettant du lait d'un geste professionnel pour le faire mousser. Il doit aussi y avoir du jus de fruits frais quelque part. Les bons jours, tu tomberas sur de l'orange. D'autres fois, ce sera du céleri.

Jonas se servit un œuf à la coque, un peu de müesli et quelques quartiers de pomme. Il serait mieux ici que chez les Müller. Les Brittner avaient-ils une chambre d'amis ?

– On pourrait aller faire du skate, proposa Pascal. Mes copains m'ont donné rendez-vous au parc, ça te tente ?

– Absolument pas, déclina Jonas en croquant dans une pomme.

– OK, fit Pascal sans se vexer. Tu as une meilleure idée ?

– Des maths ?

Pascal porta les deux mains à son cou, roula les yeux, fit semblant de tomber de sa chaise…

– En contrepartie, poursuivit Jonas, insensible à son show, tu m'expliques comment me réconcilier avec une fille qui me prend pour un lâche et un mytho.

– Oh, ça, dit Pascal en se redressant, je peux le faire gratuitement, pas besoin de maths en échange !

Prenant une tartine dans la corbeille, il bougonna :

– Sérieux, on est le week-end… Bon, il s'agit toujours de cette Marlene ?

– Oui.

– Et tu lui as vraiment menti ?

– Pas qu'un peu ! s'exclama Jonas avec un rire sans joie. D'abord elle m'a surpris en train de glisser une enveloppe dans la boîte aux lettres des Lichtenberger. J'ai prétendu que c'étaient des condoléances alors que c'était du courrier que j'avais piqué. Et l'autre jour, je lui ai envoyé Élanion et elle l'a repéré. Non seulement je ne lui ai pas dit que c'était mon drone, mais j'ai fait mine de ne pas comprendre quand elle m'a fait savoir qu'elle se sentait épiée.

Hochant la tête, il ajouta :

– Et comme si ça ne suffisait pas, je lui ai aussi fourré un de mes mots débiles dans son sac à main. Ça, on n'en a pas encore parlé. Peut-être qu'elle ne l'a pas encore vu et qu'il est tout chiffonné au fond de son sac…

– Mes compliments ! applaudit Pascal qui l'avait écouté de bout en bout sans l'interrompre, de plus en plus hilare au fur et à mesure de ses explications. Je suis impressionné, vraiment ! Ça va être dur de la convaincre que tu n'es pas un fieffé menteur et un hypocrite par-dessus le marché.

– Un conseil ?

Pascal réfléchit en beurrant sa tartine.

– Dans un cas comme celui-ci, le charme et quelques opérations de séduction un peu originales ne suffiront pas. Je crains qu'il n'y ait pas trente-six solutions...

– En clair ?

Pointant son couteau vers Jonas d'un geste théâtral, Pascal annonça d'un ton sinistre :

– La franchise, je ne vois que ça ! Tu dois passer aux aveux. Au risque qu'elle te prenne pour le dernier des imbéciles.

Ce n'était certes pas ce que Jonas aurait voulu entendre, même si cela semblait frappé au coin du bon sens. « Dire la vérité une fois par jour, même lorsqu'il serait plus facile de mentir », se rappela-t-il.

En plus, s'il suivait le conseil de Pascal, Marlene le tiendrait à sa merci. Il suffirait qu'elle le dénonce au recteur...

À ce propos...

– Au fait, tu as déjà rencontré le docteur Schratter ? Tu connais tout le monde, ici !

– En ville, oui, répondit Pascal, la bouche pleine. Mais pas à l'université. Je ne sais de lui que ce qu'on raconte...

– Par exemple ?

– Qu'il est consciencieux. Assez strict. Il y a des gens qui l'apprécient et d'autres qui regrettent son prédécesseur.

– Il a des ennemis ?

Pascal haussa les épaules.

– Pas vraiment, il est là depuis peu. Mais il y a des bruits qui courent. D'après mon père, certains auraient peur de lui. Et mon père, pour ça, il a l'œil : il est psychiatre.

Peur ? Donc oui, ça collait avec les cris et les explosions de colère derrière les portes et les fenêtres du bureau.

Jonas ne chercha pas à en savoir plus. Il passa deux heures à regarder des vidéos sur You tube avec Pascal sans réussir à penser à autre chose. L'idée de devoir tout déballer à Marlene le terrifiait.

Au point qu'il se demanda si le mieux ne serait pas de couper les ponts.

Cette pensée le rendait malade. Il n'avait jamais encore rencontré de fille comme elle. Et même s'il n'était pas amoureux d'elle – non, ce n'était pas de cet ordre-là –, il voulait continuer à profiter de ses avis et de sa façon de voir les choses.

Il était près de midi lorsqu'il prit congé de Pascal. Au lieu de rentrer directement chez lui, il fit un tour dans le quartier. Et se retrouva sans l'avoir voulu devant la maison des Lichtenberger.

Il aurait donné cher pour savoir ce qui se passait derrière les rideaux rouges, mais il fit demi-tour et s'éloigna rapidement. Pas question que Barbara Lichtenberger le voie, elle le reconnaîtrait tout de suite et ne manquerait pas de lui demander ce qu'il faisait là.

S'il avait eu son numéro de portable, il aurait pu lui envoyer Élanion… Quoique, se ravisa-t-il, c'était absurde ; il n'avait pas besoin de son portable : il savait où la trouver, il pouvait très bien piloter son drone manuellement. Rien de plus facile.

Jonas se demanda si les obsèques de Lichtenberger avaient déjà eu lieu.

Parvenu devant chez les Müller, il eut quelques instants d'hésitation. Si seulement il pouvait se retrancher dans sa chambre pour réfléchir à la suite tranquillement ! Or il était prêt à parier que Martin Müller ne l'entendrait pas de cette oreille : il restait la moitié du jardin à ratisser…

Il allait rebrousser chemin quand Kerstin ouvrit la porte et se retrouva nez à nez avec lui.

– Ah, te voilà…

Se retournant, elle se mit à crier :

– Jonas est là, Maman ! Pas de souci ! Et moi, je ne sais pas à quelle heure je rentre… Pas forcément très tôt !

Il l'aurait volontiers étranglée. Pour ce qui était de rentrer discrètement, c'était raté. Si les Müller lui demandaient de l'aider, il devrait encore prétendre une migraine.

Silvia sortit de sa cuisine.

– Où étais-tu ? J'ai essayé de t'appeler plusieurs fois sur ton portable, mais tu n'as pas répondu !

– Ah bon ?

Sortant son téléphone de sa poche, il vit qu'il l'avait laissé en mode silencieux.

– Oh, pardon, j'ai oublié de réactiver la sonnerie. Quelque chose d'important ?

– Oui et non…, fit-elle en dansant d'un pied sur l'autre. Je voulais savoir ce que tu faisais. Je me sens responsable de toi… vis-à-vis de tes parents.

N'importe quoi !

– J'ai dix-sept ans, vous savez. Je ne suis plus un bébé.

– Je sais, mais quand même…

Vu son air, il devait y avoir autre chose. Elle n'avait aucune raison de s'inquiéter pour lui en plein jour, un dimanche.

– Désolé, je n'ai pas l'intention de vous rendre des comptes. Ce n'est pas ce qui était convenu avec mes parents. Jamais il ne leur serait venu à l'idée de vous demander de me surveiller.

Silvia passa une main sur son front d'un geste las.

– Je comprends. Cependant, j'aimerais être au courant de tes allées et venues. Au moins pendant quelques semaines. Le temps qu'on s'habitue l'un à l'autre, mmh ?

Jonas secoua la tête.

– Non, je regrette. Je veux bien vous promettre de ne pas traîner en ville jusqu'au milieu de la nuit, ça, pas de problème, mais pour le reste…

Laissant sa phrase en suspens, il monta les marches quatre à quatre.

– Tu sais…, tenta-t-elle encore d'insister dans son dos.

– J'ai des trucs à préparer pour demain ! l'interrompit-il sans se retourner.

Parvenu en haut de l'escalier, pris d'une inspiration subite, il se retourna et lui lança innocemment :

– Au fait, vous avez déjà rencontré le recteur Schratter ?

Silvia tituba en arrière. Tiens, c'était curieux. Que lui arrivait-il ? Et pourquoi ce geste de porter la main à son cou ? Elle avait dû le comprendre de travers…

– Carl Schratter, répéta Jonas en détachant chaque syllabe. Le recteur. Je me demandais si vous le connaissiez.

– N… non, balbutia Silvia.

Le sang s'était retiré de son visage. Elle mentait, cela se voyait comme le nez au milieu de la figure.

– Je… je l'ai déjà aperçu… une ou deux fois, de loin, se reprit-elle. Mais je n'ai jamais eu l'occasion de discuter avec lui. Pourquoi ?

Jonas faillit lui demander pourquoi sa question la mettait dans cet état-là.

– Parce que je dois avoir un entretien avec lui prochainement, répondit-il, et que j'aurais aimé savoir comment l'aborder. Tant pis, ce n'est pas grave. Je me débrouillerai.

Il profita de l'extrême confusion dans laquelle se trouvait Silvia pour disparaître dans sa chambre et s'enfermer à double tour. Seigneur ! Cette femme avait décidément un grain…

« Ou alors, se dit-il en s'adossant à la porte, elle sait quelque chose, et c'est tellement compromettant pour le recteur qu'elle perd les pédales à la simple évocation de son nom. »

Quel lien existait-il entre eux deux ? Car il y en avait un, forcément ! Quelle raison aurait-elle eue de paniquer, sinon ?

Jonas ne voyait pas du tout ce qu'un homme comme Schratter aurait pu trouver à une femme aussi quelconque que Silvia Müller. Elle n'était ni drôle ni intelligente. Plutôt jolie, et pas mal conservée pour son âge, d'accord, mais bon… cela ne faisait pas tout… Cependant l'hypothèse d'une liaison n'était pas à exclure.

Jonas regarda par la fenêtre. Au fond, que Silvia eût une liaison avec Schratter, voilà qui lui était bien égal.

Peut-être faisait-elle partie des gens qui avaient peur de lui, mais pour quel motif ?

Ah et puis zut, Jonas avait des choses beaucoup plus importantes à penser. Marlene, par exemple. Si seulement il n'avait eu qu'un seul petit mensonge à lui avouer !

Le front contre la vitre, il contempla les arbres aux cimes agitées par le vent.

Une demi-heure plus tard, sa résolution était prise. Même s'il en était malade d'avance, il dirait la vérité à Marlene. Mieux même : il la lui montrerait.

16 ◉

Le lendemain matin, il quitta la maison beaucoup plus chargé que les autres jours : son ordinateur portable, pas de problème, il l'avait mis dans son sac à dos. Mais Élanion ne pouvait être transporté que dans sa mallette. Jonas se la serait volontiers menottée au poignet, cependant il se rassura en constatant que personne n'y prêtait attention, ni dans le bus, ni sur le campus, où il y avait bien assez d'étudiants avec un attaché-case pour qu'il passe inaperçu.

Il choisit une place au fond de l'amphi, sa mallette bien calée entre le mur et sa chaise. Il avait fait exprès d'arriver en avance, si bien qu'il n'y avait pas encore grand monde dans la salle. Les quelques étudiants présents le saluèrent d'un signe de tête et se désintéressèrent de lui aussitôt.

Marlene suivait également ce cours. Jonas l'attendit en espérant qu'elle aurait passé l'éponge et viendrait s'asseoir à côté de lui.

L'amphi se remplit peu à peu. Cinq minutes avant le début de l'heure, il était plein à craquer, or Marlene n'était toujours pas là. Impossible de lui garder une place plus longtemps. Jonas jeta un coup d'œil discret à sa messagerie : rien, pas de nouvelles. Ce qui en soi n'était guère étonnant…

Il remonterait peut-être dans son estime s'il prenait la leçon en notes à son intention ?

Il sortit son ordinateur de son sac. Il avait soigneusement veillé à fermer tous les programmes avant de partir, de façon à ce que personne ne voie le logiciel d'Élanion. Il ouvrit le traitement de texte et commença à taper ce que racontait le prof. Il se concentra sur l'essentiel. Pas la peine d'encombrer Marlene avec toutes les digressions inutiles qui ne pouvaient qu'embrouiller les étudiants.

À la fin de l'heure, Marlene ne s'était toujours pas montrée. Jonas se demanda si elle s'était octroyé une grasse matinée. Non, ce n'était pas son genre de sécher. Elle devait être malade. Ou alors… était-il possible qu'il lui soit arrivé quelque chose ?

« Je perds la tête ! se dit-il en rangeant ses affaires. Je ne connais quasiment pas cette fille. Pourquoi est-ce qu'elle ne me sort pas de l'esprit ? »

La réponse à cette question était assez triste : Marlene sortait du lot, certes, mais c'était surtout la seule personne ici avec qui il se sentait à peu près en phase. Pascal aussi, dans son genre, même s'il vivait sur une autre planète.

Génial. Voilà que Jonas s'apitoyait sur lui-même, à présent.

Il épaula son sac et saisit la poignée de sa mallette. Il avait une heure devant lui. Il décida de se rendre dans un café et de surfer un peu sur Internet.

La table à laquelle il avait bu un café avec Marlene était disponible. Il s'y assit sans se poser de questions, passa commande et alluma son ordinateur.

Huit nouveaux mails. Quatre étaient de la pub, et deux venaient de membres d'un forum scientifique sur lequel il publiait parfois des articles. Plus un mail de sa mère et un autre de Schratter.

Le cœur battant, il ouvrit celui du recteur.

Cher Jonas,
S'il n'est pas trop tard pour vous libérer, je vous recevrai ce soir à 17 h 30 dans une petite salle de réunion attenante à mon bureau, et me ferai un plaisir de répondre à toutes vos questions concernant votre cursus, le calendrier de vos examens ou tout autre sujet qui pourrait vous tenir à cœur.
Je vous retrouverai directement sur place. Salle 212, première porte à gauche après le secrétariat.
Merci de me confirmer votre présence à ce rendez-vous.
Sincères salutations.
Dr Carl Schratter
Recteur de la Victor Franz Hess Private University

Enfin ! songea Jonas en se mordant la lèvre. Enfin il allait faire la connaissance de Schratter et se faire une idée du personnage, voire comprendre pourquoi Silvia s'était décomposée à la simple évocation de son nom.

Il répondit : *Serai à l'heure au rendez-vous*. Cependant, après avoir cliqué sur *Envoyer*, il se trouva face à un dilemme. Cet après-midi-là, il avait cours jusqu'à cinq heures. Il n'aurait donc pas le temps de rapporter Élanion dans sa chambre et de revenir. Par conséquent, il se présenterait à Schratter avec sa mallette. Celui-ci allait-il lui demander de jeter un coup d'œil à son contenu ? Difficile de savoir ce qui pouvait se passer dans sa tête.

Quant à déposer Élanion quelque part, c'était hors de question. Sécher le cours ? Exclu aussi. Mais à quoi bon se torturer la cervelle ? C'était l'affaire d'une poignée de main et d'un entretien de quelques minutes, histoire de faire connaissance.

Rien de plus.

17 h 20, Jonas était en avance. Debout devant la porte de la salle 212, il hésita à frapper. À l'intérieur, tout était silencieux,

a priori il n'y avait encore personne. Le couloir était désert aussi. Et le secrétariat était plongé dans l'obscurité. Normal, les bureaux fermaient à cinq heures.

Un bruit de pas lui fit tourner la tête. Mais au lieu du recteur, Jonas découvrit... Aron.

Ah non, pas lui ! Si Schratter arrivait, il y avait de fortes chances pour qu'il les trouve en train de se disputer. Jonas savait de quoi il était capable lorsqu'on le poussait dans ses retranchements, or il tenait à donner bonne impression.

Aron était encore tout au bout du couloir et ne semblait pas l'avoir reconnu. Jonas ne réfléchit pas longtemps. Ouvrant la porte, il se faufila de l'autre côté.

La salle était vide, en effet. Tendant l'oreille, Jonas entendit Aron approcher, s'arrêter brièvement devant la porte – il n'avait quand même pas l'intention d'entrer ? –, puis s'éloigner à grands pas.

Tout bien pesé, ce n'était pas une mauvaise idée d'être arrivé le premier. Jonas en profita pour planquer Élanion sous une table. Schratter ne le verrait même pas, le problème était réglé.

17 h 23. Jonas avait le temps de faire quelques patiences sur son mobile. Il gagna deux parties et perdit la troisième, qui était infaisable.

17 h 34. Tiens donc, Schratter se permettait d'être en retard ! De peu, il fallait le reconnaître, car Jonas crut l'entendre dans le couloir. Vite, il rangea son téléphone dans sa poche et se redressa. Cependant, au lieu de voir entrer le recteur, il entendit un cliquetis métallique, suivi de pas qui décrurent rapidement.

Jonas demeura interdit. On ne l'avait quand même pas enfermé ? D'un bond, il se précipita à la porte et actionna la poignée.

Si ! Il était prisonnier. La bonne blague ! Poussant un soupir, il s'assit sur une chaise et attendit. Schratter ne tarderait pas à arriver, et il aurait sans doute un passe-partout. Pas de quoi s'affoler.

Seulement voilà, deux patiences plus tard, le recteur n'avait toujours pas donné signe de vie. Jonas coupa son téléphone. Dans l'hypothèse où Schratter aurait oublié leur rendez-vous, il devait économiser sa batterie.

D'un autre côté, il n'y avait pas de raison : c'était lui-même qui l'avait fixé, et pas plus tard qu'aujourd'hui. Ou alors il avait vraiment la mémoire courte.

Jonas regretta une fois de plus de ne pas avoir son numéro de portable. Là, il en aurait usé à des fins tout à fait honorables. En lui passant simplement un coup de fil.

Six heures. Pas de trace du recteur. Et plus que six pour cent de batterie. Jonas ne pouvait pas rester plus longtemps sans rien faire.

Il tenta d'appeler Kerstin, mais tomba sur sa boîte vocale. Raté. Silvia, pareil. Décidément, le sort était contre lui.

Quatre pour cent de batterie. Ne restait plus qu'une possibilité : essayer de joindre Marlene, au risque qu'elle ne le croie pas et l'envoie au diable.

Elle répondit à la troisième sonnerie.

– Ah, c'est toi. Salut.

Le ton était tout sauf enthousiaste.

– Désolé de te déranger mais j'ai besoin d'aide. Je suis enfermé.

– Comment ça ?

Ce n'était pas sa voix normale. On aurait dit qu'elle avait pleuré. Ou alors…

– Tu es malade ?

– Une crève pas possible. Le nez bouché, les sinus et les poumons en feu… La totale !

– Aïe. Tu crois que tu pourrais m'aider quand même ? Je suis dans une salle de réunion attenante au bureau de Schratter, avec qui j'avais rendez-vous il y a une demi-heure, mais j'ai peur qu'il m'ait oublié.

Parlant de plus en plus vite, il ajouta :

– Quelqu'un a verrouillé la porte de l'extérieur et je n'ai presque plus de batterie. Ça m'ennuierait de passer la nuit ici.

Marlene fut prise d'une quinte de toux.

– J'espère que tu ne te moques pas de moi, dit-elle d'une voix enrouée. Parce que, si c'est le cas, tu me le paieras.

– Je suis sérieux, je te jure. Salle 212.

– OK. J'arrive.

Elle raccrocha. Jonas vérifia sa batterie. Plus que deux pour cent. Comment avait-il pu être assez bête pour ne pas prendre son chargeur ?

Par chance, Jonas avait son ordinateur. Si Marlene ne parvenait pas à le délivrer, il pourrait encore essayer d'appeler les secours via Facebook... Il y aurait bien un de ses contacts qui serait en ligne...

Un léger grincement le fit sursauter. Comme si quelqu'un avait ouvert une porte avec précaution. Puis des pas se firent entendre, une fois de plus.

Jonas se précipita à la porte.

– Il y a quelqu'un ? S'il vous plaît, aidez-moi ! J'ai été enfermé par erreur.

Le bruit s'arrêta d'un seul coup.

– Je m'appelle Jonas Wolfram. J'avais rendez-vous avec M. Schratter, et je suis coincé ici. S'il vous plaît, est-ce que vous pouvez essayer de trouver quelqu'un qui a la clé ?

Pas de réaction. Pourtant, Jonas était quasi certain qu'il y avait quelqu'un de l'autre côté. Il l'entendait respirer.

Tambourinant à la porte, il se mit à crier :

– Allez chercher de l'aide, comment faut-il que je vous le demande ?

Silence de mort. Mais cela ne voulait pas dire qu'il n'y avait personne. D'abord parce que Jonas avait distinctement entendu des pas qui s'étaient interrompus à sa hauteur. Et ensuite parce que la présence de l'autre était presque palpable. Quelqu'un jouait-il à lui faire peur ?

À moins que…

– Docteur Schratter ? C'est vous ?

Un ricanement aussitôt étouffé lui répondit. Puis plus rien. Silence.

De désagréable, la situation devint carrément angoissante.

– Je ne sais pas qui vous êtes, plaida Jonas en essayant de maîtriser le tremblement de sa voix, mais je ne trouve pas ça drôle. Si vous ne pouvez pas m'ouvrir, allez au moins chercher quelqu'un qui a un passe…

Toujours rien. Et puis, tout à coup, un grattement, comme si l'autre caressait le bois avec son ongle.

Jonas recula d'un pas. C'était n'importe quoi. Était-ce un étudiant qui lui jouait un mauvais tour ? Aron l'avait peut-être reconnu, après tout… Car il ne pouvait s'agir du recteur : jamais celui-ci ne se serait abaissé à un coup aussi pendable. Impensable…

Jonas s'approcha de la fenêtre. Elle donnait sur un puits de lumière. Donc, rien à espérer non plus de ce côté-là.

Par contre, il pouvait lâcher Élanion. Le faire monter à la verticale, survoler le bâtiment et redescendre sur le campus. Et après ? Il verrait peut-être des gens dans des bureaux, mais ça ne lui dirait pas qui se trouvait derrière cette porte et tentait de l'intimider… Car c'était le but de la manœuvre. Il n'y avait pas d'autre explication.

Dix minutes s'étaient écoulées depuis le coup de fil avec Marlene. Combien de temps lui faudrait-il pour arriver ? Il l'avait probablement obligée à sortir de son lit et s'habiller…

Elle ne devait pas être très pressée. Quelle raison aurait-elle eue de se dépêcher ?

S'approchant le plus discrètement possible de la porte, il y colla l'oreille. Il n'entendit que les battements de son cœur et le bourdonnement de son sang dans ses tempes.

L'impression d'une présence invisible et cependant toute proche avait disparu. Il n'entendait plus personne respirer. Ricaner, encore moins. Pourtant il n'avait pas rêvé…

Soudain, un coup terrible ébranla la porte. Un fracas épouvantable, totalement subit, comme si quelqu'un essayait d'enfoncer la porte avec une massue. Ce fut plus fort que lui, Jonas se mit à trembler de tous ses membres. S'attendant à ce que la porte cède d'une seconde à l'autre et que l'autre fasse irruption dans la salle, il recula au fond de la pièce.

Avec quoi pourrait-il se défendre ? Sa mallette, à la rigueur… En espérant qu'Élanion résiste au choc s'il s'en servait pour assommer l'adversaire.

Ce dernier n'insista pas. Au contraire, si Jonas ne se trompait pas, il était même en train de s'éloigner.

Jonas mit un moment à se remettre de son émotion. Puis il sentit naître un espoir. Peut-être l'autre excité avait-il fait semblant de fracasser la porte pour l'intimider… ou pour faire diversion. Avec un peu de chance, il lui avait ouvert sans qu'il s'en aperçoive, de façon à pouvoir s'en aller discrètement ?

Hélas non. Vérification faite, Jonas était toujours prisonnier.

Bon sang, qui pouvait lui avoir fait un coup pareil ? Et pourquoi ?

« Allons, se dit-il pour s'encourager. Le vacarme a dû s'entendre dans tout le bâtiment. Cela a forcément alerté quelqu'un… »

Apparemment non.

Entre-temps, son portable s'était éteint. Et Marlene n'arrivait toujours pas. Si elle n'était pas là d'ici dix minutes, il essaierait de joindre quelqu'un via Facebook ou Twitter.

À peine s'était-il fait cette réflexion qu'on frappa à la porte. D'une main ferme, mais sans agressivité.

– Jonas ? Tu es là ?

C'était elle. Enfin ! Elle abaissa la poignée plusieurs fois. En vain.

– Alors c'est vrai… Tu es enfermé…

– Merci d'être venue si vite, dit Jonas avec reconnaissance. Mais sois prudente, hein ? Tu es sûre qu'il n'y a personne dans le couloir ? Le gars est peut-être caché quelque part…

– Mais de quoi tu me parles, Jonas ?

Pas d'énervement dans sa voix. Juste de la surprise.

– T'inquiète. Mais s'il te plaît, aide-moi à sortir d'ici.

– D'accord. Donne-moi trois minutes, OK ? Je reviens tout de suite.

Jonas soupira. Au point où il en était, il pouvait bien attendre encore. Sauf que, cette fois, il ne resterait pas sans rien faire. Mû par une impulsion subite, il alluma son ordinateur, se connecta au wifi et consulta ses mails.

Non, Schratter ne s'était pas décommandé. Quel enfoiré. D'abord proposer un rendez-vous pour le jour même, et le laisser tomber, recteur ou pas, ce n'était pas une façon de faire.

Marlene revint moins de cinq minutes plus tard. Une clé tourna dans la serrure et un homme d'un certain âge en jean et chaussures de sport fit signe à Jonas qu'il était libre.

Marlene fit les présentations :

– Monsieur Markowski, notre concierge. Tu as de la chance que je l'aie trouvé tout de suite.

– Je me demande ce que tu es venu faire ici, bougonna M. Markowski. Mais bon… Si vous n'avez plus besoin de moi, je vous laisse…

– C'est parfait, merci beaucoup, dit Marlene en lui serrant la main.

– Juste une question, le retint Jonas. Ce n'est pas vous qui m'avez enfermé par mégarde, n'est-ce pas ?

– Non, je ne verrouille que les salles dans lesquelles il y a quelque chose à voler.

Promenant un regard circulaire sur la pièce, il ajouta :

– Ce qui n'est pas le cas ici.

– Et à part vous, qui d'autre a la clé ?

Le concierge réfléchit brièvement.

– Eh bien, le docteur Schratter, naturellement… et les deux directeurs adjoints. Ah ! Et il y a aussi une clé au secrétariat à la disposition des gens qui ont besoin de s'isoler pour travailler sans être dérangés.

« Super ! » songea Jonas avec amertume tandis que le bonhomme s'éloignait.

Dans ces conditions, autant dire qu'il pouvait avoir été séquestré par n'importe qui.

– Tu pourrais me remercier ! s'impatienta Marlene, adossée au chambranle, les bras croisés sur sa poitrine.

Levant les yeux, Jonas s'aperçut qu'elle avait vraiment mauvaise mine. Elle avait les yeux rouges et le nez comme un chou-fleur.

– Pardon, s'excusa-t-il, j'allais le faire. Je ne sais pas ce que je serais devenu sans toi. Tu veux que je te raccompagne ?

Ignorant la question, Marlene demanda avec un petit mouvement du menton :

– C'est quoi, le truc que tu trimballes ? Je ne t'ai jamais vu avec !

Jonas eut un instant d'hésitation. Il avait pris Élanion pour le lui montrer, mais ce n'était plus d'actualité. Il ne se sentait pas assez en confiance. Pas après ce qui venait de lui arriver.

– Tu le sauras bientôt, promit-il. Mais pas maintenant, d'accord ?

Marlene hocha la tête, l'air de ne pas trouver ça étonnant.

– Bon. Il semble que j'aie coché une des cases de ta liste à ta place : « Donner une fois par jour un coup de main à quelqu'un sans rien espérer en retour. »

Sur ces mots, elle tourna les talons et partit.

– Attends ! lui cria Jonas en lui courant après. Ce n'est pas ce que tu crois… C'est la vérité, je t'assure. Je l'ai pris exprès pour te le montrer… Tu permets que je te raccompagne ? Tu as une chambre sur le campus ?

– Non, je ne permets pas. Je regrette déjà d'être sortie de mon lit, alors maintenant, j'y retourne. Et n'insiste pas, sinon je vais vraiment me mettre en colère, compris ? Ça suffit pour aujourd'hui !

Le cœur de Jonas fit un bond dans sa poitrine. « Pour aujourd'hui. » Dieu soit loué, la porte n'était pas complètement fermée.

– Comme tu voudras. C'était gentiment proposé…

Elle le fixa entre ses cils.

– Le pire, c'est que je te crois.

Jonas regarda Marlene s'éloigner. Il brûlait de savoir dans quel bâtiment elle habitait, mais il était exclu qu'il la suive. Si elle s'en apercevait, elle ne le lui pardonnerait pas. Or elle semblait avoir un flair infaillible pour ce genre de choses…

17 ◉

Il rentra en bus et arriva chez lui vers 18 h 30. Avant tout le monde, apparemment, car il n'y avait ni voiture dans l'allée, ni lumière aux fenêtres.

Tant mieux. Il aurait été incapable de supporter Kerstin et sa mère. Si dans une heure elles n'étaient toujours pas de retour, il essaierait de les appeler. En attendant, il allait souffler un peu. Et réfléchir à ce qui s'était passé.

En entrant dans sa chambre, il ne mit pas trois secondes à se rendre compte que les choses n'étaient pas tout à fait comme il les avait laissées en partant. À première vue, tout paraissait normal. Mais quelqu'un s'était introduit chez lui, et ce quelqu'un avait laissé des traces : les rideaux étaient légèrement plus ouverts, les crayons n'étaient pas disposés de la même manière sur son bureau, et le lit avait été déplacé de quelques centimètres, ainsi que le montraient les marques sur le tapis.

Promenant le regard autour de lui, Jonas passa sa chambre en revue. Les livres sur l'étagère avaient été bougés, et certains n'avaient pas été remis exactement à leur place. Son visiteur inopportun avait agi à la hâte. En sachant exactement ce qu'il cherchait.

Mû par un mauvais pressentiment, Jonas ouvrit son armoire. On avait fouillé aussi dans ses vêtements. Sa pile de sweats était mieux rangée qu'avant, ses chemises étaient plus à gauche et les cintres, plus rapprochés.

Qui avait violé son territoire ? Un des Müller ? Ou quelqu'un de l'extérieur ? Quelqu'un qui connaissait son emploi du temps, a priori… Ou qui l'avait séquestré en salle 212 pour être sûr de pouvoir perquisitionner tranquillement, sans risque de le voir débarquer à l'improviste…

À moins qu'ils ne s'y soient mis à deux ? Oui, c'était probable. Un qui montait la garde pendant que l'autre furetait dans ses affaires.

Pour trouver quoi, ce n'était pas difficile à deviner. D'instinct, Jonas serra sa mallette dans sa main. Donc il avait eu tort de penser que la silhouette aperçue dans la rue trois jours plus tôt sur le trottoir d'en face n'était qu'un simple passant. Il ou elle avait vu Élanion rentrer au bercail. Et s'il ne l'avait pas trouvé aujourd'hui, c'était uniquement parce que Jonas l'avait emporté pour marquer des points auprès de Marlene.

Il s'assit sur son lit et se prit la tête dans les mains. Pourrait-il encore faire voler Élanion depuis chez lui ? En tout cas, une chose était claire : dorénavant, il ne serait plus possible de le laisser sous son lit quand il aurait à sortir. Il devait ou le trimballer partout avec lui, ou trouver une cachette plus sûre.

Pour commencer, il le rangea dans son armoire et décida de profiter de l'absence des Müller pour voir s'il n'y avait pas une planque quelque part. Un recoin où personne n'aurait l'idée d'aller regarder. À la cave ou au grenier, par exemple.

Il descendit au rez-de-chaussée. La porte du sous-sol était dans l'entrée, à côté de l'étagère à chaussures. Or elle était verrouillée, et la clé n'était pas dessus. Elle était peut-être avec la vingtaine d'autres accrochées au tableau mural au-dessus de la commode, mais aucune n'était étiquetée.

Il n'avait ni le temps ni l'envie de les essayer une par une. Au risque de se faire éventuellement surprendre par Kerstin. Ou pire, par Silvia, qui était assez bête pour le soupçonner de vouloir piller dans son congélateur.

Donc demi-tour, direction le grenier. On y accédait par un escalier qui ressemblait plus à une échelle qu'autre chose, et menait à une trappe fermée par un loquet.

L'ayant soulevée, Jonas se hissa dans la soupente. Il trouva un interrupteur et alluma l'ampoule pendue à un fil, qui donnait juste assez de lumière pour éclairer tout le fatras entreposé pêle-mêle : un canapé à fleurs, une table branlante, trois lampadaires horribles, un lit d'enfant… Sur sa droite, Jonas découvrit une peinture à l'huile montrant une femme à moitié dénudée puisant de l'eau à une source avec une cruche. Plus kitsch que ça, tu meurs. Un tableau comme celui-là, Jonas l'aurait également remisé au grenier, mais à l'envers.

Il passa le doigt sur un guéridon en bois sur lequel était posée une pile de livres. Poussiéreux à souhait, Silvia et Martin ne devaient pas souvent venir ici, sinon pour y reléguer les vieilleries dont ils voulaient se débarrasser.

Sur sa gauche, une horreur de cuisine pour enfants. Énorme, en plastique rose, avec plaques de cuisson, four et lave-vaisselle. Et derrière, une table à langer. Sous la couche de poussière, on devinait un matelas dans les rose pâle avec des oursons violets tenant des ballons orange et bleu ciel. Jonas avait rarement vu quelque chose d'aussi laid, mais il s'en fichait pas mal : le meuble comportait un petit placard à deux portes, sans doute destiné à y ranger les couches et autres articles de puériculture. Il l'ouvrit. Il y avait juste la place pour sa mallette. Donc c'était un endroit possible, même s'il était tout sauf pratique. Il ne l'utiliserait que lorsqu'il voudrait cacher Élanion pendant un certain temps. Car il serait trop acrobatique de monter et descendre à l'échelle tous les jours, sans parler du fait que ce ne serait pas très discret.

Un crissement de pneus l'arracha à ses réflexions. L'un des parents Müller était de retour. Vite, Jonas éteignit la lumière, descendit quelques degrés, referma la trappe derrière lui et se précipita dans sa chambre. Il y arriva juste à temps pour entendre la clé tourner dans la serrure. Il attendit quelques secondes, sortit sur le palier et descendit comme si de rien n'était au rez-de-chaussée, où Martin finissait de se déchausser.

– Bonsoir ! le salua-t-il en le gratifiant de son plus beau sourire. Je commençais à me demander si vous alliez rentrer ou si j'avais le champ libre pour la soirée.

– Désolé, grommela Müller.

Ce n'était pas la première fois que Jonas lui trouvait mauvaise mine, mais ce soir c'était particulièrement flagrant.

– Kerstin et Silvia avaient un rendez-vous, poursuivit son hôte en regardant partout autour de lui. Elles ne devraient plus tarder. Si tu n'y vois pas d'inconvénient, on se contentera d'un repas froid.

Avait-il remarqué quelque chose ? Soupçonnait-il que quelqu'un s'était introduit chez lui ? Si oui, il n'y fit aucune allusion. Ils passèrent à la cuisine et préparèrent le dîner en silence. Tout en mettant le couvert, Jonas repensa à son rendez-vous manqué avec Schratter. Bizarre, quand même, la façon dont ça s'était passé… Il était tellement absorbé qu'il faillit ne pas remarquer le chat blanc à taches noires qui le fixait d'un œil intéressé.

Il tressaillit. D'où sortait-il, celui-là ? Les Müller n'avaient pas de chat.

En se retournant, il sentit un courant d'air en provenance du salon. La porte-fenêtre était entrebâillée. Ce n'était pas Martin qui l'avait ouverte, Jonas s'en serait aperçu. Donc il y avait un moment qu'elle était comme ça. Ce qui expliquait comment l'intrus, ou l'intruse, avait pu s'introduire dans la maison.

Il se gratta la gorge.

– On a de la visite !

Martin Müller sursauta, l'air soudain paniqué.

– Hein ?

Désignant le minet de l'index, Jonas expliqua :

– Ce chat. Il est entré tout seul. La porte-fenêtre est restée ouverte.

– Ah, lui ! fit Marin avec un soulagement que Jonas trouva disproportionné. Pas de problème, c'est Prisko, le matou de madame Sanders. Il a l'habitude de venir ici. Silvia a dû oublier de fermer le salon. Remets-le dehors, tu veux bien ?

Jonas prit le chat dans ses bras, lequel se laissa faire sans protester, et le conduisit dans le jardin en se demandant pourquoi diable Martin Müller avait semblé si effrayé à la simple évocation d'une visite.

Lorsqu'il revint à la cuisine, Kerstin venait d'appeler pour dire qu'elle et sa mère avaient déjà dîné, si bien qu'ils passèrent à table sans les attendre.

Même si le bavardage incessant de Kerstin et la nervosité maladive de Silvia lui tapaient sur les nerfs, Jonas aurait donné cher pour ne pas se retrouver en tête à tête avec Martin. Celui-ci faisait des efforts pathétiques pour entretenir un semblant de conversation, mais à l'évidence, il avait la tête ailleurs.

– C'est risqué, non, de laisser les fenêtres ouvertes quand il n'y a personne dans la maison ? lâcha nonchalamment Jonas pour meubler le silence. Un quartier aussi résidentiel que celui-là, c'est le paradis pour les voleurs. Vous avez une alarme ?

– Je… non, répondit Martin, que le sujet semblait mettre mal à l'aise. Il y a longtemps qu'il n'y a pas eu de cambriolage par ici.

– Mmh, opina Jonas en roulant une tranche de jambon. Pourtant, je me trompe peut-être, mais il m'a semblé qu'on avait touché à mes affaires. Je suis prêt à parier que quelqu'un est entré ici pendant notre absence.

– Ça m'étonnerait ! répondit Martin précipitamment. Par contre, il n'est pas impossible que Silvia ait fait un peu de ménage et qu'…

– Ce n'est pas ce qui était convenu, trancha Jonas, pète-sec. Mon ménage, je m'en occupe moi-même.

Müller fronça les sourcils ; un pli profond se forma en travers de son front.

– Elle a peut-être trouvé que ce n'était pas assez bien fait, et elle aura voulu te donner un coup de main, ce qui est plutôt sympa de sa part, tu ne trouves pas ?

Jonas sentit une bouffée d'adrénaline l'envahir. Un mélange bien connu de colère et d'une furieuse envie de lui laisser libre cours. Mieux valait en rester là et monter dans sa chambre, sans quoi il risquait de dire des choses qu'il regretterait ensuite.

– Si c'est ça, observa-t-il en se contenant difficilement, elle n'a pas été très efficace, parce que ma chambre n'est pas plus propre qu'avant. D'ailleurs, je ne vois pas pourquoi elle a poussé mon lit alors qu'elle n'a pas passé l'aspirateur dessous. Et ce n'est pas le seul objet à ne plus être tout à fait à sa place.

– Tu te fais des idées, rétorqua Martin en se servant un verre d'eau.

Dans son emportement, il en versa la moitié à côté.

– Des objets ont été déplacés, grand Dieu ! railla-t-il. Je sais que tu es un petit génie mais tu ne prétends quand même pas te rappeler exactement dans quelle position ils étaient !

Justement, si. Jonas avait une mémoire dite « photographique » et se souvenait toujours de tout dans les moindres détails. Mais il n'avait pas envie d'entrer dans ce débat.

– Comme vous voudrez, déclara-t-il, glacial. Même si ça m'étonne que vous refusiez d'envisager qu'un cambrioleur soit entré chez vous pendant votre absence.

Martin frappa du poing sur la table.

– Ce n'était pas un cambriolage ! Tu m'énerves à la fin ! Une porte-fenêtre est restée ouverte, et alors ? Il n'y a pas de quoi en faire tout un plat !

« Et vous ? se retint de répliquer Jonas. Je vous pose une question toute simple, il n'y a pas de quoi vous mettre dans un état pareil ! »

– Nous devons être un peu fatigués tous les deux, invoqua-t-il en se levant. Pardon si je vous ai ennuyé avec mon insistance.

Il mit son assiette dans le lave-vaisselle, salua son hôte d'un signe de tête et monta dans sa chambre.

Il aurait donné cher pour savoir si Müller connaissait l'existence d'Élanion. Et si c'était lui qui avait cherché à mettre la main dessus. Lui ou un autre membre de la famille.

En tout cas, ce n'était certainement pas un hasard s'il s'était fait enfermer cet après-midi. On n'avait pas cherché à lui nuire, non. On avait juste voulu l'empêcher de rentrer chez lui à l'improviste.

L'absence prolongée de Silvia et de Kerstin avait-elle un rapport avec sa séquestration ?

Toutes deux rentrèrent peu après 22 heures. Jonas entendit des conciliabules dans l'entrée, puis Kerstin monta se coucher. Jonas craignit qu'elle ne vienne frapper à sa porte ; à son grand soulagement, elle alla directement dans la salle de bains.

Il n'y avait pas deux semaines qu'il vivait chez les Müller et il ne pouvait déjà plus les supporter.

Il passa un peu de temps à surfer au hasard sur Internet en se demandant comment allait Marlene. Il aurait aimé lui apporter quelque chose, oh rien d'extraordinaire, juste une petite attention. Des bonbons au miel ou de l'infusion, par exemple... Mais il n'avait pas son adresse, et d'ailleurs, il avait bien senti qu'elle ne souhaitait pas la lui donner.

Il se leva à plusieurs reprises pour regarder par la fenêtre mais non, il n'y avait personne dehors.

18 ◉

La journée commença de façon aussi bizarre qu'elle s'était achevée la veille. Silvia ne répondit pas au bonjour de Jonas. Elle astiquait sa cuisine avec frénésie et ne leva même pas le nez pour le saluer.

Surpris, Jonas profita de ce qu'elle avait le dos tourné pour l'observer. Elle était secouée de légers spasmes, comme si elle était en train de pleurer.

– Ça va ? demanda-t-il du bout des lèvres.

– Pourquoi ça n'irait pas ? répondit-elle en s'essuyant les yeux du revers de sa manche.

Lui faisant face, elle enchaîna en évitant de croiser son regard :

– Je suis juste un peu enrhumée. Il y a un mauvais virus qui circule en ce moment. J'ai bien peur de l'avoir attrapé.

Pour donner plus de poids à ses paroles sans doute, elle prit un mouchoir en papier et se moucha bruyamment.

Jonas n'était pas expert en psychologie féminine, mais il était clair qu'elle mentait. Même un enfant de quatre ans s'en serait aperçu. Pendant une fraction de seconde, il fut tenté de la titiller un peu. Elle paraissait à bout de nerfs. S'il lui posait les bonnes questions, il n'aurait pas besoin d'insister beaucoup pour qu'elle lâche le morceau.

Il y renonça pour deux raisons. La première : elle lui faisait pitié. La seconde : parce qu'il n'osait pas imaginer la scène que lui ferait Martin s'il le surprenait en train de la cuisiner.

Il s'assit à table et mangea son müesli en faisant semblant de consulter ses mails sur son smartphone, mais il ne quittait pas Silvia des yeux.

Elle tremblait encore, quoiqu'un peu moins. Adossée au plan de travail, elle buvait son café à petites gorgées, les yeux dans le vague.

Elle s'était peut-être disputée avec son mari la veille au soir. Auquel cas l'engueulade avait dû être sévère...

À peine Jonas avait-il ébauché cette hypothèse qu'il la rejeta. Martin Müller venait d'arriver et, vu la façon dont il prit sa femme dans ses bras et déposa un baiser sur son front, il ne pouvait pas y avoir de différend entre eux. Au contraire, c'était la première fois que Jonas les voyait échanger un geste tendre.

Il avala son petit-déjeuner en vitesse, prit congé et monta les marches quatre à quatre en trébuchant exprès pour faire du bruit. Parvenu sur le palier, il redescendit sur la pointe des pieds et s'arrêta à mi-chemin. De là, en tendant l'oreille, il entendait tout ce qui se disait dans la cuisine.

– Je ne pourrai jamais supporter ça plus longtemps, larmoyait Silvia.

– Plus qu'une semaine, répondit son mari. Courage, tu vas y arriver !

– Chaque minute qui passe me semble éternelle. Je croyais qu'on avait fait le plus dur, et maintenant...

Martin murmura quelque chose que Jonas ne comprit pas. Le ton était bienveillant, ce qui n'empêcha pas Silvia de fondre en larmes.

– Si seulement je pouvais m'en aller ! J'ai peur, si tu savais comme j'ai peur ! Tu n'imagines pas le cauchemar que j'ai fait cette nuit...

– Je m'en doute, l'interrompit son mari avant qu'elle poursuive. Mais il faut qu'on se serre les coudes. Et s'il te plaît, essaie de faire comme si de rien n'était. Encore une fois, il n'y en a plus que pour quelques jours.

Tous deux se turent, ils avaient épuisé le sujet, visiblement. Jonas remonta dans sa chambre à pas de loup.

Il ne comprenait rien à ce qu'il avait entendu. Il était censé se passer quelque chose, mais quoi ? Qu'est-ce qui terrifiait Silvia au point de lui donner des cauchemars ? On aurait dit qu'il était question de vie ou de mort. Est-ce qu'elle était malade et attendait un résultat d'analyse ?

Et que venait faire cette histoire de porte-fenêtre ouverte là-dedans ? Car tout était lié, Jonas en était absolument convaincu.

Son sac à dos sur l'épaule, son drone entre les pieds, Jonas attendait les bras croisés qu'Andrea Gilles ait fini de téléphoner. Il n'avait pas eu l'occasion de cacher Élanion au grenier, et vu ce qui s'était produit la veille, n'avait pas osé non plus le laisser dans sa chambre. Il l'avait donc de nouveau emporté avec lui.

– Je désire parler au recteur, exigea-t-il d'une voix ferme mais dépourvue d'agressivité lorsque la secrétaire eut raccroché.

– Vous venez encore de le rater de peu, répondit-elle en notant quelque chose sur un calepin. Il est sorti il n'y a pas dix minutes.

Jonas réprima un mouvement d'impatience. Tirant son téléphone de sa poche, il ouvrit sa boîte mails et le lui présenta.

– Vous voyez ce courriel ? Il est daté d'hier. « S'il n'est pas trop tard pour vous libérer, je vous recevrai ce soir à 17 h 30, etc. etc. » J'ai répondu que j'y serai, et je me suis présenté à l'heure dite au rendez-vous. Mais le docteur Schratter n'est pas venu. Et il n'a même pas pris la peine de se décommander.

Fronçant les sourcils, la secrétaire lut le mail attentivement.

– C'est curieux, il ne m'en a pas parlé, dit-elle en hochant la tête d'un air ennuyé. Il a sans doute eu un empêchement de dernière minute...

Sans laisser à Jonas le temps de protester, elle attrapa un post-it, griffonna quelque chose dessus et le lui tendit.

– Tenez, voilà mon numéro ! Comme ça, vous pourrez me joindre à tout moment. La prochaine fois que le docteur Schratter vous proposera de vous rencontrer, faites-le-moi savoir, que je le reporte dans son agenda. Ainsi, en cas de contretemps, je pourrai vous prévenir.

– Merci, oui, c'est sans doute la meilleure option.

Il glissa le papier dans sa poche. En soi, c'était inutile : il l'avait déjà mémorisé.

– Je suis navrée que le recteur soit si peu disponible. D'ailleurs, il est le premier à le regretter, je le sais.

Souriant à Jonas, elle lui tendit la main.

– Bonne journée !

Jonas prit Élanion et sortit en ravalant sa mauvaise humeur. Décidément, il n'arrivait à rien. Et il ne verrait sans doute pas Marlene non plus. Étant donné l'état dans lequel il l'avait laissée la veille au soir, elle devait être toujours au lit avec de la fièvre.

Par contre, il croisa Linda.

C'était la première fois qu'il la voyait seule depuis que Lichtenberger s'était tué. Elle avait de nouveau la grâce qui caractérisait chacun de ses mouvements et de sa démarche, mais donnait quand même l'impression de ne pas être tout à fait elle-même.

Il attendit qu'elle soit à sa hauteur pour la saluer.

– Hey, Linda !

Elle mit quelques secondes à le reconnaître.

– Salut, Jonas.

– Tu es toute pâle. Ça ne va pas ?

Elle tarda à répondre, comme si elle avait besoin de réfléchir à la question.

– Pas très fort, en effet. Je suis un peu… stressée.

Jonas la crut sur parole.

– Il n'y a rien que tu puisses faire pour moi, s'empressa-t-elle d'ajouter. J'ai surtout besoin d'être tranquille. Je te laisse, j'ai…

Laissant sa phrase en suspens, elle eut un geste évasif et poursuivit son chemin. Au bout de quelques pas, elle se ravisa et revint vers lui.

– Si je peux te donner un conseil, fais gaffe, dit-elle. Je ne sais pas ce que tu fabriques, mais il y a des gens qui ont quelque chose contre toi.

– Comment ça, « quelque chose contre moi » ? Et de qui parles-tu ?

Linda secoua la tête.

– Ne me demande pas. J'ai entendu une ou deux réflexions, c'est tout. J'ai peut-être mal compris… D'après ce qu'on raconte, tu aimes bien marcher sur les pieds des autres…

Elle voulut repartir mais Jonas l'en empêcha.

– Tu fais allusion à quelqu'un en particulier ? Allez, je suis sûr que tu en sais plus que tu ne veux bien me le dire !

Elle tenta de lui échapper.

– Non. Mais si tu t'amuses à fourrer ton nez dans les affaires des autres, tu ferais bien d'arrêter tout de suite. Crois-moi, ça vaut mieux. Si tu tiens à ta peau.

Sur ces mots, elle lui passa devant et s'éloigna d'un pas pressé.

Bon, le message n'était pas difficile à deviner. Celui dont elle avait parlé à mots couverts ne pouvait être que Lichtenberger. Il était évident qu'elle en savait davantage sur lui que la plupart des gens. Forcément, puisqu'ils avaient eu une liaison. Seulement, son amant s'était supprimé. À moins que ? Son suicide présumé pouvait-il être un crime soigneusement maquillé ?

Dans ce cas, la police ne tarderait pas à le découvrir. En général, les flics étaient très forts pour ce genre de choses. Sauf qu'ici, les cerveaux brillants étaient la règle et non l'exception. Et quand ils unissaient leurs forces...

Jonas assista à son cours sans se rendre compte de rien. Les paroles de Linda ne lui sortaient pas de l'esprit : « Fais gaffe. » Quelqu'un était-il donc au courant, pour Élanion ? Était-ce à cause de son drone que sa chambre avait été fouillée ? Et qu'on l'avait attiré dans un piège ? Seulement, si c'était le cas, cela signifiait que le recteur faisait partie de ceux qui avaient une dent contre lui. Ce qui paraissait hautement improbable.

Dès qu'il fut dehors, il prit son smartphone et écrivit à Mme Gilles.

> Merci pour votre soutien et votre disponibilité.
> C'est bien de savoir qu'il y a quelqu'un sur qui
> je peux compter. Cordialement.
> Jonas Wolfram

La réponse n'arriva pas aussi vite qu'espéré, mais bon... Andrea Gilles avait du travail, elle ne consultait pas ses SMS toutes les deux minutes, on ne pouvait pas lui en vouloir.

Enfin, au bout d'une demi-heure, il entendit le bip caractéristique signalant un message entrant.

> De rien. Avec plaisir. AG

Et voilà, le logiciel était installé ! Jonas avait pour ainsi dire un pied dans le bureau du recteur. Certes, ce n'était pas tout à fait nouveau, il pouvait déjà voir ce qui s'y passait en pilotant Élanion manuellement, mais c'était beaucoup plus commode, et lui permettrait de glaner des informations en dehors du campus.

Il aurait été mille fois mieux d'avoir le numéro de Schratter naturellement, mais patience, ce n'était qu'une question de temps.

Jonas avait toujours son smartphone à la main. Il réfléchit quelques instants et commença à écrire :

> Hello Marlene,
> J'espère que tu vas mieux et que tu seras bientôt guérie. Merci d'être venue à mon secours hier. Quand tu seras sur pied, fais-moi signe. Il se passe autour de moi des choses bizarres dont j'aimerais te parler. Je ne sais pas quoi en penser, ce qui n'est pas dans mes habitudes. Et puis, comme tu le sais, j'ai quelque chose à te montrer. Repose-toi bien. De mon côté, je vais tâcher de donner un coup de main à quelqu'un sans rien attendre en échange :-)

Il cliqua sur *Envoyer* et ne lâcha pas son smartphone de tout le cours qui suivit, tant il était impatient d'avoir la réponse.

Son smartphone ne vibra que beaucoup plus tard, pendant qu'il était à table avec les Müller. Jonas eut toutes les peines du monde à ne pas le sortir de sa poche. L'ambiance était déjà assez tendue comme ça, il n'avait pas envie de s'exposer à un sermon. D'autant que Martin semblait sur le point d'exploser. Et Silvia, pareil.

Kerstin dut sentir qu'il y avait de l'orage dans l'air, elle aussi, car elle demanda :

– Qu'est-ce que vous avez tous les deux ? Vous vous êtes disputés, ou quoi ?

– Non, fit son père en repoussant son assiette à laquelle il n'avait presque pas touché. Je suis épuisé, c'est tout. J'ai eu une dure journée.

Jonas essaya de se rappeler dans quoi il travaillait. Un truc ennuyeux à mourir. Des systèmes de chauffage central ? Oui, quelque chose de ce genre…

Silvia se força à sourire et interrogea sa fille et Jonas sur leurs études en hochant la tête d'un air absent à chacune de leurs réponses.

Le dîner terminé, Jonas s'éclipsa rapidement. À sa grande déception, le SMS n'était qu'une pub.

Par précaution, il n'alluma pas la lumière dans sa chambre, et alla voir à la fenêtre s'il y avait quelqu'un dans la rue. Il avait envisagé de faire voler Élanion, mais l'avertissement de Linda lui trottait dans la tête : « Si tu t'amuses à fourrer ton nez dans les affaires des autres, tu ferais bien d'arrêter tout de suite. »

« Au contraire, avait-il envie de répondre. Je ne fais que commencer ! »

Des pas dans l'escalier. Kerstin montait se coucher. Il l'entendit ouvrir et refermer sa porte, puis le calme revint sur le palier.

En bas, la télé n'était pas allumée, ce qui lui donna de l'espoir. Dans l'état où ils étaient, les Müller n'avaient sans doute pas le cœur à regarder une série débile. Et ils auraient probablement besoin de parler entre eux. Auquel cas…

À peine quelques minutes plus tard, quelqu'un gravit les marches d'un pas pesant. Cette fois, c'était Martin. Il entra dans la salle de bains et en ressortit presque aussitôt. Puis la porte de la chambre à coucher retomba sur ses gonds.

Silvia ne tarda pas à rejoindre son mari.

Jonas respira un grand coup. Il choisit le numéro de Silvia dans son logiciel, sortit Élanion de sa mallette et jeta un coup d'œil par la fenêtre.

Personne en vue. Go !

Élanion n'avait qu'une demi-douzaine de mètres à parcourir, autant dire presque rien.

Il suspendit sa course à hauteur de la chambre parentale. Les rideaux vert amande étaient tirés, ce qui convenait très bien à Jonas. Il n'avait aucune envie de voir ses hôtes en petite tenue, et encore moins sans tenue du tout.

La fenêtre à bascule était en position ouverte. Exactement ce qu'il avait espéré. Il passa en mode manuel et amena Élanion le plus près possible de la vitre.

Des voix. Silvia et son mari discutaient, si bas que Jonas ne comprenait pas ce qu'ils disaient. Il mit ses écouteurs et modifia les paramètres audio de façon à augmenter la sensibilité du micro, mais se rendit compte très vite qu'il n'obtiendrait jamais un son satisfaisant. Il pourrait déjà s'estimer heureux s'il parvenait à saisir des bribes de phrases.

Soudain, un glapissement lui déchira les tympans.

– ... comment on va faire ?

Jonas baissa le son précipitamment.

– Qu'est-ce qui t'est passé par la tête, Martin ? poursuivit Silvia d'une voix criarde. Comment as-tu pu accepter ce marché stupide ? Et sans me consulter, en plus !

Patatras. Quelque chose était tombé par terre, sans doute un livre. Dans sa colère, Silvia devait avoir eu un geste malheureux.

– Si tu crois que j'ai eu le choix, gronda Martin en haussant le ton. Au fond, tout est la faute de Schratter, c'est lui le seul et unique responsable. Tu sais ce que nous risquons, tous autant que nous sommes. Alors il faut qu'on y mette du nôtre.

Silvia ricana amèrement.

– On a vu ce que ça a donné hier ! Ils ont échoué sur toute la ligne ! Bande de nuls...

– Ils n'ont pas eu de chance.

– Tu veux rire ! railla-t-elle d'une voix qui dérapa dans les aigus. Ils ont complètement merdé, oui ! En tout cas, moi, je ne marche plus dans la combine. Il faut à tout prix qu'il dégage, un point, c'est tout. Et le plus tôt sera le mieux.

– On est d'accord, dit Martin avec un soupir mi-excédé, mi-épuisé. Tu crois peut-être que ça me fait plaisir ? Encore quelques jours, et nous en serons débarrassés. Erich a dit qu'il s'en occupait. Et Erich sait ce qu'il fait. C'est un pro. Il ne laisse pas de traces.

Jonas se demandait ce que tout ça voulait dire quand les feux d'une voiture approchant à vitesse réduite dessinèrent un halo sur son mur. D'instinct, il fit monter Élanion. D'abord à dix mètres, puis quatorze.

Bien lui en prit. Car la voiture s'arrêta moteur allumé devant le portail. Une portière claqua, puis une autre. Jonas se retint de coller son nez au carreau. Mais il était prêt à parier que quelqu'un surveillait la maison. Ou plutôt le surveillait, lui. Dans l'espoir de voir entrer ou sortir un objet volant par sa fenêtre, vraisemblablement.

Un bref coup d'œil à son ordinateur lui apprit qu'il avait un peu de marge : encore trente-sept minutes; jusque-là, Élanion pourrait rester en l'air. Bien malin qui le repérerait à l'altitude où il était.

Par contre, il n'aurait pas la fin de cette intéressante conversation. Dommage, il aurait bien aimé savoir comment on comptait se débarrasser de lui.

Enfin, au bout d'une dizaine de minutes qui lui parurent éternelles, les portières claquèrent et la voiture partit.

Jonas se précipita à sa fenêtre. Dehors, le calme était revenu, pourtant son cœur battait toujours à tout rompre. Vite, il fit redescendre Élanion devant la chambre des Müller pour essayer d'en apprendre davantage. Il ne comprenait pas ce qu'on lui voulait. Ni pourquoi ils étaient si pressés de le mettre dehors.

« Il faut à tout prix qu'il dégage... »

Était-ce vraiment de lui qu'il était question ? Avait-il fait sans s'en rendre compte quelque chose qui leur avait déplu ? Vu quelque chose qu'il n'aurait pas dû voir ? À leurs intonations, il n'avait pas eu vraiment l'impression qu'il leur pesait beaucoup. On aurait plutôt dit qu'ils avaient peur de lui. Mais alors, pourquoi ne pas lui demander de s'en aller sous un prétexte ou un autre ? Ce n'était pas si compliqué que ça... Un coup de fil à ses parents disant qu'il ne s'intégrait pas et perturbait leur vie de famille, et le problème était réglé. Son père et sa mère les croiraient sur parole : les troubles du comportement, le caractère asocial... ils connaissaient par cœur.

S'il n'y avait eu que ça ! Or, en plus de vouloir le mettre à la porte, Martin Müller avait évoqué un certain Erich censé s'occuper de lui. Un pro qui ne laissait pas de traces...

Jonas se pelotonna sur son lit. Non sans avoir vérifié au préalable si sa porte était bien fermée à clé.

Il devait y avoir un lien avec Élanion. C'était la seule explication qu'il voyait. Ils étaient au courant de son existence, avaient compris qu'il s'en servait pour espionner ses semblables, et le soupçonnaient d'avoir découvert des choses potentiellement compromettantes pour eux. « Tu sais ce que nous risquons, tous autant que nous sommes. »

Martin avait aussi précisé qu'ils n'étaient pas seuls concernés. Donc il était sans doute une menace aussi pour d'autres.

Voilà qui confirmait les propos de Linda. Tout semblait indiquer qu'il avait marché sur les pieds de quelqu'un sans le savoir.

Plus Jonas réfléchissait, plus il lui paraissait évident que la mort de Lichtenberger était la clé de tout. En tout cas, c'était le seul élément rationnel au milieu du reste.

Si quelqu'un avait aperçu Élanion devant le domicile des Lichtenberger, et l'avait ensuite surpris, lui, le petit génie, en train de piquer du courrier dans la boîte aux lettres, il avait pu en tirer des conclusions hâtives.

Jonas serra les poings. Un génie… C'est-à-dire un instable, souvent dépressif, voire suicidaire, et bien sûr aussi sociopathe.

Était-ce cela que redoutaient les Müller ? Qu'il se suicide, comme Lichtenberger ? En se faisant éventuellement aider par cet Erich qui ne laissait pas de traces ?

Jonas enfouit la tête sous son oreiller. Il fallait d'urgence qu'il rappelle ses parents et les persuade de lui louer une chambre sur le campus.

Vivement qu'il ait dix-huit ans, qu'il puisse prendre ce genre de décision sans en référer à autrui !

En admettant qu'il obtienne de déménager, est-ce qu'après il serait en sécurité ? Quelle garantie avait-il qu'Erich ne chercherait plus à l'expédier dans l'au-delà ?

Jonas passa la moitié de la nuit à se tourner et se retourner dans son lit. S'il n'était pas en sécurité ici, il devrait renoncer à ses études à la Victor Franz Hess Private University. Ce n'était pas un problème, il y avait assez de grandes écoles qui s'arracheraient sa candidature.

Mais non, ce n'était pas son genre de prendre la fuite. Autant il avait peur, autant il avait sa fierté. Il était quand même supérieurement intelligent, plus que la plupart des gens qu'il avait rencontrés jusqu'à présent. Dans le domaine de la logique et des mathématiques, en tout cas. Il devait être possible d'analyser le problème avec rigueur et méthodologie, et d'appliquer les mêmes principes à sa situation personnelle.

Il avait au moins un avantage : son adversaire ne savait pas qu'il savait.

La priorité était de découvrir qui était cet Erich. Et d'essayer d'en apprendre un peu plus sur la mort de Lichtenberger. En commençant par ces dix mille euros, par exemple. D'où sortaient-ils ? Et à quoi étaient-ils destinés ?

Lorsque Jonas s'endormit enfin, le jour commençait à se lever. L'alarme de son téléphone le réveilla à 7 heures, et il bondit de son lit, l'esprit parfaitement clair. Il avait du pain sur la planche.

19 ◉

– Bonjour Paps, quoi de neuf ?

Un ton enjoué, chaleureux. Il n'avait pas habitué ses parents à ça.

– Jonas ! Content de t'entendre ! Rien de vraiment nouveau… Sinon que ta grand-mère a été hospitalisée avant-hier pour une colique néphrétique. Mais tout est rentré dans l'ordre, à présent.

– Oh… Tu l'embrasseras de ma part, OK ?

– Promis. Et de ton côté, comment ça se passe ?

Tranquille… Détendu… Surtout, ne pas le prendre de front.

– Super. Beaucoup mieux que ce à quoi je m'attendais. C'est vraiment cool, ici. Il y a quelques étudiants avec lesquels je suis en train de devenir ami.

Il ne fallait pas exagérer, sinon son père ne le croirait pas.

– Enfin…, se reprit-il avec un petit rire faussement décontracté, dans la mesure où je peux être pote avec quelqu'un !

– Tu fais des progrès à ce que je vois, observa M. Wolfram sur un ton ravi.

Il semblait de bonne humeur. Excellent, se réjouit Jonas, ça augmentait ses chances d'emporter le morceau.

– Du coup, ce serait sympa si je pouvais habiter avec eux, lâcha-t-il. Je m'en sens tout à fait capable, maintenant. S'il te plaît, dis oui.

Silence au bout du fil.

– Je croyais que le débat était clos, déclara son père au bout d'un moment. Ta mère et moi, nous préférons te savoir dans une famille d'accueil avec quelqu'un pour s'occuper de toi. Et ce, jusqu'à tes dix-huit ans.

« Oh oui, ils vont s'occuper de moi, songea Jonas en étouffant un ricanement amer. Et comment ! En me mettant entre les mains d'Erich ! »

– Je n'ai pas besoin qu'on me babysitte, protesta Jonas sur un ton qui se voulait détaché. En plus, les Müller ne font quasiment rien, à part me nourrir deux fois par jour. Et si ça peut te rassurer, à la résidence universitaire, je ne mourrais pas de faim : il y a une cuisine par étage, où les étudiants préparent leurs repas ensemble. Je suis sûr que j'adorerais.

– Ah, fit son père, soudain très froid. Dans ce cas, il faut que j'appelle monsieur Müller. Il s'est engagé à t'associer à leur vie de famille et te proposer des activités. S'il ne tient pas ses…

– Non, non, surtout ne l'appelle pas ! protesta Jonas. Il m'en a déjà parlé. La question est plutôt de savoir si j'en ai envie…

– Mmh, c'est ce qu'il me semblait. Tu sais, Jonas, je pense sincèrement que ça te fait du bien de sortir de ta zone de confort. Prends ça comme un challenge, un problème à résoudre. Pas mathématique, mais relationnel. À toi de trouver la solution. Encore une fois, ta mère et moi, on sera plus tranquilles si on sait que quelqu'un veille sur toi.

C'était une blague !

Jonas réfléchit à toute allure. S'il insistait, son père serait bel et bien capable de téléphoner à Martin pour lui demander de le cocooner davantage. Le pauvre petit, il n'était pas content de son sort, il avait des velléités d'indépendance...

Dans l'état d'esprit où se trouvaient les Müller, ils ne pourraient qu'avoir des soupçons, et ils auraient raison. Or c'était la dernière chose dont il avait besoin. Car il y perdrait son avantage.

Il ne faudrait pas non plus que ses parents décident que l'expérience n'était pas concluante, et qu'ils le fassent revenir au bercail. S'il rentrait chez lui, il serait en sécurité, certes, mais...

Mais quoi ? Quel était le problème ? Pourquoi cette idée lui répugnait-elle ?

Parce que ce serait un échec, un retour à la case départ. Et parce que ça ne résoudrait pas la question. Toute sa vie, il se demanderait ce qui s'était passé à Rotenheim.

Sans parler du fait qu'avec du recul, il ne se sentait pas si menacé que ça.

– Tu es toujours là ? s'enquit son père. Allons, il n'y a pas de quoi en faire un drame. Une année, c'est vite passé.

Jonas soupira.

– Mmh... un an, d'accord.

« À supposer que je vive jusque-là », dit une petite voix perfide dans sa tête.

– Bravo, j'apprécie que tu sois raisonnable, le félicita son père sur un ton où perçait l'admiration. Tu verras, tu t'habitueras.

– Sans doute, acquiesça Jonas qui était plutôt sûr du contraire.

Surtout quand il repensait au visage de Silvia tout à l'heure au petit-déjeuner. Plus fermé que ça, tu meurs.

– Embrasse Maman de ma part. À bientôt.

Pas le temps de cacher Élanion. Il prit son ordinateur et sa mallette, et fila à la fac. Dans le bus, il se rendit compte qu'on était le 23. La soirée chez Sergueï ! Il avait failli oublier.

Jonas arriva en retard, bien entendu. Il était rentré chez lui ventre à terre à la fin de son dernier cours, et avait planqué Élanion sous la table à langer du grenier en priant le ciel que la musique insupportable en provenance de la chambre de Kerstin couvre les craquements du plancher.

Silvia regardait la télévision dans le salon. Une émission de cuisine. Elle n'était pas très concentrée sur ce qui se passait, pourtant : on aurait dit que les plats présentés lui donnaient la nausée.

– Je sors ! lui annonça Jonas. Je vais à une soirée. Et ça ne finira probablement pas de bonne heure.

Elle opina distraitement.

– S'il est trop tard pour rentrer en bus, je dormirai sur place.

Se retournant, elle lui demanda sur un ton plein d'espoir :

– Ah bon ? Tu passes la nuit dehors ?

– Possible. Ça dépend.

– Tu le sauras quand ?

Il hésita. Elle projetait de fouiller de nouveau dans ses affaires, combien on pariait ? Elle ou son mari. À moins qu'Erich ne s'en charge.

– Je ne peux pas vous dire... Je vous enverrai un message quand je serai fixé, OK ?

Elle se tassa sur elle-même.

– D'accord.

Jonas courut jusqu'à l'arrêt de bus, lequel lui passa sous le nez. Dommage. Il s'assit sur le banc pour attendre le suivant.

Il vérifia s'il avait bien l'invitation et son laissez-passer. Oui. Puis regarda ses pieds. Il avait mis des chaussures de ville, pas des baskets. Et choisi ce qu'il avait de mieux dans sa garde-robe. Mais il ne se faisait aucune illusion : au milieu des autres, il passerait pour le vilain petit canard.

Pas grave. En tout cas, ça l'inquiétait beaucoup moins que de savoir les Müller en train de mettre sa chambre sens dessus dessous. Pourvu qu'ils n'aient pas l'idée d'aller voir au grenier…

Il allait rebrousser chemin quand le bus tourna au coin de la rue. Il se dit que c'était un signe et monta dedans.

La résidence était à l'abri des regards. Jonas ne réussit à la trouver que parce qu'il connaissait le chemin pour l'avoir repéré sur son ordinateur.

Le portail s'ouvrit automatiquement devant lui. Deux gardes en uniforme d'une société de sécurité privée l'encadrèrent aussitôt. Un à droite, l'autre à gauche.

– Bonjour monsieur. Votre nom, s'il vous plaît ?

– Jonas Wolfram.

Le plus baraqué des deux consulta sa liste.

– C'est bon. Vous avez votre invitation et le laissez-passer ?

Jonas les lui tendit.

– Vous ne voulez pas mon passeport, tant que vous y êtes ?

L'autre se mit à rire.

– Pourquoi pas ! Si vous me le proposez…

Ils s'effacèrent pour le laisser entrer.

Jonas regarda l'heure sur son portable. Vingt minutes de retard. Il se demanda si les riches étaient à cheval sur la ponctualité. Était-il bien vu d'être à l'heure ? Ou est-ce qu'au contraire ça faisait ringard ?

La question le fit sourire. Comme s'il avait l'habitude de se soucier des bonnes manières ! De quoi avait-il peur ? Peu importait combien ces fils et filles à papa avaient sur leur compte en banque. L'intelligence ne se mesurait pas à leur portefeuille, et sur ce point, pas un ne lui arrivait à la cheville.

Il y avait un agent de sécurité devant la porte. Jonas lui tendit son laissez-passer mais l'homme y jeta à peine un coup d'œil et lui dit avec un sourire obséquieux :

– Soyez le bienvenu, monsieur Wolfram. Vous êtes attendu. Je vous souhaite une excellente soirée.

Jonas pénétra dans le hall d'entrée. Marbre gris clair, tapis gris souris. Au mur, un gigantesque tableau contemporain dans des tons gris et rouge.

L'homme à la réception – car il y avait une réception, comme dans un hôtel – n'était pas en uniforme, mais portait un costume sombre impeccable.

– Monsieur Wolfram, n'est-ce pas ? Vous êtes un ami de monsieur Bossonov ?

– Sergueï Bossonov, oui.

– Vous le trouverez sans doute au salon. La première pièce à droite en haut de l'escalier.

Jonas le remercia d'un signe de tête et s'élança à l'assaut des marches. Du premier étage lui parvenait de la musique. Sur le palier, il croisa une fille qui descendait. Minijupe, talons hauts, des jambes interminables et les cheveux les plus raides qu'il ait jamais vus.

Comme elle, les jeunes que croisa Jonas dans l'antichambre n'eurent pas un regard pour lui. À croire qu'il était transparent.

Il remarqua des montres serties de diamants, des jeans certainement plus chers que le salaire mensuel de la plupart des gens, des parfums luxueux... Bousculé par un garçon qui lui passa devant en jouant des coudes, il regarda ses chaussures et se rendit compte qu'il était jaloux. Non de sa tenue, mais de son aisance et de sa façon de se propulser comme s'il avait la terre entière à ses pieds.

Il aurait bien aimé avoir un dixième de son assurance.

Soudain, il sentit une main sur son épaule.

– Jonas, enfin te voilà ! Ravi de te voir !

C'était Sergueï, en pantalon bleu marine et pull-over blanc comme s'il venait tout juste de débarquer de son yacht. Prenant

Jonas par le bras, il l'entraîna dans le salon. Cette fois, les autres s'écartèrent sur leur passage.

– Que je te présente mes amis… Voici Zoe Burlington. Son père possède deux châteaux en Écosse. Zoe, voici Jonas…

Poussant Jonas devant lui, il s'arrêta devant un jeune Asiatique à peine sorti de l'adolescence et annonça :

– Han Jin-su. Son père est un magnat de l'informatique qui possède la plus grande firme d'électronique de Corée du Sud. Et voici…

Jonas serrait des mains avec le sourire, se laissant complaisamment présenter à tous ces riches héritiers qui l'auraient oublié dans les cinq minutes.

Chaque fois qu'il croisait un de ses amis, Sergueï répétait en roulant les r :

– Je te prrrésente Jonas Wolfrrram. Prrréparrre-toi à entendrrre parrrler de lui.

Personne ne chercha à savoir pourquoi. Seul un étudiant américain demanda négligemment s'il jouait au polo. Il lui manquait un joueur dans son équipe. Jonas ayant répondu par la négative, il tourna les talons pour rejoindre une blonde platinée qu'il saisit par la taille et alla embrasser sur le balcon.

Sergueï n'en avait pas fini :

– Pierre, j'aimerais te présenter un ami. Il s'appelle…

– Tu as des nouvelles de Kolya ? l'interrompit le prénommé Pierre. Je ne le vois nulle part. Est-ce qu'il est toujours…

Le visage de Sergueï s'assombrit.

– … à l'hôpital, oui. Et toujours dans le coma. Les médecins disent qu'il faut être patient. Ils ont déconseillé à ses parents de le faire transférer à Moscou.

Le regard dans le vide, il ajouta :

– Ce serait trop risqué, d'après eux.

Tous deux continuèrent de parler de ce Kolya que Jonas ne connaissait pas, et qui avait eu un accident sur le campus. Une chute sur le chantier de construction, si Jonas avait bien compris. Puis Pierre s'éloigna sans un regard pour lui. Sergueï reprit son tour de piste.

« Une demi-heure, pas plus, se dit Jonas. Après, je m'en vais. Je ne supporterai jamais ça plus longtemps. Quoique... je pourrais peut-être regarder ce qu'il y a au bar... »

Sergueï le tira par la manche.

– Marlene Dornik ! Son père est prix Nobel de chimie. Il a gagné des millions avec ses brevets...

Tournant la tête, Jonas découvrit des yeux vert émeraude qui le dévisageaient d'un air ironique.

– Ravie de faire ta connaissance... euh...

– Jonas, s'empressa de préciser Sergueï. Jonas Wolfrrram. Prrréparrre-toi à entendrrre parrrler de lui.

Marlene haussa un sourcil.

– Oh, mais je n'en doute pas un instant !

Une fois n'est pas coutume, Jonas se sentit stupide. Marlene faisait partie de ces gens-là ? Pourtant, d'habitude, il les repérait à cinquante mètres de distance. D'un autre côté, elle s'intégrait parfaitement dans le paysage. En tout cas ce soir-là. Elle portait une robe longue bleu nuit et des chaussures assorties, et ses cheveux étaient relevés en chignon.

– Je ne m'attendais pas à te voir ici, coassa-t-il.

– Moi non plus, répondit-elle avec un sourire amusé.

– Tu... tu habites ici ? balbutia Jonas, toujours sous le coup de la surprise.

– Aile est. Deuxième étage.

« Son père a gagné des millions avec ses brevets, se remémora-t-il. Elle aussi, c'est une fille à papa. Elle est ici parce que son père a les moyens de payer. »

Jonas était déçu, c'était plus fort que lui. Sans savoir pourquoi, il l'avait classée dans la catégorie des étudiants doués qui bénéficiaient d'une bourse.

Sa désillusion devait se lire sur son visage, car Marlene déclara, glaciale :

– Méfie-toi des préjugés. Ne crois pas que tu es le seul à avoir la tête bien faite au milieu de tout ce beau monde.

Se tournant vers Sergueï, elle lui demanda :

– Tu lui as présenté Heather ?

Se penchant vers Jonas, elle susurra :

– Heather parle onze langues couramment. Et il joue de huit instruments, dont trois à un niveau de concertiste. Vous devriez bien vous entendre.

Sergueï n'avait pas entendu. Il avait déjà repéré quelqu'un d'autre.

– Je ne sais pas ce que tu me reproches, se rebiffa Jonas en criant presque parce que quelqu'un avait mis la musique à fond. De nous deux, ce serait plutôt à moi de t'en vouloir. Pourquoi est-ce que tu ne m'as pas dit que tu vivais ici ?

– Parce que, sinon, tu aurais pensé que j'avais plus de fric que de matière grise, répliqua Marlene, le regard dur. Tu as entendu ce qu'a dit Sergueï : mon père est un grand scientifique. Est-ce que je pourrais avoir hérité de son intelligence, tu crois ?

– Je n'ai jamais...

– Bien sûr que non ! le coupa-t-elle avec un geste agacé. Mais tu viens quand même de donner la preuve que tu es aussi sensible aux apparences que n'importe qui, monsieur le petit génie.

Tendant la main, elle lui caressa la joue du bout des doigts d'un air apitoyé, puis tourna les talons.

Jonas était pétrifié. Comment avait-elle deviné ? Elle avait lu en lui comme dans un livre ouvert. Était-il donc à ce point prévisible ?

S'arrachant à son hébétude, il fendit la foule en jouant des coudes pour la rattraper.

– Je… je n'ai jamais pensé que tu étais stupide, balbutia-t-il. Je ne voudrais pas que tu croies…

Il ne put achever, car Sergueï le tirait par le bras. Quelqu'un avait éteint la musique, un autre applaudit. Jonas reconnut la copine de Sergueï, la fille aux cheveux roux. N'obtenant pas le silence, elle grimpa sur la table et leva les bras. Cette fois, tout le monde se tut.

– À poil, à poil ! cria un étudiant déjà passablement éméché.

La fille le fusilla du regard et déclama d'une voix théâtrale :

– Ce soir, nous avons un invité d'honneur.

Elle avait elle aussi un fort accent étranger, mais Jonas n'aurait su dire lequel. Scandinave, peut-être ?

– Il n'a que dix-sept ans, commença-t-elle. Pourtant, c'est un crack, alors il a été invité à étudier ici, à la Victor Franz Hess Private University.

Elle semblait avoir du mal à trouver ses mots, mais compensait ce qui lui manquait de vocabulaire par un sourire de star.

– Je refuse de monter sur cette table, gronda Jonas à l'oreille de Sergueï.

– Je ne te le demande pas, répondit celui-ci en l'entraînant vers un gros fauteuil en cuir qui trônait au bout de la salle.

– Il s'appelle Jonas ! annonça la fille. Jonas Wolfram. Hej, Jonas !

« Suédoise, gagné. »

Sauf qu'à présent, les choses menaçaient de dégénérer. À la première réflexion désagréable…

– Jonas est une bête en mathématiques ! Il est capable de résoudre n'importe quelle équation et compte plus vite que vos calculatrices…

Présentée comme ça, la chose s'annonçait ennuyeuse à mourir. Bah, ce n'était peut-être pas plus mal. Moins il éveillerait la curiosité, plus vite il sortirait d'ici. Non sans un détour par le buffet, qui avait l'air fantastique.

Une fois chez lui, il prolongerait la soirée par Élanion interposé. En le pilotant en mode manuel, il pourrait survoler les étages supérieurs. Avec un peu de chance, il repérerait la chambre de Marlene.

Il n'avait pas fini de formuler sa pensée que la honte l'envahit. À l'idée d'espionner Marlene, il se sentait minable. C'était nouveau. Jusqu'à présent, il n'avait jamais eu le moindre scrupule à fouiner dans la vie des gens...

On le tirait par la manche. Il se rendit compte qu'il n'avait pas écouté un mot du speech de Sergueï.

– Allez, assieds-toi, ordonna celui-ci en le poussant vers le fauteuil.

Jonas obtempéra. Entre-temps, la plupart des invités s'étaient approchés, mais sans beaucoup d'enthousiasme. Ils continuaient à discuter en riant et en buvant, se contentant de coups d'œil narquois dans sa direction.

Il n'aurait pas dû venir ici. Il avait toutes les peines du monde à réfréner l'envie de les humilier, comme l'autre jour au cours de Lichtenberger, lorsque son naturel arrogant et hautain avait pris le dessus.

– À vous de jouer ! déclara Sergueï. Posez-lui des questions ! Vous verrez, il calcule à la vitesse de la lumière !

D'où tenait-il cette information ? Il ne s'était même pas donné la peine de le tester. L'assurance des grands seigneurs, sans doute... L'aplomb de ceux auxquels la vie ne refuse rien.

Dans la salle, on riait sous cape. Quelques étudiants haussèrent les épaules d'un air indifférent. Jusqu'au moment où quelqu'un lança sur le ton de la plaisanterie :

– Deux et deux ?

Très drôle. Jonas ignora la question.

– Vous voyez, même ça il ne sait pas ! ironisa le petit malin.

Jonas eut toutes les peines du monde à se retenir d'exploser.

– Dix-sept mille cinq cent quatre-vingt-un fois trente-trois mille neuf cent douze ?

Tournant la tête, il reconnut Marlene. Adossée les bras croisés contre le mur, elle le dévisageait avec gravité.

– Cinq cent quatre-vingt-seize millions deux cent six mille huit cent soixante-douze.

Quatre secondes chrono, soit moins de temps qu'il n'en avait fallu à la plupart de ces blancs-becs pour dégainer leur téléphone.

– Exact ! s'écria une fille, bluffée.

Tiens donc, on le regardait avec d'autres yeux, d'un seul coup.

– Vingt-neuf puissance huit ? demanda un garçon, calculette en main.

– Cinq cents milliards deux cent quarante-six millions quatre cent douze mille neuf cent soixante et un !

Cette fois, il avait tardé une fraction de seconde de trop, si bien que certains avaient obtenu le résultat avant lui. Mais des hochements de tête et des murmures admiratifs saluèrent sa prestation. Il se détendit un peu. Pour autant qu'il puisse en juger, seuls Marlene et Sergueï étaient un peu matheux dans l'assistance. On ne lui donnerait pas beaucoup de fil à retordre.

– Racine cubique de sept cent trente-trois ?

– À quelle décimale près ?

– Euh… dix ?

– Neuf virgule zéro un six quatre trois zéro huit huit neuf neuf six.

Silence impressionné.

– Eh, mais il a donné onze décimales ! s'exclama une blonde au chignon sophistiqué.

– Oh, pardon, dit Jonas avec un sourire faussement contrit.

Ils continuèrent ainsi pendant un bon moment. La salle était désormais pleine à craquer. Personne n'aurait voulu rater le spectacle.

– Racine carrée de la tangente de cinquante-quatre degrés ? demanda une fille déjà à moitié soûle en tapant sur son smartphone alors qu'elle avait une flûte de champagne à la main. À six décimales près !

– Un virgule un sept trois un neuf trois, répondit Jonas qui commençait à en avoir assez.

Les deux derniers chiffres se perdirent dans un bruit de verre cassé. La fille avait laissé tomber et son verre, et son smartphone, et tentait maladroitement de récupérer ce dernier au milieu des débris.

– Laisse, Bianca, gronda Sergueï. Fais attention à ne pas te blesser.

Se retournant, il lança à la cantonade :

– Erich ? Où est Erich ? Que quelqu'un lui demande de venir nettoyer !

Jonas fut pris de sueurs froides. « Encore quelques jours, et nous en serons débarrassés, se rappela-t-il, paralysé de frayeur. *Erich a dit qu'il s'en occupait. Et Erich sait ce qu'il fait. C'est un pro. Il ne laisse pas de traces.* »

Il bondit sur ses pieds.

– Ça suffit pour aujourd'hui.

Se forçant à rire, il ajouta non sans humour :

– Il ne faudrait pas qu'on casse plus de verres…

Fendant la foule, Jonas se dirigea vers le buffet. Une main se posa sur son épaule et le fit sursauter. Ce n'était qu'un étudiant qui voulait le féliciter. Un autre lui sourit. Mais Jonas ne se rendait plus compte de rien. Ou plutôt, il n'avait d'yeux que pour l'homme qui venait de s'encadrer dans la porte. Taillé comme une armoire à glace, le crâne rasé, un seau à la main.

– Où ? grogna-t-il, aussi laconique que baraqué.

Une fille lui désigna l'endroit.

– OK. Reculez, je vous prie.

En quelques gestes précis et efficaces, il fit disparaître champagne et bris de verre dans son seau, et essuya le sol avec une serpillière.

– Merci, Erich, dit Sergueï.

S'approchant de lui, il glissa discrètement un billet de cent dans sa poche, puis frappa dans ses mains :

– Et maintenant, que la fête continue. Musique, s'il vous plaît !

Erich s'en alla comme il était venu. Jonas le suivit des yeux. Il était bien le seul à se soucier de lui.

Il avait peut-être surréagi. Erich n'était pas un prénom très courant, certes, mais une ville comme Rotenheim en comptait certainement plus d'un. Et puis, comment Silvia et Martin Müller auraient-ils pu connaître le concierge de cette résidence hors normes ?

Le léger contact d'une main sur son bras l'arracha à ses réflexions. Il tressaillit comme s'il avait reçu une décharge électrique.

C'était Marlene.

– Hey, qu'est-ce qui t'arrive ? s'étonna-t-elle.

– Pardon, je ne t'avais pas vue.

Elle rit.

– Je m'en doute. Encore sous le coup de ta prestation ? Pas mal, je l'avoue.

Jonas se força à sourire.

– Tu trouves ? Bah, rien de bien compliqué. Je n'ai eu qu'à calculer bêtement…

– Possible. N'empêche, je ne connais personne d'aussi rapide.

Lui tendant une verrine agrémentée d'une crevette sur une pique, elle ajouta :

– Tiens, goûte ça. Et viens faire un tour au buffet, il en vaut la peine. Tu mérites un petit remontant.

Il opina.

– Merci, c'est sympa. Et merci de ne pas m'avoir ridiculisé. Si tu l'avais voulu, tu n'aurais eu aucun mal à me coller, je le sais.

Elle le regarda avec surprise.

– Pourquoi j'aurais fait ça ?

Peu à peu, Jonas se détendait. Quelle bêtise, aussi, de s'affoler pour un simple prénom…

Tout en se dirigeant vers le buffet, il s'arrangea pour passer à l'endroit où la fille avait renversé son verre.

Pas la moindre goutte de champagne, le sol était parfaitement propre et sec. Erich n'avait pas laissé de traces.

20 ◉

– Tu as l'air bizarre depuis quelques minutes, observa Marlene en lui tendant une assiette de petits-fours qu'elle était allée lui chercher.

Jonas haussa les épaules. Il aurait donné n'importe quoi pour lui dire ce qui lui pesait sur le cœur, mais, au milieu de tout ce monde, c'était impossible. Les gens ne l'ignoraient plus, comme tout à l'heure à son arrivée. Au contraire, tous lui souriaient, lui tapaient sur l'épaule ou se pressaient autour de lui pour le congratuler.

– *Hey, good job !* le félicita un grand brun à qui Sergueï l'avait présenté.

« Damien, se souvint Jonas. Du New Jersey. »

Un autre l'invita à une sortie en mer sur son yacht le week-end suivant. Un étudiant japonais rondouillard lui proposa une partie d'échecs. Ce fut tout juste s'ils réussirent à lui arracher un vague sourire. Jonas était si terrorisé à l'idée de voir réapparaître Erich qu'il ne quittait pas des yeux les deux portes du salon.

– Allons ailleurs, suggéra Marlene. On ne s'entend pas, ici.

Il opina d'un signe de tête et la suivit dans la foule en jouant des coudes.

Pas d'Erich.

Parvenu dans le corridor, Jonas tendit l'index vers la porte du fond.

– La salle de billard, ça te va ?

Marlene s'arrêta net.

– Comment sais-tu ce qu'il y a dans cette pièce ? demanda-t-elle d'un air soupçonneux.

– Euh, je...

– N'essaie pas de me faire croire que Sergueï te l'a montrée : c'est faux. La table a déjà été bousillée deux fois pendant des soirées. Depuis, elle est fermée à clé quand on reçoit du monde.

S'adossant contre le mur, elle leva le menton d'un air de défi.

– Alors ?

« Dire la vérité une fois par jour, même... »

– J'ai regardé par la fenêtre.

– Très drôle ! railla-t-elle, acerbe. En te perchant sur des échasses ? Ou en montant à une échelle ? Dans les deux cas, estime-toi heureux de ne pas t'être fait pincer par les gardiens !

Jonas était écartelé. Il brûlait de tout avouer à Marlene. Et plus encore, de lui présenter Élanion.

– Laisse-moi jusqu'à demain, d'accord ? Je t'expliquerai. Seulement je ne peux pas le faire ici.

Elle hésita quelques secondes, puis rendit les armes :

– Jusqu'à demain. Marché conclu.

Un couple d'amoureux passa devant eux. Ils se tenaient par la taille et s'embrassaient en marchant. Il y avait peu de chances qu'ils perçoivent quoi que ce soit, cependant Jonas préféra attendre qu'ils se soient éloignés pour poser la question qui lui brûlait les lèvres :

– Le type qui a réparé les dégâts tout à l'heure, votre concierge... il s'appelle comment ?

Pour la toute première fois depuis qu'il la connaissait, elle sembla prise au dépourvu.

– Erich, pourquoi ?

– Erich comment ?

Elle réfléchit intensément.

– Kemper, je crois. Erich Kemper. Qu'est-ce que ça peut te faire ?

« Oh rien... », s'abstint-il de répondre pour ne pas avoir un mensonge de plus sur la conscience.

– Toujours la même histoire. Tu verras demain. Encore un peu de patience, d'accord, Marlene ?

Elle acquiesça d'un imperceptible hochement de tête, pointa l'index vers une porte ouverte par laquelle trois filles venaient de sortir en riant, et proposa :

– Par ici ? C'est la salle de yoga. Comme tu le sais sans doute déjà...

– Non, dit Jonas avec lassitude. Je l'ignorais. Cependant, si ça ne t'ennuie pas, je crois que je vais rentrer chez moi. Je suis claqué.

– Pas de problème, répondit Marlene sans hésiter. À demain. J'ai hâte d'entendre ce que tu as à me raconter.

Il fut de loin le premier à partir. Le portier lui adressa un mot gentil et lui souhaita une bonne fin de soirée, ce qui l'incita à regarder sa montre. À peine un peu plus de 21 h 30. Ho ho, Silvia risquait d'être déçue, elle qui espérait ne pas le voir revenir de sitôt.

Les allées du parc étaient faiblement éclairées. Jonas sentit son pouls s'accélérer. S'ils avaient lancé Erich à ses trousses, à présent, celui-ci savait à quoi il ressemblait. Ce n'était pas sûr, mais il y avait de fortes chances qu'il l'ait repéré tout à l'heure, à la fin de son one-man-show. Il se tenait peut-être à l'affût quelque part dans un coin sombre. Ce n'étaient pas les cachettes qui manquaient.

Sans s'en rendre compte, Jonas avait hâté le pas, courant presque d'un plot lumineux à un autre. À présent, il n'était plus très loin du mur d'enceinte séparant la villa du campus – et du reste du monde.

Il n'était plus qu'à une trentaine de mètres du portail lorsqu'une silhouette massive se détacha de l'obscurité. Un minuscule point rouge à hauteur d'homme trahissait un fumeur.

Jonas se raidit. S'il faisait demi-tour maintenant, avait-il une chance de s'en sortir ?

Il allait prendre ses jambes à son cou quand une autre silhouette se joignit à la première. Les agents de sécurité ! Il les avait complètement oubliés, ces deux-là !

L'un d'eux braqua sa lampe torche dans sa direction.

– Bonsoir ! Vous partez déjà ? Ça ne vous a pas plu ?

De soulagement, Jonas faillit éclater de rire.

– Si. Mais j'ai la migraine et demain risque d'être une rude journée.

Les deux gardiens secouèrent la tête en rigolant. Ils n'avaient jamais renoncé à faire la fête pour si peu, lui dirent-ils, et c'était probablement pour ça qu'ils étaient devenus ce qu'ils étaient.

Jonas songea à leur demander si l'un d'eux pouvait l'escorter jusqu'à l'arrêt de bus. Mais il y avait du monde sur le campus, a priori il ne risquait pas grand-chose. Les mains dans ses poches, il se mêla aux couples et petits groupes qui profitaient de la douceur du soir – il faisait encore très doux pour la saison – et se dirigea vers la sortie.

À force de regarder partout autour de lui et de ne voir Erich nulle part, il finit par se trouver ridicule. Avoir peur du concierge, quelle idée !

Lorsqu'il monta dans le bus, un peu rasséréné, une idée lui traversa l'esprit. Et si les Müller avaient profité de son absence pour fouiller la maison de la cave au grenier ? Il avait caché

Élanion en prenant d'infinies précautions pour ne pas faire de bruit. Se pouvait-il que quelqu'un l'ait entendu quand même ?

Le bus roulait beaucoup trop lentement à son goût. Parvenu à destination, Jonas en descendit en trombe et courut jusqu'à la maison comme s'il avait eu le diable – ou Erich – à ses trousses.

Les deux voitures étaient dans l'allée, ainsi qu'une troisième, garée en travers devant le portail. Jonas ne l'avait encore jamais vue, mais en lisant l'inscription sur le capot, il comprit aussitôt à qui elle était.

« ROGINSKI TRAITEUR ». Tiens donc.

Ouvrant la porte avec précaution, il se faufila à l'intérieur et referma sans bruit derrière lui.

Dans le salon, la télévision était allumée. Jusque-là, rien d'anormal.

Il se déchaussa et monta à l'étage sur la pointe des pieds.

– Passe-moi la chaise, que je monte dessus !

À la voix, Jonas reconnut Roginski. Un fort en gueule, celui-là. Mais que faisait-il dans sa chambre ? Et pourquoi voulait-il monter sur une chaise ?

– Pas la peine, répondit Silvia. Tu crois peut-être qu'on n'a pas déjà regardé ? Il n'est pas là-haut.

– Vous êtes sûrs que la lettre est de lui ?

– Nous non, répondit Martin. Mais lui, oui.

« Lui ? Qui ça ? Schratter ? »

Jonas fit rapidement le point. Martin, Silvia et un de leurs amis étaient en train de fouiller sa chambre. Dans un sens, tant mieux. C'était la preuve qu'ils n'avaient pas encore mis la main sur ce qu'ils cherchaient.

Ils n'étaient pas près de le trouver !

Jonas avait pour lui l'avantage de la surprise, et il comptait bien en tirer parti. Avec un peu de chance, ses visiteurs seraient suffisamment gênés pour s'emmêler les pinceaux en essayant de lui fournir une explication plausible, et ils lui diraient enfin ce qu'ils manigançaient.

– Plus que quelques jours et tout rentrera dans l'ordre, entendit-il Roginski déclarer. Et d'ici là…

– Bonsoir ! claironna Jonas en s'adossant au chambranle, les bras croisés sur sa poitrine. Je vous dérange, peut-être ?

Les trois intrus tournèrent la tête comme un seul homme. Silvia laissa échapper un cri.

– Qu'est-ce que… te revoilà déjà ? bredouilla Müller en louchant vers Roginski, debout sur une chaise devant l'armoire.

– Ça manquait d'ambiance, répondit-il sèchement. Et vous ? Vous aussi vous faites la bringue ?

Il avançait en terrain miné, il le savait. Il était seul contre trois – a priori, Kerstin n'était pas chez elle. S'ils voulaient qu'il se tue bêtement, c'était l'occasion rêvée.

Roginski se ressaisit le premier.

– Ça manquait d'ambiance, vraiment ? Ce serait bien la première fois de toute l'histoire de Rotenheim Palace !

Décochant un clin d'œil à Jonas, il ajouta :

– C'est le nom que les gens d'ici donnent à la résidence des nababs. Mais garde ça pour toi, hein ?

La manœuvre était habile. Jonas ne s'y laissa pas prendre.

– N'essayez pas de faire diversion, trancha-t-il. Expliquez-moi plutôt ce que vous fabriquez dans ma chambre ! Que faites-vous sur cette chaise ? Et vous, monsieur, ajouta-t-il en toisant Müller avec un mépris affiché, vous cherchez peut-être un crayon ?

Martin secoua la tête, la mine sombre. Il n'avait pas desserré les dents et semblait ne pas savoir où se mettre.

Roginski partit d'un rire sonore.

– Arrête tes bêtises ! Nous voulions juste remplacer l'ampoule du plafonnier par une à basse consommation. Souvent les jeunes oublient d'éteindre la lumière. Mais c'est important d'économiser l'énergie, tu es d'accord ? La protection de l'environnement, ça passe par les petits gestes…

S'il y avait une chose que Jonas ne supportait pas, c'était qu'on le prenne pour un imbécile.

– Ah vraiment ? railla-t-il. Et où est-elle, cette ampoule ?

– Je l'apporterai demain. Ce soir, je voulais juste vérifier le diamètre du culot.

– À ma connaissance, c'est tous les mêmes, non ? Il me semble qu'il y a des normes pour ça !

– En principe, oui. Cela dit, il y a des exceptions. Des modèles spécifiques. Du coup, j'ai préféré regarder avant.

Le type avait de la répartie, il fallait le reconnaître. D'accord, ses explications étaient tirées par les cheveux, mais il était le seul à avoir été capable d'improviser un semblant d'alibi.

À présent, Jonas avait un choix à faire. Ou il en restait là et laissait filer la situation, ou il creusait un peu, au risque que les choses s'enveniment pour de bon.

Sa colère l'emporta sur la prudence.

– Pourquoi ne pas reconnaître ce qui est ? La vérité, c'est que vous fouillez dans mes affaires. Qu'étiez-vous donc si curieux de trouver ?

– Jamais de la vie ! protesta Silvia avec un rire hystérique. Nous ne fouillons pas ! Peter vient de te le dire : l'ampoule avait besoin d'être changée, et nous voulions améliorer quelques petites choses. L'armoire, par exemple. On voulait la fixer au mur pour être sûrs qu'elle ne te tombe pas dessus.

– Je suis assez bon bricoleur, renchérit Roginski sur un ton qui se voulait amical. Et si je peux donner un coup de main aux copains, je le fais volontiers.

– Ah, parce que vos copains vous appellent chaque fois qu'ils ont besoin de changer une ampoule ?

Jonas savourait son plaisir. Un peu comme lors de son premier cours avec Lichtenberger.

« Fais gaffe ! souffla une petite voix à son esprit. Ne va pas trop loin. »

Hélas, il se connaissait assez pour savoir qu'il ne résisterait pas à la tentation.

– Je suis passé prendre un verre, prétendit Roginski. Et Martin m'a demandé de jeter un coup d'œil à cette armoire. C'est là qu'on s'est aperçus qu'il fallait changer l'ampoule.

Ne voyaient-ils pas qu'ils s'empêtraient et que cette histoire était d'un ridicule à pleurer ?

– Oh, susurra Jonas, la bouche en cœur. Dans ce cas, pourquoi ne pas m'avoir demandé de vous aider, Martin ? Je sais manier une perceuse, si, si, je vous assure. Et je suis même capable de dévisser une ampoule.

Les regardant droit dans les yeux chacun leur tour, il assena :

– Je suis tout sauf stupide, vous savez.

– Bien sûr que tu n'es pas stupide ! s'exclama Silvia avec un sourire aussi figé que si elle portait un masque sur le visage.

Prenant Jonas par le coude, elle l'entraîna vers l'escalier :

– Désolée que cette soirée ne t'ait pas plu, mais il y en aura d'autres et ce sera sûrement mieux la prochaine fois. Que dirais-tu de boire un verre avec nous ? Ou tu préfères une infusion ? Mmh ?

Quoique très tenté de la bousculer un peu, Jonas se dégagea en douceur.

– Merci, c'est très gentil. Mais si je peux me rendre utile… Les problèmes techniques, ça me connaît. Visiblement, mon aide ne sera pas de trop.

– On a fini, décréta Martin. Écoute, Jonas, je comprends que tout ça te paraisse curieux, mais les choses sont très exactement comme Peter te l'a dit. Je lui ai parlé de l'armoire et on est montés voir. Personne n'a fouillé dans tes affaires, je te le promets.

Jonas aurait presque pu le croire s'il n'avait pas entendu leur conversation avant :

« Tu crois peut-être qu'on n'a pas déjà regardé ? Il n'est pas là-haut. » Et : « Vous êtes sûrs que la lettre est de lui ? »

La lettre. Quelle énorme erreur.

Jonas descendit avec les trois autres, déclina le verre de vin et l'infusion mais demanda un grand verre d'eau qu'il but en faisant semblant de prendre plaisir à leur compagnie.

Il s'amusa à charrier Martin en omettant soigneusement toute allusion au fait qu'on n'avait pas respecté son intimité. Tout à l'heure, il avait péché par excès d'impulsivité, à présent ils se tenaient sur leurs gardes et ne lui pardonneraient plus le moindre faux pas.

Il attendit 11 heures pour s'éclipser et prit congé en feignant d'être d'excellente humeur.

– C'était sympa de bavarder avec toi, dit Roginski en lui écrasant la main. Tu es un garçon intelligent, personne ne pourra prétendre le contraire.

– Tout le plaisir était pour moi. Silvia, Martin, à demain.

Jonas monta l'escalier, l'oreille aux aguets. Est-ce qu'ils parlaient de lui ? C'était probable car quelqu'un venait de mettre de la musique. Des chansons des années cinquante, histoire de couvrir le bruit de leur conversation.

Ils ne pouvaient pas lui rendre plus grand service. Au lieu de s'arrêter au premier, il continua jusqu'au grenier, se précipita vers la table à langer et en ouvrit le petit placard. Ouf, sa mallette était toujours là. En aucun cas elle ne pouvait y rester.

Jonas la cacha sous son lit pour la nuit, s'assura par deux fois qu'il avait bien fermé sa porte à clé, éteignit la lumière et se posta à la fenêtre.

La voiture de Roginski était toujours dans la rue. Jonas aurait donné cher pour savoir de quoi on discutait en bas. De lui, certainement ; des raisons pour lesquelles Silvia tenait tant à être débarrassée de lui ; et peut-être aussi du moment et de la façon dont Erich allait s'occuper de lui.

Il en était là de ses réflexions quand une vieille Golf s'arrêta, moteur allumé, devant la maison. Kerstin en descendit quelques minutes plus tard et envoya un baiser au chauffeur, qui attendit pour démarrer qu'elle ait atteint la porte d'entrée.

Jonas ne savait pas avec qui elle était sortie. Pas quelqu'un de Rotenheim Palace, en tout cas.

Dire que Marlene habitait là-bas ! Était-elle au courant du nom que les autochtones donnaient à la résidence ?

Bah, quelle importance... La question était plutôt : Avait-elle trouvé la lettre qu'il avait glissée dans son sac à main ?

Jonas se mit au lit et ferma les yeux. Il avait peut-être tort de vouloir se confier à Marlene. En tout cas, il prenait un risque important. Cependant il ne reviendrait pas sur sa décision.

Il entendit vaguement Kerstin monter l'escalier en sifflotant. Peu après, un moteur vrombit dans la rue et une voiture s'éloigna.

Demain...

21 ◉

Ils mirent près d'une heure à trouver un endroit où ils seraient tranquilles. Le mérite en revint à Marlene, qui suggéra d'aller voir si les vestiaires de l'ancien gymnase étaient ouverts. On ne les utilisait plus depuis des années, plus précisément depuis que l'université s'était dotée d'un nouveau complexe sportif avec piscine olympique, stade et projecteurs pour les compétitions nocturnes.

– On pourrait même y accueillir les championnats d'Europe d'athlétisme ! précisa Marlene sur le ton de la plaisanterie, sans doute dans l'espoir d'arracher un sourire à Jonas.

Il avait à peine dit trois mots depuis le début, tant il était terrifié à l'idée de ce qui l'attendait. Tel qu'il connaissait Marlene, dès qu'elle saurait la vérité, elle ne voudrait plus jamais entendre parler de lui.

– Tu en tires une tête ! observa-t-elle en poussant l'énorme porte métallique du bâtiment.

Par chance, elle n'était pas fermée à clé, et retomba lourdement sur ses gonds.

Jonas enregistra le bruit dans sa tête. Si quelqu'un venait, il en serait aussitôt averti.

Il y avait deux niveaux : au rez-de-chaussée, toute une batterie de douches ; et, en haut, des vestiaires aux casiers parfois défoncés, des bancs en bois et quelques miroirs dont un était fendu. L'endroit était désaffecté depuis longtemps, pourtant il sentait toujours les vieilles chaussettes et le déo éventé.

Un point important : il y avait deux grandes baies vitrées. Jonas s'assura qu'elles n'étaient pas condamnées. Parfait.

Il s'assit sur un banc, posa sa mallette à côté de lui et prit son courage à deux mains.

– C'est l'heure de vérité.

– Magnifique.

– Attends de voir…, murmura-t-il en jouant avec la poignée de son attaché-case. Tu te rappelles le jour où tu m'as dit avoir le sentiment qu'on était surveillés ?

– Oui.

– Ce n'est pas le cas. De même que tu te rappelles la photo que tu m'as montrée, je suppose ?

Prenant une profonde respiration, il fit sauter les serrures de sa mallette et enchaîna :

– Alors voilà. Je te présente Élanion. J'imagine que tu le reconnais.

Marlene fit un pas en avant.

– Exact. J'ai déjà vu cet engin. Tu peux m'expliquer pourquoi il est resté plusieurs minutes au-dessus de ma tête ?

De surprise, Jonas ne répondit pas tout de suite. Contrairement à ce qu'il avait craint, elle n'avait pas l'air outrée. On aurait plutôt dit qu'elle découvrait un animal domestique et le trouvait mignon.

– Tu ne m'en veux pas ?

– Pour l'instant, je suis surtout intriguée, murmura-t-elle sans le regarder.

Intriguée ? Jonas eut un instant d'hésitation avant de poursuivre :

– Je l'ai conçu et réalisé moi-même, mais mes parents ne sont pas au courant de son existence, jugea-t-il bon de préciser pour qu'elle comprenne qu'il lui faisait une faveur extraordinaire. Les Müller, les gens chez qui j'habite, encore moins. En fait, je n'en ai parlé à personne, à part mon meilleur ami.

Pouvait-il vraiment considérer Pascal comme son meilleur ami ? Dans sa tête, Jonas fit une rapide équation : le bagout de Pascal + une confidence à la mauvaise personne = un rôdeur en bas de chez lui = Roginski prétendument en train de changer une ampoule dans sa chambre.

– Et toi, tu étais où ? demanda Marlene en caressant Élanion du plat de la main comme si elle brûlait de le sortir de son étui. Tu le pilotais comment ?

– À distance. Depuis ma chambre, chez les Müller.

Marlene ouvrit de grands yeux.

– Mais comment as-tu su où j'étais ? Tu es tombé sur moi par hasard ?

Jonas soupira. À présent, il était à la croisée des chemins. Ou il s'enferrait dans le mensonge, ou il disait tout. Sachant très bien à quoi il s'exposait. Car toute prise de vue « portant atteinte à l'intimité de la vie d'autrui » était un délit passible de sanctions allant jusqu'à l'emprisonnement.

Il soupira de nouveau.

– La première fois que nous nous sommes rencontrés, à la fin du cours de Lichtenberger, tu m'as donné ton numéro de portable…

Elle réfléchit quelques secondes et acquiesça d'un signe de tête.

– Après, je t'ai envoyé un SMS et tu m'as répondu, poursuivit Jonas. Sans le savoir, en faisant ça, tu as installé dans ton smartphone un *spyware* qui permet à Élanion de te localiser.

– Un *spyware* ? s'exclama Marlene en plissant les yeux.

– Oui. Une appli invisible qui entre dans la catégorie de VOIP et reste ouverte en continu à l'insu de l'utilisateur. Il suffit d'allumer Élanion et d'entrer ton numéro de téléphone dans le système pour qu'il te détecte automatiquement. À condition que ton téléphone soit allumé.

C'était fini. À présent, elle allait tourner les talons. Elle lui jetterait son portable à la figure, s'en rachèterait un autre dans la demi-heure et s'arrangerait pour qu'il ne mette jamais la main sur son numéro.

– À part moi, qui d'autre as-tu espionné ?

– Une poignée de gens. Ceux dont j'avais les numéros. Linda, Sergueï...

– Sergueï ? s'écria Marlene avec un rire qui traduisait autant d'effroi que de surprise. Tu es malade !

– Pourquoi ?

– Parce que c'est la dernière personne à qui se frotter ! Si ses sbires découvrent que tu l'espionnes, tu es mort. Son père est... sinon un parrain de la mafia, du moins quelque chose de ce genre.

Jonas ignorait ce détail. Ce n'était pas parce qu'on était russe et très riche qu'on était forcément mafieux, si ?

– Je ne sais pas par qui ni comment, mais Élanion a été repéré, murmura-t-il d'une voix sombre.

– Tu ne sais pas comment ? s'esclaffa Marlene. Laisse-moi t'expliquer : tu le fais voler en plein jour et tu l'arrêtes un certain temps au-dessus de quelqu'un. Moi, par exemple. Ou d'autres, je ne suis pas la seule à ne pas avoir les yeux dans ma poche.

– C'est la seule fois où j'ai perdu le contrôle, gémit Jonas en se rappelant l'angoisse qui l'avait saisi à ce moment-là. Mon proprio a débarqué dans ma chambre à l'improviste. J'ai été obligé de fermer mon ordi en catastrophe sans avoir eu le temps d'éloigner Élanion de ton champ de vision.

– Ça ne t'est arrivé qu'une fois ? s'étonna Marlene en regardant par la fenêtre d'un air songeur. Je ne comprends pas : tu viens de dire qu'il a été repéré !

– Oui. D'habitude, je ne le quitte pas des yeux. Pourtant il y a des gens qui cherchent à mettre la main dessus. Donc ils sont au courant de son existence.

Jonas scruta Marlene attentivement. Rien. Aucune réaction. Elle ne cilla même pas.

– Ce n'est pas moi qui leur en ai parlé, si c'est ce que tu insinues.

– Je te crois sur parole, assura-t-il avec un soulagement évident.

Marlene ne mentait pas, c'était sûr.

– J'ai agi de façon débile, reconnut-il. Non seulement j'ai pris des risques avec mon drone, mais...

Jonas laissa sa phrase en suspens. Elle ne l'écoutait plus que d'une oreille, ce n'était pas le bon moment pour lui parler des lettres anonymes.

Les yeux rivés sur Élanion, elle demanda :

– Tu me montres de quoi il est capable ?

Jonas fut tenté de refuser. C'était le milieu de l'après-midi, il faisait encore jour. Bien que le temps fût très couvert, c'était dangereux.

– Qui voudrais-tu épier ?

Elle sourit largement.

– Qui as-tu en stock ? À part moi ?

S'il répondait à sa question, il serait à sa merci. Mais c'était si bon de pouvoir se confier à quelqu'un ! Surtout à elle.

– Je te l'ai dit : Sergueï Bossonov et Linda Koren. Et aussi Andrea Gilles.

– La secrétaire du recteur ? Je la connais. Tu l'as regardée en train de taper sur son ordinateur ?

– Pas encore.

Marlene pianota pensivement du bout des ongles sur le rebord de fenêtre, puis se décida :

– Pourquoi pas. Ce serait une première. Et son bureau a l'avantage d'être tout près.

Elle regarda Jonas sortir Élanion de sa mallette et lui montrer comment le mettre en marche. Il démarra le programme de son ordinateur, ouvrit la fenêtre et dit :

– Lance-le en l'air !

Elle ouvrit de grands yeux.

– Comment ça, le lancer ?

– C'est pourtant clair, non ?

– Et s'il...

– T'inquiète, il ne lui arrivera rien. Allez, go !

Marlene considéra Élanion avec une moue dubitative, haussa les épaules et le jeta dehors d'un geste énergique, comme un frisbee.

Le drone ne tarda pas à se stabiliser, puis il prit de l'altitude et partit en flèche. À l'intense satisfaction de Jonas, l'expression sceptique de Marlene se mua en émerveillement.

– Incroyable ! Tu l'as vraiment construit tout seul ?

– Oui. J'ai aussi développé le logiciel de pilotage et l'appli.

Ne voulant surtout pas passer pour prétentieux, Jonas ajouta très vite :

– Ça m'a pris beaucoup de temps. Et j'ai essuyé pas mal de revers avant qu'il soit au point.

– Comme là, par exemple ? Il ne va pas du tout vers l'administration !

Jonas s'assit sur le banc, son ordinateur portable sur ses genoux. D'après ce qu'il voyait, Marlene avait raison : Élanion se dirigeait plein est, tournant le dos au campus, qu'il ne tarda d'ailleurs pas à laisser derrière lui.

– C'est le signe que Mme Gilles n'est pas dans son bureau, expliqua Jonas. Ou alors, elle y est, mais elle a laissé son téléphone quelque part.

Marlene s'assit à côté de lui pour mieux suivre le drone.

– Il arrive place de l'Église, murmura-t-elle. Le lycée est juste derrière. Tu as une idée de l'endroit où il va ?

Jonas secoua la tête.

– Il vise le signal émis par le portable.

Un coup d'œil au chronomètre… Élanion était en route depuis déjà dix minutes. Plus que trente. À supposer qu'Andrea Gilles ait profité d'un jour de congé pour faire un tour en ville, Élanion rebrousserait chemin dès que le dispositif de sécurité lui commanderait de rentrer. Au lieu d'une brillante démonstration, Marlene n'aurait droit qu'à un bide total…

Quelques secondes plus tard cependant, Élanion réduisit sa vitesse et suspendit son vol au-dessus d'un immeuble à trois étages devant lequel étaient garées des voitures…

– Le commissariat de police ! s'exclama Marlene. Tu crois que c'est une bonne idée de filmer à cet endroit-là ?

Sûrement pas. Quoique dévoré par la curiosité, Jonas céda à la raison et éloigna son drone de la fenêtre devant laquelle il avait pris position.

Mme Gilles était chez les flics pendant ses heures de bureau, réfléchit Jonas. Il devait s'être passé quelque chose…

– Il ne faut pas avoir une autorisation pour faire voler un drone ?

– Ça dépend. Au-dessus de huit cents grammes, oui. En dessous, il y a des règles à respecter.

– Ce que tu fais ?

– Pas vraiment, non…

Passant en mode manuel, Jonas fit monter Élanion à la verticale, puis l'emmena deux kilomètres plus loin en direction de l'ouest.

– Qu'est-ce que tu risques si tu te fais pincer ? demanda Marlene en se postant à la fenêtre.

– Au mieux une grosse amende, au pire un an de prison, répondit-il en activant le retour automatique. Et encore, à condition qu'ils nc découvrent pas toutes les fonctionnalités d'Élanion. S'ils s'apercevaient que j'ai installé un logiciel espion. D'un autre côté, j'ai d'autres raisons de m'inquiéter...

Un point argenté venait d'apparaître dans le ciel.

– Lesquelles ? insista Marlene.

La silhouette familière se rapprochait. Ses contours se précisèrent. C'était bien Élanion. Jonas tendit le bras pour le rattraper.

– Je t'expliquerai plus tard. Là, il faut que je coure à l'administration. Tu viens avec moi ?

– Elle est chez le dentiste, annonça l'étudiante chargée de remplacer la secrétaire en son absence. Si tu veux, je peux lui laisser un message.

Elle s'efforçait de paraître professionnelle, mais on voyait bien qu'elle était inexpérimentée. Jonas échangea un coup d'œil avec Marlene.

– Merci, ce ne sera pas nécessaire. Elle t'a dit quand elle comptait revenir ?

– Non, fit la remplaçante en secouant la tête. Avec les dentistes, on ne sait jamais. La dernière fois, j'ai attendu plus d'une heure et demie.

Feignant l'indifférence, Jonas désigna la porte du bureau.

– Est-ce que le docteur Schratter est là, par hasard ? Ça fait des jours que j'essaie de le rencontrer et je n'ai pas encore réussi à le voir.

– Je regrette, dit la jeune fille en secouant de nouveau la tête. Il ne rentre que demain.

Prenant une feuille de papier dans un sous-main, elle enchaîna :

– J'ai déjà toute une liste de gens qui cherchent à lui parler. Depuis la disparition du docteur Lichtenberger, son emploi du temps est complètement chamboulé.

– Je comprends. Merci en tout cas.

Jonas lui adressa un petit signe de la main et se dirigea vers la sortie. Parvenu à la porte, il se ravisa. Il venait d'avoir une idée… ça valait la peine d'essayer.

– Tu veux bien me rendre un service ? Si j'avais le numéro du recteur, je pourrais prendre rendez-vous directement avec lui. Ce serait plus simple que de se courir après et de se rater indéfiniment…

L'étudiante le fixa avec intérêt.

– Tu es Jonas Wolfram, c'est ça ? L'enfant prodige ?

Il détestait qu'on l'appelle comme ça. Depuis toujours. Mais ça n'avait rien de méchant. D'ailleurs, il pouvait en tirer parti. Un enfant, c'était innocent…

– Oui, c'est moi.

– J'ai entendu parler de ton show à la soirée de Sergueï. Il paraît que tu as été impressionnant.

Ouvrant un tiroir, elle y prit une liste plastifiée, un crayon et un bloc-notes sur lequel elle écrivit un numéro de téléphone. Puis elle plia la feuille et la lui tendit.

Jonas se retint de lui sauter au cou. Le numéro personnel de Schratter ! Enfin !

Il la remercia chaleureusement, prit Marlene par le coude et l'entraîna dans le couloir.

– Incroyable. Ce vol d'Élanion a été bien plus payant que je ne l'avais imaginé.

– Qu'est-ce qui te rend si euphorique ? s'étonna Marlene en se dégageant.

– J'ai le numéro de Schratter. Ce qui augmente d'environ cinquante pour cent mes chances de comprendre ce qu'il manigance.

Marlene s'arrêta net.

– Ce qu'il manigance ? Mais de quoi tu me parles ?

Jonas l'entraîna sur un banc sous un marronnier. Les étudiants avaient déserté le parc car la température était tombée brusquement.

– Ça paraît difficile à croire, mais j'ai des raisons de penser que Schratter fait partie de ceux qui cherchent à m'éliminer.

22 ◉

Après cette déclaration, il avait bien fallu dix minutes à Jonas pour convaincre Marlene de ne pas partir en courant.

– Tu délires, mon pauvre ! avait-elle décrété. Tu te prends tellement au sérieux que c'en est à pleurer. Personne ne veut te supprimer, fais-moi confiance. Qu'on essaie de t'éviter, ça, je peux le comprendre. Mais te tuer, non. Tu n'es pas encore tout à fait assez important pour ça.

Jonas opina à tout ce qu'elle disait, attendant patiemment qu'elle ait fini pour prendre la parole.

– Je sais. Seulement, si je suis visé, ce n'est pas à cause de ma personne, mais parce qu'ils me soupçonnent de savoir quelque chose que je ne devrais pas.

Marlene le dévisagea longuement.

– « Ils »... Tu veux dire ceux qui ont repéré Élanion ?

– C'est ce que je crains. Sachant qu'en plus, j'ai fait une grosse bêtise...

La gorge nouée, il déglutit avec peine. Et lâcha d'une seule traite :

– J'ai distribué des lettres anonymes. Un canular, sauf que j'ai mal calculé mon coup. Je les croyais anodines, elles ont été perçues comme une menace.

S'il n'avait pas été paralysé par la crainte que Marlene lui flanque une gifle et l'envoie promener, il se serait régalé des expressions qui défilèrent sur son visage en l'espace de quelques secondes, depuis la plus pure incrédulité jusqu'à la compréhension et la gravité. Fascinant.

– « Si tu crois que personne ne sait ce que tu fabriques, tu te trompes ! récita-t-elle enfin. Aucun rideau ne pourra te protéger, si rouge soit-il… »

– « Je connais ton secret. Avec un peu de chance, je le garderai pour moi », acheva Jonas avec un soupir. Hélas, oui, cette débilité est de moi. Et je m'en veux terriblement de t'en avoir glissé une copie dans ton sac à main. À l'époque, je ne te connaissais pas encore.

Elle le fixa en silence. Il aurait voulu disparaître sous terre, s'attendant à ce qu'un orage cataclysmique lui tombe sur la tête ; cependant il réussit à ne pas baisser les yeux et soutint courageusement son regard.

Enfin, au bout d'un moment qui lui parut interminable, Marlene demanda d'une voix dure :

– Qu'est-ce que tu espérais ? Semer la pagaille ?

– Pas exactement… En fait, c'était une tentative – minable, je te l'accorde – de me venger de Linda. La veille, elle avait été odieuse avec moi. Comme j'avais son numéro de téléphone, je lui ai envoyé Élanion, qui l'a identifiée à un endroit pour le moins surprenant.

– Où ça ?

– Chez les Lichtenberger.

– Hein ? s'exclama Marlene en ouvrant des yeux ronds comme des soucoupes.

– Les rideaux étaient fermés, je ne pouvais ni voir ni entendre. Mais Linda était seule avec un homme et je parierais n'importe quoi que c'était Lichtenberger, d'où mon message. J'en ai glissé une copie dans son sac à main. Et le lendemain, Lichtenberger s'est fichu en l'air.

Seigneur ! Formulé comme ça, on aurait presque pu croire qu'il y avait un lien de cause à effet entre sa lettre et la mort du jeune enseignant.

Marlene semblait le penser aussi. Fermant les yeux, elle se massa les tempes.

– Je ne pouvais pas savoir ! gémit Jonas, au désespoir. Linda a peut-être montré la lettre à Lichtenberger. Mais ce n'est quand même pas une raison pour se pendre !

– C'est vrai, acquiesça Marlene en frissonnant. N'empêche que c'est ce qu'il a fait.

– Ou pas.

Elle le regarda d'un air affligé.

– Désolée. J'aimerais pouvoir soulager ta conscience, mais tu ne peux pas nier la réalité. Et la réalité, c'est que Lichtenberger s'est suicidé.

– Sauf si quelqu'un l'a tué et a maquillé son crime en suicide, tu ne crois pas ?

Il espérait que Marlene s'arrêterait sur cette hypothèse, ne fût-ce qu'un quart de seconde, mais elle la rejeta catégoriquement :

– Non, Jonas, ça ne tient pas debout, je regrette. D'ailleurs, si ça avait été le cas, les flics s'en seraient aperçus.

– Il y a des criminels qui ne laissent pas de traces…

Erich, par exemple.

– Soit, admettons. Manque toujours le mobile. Pourquoi une telle mise en scène ? Qui avait intérêt à la mort de cet homme-là ?

Soudain, elle se mordit les lèvres et demanda d'une voix oppressée :

– Sa femme ?

– La maison aux rideaux rouges était bien la sienne, admit Jonas. Jusque-là, j'avais toutes les raisons de le supposer, mais je n'en étais pas sûr. Il n'y avait de nom nulle part, alors j'ai piqué une enveloppe dans la boîte aux lettres pour voir qui était le destinataire.

Le visage de Marlene s'éclaira.

– J'y suis. C'est cette enveloppe que tu as eu la délicatesse de rapporter plus tard…

– Exact.

Jonas respira à fond, histoire de reprendre de l'élan avant le prochain round.

– Sauf qu'entre-temps, je l'avais ouverte.

Baissant la tête, Marlene fixa ostensiblement ses pieds. À force, elle devait commencer à en avoir plus qu'assez de ses salades. Il y avait de quoi. Mais il ne fallait pas qu'elle parte. Pas tout de suite. Jonas avait encore des choses à lui dire.

– En réalité, la lettre était adressée non à Lichtenberger, mais à sa femme, Barbara. Et, dedans, il y avait dix mille euros.

Marlene sursauta. Elle était de nouveau tout ouïe.

– Pardon ?

– Dix mille euros, répéta Jonas.

– Et tu les as rapportés.

C'était un constat, pas une question.

– Oui. Dans une enveloppe vierge.

Marlene s'éloigna de quelques pas, puis s'arrêta et lui fit signe de venir avec elle.

– Tout ça me paraît absurde, dit-elle. Tu y comprends quelque chose, toi ? Après tout, tu es un génie. Tu as une idée de ce que ça signifie ?

– Pas la moindre, concéda Jonas.

Elle opina avec un petit sourire.

– Il doit y avoir un truc derrière tout ça. Un élément que nous ignorons. Pour l'instant.

– Je pense que ça a à voir avec Schratter. C'est un type bizarre, j'ai l'impression. Il zappe ses rendez-vous, engueule tout le monde et répond aux abonnés absents...

Marlene plissa le front.

– Ce n'est pourtant pas l'image que j'ai de lui. Je l'ai rencontré plusieurs fois et je l'ai trouvé extrêmement aimable et compétent, au contraire. La courtoisie faite homme. Pour qu'il se soit comporté comme tu le dis, il devait être sous une mégapression.

« Tu m'étonnes, songea Jonas. S'il est impliqué de près ou de loin dans la mort de son enseignant, ce n'est pas seulement sa réputation qui est fichue, mais aussi celle de son établissement : les parrains de la mafia russe, les magnats du pétrole, les industriels sud-coréens et les chercheurs américains enverront leurs chers petits étudier ailleurs. »

Jusque-là, ça se tenait. Même s'il ne comprenait pas les dessous de l'affaire. Ni pourquoi on voulait à toute force le liquider.

Or, très égoïstement, cette question lui tenait particulièrement à cœur.

– Je pensais envoyer un SMS à Schratter, indiqua-t-il. S'il me répond, compte sur moi pour ne pas le perdre de vue une seule seconde.

– OK, opina Marlene après quelques instants d'hésitation. Je ne peux pas imaginer qu'il ait une quelconque responsabilité dans la mort de Lichtenberger, mais il se passe des choses bizarres depuis quelque temps.

– Ah bon, alors à Rotenheim Palace, on s'en est aperçu aussi ?

– Où ça ?

Prenant son téléphone dans sa poche, Jonas expliqua :

– Rotenheim Palace. C'est le nom que les gens d'ici donnent à votre résidence. Tu ne savais pas ?

– Non, note que c'est pas mal trouvé, observa-t-elle en se penchant pour lire par-dessus son épaule.

« Monsieur le Recteur, écrivit Jonas,

Je regrette que notre rendez-vous ait dû être ajourné. Je comprends tout à fait que vous soyez très occupé et que vous ayez sans doute eu un contretemps, mais je serais heureux si vous pouviez m'accorder quelques minutes de votre temps dans les prochains jours. Il y a quelques points sur lesquels j'aimerais m'entretenir avec vous.

Respectueuses salutations.

Jonas Wolfram »

– Joliment tourné, approuva Marlene dont l'haleine lui caressait le visage. À mon avis, il ne peut pas ne pas répondre. Ne serait-ce que pour s'excuser de t'avoir posé un lapin.

C'était ce qu'il pensait aussi. Il cliqua sur *Envoyer*.

À présent, le mieux était de rentrer chez lui et de mettre Élanion en charge afin de pouvoir l'envoyer dès que Schratter aurait répondu. En observant le recteur de façon systématique, Jonas en apprendrait assez sur lui – ses horaires, son mode de vie et sa façon de travailler – pour arriver à le coincer dans son bureau.

– Tu es pressé de rentrer, déclara Marlene.

Était-il donc si transparent à ses yeux ? Il ne chercha pas à biaiser.

– C'est vrai.

– Ça tombe bien : moi aussi. Je retourne à… comment tu dis, déjà ? Rotenheim Palace. J'ai besoin de me poser et de réfléchir. À toi, par exemple. Et à tes activités illicites.

– Pour savoir si je suis fréquentable quand même ou si tu veux cesser toute relation avec moi ?

S'il avait espéré que sa question ferait sourire Marlene, il en fut pour ses frais.

– Très juste, acquiesça-t-elle, le visage de marbre.

Pascal devait le guetter depuis un moment, car Jonas était à peine descendu du bus qu'il le rejoignit en courant, son livre de maths à la main.

– Salut, Génie, l'apostropha-t-il, tu as un peu de temps ?

– Non, dit Jonas en introduisant sa clé dans la serrure.

Jusqu'à présent, son portable n'avait pas encore vibré, mais le message de Schratter pouvait arriver d'une seconde à l'autre.

– On a un devoir de maths lundi. Si tu me files pas un coup de main, je vais me ramasser, c'est sûr.

Croisant les mains, il supplia avec des trémolos dans la voix :

– S'il te plaît, dis oui.

Jonas leva les yeux au ciel. Bon, devant Pascal, il n'était pas obligé de cacher Élanion. Il pouvait essayer de lui faire rentrer quelques notions dans la cervelle pendant que la batterie serait en charge.

– D'accord, céda-t-il en poussant la porte. Je te donne une heure. Si d'ici là, tu n'as pas compris, ça voudra dire que tu es bouché. OK ?

– YESSSS ! se réjouit Pascal.

Lui passant devant, il s'engouffra dans l'entrée en claironnant :

– Salut Martin ! Salut Silvia ! Jonas me donne un cours de maths, ça ne vous dérange pas ? Au fait, ma mère vous remercie pour le poulet au curry. Et entre nous soit dit, moi aussi...

Baissant la voix, il enchaîna sur le ton de la confidence :

– Je préfère ta cuisine à la sienne, Silvia. Ne le lui répète surtout pas, sinon elle serait capable de me flanquer dehors. Elle est hyper fière de ses légumes vapeur !

Il monta les marches quatre à quatre avant qu'elle ait eu le temps de dire quoi que ce soit. Blanche comme un linge, Silvia ne quittait pas des yeux la mallette de Jonas, qui avait été obligé de la poser par terre à côté de lui pour se déchausser.

– Je dois sortir faire des courses, déclara-t-elle d'une voix éteinte. Tu as besoin de quelque chose ?

– Oui, trois bananes, du chocolat aux noisettes et un bazooka.

– OK.

En d'autres circonstances, il aurait ri de son manque d'à-propos, mais la façon dont elle louchait sur Élanion lui fit froid dans le dos.

– Merci, se contenta-t-il de dire en montant dans sa chambre. À tout à l'heure.

Affalé sur le lit, Pascal tournait les pages d'un de ses livres.

– Tu comprends vraiment ce qui est écrit là-dedans ? murmura-t-il sur un ton admiratif.

– Oui, c'est ce qu'on apprend en première année. Je connais déjà tout ça par cœur. Ça ne commence à devenir intéressant qu'après...

Jonas se mordit la lèvre. Ah, cette maudite tendance à toujours vouloir étaler sa science...

Pour se rattraper, il ajouta :

– Si ça peut te consoler, il y a un tas d'autres choses qui m'échappent.

Pascal se redressa.

– Les femmes, c'est ça ? Tu parles des femmes ?

– Entre autres.

Tirant son téléphone de sa poche, Jonas jeta un coup d'œil à l'écran. Rien. Toujours pas de message.

– Désolé, mais je suis obligé de fermer à clé, dit-il en verrouillant la porte à double tour.

Après quoi il sortit Élanion de sa mallette et le mit en charge.

– Silvia est bizarre depuis quelque temps, déclara Pascal en fermant le livre et en le posant sur la table de chevet. Déjà qu'elle est insipide au possible et n'a pas la lumière à tous les étages, on dirait qu'elle est complètement shootée.

Intéressant. Même Pascal avait noté.

– Qu'est-ce qu'elle a, tu as une idée ? demanda innocemment Jonas.

– Non. Ma mère pense qu'elle doit être hyper stressée. Elle cuisine comme une dingue et n'arrête pas de nous apporter à manger. Pour partager les restes, soi-disant. Chez elle, c'est pathologique. Quand elle a un problème, elle cuisine à n'en plus pouvoir et elle congèle sa tambouille, ou alors elle en fait profiter les voisins.

Jonas pianota du bout des doigts sur son bureau. D'un côté, Silvia et sa production industrielle ; de l'autre, Roginski avec ses trois restaurants et son service de traiteur, qui fournissait les petits-fours lors des réceptions à Rotenheim Palace. Quel lien y avait-il entre les deux ? Et en échange de quoi Roginski venait-il changer les ampoules chez les Müller ?

Poussant un soupir, Jonas prit le livre de maths de Pascal et l'ouvrit en regrettant que tout ça soit si difficile à élucider. Au moins, les fonctions cosinus avaient le mérite d'être simples.

Une demi-heure plus tard, Pascal avait à peu près saisi l'essentiel, tandis que Schratter n'avait toujours pas donné signe de vie. Jonas se rendit compte qu'il regardait son portable toutes les trente secondes.

Lorsque enfin un bip annonça l'arrivée d'un SMS, Jonas fit un tel bond qu'il faillit tomber de sa chaise. Hélas, ce n'était qu'un message de Sergueï lui proposant de l'accompagner à un concert le lendemain. Kolya avait pris des places quelques semaines plus tôt, mais il était à l'hôpital et toujours dans le coma.

Jonas faillit s'étouffer de déception. Il déclina poliment, sous le regard de Pascal qui le fixait avec curiosité.

– C'est qui, la nana qui te mène la vie dure ?

Pour toute réponse, Jonas secoua la tête. Reposant son smartphone sur son bureau, il demanda :

– C'est à peu près clair, jusque-là ?

Vite, avant qu'il ne s'éteigne, Pascal jeta un coup d'œil à l'écran.

– Hé, mais ce n'est pas une nana ! Dis donc, les Russes... tu choisis bien tes copains. Tu flaires le fric là où il se trouve. Futéééé !

Les deux coudes sur la table, il demanda :

– Ce Kolya dont parle ton Sergueï, ce ne serait pas le type qui a eu un accident, par hasard ?

– Si, pourquoi ?

– Drôle d'histoire.

Jonas récupéra son smartphone et se renversa en arrière.

– D'après Sergueï, il est tombé sur un chantier de construction. Il était bourré, probablement...

– Ah, toi aussi tu fais partie des gens qui croient que les Russes biberonnent de la vodka dès le matin au réveil ? répliqua Pascal avec une lueur d'amusement dans les yeux. Non, à ma connaissance, le gars était parfaitement sobre. Et ses blessures n'étaient pas si graves que ça, pourtant il est dans le coma. Je ne suis pas le seul à trouver ça louche.

– Mmh, fit Jonas en regardant pensivement par la fenêtre.

Il ne tarderait pas à faire nuit.

– Il y a peut-être eu des complications. D'où tiens-tu ces infos ?

– Mon père. Je te l'ai dit : il est psychiatre. Il a une consultation à l'hôpital.

Le témoin lumineux de la batterie passa du rouge au vert, signe que la charge était terminée. Hélas, Schratter ne s'était toujours pas manifesté.

– Le trou dans lequel est tombé Kolya, réfléchit tout haut Jonas qui venait d'avoir une idée, ce ne serait pas le chantier du futur Institut de recherche technologique ?

– En plein dans le mille ! s'exclama Pascal en faisant le geste de tirer au pistolet, l'index et le majeur en avant.

Jonas voyait la scène comme s'il y était. Un garçon qui dans son imagination ressemblait à Sergueï, debout à proximité du chantier, et quelqu'un le frappant par derrière. Ce quelqu'un avait les traits de Schratter tel qu'il apparaissait sur la page d'accueil de l'université, sauf qu'au lieu d'être impeccablement coiffé, il avait les cheveux hirsutes et des mèches trempées de sueur qui lui collaient au front.

– C'était vraiment un accident ? Ou on l'a aidé à tomber ?

La question prit Pascal au dépourvu. Visiblement, il ne se l'était encore jamais posée.

– Tu crois que quelqu'un l'a poussé ? Pourquoi ? Qui pourrait avoir envie de se mettre ses parents à dos ? Si j'ai bien compris, ils ont des relations parmi les ex-agents du KGB.

Voilà qui ouvrait de nouvelles perspectives.

– Intéressant. Quoi d'autre ?

– Oh, pas grand-chose. Les potins habituels…

– Rien en rapport avec la Victor Franz Hess ? Ou avec le recteur ?

Pascal réfléchit intensément.

– La plupart des gens considèrent que Schratter est un homme providentiel. Super efficace, super courtois et droit dans ses bottes. Un peu trop carriériste, peut-être…

– Tu m'as dit récemment que certains avaient peur de lui, se rappela Jonas.

– Exact. Comme des élèves quand le prof est sévère.

Jonas brûlait de réécouter l'enregistrement de ce qu'Élanion avait capté devant la fenêtre du recteur. Il se rappelait très exactement les mots de M. Providence : « Cela finira forcément par se savoir… Ce n'est qu'une question de temps… » Ensuite, le recteur avait traité les autres d'imbéciles, et parlé de quelque chose que l'on ne pourrait pas conserver très longtemps.

Non, décidément, ça ne collait pas avec le personnage. L'intégrité faite homme, tu parles… Jonas en était plus que jamais convaincu, il y avait un problème avec le recteur.

Qui, pour comble de malchance, ne lui avait toujours pas répondu.

Jonas passa une soirée épouvantable, écartelé entre l'attente d'un signal et l'envie d'envoyer Élanion au petit bonheur. Mais si un SMS de Schratter arrivait entre-temps, la batterie aurait besoin d'être rechargée, et Jonas se connaissait assez pour savoir que cela le rendrait dingue.

Il prit donc le parti d'attendre. À minuit, il comprit qu'il ne se passerait plus rien avant le lendemain. Il resta cependant debout jusqu'à 2 heures du matin pour réécouter en boucle l'enregistrement de la conversation surprise dans le bureau.

Peut-être s'était-il trompé, et la discussion avait porté non sur la mort de Lichtenberger, mais sur la chute de Kolya dans le trou du chantier ?

23 ◉

Le lendemain matin, le premier regard de Jonas fut pour son portable. Toujours rien. Il se traîna de son lit à la salle de bains et se brossa les dents en prenant la précaution de laisser la porte ouverte. Car il ne se faisait aucune illusion : Silvia et Martin lui voleraient ou saboteraient Élanion à la première occasion. Sans doute avec une préférence pour la seconde option. Sur ordre de qui, ce n'était pas difficile à deviner.

Ça ne pouvait pas continuer ainsi.

Avant de descendre, Jonas jeta un rapide coup d'œil à sa boîte mail… et étouffa un juron.

Cher Jonas,

Je suis navré d'avoir manqué notre rendez-vous. J'ai eu un empêchement de dernière minute et n'ai pas eu le loisir de vous en informer à temps. J'en suis d'autant plus désolé que ce n'est pas dans mes habitudes, et je vous prie de m'en excuser. J'espère cependant que vous êtes heureux à l'université et vous y êtes déjà fait des amis.

J'ai croisé par hasard Martin Müller hier. Il m'a assuré que vous vous adaptiez facilement.

Je vous propose un nouveau rendez-vous en espérant que, cette fois, rien ne viendra se mettre en travers. Le lundi de la semaine prochaine vous conviendrait-il ? Mme Gilles prendra contact avec vous pour vous communiquer l'horaire exact.

Sincères salutations,
Dr Carl Schratter, Recteur de la Franz Victor Hess Private University

Jonas ferma le mail, à la fois furieux et troublé. Furieux, parce qu'il pouvait faire une croix sur l'installation du *spyware*, du moins pour l'instant. Et troublé, car le texte était rédigé d'une façon qui le chiffonnait. Il y avait quelque chose qui ne collait pas, mais quoi ? Il le relut avec attention, et cette fois, il comprit ce qui n'allait pas : Schratter écrivait comme s'il n'avait jamais reçu son SMS ; il lui fixait un nouveau rendez-vous mais ce n'était pas une réponse à sa demande.

Fébrile, Jonas compara le numéro donné par la remplaçante d'Andrea Gilles avec celui auquel il avait envoyé son message. Pas d'erreur, c'était bien le bon. La fille se serait-elle trompée ? Auquel cas, son SMS avait dû se perdre dans la nature...

À moins que Schratter ait fait exprès de lui répondre par mail ? Parce qu'il était au courant de l'existence d'Élanion et se doutait de la manière dont fonctionnait le système ?

Jonas hésita. Et s'il appelait en numéro masqué, juste pour voir qui décrocherait ?

Il renonça à cette idée car Kerstin s'était réveillée, et elle avait allumé la radio avec le volume à fond. La musique de DJ Snake faisait trembler la cloison.

Dans un sens, tant mieux. Il ne pouvait pas emmener Élanion partout avec lui. Mais il était beaucoup trop risqué de le laisser dans sa chambre, même en fermant à double tour. Les Müller avaient certainement un double de la clé.

Jonas ne réfléchit pas longtemps. Tirant sa mallette de dessous son lit, il en sortit Élanion et ses accessoires, la remplit d'ouvrages scientifiques et la remit à sa place.

Puis il enveloppa son drone dans une serviette éponge, s'assura que Martin et Silvia étaient tous deux à la cuisine et Kerstin sous la douche, et monta au grenier.

La table à langer lui parut une nouvelle fois une bonne planque. Elle était coincée entre tout un tas de vieilleries qui la rendaient difficilement accessible. Impeccable.

Lorsqu'il s'assit à la table du petit-déjeuner, quelques secondes plus tard, Silvia lui servit des toasts en lui demandant l'air de rien quel était son emploi du temps de la journée. Il n'en fallut pas plus pour lui mettre la puce à l'oreille.

– Je ne sais pas encore à quelle heure je rentrerai, éluda-t-il, la bouche pleine. Vers cinq heures, sans doute. Pourquoi ?

– Juste comme ça, prétendit-elle avec un sourire crispé. J'aime bien savoir quand toute la famille est là.

Jonas s'interdit de ricaner. Elle le désignait comme un membre de la famille, lui ? Alors qu'il fallait à tout prix qu'il dégage, et le plus tôt serait le mieux ?

Voilà qui le faisait doucement rigoler.

Avant de partir, il s'assit à son ordinateur.

Monsieur le recteur,

Merci pour votre courriel. Lundi prochain me convient très bien. J'attends que votre assistante me précise le lieu et l'heure, et me tiens à votre disposition.

Respectueuses salutations,

Jonas Wolfram

Il allait cliquer sur *Envoyer* quand il se ravisa et ajouta :

PS : Hier, je vous ai envoyé un SMS. Pouvez-vous me dire si vous l'avez reçu ?

Au moins un point sur lequel il serait bientôt fixé.

Comme il était un peu en avance, il en profita pour aller jeter un coup d'œil au chantier du futur Institut de recherche technologique. Jusque-là, il ne l'avait aperçu que de loin car l'endroit était relativement excentré. Ce qui était un avantage, d'une certaine façon : ainsi, les travaux n'entravaient en rien la bonne marche de l'université.

La zone était entourée de palissades avec des pancartes jaunes *Chantier interdit au public* tous les quelques mètres.

Oui mais... il y avait parfois des interstices entre les panneaux. S'en approchant, Jonas jeta un coup d'œil de l'autre côté. Au premier plan, des machines à l'arrêt et des bennes à ordures. Il n'y avait d'activité qu'à l'autre bout du terrain, à deux cents mètres de là.

Ça pouvait se tenter.

Il abandonna son sac au pied de la clôture – il n'y avait aucun objet de valeur dedans, rentra le ventre, retint son souffle et se faufila dans une fente.

Le trou était gigantesque. Ce qui n'avait rien d'étonnant en soi, un grand institut de recherche demandait nécessairement des fondations importantes. Les bords formaient une sorte de talus avec un replat à trois mètres de profondeur, puis cela continuait en pente relativement raide jusqu'en bas. Si quelqu'un avait glissé ou s'était fait pousser par-derrière, il avait dû rouler jusqu'à ce terre-plein. Il s'était peut-être blessé, possible, mais pas grièvement. Si on voulait tuer quelqu'un en étant sûr de son coup – ou s'arranger pour qu'il passe un certain temps dans le coma –, ça ne pouvait pas être en le poussant là-dedans.

Jonas longea la palissade en essayant de donner l'impression qu'il faisait partie du personnel autorisé, comme s'il était normal qu'il soit là. Le pourtour s'effritait un peu par endroits ; oui, il était sans doute facile de glisser si l'on n'y prenait pas garde. Mais le risque n'était pas énorme. Au pire, on s'en tirerait avec quelques bleus et des égratignures.

Parvenu à un angle où on avait une vue plongeante sur deux excavatrices en action à l'autre bout du terrain, il s'arrêta. À quelques pas de là avaient été entreposées d'immenses poutrelles en acier. Jonas ne connaissait presque rien au bâtiment, mais étant donné les dimensions de l'ensemble, il estima qu'il faudrait au moins un an avant que les fondations soient terminées.

Il avait vu ce qu'il voulait voir. Faisant demi-tour, il retourna à son point de départ quand il aperçut deux types en train de fouiller dans son sac. Il avait le choix entre la peste et le choléra : ou il faisait semblant de n'avoir rien remarqué et il attendait qu'ils aient fini leur besogne. Au risque qu'ils partent avec ses affaires. Ou il allait à l'affrontement.

Qui étaient ces types ? On aurait dit que l'un d'eux ressemblait à Aron… Oui, ça en avait tout l'air…

Sentant monter en lui une colère bien connue, il s'élança sans réfléchir davantage.

– Enfoirés, qui vous a permis de toucher à mes affaires ? cria-t-il en rejoignant les fouineurs au pas de course.

– Et toi, qu'est-ce que tu fais sur ce chantier ? répliqua celui des deux qu'il ne connaissait pas, un garçon plutôt petit et bien en chair.

Jonas lui arracha sa besace des mains.

– Je suis un génie. Aron ne te l'a pas dit ? Et les génies sont curieux. C'est dans leur nature.

Bombant le torse, il se planta devant lui et le toisa de toute sa hauteur.

– Tu t'appelles comment ?

L'autre hésita quelques secondes, puis il se secoua et répondit :

– Tim Zeman. Mon père est le maître d'œuvre. Et il ne plaisante pas avec les gens qui ne respectent pas l'interdiction de pénétrer sur le chantier.

Fixant Jonas d'un air provocateur, il ajouta :

– Un accident est vite arrivé.

Jonas ignora la remarque. Un rapide coup d'œil dans son sac pour s'assurer que tout y était… c'était bon, on ne lui avait rien pris. À première vue, en tout cas.

– Tu mériterais qu'on te dénonce, intervint Aron. Tu es mineur. Et complètement inconscient, j'ai l'impression.

– C'est ça ! explosa Jonas en faisant volte-face. Allez-y, dénoncez-moi ! Directement auprès du recteur, de préférence. Je tiens beaucoup à ce que ce soit lui qui me passe un savon.

De stupeur, Aron ne répondit rien. Ravi de lui avoir cloué le bec, Jonas les planta là.

Il avait encore un quart d'heure devant lui, or le bâtiment de l'administration était sur le chemin de l'Institut de mathématiques. L'occasion de monter au secrétariat et de préciser l'horaire de son rendez-vous avec Schratter.

La porte du bureau était entrouverte. Jonas leva le bras pour frapper quand même, quand il entendit une question qui l'arrêta net.

– Comment va-t-il ?

C'était Mme Gilles.

– Son état est stationnaire, répondit laconiquement une femme dont la voix ne lui était pas inconnue.

– Je peux faire quelque chose ?

– Non, jusqu'à nouvel ordre, on continue comme on a dit.

Cette fois, pas de doute. C'était Barbara Lichtenberger. Jonas recula vivement, ne fût-ce que pour ne pas prendre la porte dans la figure lorsqu'elle sortirait.

– Nous avons encore deux ou trois petits problèmes à résoudre, déclara Mme Gilles.

Et elle ajouta sur le ton de la confidence, si bas que Jonas eut du mal à saisir :

– En plus de l'autre énorme boulet.

– Je sais. Mais je fais déjà plus que ma part.

– Dis ça à Silvia ! répliqua Mme Gilles avec un soupir. Elle est totalement à bout de nerfs. Et je la comprends. Je veux dire… elle l'a tout le temps à demeure. Il ne faut pas qu'elle commette la moindre erreur, sans quoi…

Le cœur de Jonas battait à tout rompre. Alors elle aussi, elle croyait que Jonas était une menace ? Il se sentait comme pris dans un étau dont les bords se rapprochaient de plus en plus.

– Oui, sauf que Silvia n'a pas perdu son mari, s'exclama son interlocutrice. Oh mon Dieu, Andrea, le temps presse…

Quelqu'un venait en faisant claquer ses talons. Jonas s'éloigna d'un bond, mettant le plus de distance possible entre lui et la porte. Quelques secondes plus tard, deux étudiantes apparurent dans le couloir, chacune avec un papier à la main.

– Le docteur Schratter est là ? demanda l'une d'elles à Jonas.

– Aucune idée, mentit-il d'une voix rauque qu'il ne reconnut pas lui-même.

La fille lui jeta un regard oblique. Puis elle haussa les épaules, frappa à la porte et entra sans attendre d'y avoir été invitée.

– On aimerait voir le recteur à propos de nos notes !

Brusquement interrompues dans leur conversation, les deux femmes restèrent un instant silencieuses. Andrea Gilles fut la première à se ressaisir.

– Le docteur Schratter n'est pas là en ce moment, mais il devrait être là à l'heure du déjeuner. Repassez plus tard si vous voulez. Ou alors, laissez-moi vos relevés de notes et je les lui transmettrai.

Le temps que les deux étudiantes optent pour l'une ou l'autre possibilité, Barbara Lichtenberger sortit du bureau. Apparemment stressée, elle doubla Jonas sans faire attention à lui… puis revint sur ses pas et se pendit à son bras.

Décontenancé, il la salua d'un petit geste de la main. Elle rabattit ses cheveux derrière l'oreille, l'air d'avoir quelque chose à lui dire mais de ne pas pouvoir s'y résoudre.

Tandis qu'elle hésitait, il remarqua qu'elle tenait une grosse enveloppe à la main. Exactement la même que celle qu'il avait piochée dans sa boîte aux lettres.

– Merci pour le bouquet de fleurs et la carte, articula-t-elle soudain dans un souffle.

Sur ces mots, elle le lâcha aussi brusquement qu'elle s'était cramponnée à lui et se dirigea à grands pas vers l'escalier.

Jonas s'enfuit dans la direction opposée, sans but précis, trop sonné pour réfléchir. Il lui fallut quelques instants pour réaliser toute la portée de cette rencontre.

Andrea Gilles et Barbara Lichtenberger étaient de mèche pour le faire disparaître, et maintenant elles devaient se douter qu'il les avait entendues. Ce en quoi elles avaient d'ailleurs raison. Et si elles le croyaient en situation de contrecarrer leurs plans, elles seraient peut-être encore plus pressées de l'éliminer.

Son angoisse devait être communicative, car à peine avait-il pris place à côté de Marlene dans l'amphi que celle-ci chuchota :

– Qu'est-ce qui t'arrive ? Ça ne va pas ?

– Pas ici, je t'en supplie. Plus tard.

À la fin du cours, il fit signe à Marlene de le suivre et se précipita à toute allure vers la sortie. Mais il eut beau chercher, il ne trouva aucun endroit qui lui parut assez isolé. Pas moyen d'être tranquille. Il finit par s'arrêter sous un arbre qui avait poussé tout contre le mur d'enceinte. Au moins, personne ne pourrait s'approcher par derrière. Et si quelqu'un venait, il le verrait arriver.

– Je viens d'avoir la confirmation qu'ils veulent ma peau, déclara-t-il d'une voix oppressée.

– Qui ça, « ils » ? haleta Marlene.

– Les Müller, Schratter… Andrea Gilles. Je viens de surprendre une conversation au secrétariat. Mme Gilles m'a traité d'« énorme boulet ». Elle a dit que Silvia n'en pouvait plus de m'avoir en permanence à demeure et de devoir être toujours sur ses gardes…

S'accroupissant contre le tronc, il enfouit son visage dans ses mains.

– Si au moins j'avais une idée de ce que je suis supposé savoir, gémit-il. Mais j'ignore complètement ce qui leur fait si peur. Par contre, ce qui est sûr, c'est qu'ils sont convaincus que je suis un danger pour eux.

– Ça doit avoir un rapport avec les lettres anonymes, suggéra Marlene.

Fouillant dans son sac à main, elle en sortit une feuille pliée en quatre.

– Tu me l'as refilée sans que je m'en aperçoive, dit-elle. Mais qui sait si d'autres n'ont pas été plus perspicaces que moi. Linda, par exemple ?

– Honnêtement, je ne pense pas, murmura Jonas.

– Quelqu'un qui la connaît, alors ? Et qui le lui aura rapporté.

Ce n'était pas exclu. Il haussa vaguement les épaules.

– Reste le numéro trois, réfléchit Marlene tout haut. C'était qui, déjà ?

Jonas leva les yeux. Très juste. Comment avait-il pu l'oublier ?

– Un certain Hendrick. Je ne me rappelle plus son nom.

– Hendrick Achner ?

– Possible. Un grand blond du même séminaire que nous. Il suit aussi les cours de Wollmann et Schuster.

Marlene hocha la tête.

– Hendrick Achner. Le fils du maire.

Décidément, Jonas n'en ratait pas une ! Ce type connaissait certainement toute la ville. S'il avait parlé de la lettre à n'importe qui en sachant de qui elle était, le bruit avait très bien pu parvenir aux mauvaises personnes...

D'accord ; mais ça n'expliquait pas pourquoi on tenait tant à l'éliminer. Il avait beau examiner toutes les hypothèses, aucune ne résistait plus de trois secondes à l'analyse.

– Elles ont dit que le temps pressait, signala-t-il en se relevant.

De dépit, il shoota dans un caillou qui partit étonnamment loin.

– Tu as une idée de ce qu'elles ont pu vouloir dire par là ?

Marlene secoua la tête.

– Désolée, je ne vois pas.

– Pas grave... Cependant, il y a un truc que tu pourrais faire pour moi.

Il n'eut pas à insister longtemps. Quelques minutes plus tard, il avait le numéro de Kolya dans son téléphone. Marlene l'avait aidé occasionnellement en allemand.

– Si c'est pour lui envoyer Élanion, oublie ! avertit-elle. Il est en soins intensifs. Depuis déjà un mois. Non seulement les portables sont interdits dans le service, mais en plus il est dans le coma. Il ne risque pas de répondre à ton SMS.

Jonas ne l'avait pas attendue pour se faire cette réflexion. Refoulant sa déception, il demanda :

– Tu connais les circonstances de son accident ?

– Non. Tout ce que je sais, c'est qu'il a fait une chute et s'en est sorti avec une commotion cérébrale.

Elle se mordit la lèvre.

– D'après l'enquête de police, il n'y a pas eu d'intervention extérieure. La faute à pas de chance.

Voilà une chose à laquelle Jonas avait du mal à croire.

– Ce Kolya, il fait des études de quoi ?

– Économie. Son père est le patron d'une des plus grosses entreprises de travaux publics à Moscou. D'où son intérêt pour le chantier, probablement. Il s'y rendait souvent et suivait de près l'avancement des travaux.

Dans la tête de Jonas commençait à naître une vague idée, même si elle était encore trop floue pour pouvoir être formulée.

L'accident avait eu lieu de nuit.

Et dans quelques heures, il ferait de nouveau nuit.

D'ici là, il enverrait Élanion. À un endroit bien précis.

24 ◉

Le vendredi n'avait rien apporté de nouveau. Quant au week-end, Jonas était resté tout le temps enfermé dans sa chambre, prétextant un important travail à rendre, et ne s'éloignant d'Élanion que le temps des repas.

À son retour de cours, en fin d'après-midi du lundi, la table à langer du grenier n'avait pas été visitée, à l'inverse de sa chambre, qui avait été entièrement retournée.

À première vue, tout paraissait normal, un œil non averti ne se serait probablement aperçu de rien. Silvia – ou autre, peu importait qui avait fait le coup – s'était donné beaucoup de mal pour remettre chaque chose à sa place. Seulement voilà, le résultat n'était pas aussi parfait qu'il aurait fallu pour quelqu'un comme Jonas, qui avait une mémoire photographique et se rappelait chaque détail avec une extrême précision : sa mallette en aluminium avait été remise sous le lit, pourtant il ne faisait aucun doute qu'elle avait été ouverte, car un des livres avait la tranche sur le dessus. L'armoire était un soupçon mieux rangée qu'avant, et le tiroir du bureau était toujours en désordre, mais un désordre organisé.

Il était clair qu'on avait aussi touché à son ordinateur. Il aurait vraiment fallu être un hacker de génie pour accéder à ses données. D'ailleurs, celui qui avait essayé de l'ouvrir s'y était cassé les dents. D'après le rapport du programme de sécurité, il avait fait pas moins de quatorze tentatives infructueuses !

Jonas esquissa un petit sourire. Il imaginait sans peine la frustration de ses visiteurs. Échouer si près du but, quelle déception !

S'approchant de la fenêtre, il écarta légèrement le rideau. Son sourire s'évanouit d'un coup. Un peu plus loin dans la rue, deux types faisaient le planton devant chez Pascal, le visage dissimulé sous un casque intégral, ce qui était étrange car il n'y avait de moto nulle part. Ils discutaient en louchant sans cesse vers la maison des Müller.

L'un d'eux portait un blouson qui rappelait vaguement quelque chose à Jonas. Fouillant dans sa mémoire, il se rappela l'avoir déjà vu sur le dos d'Aron. Pas la dernière fois, lors de leur rencontre sur le chantier, mais avant, dans les jours qui avaient suivi son arrivée. La taille, la carrure, oui, c'était bien lui. Par contre, l'autre ne lui disait rien. Il était beaucoup trop grand et balèze pour être Tim Zeman.

Jonas laissa retomber le rideau. Tant que ces deux-là montaient la garde en bas de chez lui, il ne pouvait pas envoyer Élanion, ce qui contrecarrait ses plans. Quelle poisse ! Or il ne pouvait pas les surveiller sous peine de se faire très vite repérer.

Il n'y avait pas trente-six solutions. Jonas prit son téléphone et composa le numéro de Pascal. Celui-ci décrocha à la troisième sonnerie.

– Salut, Génie ! Tu veux savoir comment ça s'est passé aujourd'hui ? Sympa !

Jonas mit quelques secondes à comprendre qu'il parlait de son devoir de maths.

– Plus tard, éluda-t-il. Pour l'instant, j'ai une urgence. Tu saurais me dire qui sont les deux types devant chez toi ?

Silence. Jonas supposa que Pascal s'approchait de la fenêtre. Quelques secondes plus tard, celui-ci reprit :

– Les mecs avec un casque sur la tête ? Non, mais je règle ça tout de suite. Reste en ligne, on va se marrer.

Jonas entendit une cavalcade dans l'escalier, un grincement de porte, et un « hello » tonitruant.

– Vous êtes perdus, les gars ? Je peux vous aider : vous allez où ?

Pascal faisait exprès de parler fort pour qu'il n'en perde pas une miette.

– Pas besoin, grogna Aron. Tout va bien.

– On discute, c'est tout, enchérit l'autre.

– Ah ! fit Pascal. C'est pour ça que vous portez un casque ?

– Ça ne te regarde pas...

– C'est vrai, répondit Pascal sur un ton hilare. Ça ne me regarde absolument pas. Mais comme vous avez un look d'enfer tous les deux, j'ai très envie de vous prendre en photo. Au cas où il y aurait un casse dans le quartier un de ces jours...

À peine eut-il fini sa phrase que Jonas entendit un double déclic et des cris indignés.

– Ça va pas, non ? Qui t'a permis ? File-moi ça tout de suite !

Au bruit, Jonas comprit que Pascal piquait un sprint. Bondissant à la fenêtre, il vit son ami rentrer chez lui à toutes jambes. Aron et son copain le talonnaient de près, mais il accéléra à fond, s'engouffra chez lui et leur claqua la porte au nez.

– Et merde ! jura Aron, si fort que Jonas l'entendit.

Vite, Jonas se cacha derrière le rideau.

– Tu es... toujours là ? haleta Pascal au bout du fil. Trop cool. On recommence quand tu veux !

– Tu as vraiment leur photo ? Oui ? Trop fort... Est-ce qu'on voit leurs visages ?

– Affirmatif. Ils avaient leur visière relevée.

– Tu me l'envoies ?

Il lui communiqua son adresse mail. Il n'avait jamais installé WhatsApp. Il trouvait cette appli trop dangereuse. Pas question de laisser n'importe qui récupérer ses données.

Dix secondes plus tard, la photo s'affichait à l'écran de son ordinateur. Aron était difficilement reconnaissable car une ombre recouvrait la partie droite de son visage, dont on ne voyait déjà pas grand-chose sous le casque. Par contre, on distinguait très bien les traits de son acolyte. Un nez aplati, des yeux verts surmontés d'épais sourcils, et une mèche de cheveux roux qui lui tombait sur la tempe.

Si Jonas l'avait croisé sur le campus, il s'en serait souvenu. Mais cela ne voulait rien dire, l'université comptait plusieurs centaines d'étudiants, et lui-même n'y était arrivé que très récemment.

Il attendit dix minutes avant de risquer un coup d'œil par la fenêtre. Personne en vue. Une demi-heure plus tard, pareil. La voie était libre, enfin ! Il se prépara à faire voler Élanion. Il était temps, car la nuit avait déjà commencé à tomber.

Cette fois, il devrait piloter son drone manuellement. Pour plus de sécurité, il avait étudié son trajet sur Internet et mémorisé la topographie du bâtiment. Avant de démarrer, il se répéta une dernière fois son itinéraire, pria le ciel d'avoir de la chance et s'en remit à son instinct.

Élanion filait à quarante mètres d'altitude en direction de l'ouest. Les yeux rivés à son écran, Jonas vit défiler l'église Saint-Luc, le grand magasin d'électronique, le siège de la banque avec sa façade en verre. Jusque-là, tout se déroulait comme prévu…

Un coup d'œil au chrono : impeccable, il était dans les temps. Encore trois minutes, et son drone arriverait à destination.

L'hôpital de Rotenheim, un bâtiment de six étages tout en longueur, ne tarda pas à apparaître sous la forme d'une tache claire de plus en plus grande. L'image était plus nette que Jonas ne l'avait espéré, tant mieux. Descente en piqué. La plupart des fenêtres étaient allumées. Plus Élanion s'en rapprochait, plus on distinguait de détails : des médecins penchés sur les lits de leurs patients, des aides-soignantes apportant les plateaux-repas, des malades se déplaçant dans les couloirs avec leur perfusion pendue à son portant…

Jonas ne s'autorisa aucun arrêt. Il visait un but bien précis. D'après le plan déniché sur le site de l'hôpital, le service qu'il cherchait se trouvait au premier étage de l'aile ouest.

Plus que trente-deux minutes, dont onze pour le trajet de retour, soit vingt et une d'observation. Jonas fit descendre Élanion encore un peu plus bas, jusqu'à un corridor brillamment illuminé dans lequel il n'y avait pas grand-monde. Tout au bout, une porte métallique bleu ciel avec une inscription en lettres blanches. Compte tenu de la perspective, Élanion ne lui permit de lire que la fin : … *tensifs*.

Même ainsi, cela lui suffit. Certain d'être devant le service de soins intensifs, Jonas pivota un peu à gauche et activa l'enregistrement. La première des fenêtres était opaque. Il passa à la seconde, translucide celle-là, et s'en approcha avec précaution.

Ce qu'il vit le remplit de perplexité : une vaste pièce avec de grands lits à côté desquels se trouvaient d'énormes machines et des écrans dans tous les sens, le tout dans un fouillis inextricable de câbles et de tuyaux reliés aux corps immobiles dissimulés sous les draps bleus.

Problème : chaque visage était recouvert d'un masque à oxygène. De là où il était, Jonas n'avait aucun moyen de savoir lequel des cinq patients présents dans cette salle était Kolya. Or c'était le but de la manœuvre ! Car son plan consistait à se poster devant le service aux heures de visite de façon à déterminer qui venait voir le jeune Russe. Ses copains de l'université, dont Aron, certainement…

Poussant un juron, Jonas se concentra sur les infirmières et les personnels soignants, qui enchaînaient avec un grand professionnalisme les gestes délicats dont dépendait la survie des malades. Tous portaient un masque et une charlotte, comme au bloc opératoire. Il semblait évident que personne n'entrait dans le service sans avoir revêtu au préalable une protection stérile. À supposer que les visites fussent autorisées.

Jonas détestait être pris de court. Se heurter à des contingences matérielles que n'importe quel quidam aurait pu anticiper le rendait fou.

Il balaya la salle dans son ensemble… puis revint en arrière pour regarder ce qui se passait dans le couloir.

Stop ! Arrêt sur image ! Ce n'était pas possible, il devait avoir rêvé… Mais non, c'était bien elle, Barbara Lichtenberger, en pantalon et polo blanc, sabots blancs, les cheveux attachés. Elle avançait dans le corridor les yeux fixés sur un clipboard. Jonas zooma sur l'étiquette pendue à son cou, et se mordit la lèvre. *Dr Barbara Lichtenberger*. Et dire qu'il lui aurait suffi de poser la bonne question aux bonnes personnes pour apprendre qu'elle était aussi diplômée que son mari !

Elle se dirigeait vers le service. Elle actionna un interrupteur, le sas s'ouvrit, et la jeune femme disparut derrière la porte.

Jonas consulta le chronomètre. Il lui restait encore dix minutes. Il plaça Élanion devant la fenêtre, et attendit, contraint de prendre son mal en patience. Car Barbara Lichtenberger prenait son temps. Que faisait-elle ? Avait-elle changé d'avis et était-elle repartie dans l'autre sens ? Ou elle discutait avec un collègue ?

Enfin, Jonas la vit revenir en blouse bleue, masque, charlotte et surchaussures. Elle s'adressa à une infirmière qui la conduisit au lit le plus proche de la baie vitrée. De toute évidence, celui-ci était occupé par une femme.

Zut, plus que cinq minutes ! Barbara Lichtenberger vérifia les appareils auxquels était reliée la malade, prit quelques notes et modifia le débit de la perfusion.

Jonas se surprit à tapoter nerveusement sur son bureau. Ah, enfin, elle se décidait ! Elle s'approcha d'un autre lit. Malheureusement, Jonas le voyait beaucoup moins bien.

Elle répéta les mêmes gestes que précédemment, puis dit quelques mots à l'infirmière, qui opina et tourna les talons.

À peine celle-ci eut-elle disparu que Barbara Lichtenberger changea d'attitude, agissant à la hâte, comme si elle devait se dépêcher. Jonas ne voyait pas ce qu'elle faisait car elle lui tournait le dos, mais il devina qu'elle changeait la perfusion. Cependant, comme il avait tout enregistré, il reprendrait les images au ralenti.

Un signal sonore l'avertit que le retour automatique s'était activé. Jonas avait perdu le contrôle. Le drone décrivit une large courbe et n'envoya plus que des images sans intérêt. Les arbres du parc entourant l'hôpital, des parkings, puis des vues plongeantes sur la ville.

La bouche sèche et le cœur battant à tout rompre, Jonas se renversa en arrière. Il ne faisait aucun doute à son esprit que la perfusion sur laquelle s'était activée Barbara Lichtenberger était celle de Kolya.

Par une étrange association d'idées, il repensa à l'enveloppe avec les dix mille euros… Le Dr Lichtenberger recevait-elle de l'argent de la famille de Kolya pour qu'il bénéficie d'un traitement de faveur ? En lui administrant des médicaments qui n'étaient pas encore disponibles sur le marché, par exemple ?

Ou était-elle payée pour faire exactement l'inverse ? Et si oui, par qui ?

Jonas aurait mille fois préféré avoir un problème mathématique à résoudre. Il aurait déjà trouvé la solution depuis longtemps.

Se levant, il ouvrit la fenêtre, tendit le bras et réceptionna Élanion qu'il remit immédiatement en charge. Puis il s'affala sur son lit et ferma les yeux, les bras croisés derrière la tête. Exceptionnellement, il devrait miser non sur son intelligence, mais sur la chance.

25 ◉

Près de 23 heures. De nuit, le chantier était juste assez éclairé pour que l'on voie les machines et les matériaux de construction. Tel un gouffre sans fond, la fosse se perdait dans l'obscurité.

Jonas pilotait Élanion manuellement, les yeux rivés sur l'écran de son ordinateur. Son objectif : le bureau du recteur. Il était désormais convaincu que Schratter avait des raisons de ne plus mettre les pieds à l'université dans la journée, et de ne venir travailler qu'après extinction des feux. La question était de savoir combien de temps il pourrait continuer comme ça.

Jonas rêvait de prendre le recteur sur le fait; de le filmer et, si possible, de réaliser un enregistrement exploitable de ses conversations. À dire vrai, c'était devenu une véritable obsession. Quelque chose ne tournait pas rond avec le recteur. Alors là, pas du tout. Élanion finissait de survoler le chantier lorsque Jonas repéra deux minuscules points lumineux qui venaient de s'allumer dans les profondeurs du trou et semblaient se déplacer.

Jonas activa l'enregistrement, fit décrire une large courbe à son drone et le ramena à son point de départ. Il ne s'était pas trompé, il y avait des gens en bas. Des gens avec des torches ou des lampes frontales.

Il abaissa Élanion en faisant attention à ne pas trop descendre. Dans le silence de la nuit, le risque qu'on l'entende était beaucoup plus important que dans la journée.

Soudain, Élanion capta une voix masculine :

– ... Pas si sûr. Tu crois vraiment que c'est une bonne idée ?

Un homme. Le son était excellent.

– C'est la meilleure que nous ayons pour le moment, répondit un autre. Ici ? Qu'est-ce que tu en penses ?

Le faisceau d'une torche balaya le talus mais les visages demeurèrent dans l'ombre.

– Chut ! s'affola soudain le premier. Tu entends ce bruit, toi aussi ?

Catastrophe... Mouvement d'ascenseur, travelling, Jonas évacua Élanion... Il avait de bons réflexes, heureusement, car moins d'une seconde plus tard, le rayon lumineux scrutait le ciel à l'endroit qu'il venait de quitter.

– Écoute ! Tiens, c'est curieux, il a disparu... Pourtant j'aurais juré...

L'homme se tut, sans doute pour mieux tendre l'oreille. Jonas sentit son pouls s'accélérer. Monter plus haut ? Il n'entendrait plus la conversation... Quant à s'approcher davantage, c'était beaucoup trop risqué. Dans ces conditions, il n'avait pas d'autre choix que de battre en retraite.

Un rai de lumière fendit de nouveau les ténèbres.

– Tu vois bien qu'il n'y a rien, ricana le deuxième larron. T'as dû rêver !

Dépité, Jonas dirigea Élanion vers les locaux de l'administration. Quelques fenêtres étaient éclairées. Dont celle du recteur, tiens donc.

Plus que quatorze minutes. Jonas stabilisa le drone à cinquante centimètres de la vitre. À cette distance, il ne devait pas faire la moindre erreur de pilotage, sans quoi les rotors heurteraient la vitre et là…

De l'intérieur ne lui parvenait pas le moindre bruit. Par contre, on apercevait des ombres derrière les rideaux. Trois, s'il ne se trompait pas. Jonas supposa que Schratter était dans le lot. Personne n'acceptait de travailler si tard sauf ordre express de son supérieur.

Jonas soupira. À quoi bon enregistrer ? Ça ne donnerait rien. Autant mettre à profit le peu de temps qui lui restait pour regarder ce qui se passait du côté de Rotenheim Palace.

Cela paraissait idiot, mais depuis la fameuse soirée de Sergueï, il rêvait de voir à quoi ressemblait la chambre de Marlene. À défaut de porter des vêtements de marque, celle-ci aimait peut-être les meubles design ?

Malgré l'heure tardive, la salle de billard et la majorité des chambres étaient éclairées. Marlene lui avait dit avoir la sienne au deuxième étage de l'aile est. À elle seule, cette partie du bâtiment était immense. Manque de chance, les fenêtres se ressemblaient toutes, or Jonas ne pouvait pas s'arrêter devant chacune d'elles.

Il avait espéré s'en remettre à son flair. Mais à présent qu'il était sur place, il se rendait compte que c'était une vue de l'esprit.

Découragé, il amorça un repli lorsqu'un mouvement attira son attention. Là, sous les arbres du parc, une ombre se déplaçait !

Jonas crut à une grosse bête, un chien peut-être, et s'approcha en s'attendant à le voir détaler. La plupart des animaux avaient l'ouïe beaucoup plus fine que les humains, il n'y avait aucune raison que celui-ci fasse exception à la règle.

Sauf que les animaux ne s'éclairaient pas avec une lampe à gaz.

Décidément, cette nuit réservait bien des surprises. En zoomant, Jonas découvrit un homme au crâne rasé dont le manège l'intrigua : sa lampe dans la main droite, une bêche dans la gauche, celui-ci marchait dans le sous-bois en regardant ses pieds. Soudain, il s'arrêta, sonda la terre à petits coups de bêche, puis commença à creuser.

Perplexe, Jonas le regarda s'activer.

Soudain, l'homme se redressa. Jonas sentit son sang se figer dans ses veines. Erich ! Pourquoi diable Erich creusait-il un trou sous les arbres à l'endroit le plus reculé du parc, en pleine nuit de surcroît ?

Erich était concierge, pas jardinier. Et quand bien même il se serait mis en tête de planter des fleurs, pourquoi à cette heure-ci ?

D'ailleurs, la forme et les dimensions du trou ne laissaient aucun doute sur sa finalité : long et étroit... exactement la taille qu'il fallait pour enterrer... un cadavre.

Erich. Le pro, celui qui ne laissait pas de traces.

Un bip prolongé signala l'activation du retour automatique. Jonas poussa un juron. Ce n'était vraiment pas le moment ! Et il était trop tard pour une deuxième sortie.

Jonas ouvrit la fenêtre et regarda dehors. La lune était aux trois quarts pleine, le ciel était pur et cristallin. Dans une rue voisine, un chien aboyait.

S'il ne s'était pas penché en avant, il n'aurait pas remarqué l'homme en bas de chez lui.

Jonas réfléchit à toute allure. Vite, il devait trouver le moyen de se débarrasser de ce type avant le retour d'Élanion.

Plus que quatre minutes. Impossible de modifier les paramètres à ce stade, le programme était verrouillé. La mort dans l'âme, Jonas se résigna à récupérer son drone en sachant qu'il serait repéré à coup sûr.

Adossé les bras croisés contre le mur d'en face, le type croisa son regard. Lorsque Élanion se présenta, il hocha la tête avec un petit sourire en coin, enfonça les mains dans ses poches et s'en alla tranquillement.

Jonas n'avait quasiment pas fermé l'œil de la nuit. Dans son angoisse, il s'était figuré que les Müller ou le guetteur anonyme ne tarderaient pas à forcer sa porte et lui voler Élanion.

À présent, il y avait au moins un témoin capable d'affirmer avec certitude qu'il pilotait un drone depuis chez lui. Avec quelles conséquences, Jonas préférait ne pas y penser.

Il n'avait donc pas d'autre choix que d'emporter sa mallette en cours. Il ne vivrait pas, sinon.

Au petit-déjeuner, Silvia lui parut encore plus excitée que d'habitude. Presque gaie ! Mais d'une gaieté forcée, comme si elle avait avalé toute une boîte de pilules du bonheur.

– Alors, quel est ton programme aujourd'hui ? Beaucoup de cours ou un peu de temps pour aller boire un verre avec des copains ?

Elle lui assena encore une rafale de questions qu'elle conclut d'un clin d'œil égrillard que Jonas ne lui avait encore jamais vu – et espérait bien ne jamais revoir.

– Rien de spécial, répondit-il d'un air détaché en pensant à la tombe sous les arbres de Rotenheim Palace.

Il ignorait à quoi ressemblerait sa journée. Seule certitude : il y avait peu de chances que ce soit un long fleuve tranquille.

À l'instant où il pénétra sur le campus, il fut doublé par un camion de pompiers dont la sirène lui vrilla les tympans. La lumière bleue du gyrophare se réfléchit sur la façade en verre de l'Institut de sciences sociales, puis s'éloigna rapidement.

D'instinct, Jonas pressa le pas, s'attendant confusément à ce que la voiture se dirige vers Rotenheim Palace. Quelqu'un devait avoir découvert un cadavre enterré sous les arbres...

Mais non. Elle fonçait droit vers le chantier.

Jonas se mit à courir. Était-il arrivé quelque chose à l'un des deux types de la veille ? Aurait-il pu empêcher un accident s'il avait été plus patient, quitte à prendre quelques risques ?

Un attroupement s'était formé au bord de la fosse. Jonas s'avança au premier rang en jouant des coudes et vit quelqu'un à terre. Deux pompiers agenouillés prodiguaient les premiers secours à quelqu'un.

En se dévissant le cou, il aperçut le visage de la victime. Des cheveux couleur d'ambre, le teint ivoire... Linda !

Il s'approcha le plus près possible.

– On l'a trouvée au fond, expliquait l'un des ouvriers. On l'a remontée en faisant très attention.

Il était en bleu de travail, un casque jaune sous son bras.

– Sans vouloir m'avancer, reprit-il, elle devait avoir un sacré coup dans le nez. Regardez, elle n'a presque rien sur elle.

– Hypothermie avancée, diagnostiqua laconiquement un des pompiers.

Quelques secondes plus tard, un de ses collègues accourut avec une couverture de survie dans laquelle ils enveloppèrent la jeune fille avec des gestes parfaitement rodés et synchronisés. Ils l'emportèrent vers le véhicule de secours sur une civière.

Jonas aurait eu des choses à dire. En effet, les deux rôdeurs qu'il avait surpris la veille avaient sans doute une part de responsabilité dans ce qui était arrivé à Linda.

Seulement voilà, pour témoigner, Jonas aurait dû révéler l'existence d'Élanion, et avouer espionner les gens au moyen d'un *spyware* installé à leur insu dans leur téléphone.

Il serait déféré devant la justice, radié de l'université, condamné à une amende, voire placé en détention provisoire... Sans oublier que son drone lui serait immédiatement confisqué, de même que son ordinateur.

Tout ça pour un indice qui n'en était pas un. Sur les images, on ne voyait pas qui étaient les deux types. On entendait leurs voix, il n'était pas exclu qu'on puisse les identifier, mais cela ne prouvait rien. D'ailleurs, il n'y avait rien d'illégal à se promener avec une lampe électrique, si ?

Le camion des pompiers s'en alla, toutes sirènes hurlantes. Tandis que la foule se dispersait, Jonas demeura en arrière, attendant que l'un des ouvriers passe à côté de lui pour le retenir par le bras.

– Excusez-moi, commença-t-il d'une voix qui tremblait sans qu'il ait à se forcer. La victime est une de mes amies. Pourriez-vous me dire ce qui s'est passé, exactement ? C'est vous qui l'avez trouvée ?

L'homme le regarda d'un air compatissant.

– Oui, Achim et moi, on est arrivés les premiers. Et quand on l'a vue... comment vous dire...

S'interrompant d'un air embarrassé, il se gratta la tête.

– On a eu une sacrée peur. Elle était tout au fond, en slip et en tee-shirt. On est descendus en courant. Moi, je pensais qu'elle était morte. Heureusement elle était juste évanouie. Achim a tout de suite appelé les secours.

– Vous savez si elle est blessée ? Est-ce qu'elle a une plaie quelque part ? Des traces de coups ?

L'homme le regarda avec des yeux ronds.

– Hein ? Non, je n'ai rien vu de tel. Tu crois que...

Se détournant, il regarda d'abord la fosse, puis Jonas, et secoua la tête.

– Non, d'après moi, c'est un accident. Elle devait avoir forcé sur l'alcool ou une drogue quelconque...

– Merci, murmura Jonas. Et merci pour ce que vous avez fait pour elle.

– C'est normal, non ? se récria l'ouvrier. N'importe qui aurait fait la même chose à notre place !

Posant la main sur l'épaule de Jonas, il se radoucit.

– T'inquiète, petit. Elle va se remettre, ta copine. Ils vont bien s'occuper d'elle, tu vas voir.

À ces mots, Jonas réprima un frisson.

« Ils vont bien s'occuper d'elle. » Où ? À l'hôpital ? Tout à coup, il revit Barbara Lichtenberger en train de changer la perfusion de Kolya.

Jonas ne pouvait pas rester les bras croisés. Hélas, il ne voyait absolument pas ce qu'il pouvait faire.

Sinon appeler Marlene.

26 ◉

– Pas trouvé de cadavre ! annonça Marlene avec un soupçon de moquerie dans la voix. La terre a été fraîchement retournée, c'est vrai, mais ce n'est pas ce que tu croyais. Au bout de dix centimètres, on tombe sur de la glaise dure comme du béton.

Jonas l'avait appelée une demi-heure auparavant. Il avait commencé par vider son sac, puis il lui avait raconté avoir surpris Erich sur le coup de minuit, en train de creuser un trou à l'aide d'une bêche et l'avait envoyée en reconnaissance.

– Il préparait une plate-bande, probablement, suggéra Marlene. Au cas où tu ne t'y connaîtrais pas en jardinage, pour avoir des fleurs au printemps – des jacinthes ou des tulipes, par exemple –, il faut les planter à l'automne.

– Ah, fit Jonas. Et ça ne peut se faire que de nuit, si possible un soir de pleine lune ? Dommage, elle n'était qu'aux trois quarts pleine.

– Mmh, admit Marlene, songeuse. Possible qu'Erich ait oublié de le faire dans la journée et soit ressorti après le dîner.

Jonas ne l'aurait pas crue aussi naïve.

– Et alors ? Il y avait des bulbes ?

– Non, reconnut-elle, un rien désarçonnée. Bon, il a peut-être labouré hier avec l'intention de les planter aujourd'hui.

– C'est sûr, ironisa Jonas.

– Ne t'énerve pas, tenta-t-elle de l'apaiser. À défaut d'oignons de tulipes, j'ai trouvé autre chose…

– Quoi ?

Silence au bout du fil. Jonas était au supplice.

– Je te l'apporte, tu vas voir.

Ils se retrouvèrent en dehors du campus, sur le parking du supermarché le plus proche. Jonas embrassa Marlene sur les deux joues. Elle se laissa faire sans broncher, puis lui tendit un petit paquet.

– Cadeau !

Voyant qu'elle avait enveloppé sa trouvaille dans sa lettre anonyme, Jonas la regarda d'un air inquiet. Pour toute réponse, elle lui décocha un sourire suave.

– C'est de l'humour ? grommela-t-il en dépliant la feuille. Parce que je ne suis pas sûr de trouver ça drôle…

Le « cadeau » était un petit objet plat de quatre centimètres par six. Une batterie de smartphone. Un modèle assez récent, semblait-il.

– Il n'y avait pas longtemps qu'elle était dans la terre, expliqua Marlene. Elle était plutôt propre, j'ai à peine eu besoin de l'essuyer. Il n'y a pas la moindre trace de corrosion…

Jonas entrouvrit sa mallette et fit disparaître la pile. Il aurait été extrêmement intéressant de savoir à qui appartenaient les empreintes digitales qui se trouvaient dessus, mais pour la faire analyser, il aurait fallu l'apporter aux flics. Qui l'auraient envoyé promener. Pourquoi s'embêter avec ça ?

– Tu crois qu'elle pourrait appartenir à Erich ? demanda-t-il.

– Possible. Pourquoi ? Tu as un problème avec Erich ?

Se rappelant la réaction de Marlene lorsqu'il lui avait dit qu'on voulait l'éliminer, Jonas préféra botter en touche que s'exposer une nouvelle fois à ses sarcasmes.

– Viens avec moi, j'ai quelque chose à te montrer.

Cherchant un endroit où ils seraient en sécurité, Jonas avait demandé asile à Pascal. Chez lui, ils seraient sûrs de ne pas être dérangés.

Pascal avait accepté avec enthousiasme, ravi à la perspective de visualiser les images prises par Élanion. Il devait les attendre avec impatience car, lorsqu'ils se présentèrent devant sa porte, en tout début d'après-midi, il leur ouvrit sans leur laisser le temps de sonner.

– Salut ! dit-il en tendant la main à Marlene avec un sourire jusqu'aux oreilles. Entrez, tous les deux. Je nous ai décongelé du gâteau aux pommes. Spécialité de Silvia.

Marlene leva les sourcils d'un air interrogateur.

– Silvia Müller. La proprio de Jonas, il t'en a pas parlé ? Son gâteau aux pommes est une merveille ; il y a deux semaines, elle nous en a donné une telle quantité que ça occupe la moitié du congélateur.

S'effaçant galamment pour la laisser passer, il ajouta :

– Mademoiselle, si vous voulez bien vous donner la peine...

La chambre de Pascal était dans un chaos indescriptible. Le sol était jonché de revues de musique et d'informatique, de paquets de biscuits, de livres de classe et de linge sale. Une pyramide de canettes de Red-Bull écroulée laissait supposer qu'il jouait au chamboule-tout avec des chaussettes roulées en boule.

Marlene réprima un haut-le-cœur.

– Ce spectacle me hantera jusqu'à la fin de mes jours, murmura-t-elle en se dirigeant vers le bureau qui croulait sous les immondices. Où est-ce que je peux m'asseoir ? Sur le panier à linge sale ? Ou sur la pile de cartons à pizza ?

Pascal se précipita pour débarrasser sa chaise à roulettes des trois ou quatre jeans qui traînaient dessus, les balança à l'autre bout de la pièce et fit signe à Marlene de s'installer.

– Voilà. Toi, Jonas, tu n'as qu'à prendre le tabouret.

Lui-même s'adossa à la fenêtre, en appui sur ses coudes.

– Et maintenant, action ! lança-t-il à Jonas.

Celui-ci avait déjà ouvert son ordinateur. Le fichier qu'il voulait leur montrer s'intitulait « M + S Müller- Chambre à coucher », ce qui fit beaucoup rire Pascal.

– La dernière chambre à laquelle j'aurais envie de m'intéresser ! railla-t-il.

Jonas ignora la remarque.

– Marlene, commença-t-il avec gravité, tu m'as demandé pourquoi je me méfie d'Erich, n'est-ce pas ? Et pourquoi je pense que quelqu'un veut ma peau. Tu te rappelles aussi être venue me délivrer parce qu'on m'avait enfermé dans une salle de réunion ? Sachant qu'il y avait eu un mort sur le campus cinq jours avant, et que deux accidents suspects ont eu lieu en tout.

Il lança la vidéo. On ne voyait pas grand-chose à part des rideaux vert pâle. Par contre, la voix de Silvia était parfaitement reconnaissable : « *Qu'est-ce qui t'est passé par la tête, Martin ? Comment as-tu pu accepter ce marché stupide ? Et sans me consulter, en plus !* »

Jonas appuya sur *Pause* pour expliquer :

– Mes parents voulaient que je sois dans une famille d'accueil. Ils ne me croient pas capable de m'assumer. Ils ont passé une annonce, et Martin Müller a été le premier à répondre. Il disait que ça ferait du bien à Kerstin de ne plus être fille unique…

– Kerstin a vingt et un ans ! ricana Pascal. Un peu tard pour se soucier de son éducation, non ?

– Il y a un truc qui m'échappe, réfléchit tout haut Marlene en se frottant le nez. Quel intérêt ont ces gens à prendre quelqu'un chez eux ?

– Ça rapporte…

– Beaucoup ?

– Pas vraiment. Une fois déduit ce que je leur coûte en nourriture, ils doivent se faire entre trois cents et trois cent cinquante euros par mois.

– Donc, ce n'est pas ça la raison. La suite !

Jonas appuya sur *Play*. On entendit un bruit sourd, puis la voix de Martin s'éleva : « *Si tu crois que j'ai eu le choix ! Au fond, tout est la faute de Schratter, c'est lui le seul et unique responsable. Tu sais ce que nous risquons, tous autant que nous sommes. Alors il faut qu'on y mette du nôtre.* »

Stoppant la vidéo, Jonas posa la question qui lui brûlait les lèvres :

– Il semble que Schratter ait poussé les Müller à se porter volontaires pour m'accueillir, vous ne croyez pas ?

Marlene se racla la gorge.

– Eh bien..., fit-elle sur un ton hésitant. Si comme tu l'as dit, tu es à l'université parce que Schratter t'y a invité et t'a offert une bourse pour financer tes études, en effet, ça se pourrait... Dans ce cas, la faute en question serait de t'avoir attiré à Rotenheim...

« Ce que je ne comprends pas, songea Jonas en son for intérieur, c'est pourquoi il est si peu pressé de me recevoir. C'est quand même bizarre... »

– Tu as fait une connerie ? voulut savoir Pascal. Quelque chose qui explique qu'ils t'en veuillent ?

– À part faire voler Élanion, je ne vois pas...

Certes, c'était illégal. Mais ce n'était pas le problème des Müller.

– Et j'ai distribué quelques lettres anonymes...

Marlene secoua la tête.

– C'était débile, on est d'accord. Mais ça n'explique pas que Silvia soit dans un état pareil. Or elle a vraiment l'air désespérée, vous ne trouvez pas ?

Jonas cliqua de nouveau sur *Play*.

Silvia : « *On a vu ce que ça a donné hier! Ils ont échoué sur toute la ligne! Bande de nuls...* » Martin : « *Ils n'ont pas eu de chance.* » Silvia :« *Tu veux rire! Ils ont complètement merdé, oui!* »

– La veille, précisa Jonas, ma chambre avait été fouillée de fond en comble. Et quand je suis rentré, la porte-fenêtre du salon était entrebâillée, comme si un cambrioleur était entré dans la maison – à moins que quelqu'un l'ait laissée ouverte exprès.

– En tout cas, le coupable n'a pas fait ce que Silvia attendait de lui, déduisit Marlene. Puisqu'il a « merdé », comme elle dit si bien.

– C'est ce que je pense aussi, opina Jonas. Et maintenant, écoutez bien : c'est là que ça devient intéressant.

Silvia, encore elle : « *En tout cas, moi, je ne marche plus dans la combine. Il faut à tout prix qu'il dégage, un point c'est tout. Et le plus tôt sera le mieux.* » Martin : « *On est d'accord. Tu crois peut-être que ça me fait plaisir? Encore quelques jours, et nous en serons débarrassés. Erich a dit qu'il s'en occupait. Et Erich sait ce qu'il fait. C'est un pro. Il ne laisse pas de traces.* »

C'était tout. À ce moment-là, Jonas avait été obligé de faire disparaître Élanion pour le soustraire aux regards indiscrets.

– Voilà, dit-il en fermant le programme.

Levant la tête, il guetta la réaction de ses amis. Leur silence ne fut pas pour le rassurer.

– Je ne crois pas qu'ils envisagent sérieusement de t'éliminer, déclara Pascal au bout d'une minute qui lui sembla durer une éternité. Ils n'ont aucune raison à cela! Qu'ils veuillent te mettre à la porte, c'est une chose. De là à te liquider...

– Eux non, intervint Marlene. Ce n'est pas ce qui a été dit.

Prenant la main de Jonas, elle déclara avec gravité :

– Pardon de ne pas t'avoir pris au sérieux. À présent, je comprends pourquoi tu te méfies d'Erich.

Jonas accusa le coup. Au fond de lui, il avait espéré que Pascal et Marlene interpréteraient cet échange différemment. Or ils avaient l'air aussi désemparé et inquiet l'un que l'autre.

– Je ne connais pas bien Erich, dit Marlene d'un ton pensif. Jusqu'ici, je le trouvais plutôt sympathique. Au fond, c'est peut-être un homme à tout faire, au sens littéral du terme.

Reculant sur sa chaise, elle ajouta :

– Mais s'il y a une chose dont je suis sûre, c'est qu'il ne prend pas ses ordres des Müller.

Jonas était aussi de cet avis.

– Plutôt de Schratter, j'imagine, même si j'ignore pourquoi. Toi qui le connais, tu le crois capable de tout ?

Marlene réfléchit longuement avant de répondre avec une lenteur étudiée, comme si elle pesait chacun de ses mots :

– Ce n'est pas dans cette direction que je chercherais. Certains des étudiants ont des parents richissimes qui ont le bras très long et n'aiment pas du tout qu'on se mêle de leurs affaires. Si par hasard ils ont l'impression que tu as marché sur leurs plates-bandes...

Jonas sentit un nœud à l'estomac. Les lettres anonymes. Marlene avait raison, il devait envisager les choses aussi sous un autre angle, le danger venait peut-être d'ailleurs.

« *Je connais ton secret.* » Il avait écrit cette phrase pour plaisanter. Maintenant il avait l'impression de connaître bien plus de secrets qu'il ne l'aurait voulu.

Sauf qu'il lui manquait la clé.

Pascal tenait toujours à leur faire goûter le fameux gâteau aux pommes de Silvia. Marlene ayant refusé de manger dans la chambre de Pascal, ils descendirent à la cuisine.

– Je comprends que tu sois amoureux d'elle ! avait chuchoté Pascal à l'oreille de Jonas dans l'escalier.

Il avait mis une nappe sur la table et servi le gâteau dans des assiettes. À présent, tous trois étaient concentrés sur leur part, mais Jonas était incapable d'avaler quoi que ce soit.

Au bout d'un moment, n'y tenant plus, il lâcha d'une voix sombre :

– Il y a un truc que je ne vous ai pas dit...

– Encore ? s'écria Marlene.

Repoussant son assiette, Jonas respira un grand coup.

– Hier soir, vers 23 heures, j'ai envoyé Élanion sur le campus. Et j'ai vu deux types qui rôdaient sur le chantier. Je ne sais pas ce qu'ils fabriquaient ni s'il y a un lien avec ce qui est arrivé à Linda, mais en tout cas... ça m'a paru bizarre.

Pascal ouvrit la bouche pour dire quelque chose. Jonas ne lui en laissa pas le temps.

– Ce n'est pas tout. Quand j'ai rapatrié Élanion, quelqu'un surveillait en bas de chez moi la maison. Il m'a vu ouvrir la fenêtre pour le récupérer.

– Tu n'as pas pu faire autrement ? demanda Marlene avec stupeur.

– Non, il n'avait presque plus de batterie. Dans ces cas-là, le RTH le ramène automatiquement à son point de départ.

Pascal se mordillait les lèvres, signe qu'il réfléchissait intensément.

– Si j'avais su ! Je ne me suis pas couché avant une heure. J'aurais pu sortir voir qui c'était, ou faire une photo de lui. Pour que tu saches...

– Stop ! coupa Marlene. Sans vouloir te vexer, Pascal, tu dis n'importe quoi. Ils sont déjà derrière Jonas, il ne manquerait plus que tu te mettes en danger ! Jusqu'à présent, tu n'es pas dans leur collimateur, il ne faut surtout pas que ça change si tu veux pouvoir te rendre utile.

Croisant les bras sur la table, elle poursuivit :

– Le mieux, à mon avis, serait d'apporter ces enregistrements à la police. Oui, oui, Jonas, je sais, tu as peur qu'on te confisque ton drone... Mais tu ferais peut-être bien de t'inquiéter un peu plus pour toi, pour une fois.

Jamais il ne l'aurait avoué, mais pour ce qui était de s'inquiéter, il s'inquiétait !

– À ta place, enchaîna Marlene, je songerais sérieusement à m'en aller. Chez tes parents, tu serais en sécurité, et les Müller et tous ces emmerdeurs pourraient aller se faire voir.

Jonas accusa le coup. Il ne s'était pas préparé à ça. Ainsi, elle le renvoyait d'où il venait. Pour son bien, certes. Mais quand même, elle envisageait très sereinement de le rayer de son existence, et ça faisait mal. Très mal.

Lui qui avait espéré un peu de compassion ! Quelque chose du genre : « Ce n'est qu'un mauvais moment à passer. Tiens bon, on va y arriver. L'essentiel, c'est que tu restes ici. »

Le pire, c'était qu'il avait honte de sa réaction. Non qu'il fût amoureux de Marlene, ce n'était pas ça : il ne bégayait pas, n'avait pas les mains moites et ne sentait pas battre son cœur quand il la voyait. Au mieux, ils étaient sur le point de devenir bons amis. Pourtant il n'y avait personne au monde dont il se sentît aussi proche.

– Disons que c'est ce que je ferai en dernier ressort, articula Jonas avec effort en essayant de ne pas montrer sa déception. Mais je préférerais ne pas abandonner tout ce à quoi je tiens.

Il espéra qu'elle comprendrait ce qu'il voulait dire.

Il y en avait au moins un à qui cela faisait plaisir.

– Bravo ! s'exclama Pascal. Je n'en attendais pas moins ! La prochaine fois que tu repéreras un gugusse en bas de chez toi, appelle-moi – quelle que soit l'heure du jour ou de la nuit. Je le prendrai en photo avec mon super-téléobjectif, et l'image sera si nette que tu pourras compter les poils de sa barbe, je te le promets !

27 ◉

Jonas n'avait aucune envie de retourner chez les Müller, si bien qu'il resta jusqu'à 18 h 30 chez Pascal. Ce dernier lui proposa de garder son drone et de le cacher, mais Jonas refusa. Non par manque de confiance, mais pour pouvoir s'en servir plus tard dans la soirée.

Aidé de Pascal et de Marlene, Jonas avait établi une liste des gens qu'il pouvait être intéressant de surveiller de près. De retour dans sa chambre, il tira le papier de sa poche, le déplia et l'étala sur son bureau.

Carl Schratter (après nouvel envoi de SMS)

Tim Zeman (et son père aussi si possible)

Hendrick Achner (idem)

Linda (éventuellement lui parler dès qu'elle ira mieux)

Andrea Gilles (Elle est forcément au courant des réunions du soir.)

Marlene avait rajouté deux lignes qui le firent sourire :

Ne t'avise SURTOUT PAS de m'espionner, moi ! C'est clair ? Ne t'avise JAMAIS de recommencer, sinon tu peux compter sur moi pour débarquer chez toi dans la demi-heure et réduire ton drone adoré en bouillie.

Jonas n'avait pas l'intention de pister Marlene. Même s'il brûlait d'envie de la voir.

Il en était là de ses réflexions lorsque Silvia l'appela pour le dîner. Il fourra son smartphone dans la poche de son jean, descendit immédiatement et aida à mettre le couvert. Martin lui offrit une bière qu'il déclina.

Au menu, escalope de dinde et riz, accompagné de salade verte. La viande était trop cuite, pourtant Jonas ne tarit pas d'éloges. Si Silvia aimait autant cuisiner que le prétendait Pascal, elle ne pouvait être que sensible à ses compliments.

– Oh, tu sais, répondit-elle, visiblement flattée. Pour la volaille, je mets toujours un mélange d'épices à base de…

Elle n'acheva pas. Toutes les lumières venaient de s'éteindre d'un seul coup. Aussi bien la suspension au-dessus de la table de salle à manger que le lampadaire du salon.

– Zut, maugréa Martin. Les plombs ont sauté.

– Tu t'en occupes ? supplia Silvia d'une voix tremblante. S'il te plaît, Martin, tu sais…

– Que tu as peur du noir, oui, la coupa son mari, qui bizarrement paraissait presque aussi effrayé qu'elle. J'ai besoin de la lampe de poche.

Il se dirigea à tâtons vers l'entrée. Il dut se cogner contre un meuble au passage, car il y eut un bruit sourd suivi d'un juron. Quelques secondes plus tard, Jonas entendit racler un tiroir.

L'obscurité était totale. Le problème venait-il vraiment de l'installation ? Se levant avec précaution, Jonas prit son smartphone dans sa poche, activa la lampe torche et s'approcha de la fenêtre. Dehors aussi, tout était sombre. Il n'y avait de lumière dans aucune des maisons de la rue, et les réverbères étaient éteints.

– Pas la peine d'aller voir le disjoncteur ! annonça-t-il. C'est une panne de secteur. Tout le quartier est dans le noir.

Si le courant ne revenait pas très vite, il devrait se contenter d'un seul vol pour aujourd'hui, car il ne pourrait pas recharger les accus d'Élanion. Dans le même ordre d'idée, il devrait économiser la batterie de son téléphone pour qu'il ne le lâche pas alors qu'il attendait le SMS de Schratter. Poussant un soupir, il alla s'asseoir dans le canapé et éteignit son portable.

– Martin ! cria Silvia, dont l'angoisse semblait avoir encore augmenté d'un cran. Fais quelque chose, je t'en supplie ! Appelle la mairie. Ils ne peuvent pas nous couper l'électricité comme ça, c'est...

– Calme-toi ! gronda Martin.

Le but n'était pas de la rassurer. En fait, c'était un ordre.

– Qu'est-ce qu'on va devenir ? pleurnicha Silvia. Je veux dire : s'ils ne remettent pas le courant ce soir...

– Eh bien, on allumera des bougies, voilà tout ! trancha son mari sur un ton singulièrement menaçant.

Jonas fronça les sourcils. Pourquoi l'agressait-il ainsi ?

Silvia fondit en larmes.

– J'ai peur, Martin. Si tu savais ce que j'ai peur...

– Allons, Maman, remets-toi, intervint Kerstin avec une sollicitude touchante. Je vais chercher des allumettes. Le temps que j'allume les bougies, la lumière sera déjà revenue, tu verras. Ce genre de coupure ne dure jamais très longtemps.

À son tour, elle activa sa lampe torche et disparut dans la cuisine pour revenir quelques secondes plus tard avec des chandelles et des allumettes.

– Ça va être un dîner très romantique, regarde !

Jonas la découvrait sous un jour nouveau. Pour un peu, il l'aurait presque trouvée sympa.

Les bougies allumées, Silvia se détendit un peu.

– Toujours pas de lumière dehors ? souffla-t-elle.

– Pas la moindre, répondit Jonas. Ni chez les voisins, ni dans la rue. Tout est dans le noir complet.

Il n'aurait pas cru qu'une adulte pourrait avoir une telle phobie de l'obscurité – même si plus rien ne le surprenait vraiment.

– C'est l'affaire de cinq minutes, Maman ! dit Kerstin pour tranquilliser sa mère. Dix maximum. On est bien, non ?

– Oui, chuchota Silvia en martyrisant sa serviette en papier. Mangez, tous les deux. Ça va être froid…

Vu l'état dans lequel elle était, Jonas préféra ne pas la contrarier. Il alla sagement se rasseoir à sa place.

– Mmh, c'est délicieux ! s'extasia-t-il une nouvelle fois, ce qui lui attira un pâle sourire.

Trois minutes plus tard, la lumière revint.

– Tu vois ! s'exclama Martin en les rejoignant. Pas la peine de s'énerver !

Il souffla les bougies et finit de dîner comme si de rien n'était. Contrairement à Silvia, qui semblait incapable d'avaler quoi que ce soit et fixait son mari d'un air terrifié.

Jonas ne laissa rien dans son assiette, par principe. Lorsqu'il monta dans sa chambre, bizarrement, il avait l'impression de s'être un peu rapproché de Silvia.

Il ferma la porte à clé derrière lui, ce qui était à présent un réflexe, et poussa un ouf ! de soulagement. Enfin il était seul, libre de se préoccuper des cinq noms sur sa liste !

Le papier était toujours sur son bureau. Il le prit puis s'affala sur son lit.

Il fallait procéder par ordre, du plus simple au plus compliqué. Ils avaient trouvé le numéro de Tim Zeman sur la page Internet d'un club de volley-ball. Espérant qu'il était toujours d'actualité, Jonas l'inscrivit dans son répertoire, ouvrit son appli et réfléchit quelques instants. Il devait rédiger son message de telle sorte que Tim ne puisse faire autrement que d'y répondre à coup sûr.

Quelques secondes plus tard, il avait la solution :

> Hello, Tim !
>
> Je trouve enfin le courage de faire le premier pas. Tu m'as tapé dans l'œil et depuis, je rêve de mieux te connaître. Si tu étais d'accord, on pourrait se retrouver quelque part.
>
> J'adorerais :-)
>
> P. S. Tu devines qui je suis ?

Jonas cliqua sur *Envoyer* et attendit les bras croisés derrière la tête. Si son intuition était juste, la réponse ne tarderait pas à arriver.

En effet. Moins de deux minutes plus tard, le bip familier se fit entendre.

> Salut, belle inconnue ! Je veux bien essayer de deviner qui tu es, mais il ne faudra pas m'en vouloir si je tape à côté, OK ?
>
> Karin ? Ou Michelle ?
>
> J'ai hâte de savoir. Par pitié, ne me fais pas attendre trop longtemps :-))

Et voilà, Jonas avait ce qu'il lui fallait ! Et puisque la formule était efficace, il allait de ce pas l'appliquer à Hendrick Achner.

Ce dernier lui répondit en un temps record. Il pariait sur une certaine Juliana, ou Valentina. Rebekka, éventuellement…

« En tout cas, merci d'avoir pris l'initiative de me contacter », concluait-il, ce que Jonas trouva plutôt sympathique, sachant qu'Hendrick n'aurait sans doute pas été aussi enthousiaste s'il avait connu sa véritable identité.

Jonas ne répondit ni à l'un ni à l'autre – pour quoi faire ? Il aurait pu la jouer vexée, du style : « Oh, tu n'as pas trouvé qui je suis ? » et les abandonner à leurs regrets.

Tous deux en seraient quittes pour se creuser la cervelle, mais ils se consoleraient à la pensée qu'ils avaient tourné la tête à une jolie fille.

Jonas s'étonna. Cela ne lui ressemblait pas d'entrer dans ce genre de considérations. Ces quelques semaines à Rotenheim l'avaient changé.

Il entra le numéro de Tim dans le programme de guidage, puis jeta un coup d'œil par la fenêtre. Personne en bas de chez lui. Parfait. Il pouvait lancer Élanion.

Celui-ci partit en flèche, comme toujours. Plein est. Jonas le suivit avec attention à l'écran. Mais son objectif n'était pas tant Tim lui-même que son père, M. Zeman, le maître d'œuvre.

Après neuf minutes de vol, Élanion descendit à cinq mètres de hauteur et se stabilisa devant une maison moderne, immense, avec un vaste jardin en terrasses tout autour. L'une des fenêtres était éclairée.

Après avoir sauvegardé les coordonnées GPS de la propriété, Jonas activa l'enregistrement. Pourtant, il n'y avait pas grand-chose à voir : Tim était devant son ordinateur, pas très concentré sur ce qu'il faisait, visiblement, car il ne cessait de consulter son téléphone.

L'espace d'un instant, Jonas éprouva l'ombre d'un remords : Tim guettait sans doute une réponse de Karin ou de Michelle. Il se donna bonne conscience en se disant que la fin justifiait les moyens.

Passant en mode manuel, il fit descendre un peu plus Élanion et vit qu'il y avait de la lumière dans une pièce au rez-de-chaussée. Comme aimanté, il s'en approcha et découvrit une cuisine équipée de tout ce qu'il pouvait y avoir de plus beau et de plus cher en termes de design. La pièce était déserte. La dernière personne à y être venue devait avoir oublié d'éteindre en sortant.

D'une courbe élégante, Jonas tourna au coin de la maison et longea une façade entièrement sombre. Par contre, à l'arrière, trois des baies vitrées étaient éclairées.

Toutes donnaient sur une grande pièce au milieu de laquelle trônait un bureau surdimensionné, ainsi qu'une table de réunion qui disparaissait sous les feuilles A3, des rouleaux de papier et des chemises cartonnées. Jonas chercha le meilleur angle de vue et zooma pour mieux voir. Des plans d'architecte. Tiens donc.

Assis à son bureau, un homme qui devait être le père de Tim. En train de téléphoner, son smartphone à la main. À bout de nerfs, semblait-il.

Hélas, les fenêtres à double vitrage étaient fermées. Impossible de comprendre ce qu'il disait. Jonas maudit le froid qui avait succédé à la douceur des jours précédents. Plus encore, il maudit le vent qui forcissait de manière inquiétante. Il lui était de plus en plus difficile de maintenir Élanion à l'horizontale, et il n'avait aucune chance d'entendre ce que disait M. Zeman, même si celui-ci donnait l'impression de hurler dans le téléphone. Les rafales couvraient le son de sa voix.

« Il faut vraiment que j'apprenne à lire sur les lèvres, grommela Jonas. C'est indispensable… »

Il envisagea de demander à des sourds-muets de l'aider à décrypter la vidéo, et y renonça aussitôt. En soi, ce n'était pas une mauvaise idée mais, dans les faits, ce serait beaucoup trop risqué.

Heureusement, l'image était excellente. M. Zeman était rouge de colère, et ses doigts serraient le téléphone à en avoir les jointures blanches comme de la craie.

Soudain, une bourrasque projeta Élanion contre la vitre. Un crissement épouvantable retentit dans le haut-parleur.

Vite, Jonas battit en retraite. Hélas, le mal était fait : alerté par le bruit, M. Zeman avait bondi à la fenêtre et scrutait le ciel d'un air ombrageux. En le voyant essayer de distinguer l'objet qui venait de percuter le carreau, Jonas comprit qu'il avait son idée sur la question.

Mouvement d'ascenseur… Mais le vent de plus en plus violent compliquait la manœuvre. Pire : on aurait dit qu'un des rotors était endommagé. En tout cas, le drone ne réagissait plus aux commandes de façon aussi précise qu'auparavant.

Jonas l'imagina déjà en train de s'écraser ou de s'abîmer en haut d'un arbre. Il activa le retour automatique en espérant limiter les dégâts. A priori, le programme comportait moins de risques d'erreur que le pilotage manuel.

Le cœur battant, il suivit le trajet d'Élanion à l'écran. Le drone perdait souvent l'équilibre, penchait parfois dangereusement et peinait à se rétablir.

Jonas consulta le chrono. Élanion avait assez de batterie pour rentrer à bon port, même à vitesse réduite – et face au vent, ce qui n'arrangeait évidemment pas les choses.

Jonas ouvrit sa fenêtre. Les arbres s'agitaient sous les assauts du vent qui n'en finissait pas de forcir.

« Allez, mon grand ! implora mentalement Jonas. Plus qu'un petit effort ! Tu y es presque ! »

Plissant les yeux, il scruta l'obscurité. Pas de trace d'Élanion. Revenant à son ordinateur, il s'aperçut que le drone tanguait de plus en plus.

Enfin il le vit apparaître, de travers et beaucoup plus bruyant qu'à l'ordinaire.

Il le réceptionna à deux mains, attendit que les rotors soient à l'arrêt complet, le retourna et examina les dégâts.

L'une des pales était cassée. Rien de dramatique, sauf que cela entraînait un déséquilibre et nuisait à sa stabilité.

Jonas avait toutes les pièces de rechange nécessaires, il n'aurait donc aucun mal à le réparer. Cependant, il était trop tard pour le faire maintenant. Il réfléchit quelques instants puis prit une décision. Silvia et Martin n'étaient peut-être pas encore couchés ? Il rangea Élanion dans sa mallette, repoussa celle-ci sous son lit et jeta un œil sur le palier. La porte des Müller était ouverte, signe que le couple était en bas.

Jonas descendit sur la pointe des pieds. Et surprit la voix de Martin qui disait :

– Détends-toi. J'ai vérifié : tout va bien.

– Peut-être, gémit Silvia, qui paraissait au bord des larmes. Mais ça ne peut plus durer comme ça. Il est chez nous. Donc, s'il arrive quoi que ce soit, ce sera pour nous. À force, ça me rend dingue. Fais quelque chose, chéri. Il faut que ça s'arrête !

Elle se mit à pleurer. Jonas hésita à les laisser, et se dit que non, il n'y avait pas de raison. Seulement ils ne devaient pas se douter qu'il avait entendu leur conversation. Il remonta au premier, fit claquer la porte de sa chambre, dégringola l'escalier le plus lourdement possible et déboula dans le salon.

Malgré toutes ces précautions, ses hôtes sursautèrent comme des gamins pris en faute.

– Jonas ! lança Martin du même ton cassant qu'au dîner, quand il avait recadré son épouse. Qu'est-ce que tu fais ici à cette heure-ci ? Tu devrais être en train de dormir !

Jonas haussa les épaules d'un air misérable.

– Je voudrais bien. Mais je me sens patraque. Je crois que j'ai de la fièvre. J'ai dû prendre froid quelque part...

Silvia alla ouvrir un placard et y prit un petit sachet.

– À diluer dans un verre d'eau, dit-elle en le lui tendant. Avec ça, plus une bonne nuit de sommeil, demain tu seras en pleine forme.

« C'est sûr ! », songea Jonas en se promettant de n'en rien faire.

Dieu seul savait ce qu'elle essayait de lui refiler.

Il toussa lamentablement.

– Merci. Mais, demain, je vais rester au chaud. Une journée au lit, il n'y a rien de tel pour se requinquer.

Silvia écarquilla des yeux affolés.

– Il… il n'y aura personne pour s'occuper de toi ! Je travaille… Et Martin aussi.

– Pas grave, croassa Jonas avec un petit geste de la main. Je ne suis pas à l'article de la mort. Mais je me connais : si je n'enraye pas ça tout de suite, ça va dégénérer en bronchite et j'en aurai pour des semaines. C'est toujours comme ça que ça se passe.

Toussant une nouvelle fois à perdre l'âme, il ajouta :

– Voilà pourquoi je voudrais bien qu'on ne me réveille pas. Ne vous inquiétez pas pour mon petit-déjeuner. Je me débrouillerai…

Vaincue, Silvia ne répondit pas.

Gagné ! Il aurait tout le temps voulu le lendemain pour changer la pale et effectuer un premier vol de reconnaissance. Suivi de plusieurs autres si le test était concluant.

Tournant les talons, Jonas remonta dans sa chambre.

28 ◉

Monsieur le recteur,
Je n'ai pas encore réussi à joindre Mme Gilles à propos de notre prochain rendez-vous et j'en suis désolé. J'ai eu beaucoup à faire ces derniers jours ; de plus, je suis tombé malade. J'ai pensé que ce serait plus simple de vous contacter directement. D'avance, je vous remercie de me faire savoir quel horaire vous conviendrait.
Respectueuses salutations,
Jonas Wolfram

Jonas était très fier de son idée. En se faisant passer pour malade, il était à peu près sûr que Schratter lui répondrait au minimum par un « bon rétablissement », ne fût-ce que par pure politesse.

Jonas posa son smartphone sur son bureau et commença à démonter Élanion. Changer le rotor était un travail de précision qui exigeait une grande concentration. Il s'y employa avec tout le soin et la rigueur dont il était capable. Une demi-heure plus tard, le drone était sinon complètement réparé, du moins en état de subir un premier test.

En revanche, le téléphone était resté muet.

Élanion n'était pas encore cent pour cent opérationnel. Lorsque Jonas le lança en l'air, il se stabilisa à peu près, mais à peu près seulement. Il manquait encore de rapidité, et son équilibre laissait à désirer. S'aidant du contrôleur de vol, Jonas le fit monter et descendre dans sa chambre. Quelques réglages minutieux, un petit tour pour vérifier… Impeccable ! Élanion était comme neuf. Dommage que Schratter n'ait toujours pas répondu. Jonas attendit encore dix minutes, puis décida, la mort dans l'âme, de différer sa visite au recteur.

Désormais, la méfiance était devenue chez lui une deuxième nature, et il regardait toujours par la fenêtre avant de lancer son drone. Cette fois, il n'y avait personne devant chez lui, à part une femme qui rentrait chez elle avec un sac rempli à ras bord de provisions, et un coursier qui sonnait à la porte d'une maison voisine pour livrer un colis. La voie était libre, génial.

Il était un peu plus de 10 heures du matin. Jonas ouvrit son programme en se demandant à qui envoyer Élanion en priorité. Silvia, pour voir si elle se comportait de façon aussi bizarre sur son lieu de travail qu'à la maison ? Ou alors…

Quoique de loin plus intéressante, la deuxième option était un peu plus hasardeuse. Après une rapide évaluation du rapport bénéfice-risques, Jonas sélectionna le numéro de Linda.

La pauvre était à l'hôpital. Si elle avait été transférée dans le même service que Kolya, ce qui n'était pas exclu, il y avait peu de chances qu'on lui ait laissé son téléphone – à supposer qu'il ait survécu à sa chute. Cependant, Jonas serait fixé tout de suite : quand Élanion ne parvenait pas à localiser une cible, il restait sur place. Ce ne fut pas le cas : au grand plaisir de Jonas, il partit en flèche, et dans la bonne direction.

Jonas s'assit à son ordinateur. C'était une belle journée, le ciel était dégagé. D'où un risque accru que quelqu'un remarque le drone s'il volait à trop basse altitude. Jonas le fit monter un peu et suivit sa trajectoire avec une attention fébrile, prêt à reprendre les commandes au moindre incident.

Il y avait beaucoup de circulation aux abords de l'hôpital. À cette heure-ci de la journée, les ambulances défilaient en un flot ininterrompu devant l'entrée principale.

S'étant propulsé vers un des étages supérieurs, Élanion s'arrêta devant une fenêtre donnant sur une chambre double. Pas de rideaux occultants ni de volets roulants, Jonas voyait parfaitement tout ce qui se passait à l'intérieur. L'inverse était vrai également, hélas : il suffirait que quelqu'un regarde dehors pour que le mouchard soit aussitôt repéré.

En zoomant, Jonas vit que Linda était réveillée. Elle était assise sur son lit en position relevée. Le visage très pâle, l'air soucieux, elle pianotait sur son téléphone.

Donc elle était consciente et ses jours ne semblaient pas en danger. C'était tout ce que Jonas voulait savoir. Il s'apprêtait à faire demi-tour quand la porte de la chambre s'ouvrit sur deux infirmiers qui s'approchèrent du lit voisin et l'emmenèrent avec son occupante. À peine eurent-ils disparu, deux hommes pénétrèrent dans la pièce. Le premier était de taille moyenne, rondouillard, en veste marron clair et chapeau de feutre qu'il ôta pour saluer Linda, découvrant une calvitie avancée. Le second, un policier en uniforme, se posta à la porte.

Son supérieur s'assit au chevet de Linda et commença à l'interroger. Jonas n'en fut pas étonné : il était tout à fait normal que la police enquête sur l'accident. En revanche, il aurait donné cher pour entendre ce qui se disait. Il aurait fallu pour ça qu'Élanion soit juste derrière le carreau. Or les flics étaient bien les dernières personnes dont il avait envie de se faire remarquer.

Donc demi-tour. Altitude : cinquante mètres... parfait. Élanion avait à peine consommé la moitié de sa batterie, Jonas avait largement le temps de le récupérer en toute sécurité.

Il ouvrit la fenêtre… et bondit en arrière, alerté par un coup de sonnette à la porte d'entrée. Au même instant apparut dans le ciel comme un gros oiseau gris clair qui se rapprochait rapidement.

Vite, Jonas se précipita sur son ordinateur et arrêta le drone en vol stationnaire. Un coup d'œil au chrono : encore treize minutes.

Convaincu qu'il s'agissait du facteur, Jonas allait descendre lorsque lui parvint une conversation qui lui glaça le sang :

– Martin a dit : pas aujourd'hui.

– Peut-être, mais le temps passe. On aurait quand même intérêt à regarder dans quel état il est.

Deux hommes. Ce n'était pas le facteur.

– Et si le gamin est là ?

– On dira qu'on vient relever le compteur, répondit le premier des deux avec un rire gras. Ressaisis-toi, mon vieux. C'est encore la partie la plus facile du truc.

– Comme si je n'étais pas au courant, bougonna son acolyte. T'imagines pas l'effet que ça me fait.

– Bah, c'est pas si terrible que ça, tenta de le rassurer celui qui semblait être le chef.

Nouveau coup de sonnette. Plus insistant cette fois.

– Écoute, débrouillez-vous sans moi, décida l'autre. En fait, je ne veux pas être mêlé à cette histoire. Partons avant d'attirer l'attention sur nous.

– Franchement tu fais chier !

Sur ce, Jonas entendit des pas qui s'éloignaient, puis le silence revint.

Cela ne voulait pas dire qu'ils étaient bien partis tous les deux. Peut-être le plus téméraire des deux était-il resté ? Pour voir *dans quel état il était…*

Un moteur démarra dans la rue. S'approchant de la fenêtre avec précaution, Jonas risqua discrètement un œil à l'extérieur. Personne. L'alerte était passée.

Vite, il s'assit à son ordinateur et rapatria Élanion. Tout en l'attendant, il se fit la réflexion que le plus téméraire des deux était peut-être Erich, et cette idée le fit frémir. Il n'eut pas le temps de s'appesantir car Élanion s'engouffra dans la pièce. Jonas l'attrapa au vol et le mit aussitôt à charger sur sa base. Tout à coup, il avait très envie de suivre le conseil de Marlene et de rentrer chez ses parents. Tant qu'il était encore temps.

Il y réfléchissait sérieusement quand son téléphone bipa.

« Schratter, enfin ! » se réjouit-il.

Raté, c'était Marlene.

« Les grands esprits se rencontrent ! » songea Jonas en ouvrant le message :

> Où es-tu, fainéant ? Que fais-tu ? Tu es malade ? Ou la mafia russe t'a déjà réglé ton sort ? Trêve de plaisanterie, donne-moi vite un petit signe de vie.

Cela lui fit chaud au cœur. Marlene s'inquiétait pour lui ! Il y avait longtemps qu'il ne s'était pas senti aussi bien.

Jonas lui fit un bref compte-rendu de ce qu'il avait fait depuis la veille : le survol de la maison des Zeman, la nécessité de réparer Élanion après le choc qui avait endommagé le rotor, la visite à Linda...

Il ne dit pas un mot de la discussion entre ses deux visiteurs : même s'il envisageait très sérieusement de rentrer chez lui, il n'avait aucune envie que Marlene revienne sur le sujet.

Donc, récapitula Jonas après avoir expédié son message, ses adversaires comptaient procéder par étapes : d'abord, ils verraient dans quel état il était. Et, dans un deuxième temps, ils passeraient à l'action. Ce qui, sauf erreur, lui conférait une toute petite longueur d'avance.

Jonas guettait le retour de Pascal. Dès qu'il le vit tourner au coin de la rue, il sortit en trombe de chez lui et le rejoignit au pas de course – non sans s'être assuré au préalable que la voie était libre.

– Pascal !

Celui-ci était déjà au portail. Il se retourna en sursaut.

– Qu'est-ce qui t'arrive ? Tu sèches les cours aujourd'hui ?

Jonas lui retourna sa question.

– Je peux te demander un service ?

– Avec plaisir...

– Tu pourrais garder Élanion ? pria Jonas en lui tendant sa mallette. Je n'ose plus le laisser chez moi quand je sors.

Pascal eut une brève hésitation.

– Si tu y tiens. C'est une grosse responsabilité, mais si tu me fais confiance...

– Totalement ! assura Jonas avec toute la conviction dont il était capable. Tu n'auras qu'à le cacher sous ton lit ou quelque part où il sera en sécurité. La seule chose que je te demande, c'est de n'en parler à personne. Ni à tes copains ni à tes parents.

– Compte sur moi, promit Pascal en prenant la mallette. Depuis que je te connais, je suis une tombe. Marrant, d'ailleurs ; ça n'a pas toujours été le cas.

Ouvrant la porte de chez lui, il demanda :

– Tu comptes passer le reprendre avant ce soir ?

– Oui, mais je ne sais pas encore à quelle heure.

– Pas de problème. De toute façon, je ne bougerai pas de ma chambre : j'ai un devoir de chimie à préparer.

Esquissant un sourire en coin, il ajouta :

– Ça va être dur de résister à la tentation de faire voler ce joli petit oiseau...

Devant l'air atterré de son ami, il s'esclaffa :

– Je plaisantais ! Jamais je ne ferais une chose pareille… même si je pense que j'en serais parfaitement capable.

Levant l'index, il poursuivit :

– Je sais comment il marche : j'ai bien regardé comment tu faisais.

Jonas le connaissait assez pour se douter qu'il brûlait d'essayer.

– Dans ce cas, tu sais aussi qu'il faut mon ordi pour le piloter.

– Oui, t'en fais pas ! confirma Pascal en riant. Quels sont tes projets pour cet après-midi ?

– Quelqu'un à voir…, répondit laconiquement Jonas, sans préciser combien il appréhendait cette visite.

29 ◉

Assis à l'avant-dernière rangée du bus presque entièrement vide qui l'emmenait à l'hôpital, le front contre la vitre, Jonas rongeait son frein. Un arrêt tous les cinquante mètres, des feux rouges, des voitures mal garées, des piétons sur les passages cloutés, c'était désespérant ! Avec Élanion, tout allait beaucoup plus vite. Sans parler du fait que c'était infiniment plus commode et plus confortable.

Néanmoins la lenteur du trajet lui permit de réfléchir à ce qu'il dirait à Linda. La dernière fois qu'ils s'étaient parlé, une semaine auparavant, elle avait été tout sauf sympa avec lui. S'il ne voulait pas que ça se reproduise aujourd'hui, il devrait lui faire quelques aveux. Avancer à découvert, un peu… mais pas trop.

Il était si absorbé dans ses réflexions qu'il faillit rater son arrêt.

Vu d'en bas, l'hôpital lui parut encore plus monumental que sur les images aériennes. Un bâtiment immense. Pourtant, Jonas savait exactement où aller. Il avait regardé la vidéo deux fois dans la matinée et mémorisé l'itinéraire jusqu'à la chambre de Linda. Il s'engagea résolument dans le hall d'entrée, gagna l'aile droite en s'orientant aussi facilement à travers le dédale des couloirs que s'il avait eu un GPS, et prit l'ascenseur pour monter au quatrième. Dans la cabine se trouvait une vieille dame avec un bouquet de fleurs. Jonas se demanda s'il aurait dû apporter quelque chose à Linda... Bah, de toute façon, il était trop tard.

En passant devant le bureau des infirmières, Jonas marqua le pas. Et si Linda n'était pas seule ? Il ne savait pas où habitaient ses parents, mais il était probable qu'en apprenant son accident, ils se soient précipités au chevet de leur fille. Pire encore : que ferait-il s'il trouvait Linda entourée de ses copains de faculté ? Aron ou Tim, par exemple... Il aurait du mal à les convaincre qu'il venait la voir « en passant ».

La situation étant ce qu'elle était, il ne pouvait pas reculer. Levant la main, Jonas frappa à la porte. Pas de réponse. Soudain, il entendit des rires et des cris perçants. Sans réfléchir davantage, il abaissa la poignée.

Linda était allongée, la tête tournée vers la fenêtre, parfaitement immobile. Le lit voisin était occupé par une femme d'une trentaine d'années. Un homme – son mari, sans doute – était assis sur une chaise à côté d'elle, et deux enfants jouaient par terre au pied du lit.

Jonas les salua d'un signe de tête.

– Hey, Linda ! murmura-t-il en s'approchant. Comment ça va ?

D'abord, elle ne bougea que les yeux. Mais en le reconnaissant, elle se raidit.

– Toi ? s'écria-t-elle en tentant de se redresser. Qu'est-ce que tu fais ici ?

Le visage déformé par la douleur, elle retomba sur son oreiller. Elle avait parlé si fort que le couple avait interrompu sa conversation. Jonas rassura l'homme d'un geste de la main, attrapa une chaise et s'assit entre le lit et la fenêtre.

– Tu ne m'as pas répondu : comment te sens-tu ?

– Je ne vois pas en quoi ça t'intéresse.

Qu'elle ne l'accueille pas à bras ouverts était dans l'ordre de choses, il s'y était préparé. Il l'observa avec attention. Elle avait une longue balafre de la tempe gauche à la pommette, le bras droit entièrement bandé et deux doigts de la main gauche dans le plâtre.

Malgré tout, c'était toujours la plus jolie fille qu'il ait jamais rencontrée. Sauf que cela ne lui faisait plus aucun effet, à présent.

– Que s'est-il passé, exactement ?

Rejetant la tête sur le côté, Linda lui objecta un silence buté. Par souci de discrétion, il se pencha en avant et murmura tout bas :

– Les flics sont venus t'interroger, n'est-ce pas ? Ils supposent que tu n'es pas tombée toute seule, c'est ça ?

Là, elle se décida enfin à le regarder.

– Comment tu le sais ?

– Peu importe. Seulement, ceux qui s'en sont pris à toi n'attendent que la première occasion pour me faire la peau, à moi aussi. Voilà pourquoi il est vital que tu me dises ce que tu sais.

Linda laissa échapper un petit rire amer.

– Tu te rappelles l'autre jour, quand je t'ai déclaré que tu ferais bien de retourner dans ta pouponnière ? Eh bien, c'est encore valable aujourd'hui, plus que jamais. Alors, s'il te plaît, fiche-moi la paix. Il n'y a rien que tu puisses faire pour moi. Au revoir.

Jonas ne bougea pas d'un pouce.

– Je ne sais pas si tu es au courant, reprit-il après un moment de réflexion, mais Barbara Lichtenberger travaille dans ce service.

Linda le fusilla du regard.

– Quel rapport ?

– À ta place, déclara-t-il en détachant chaque syllabe, ça m'inquiéterait.

Il s'attendait à une réponse cinglante, mais non. Au lieu de ça, les yeux de Linda se remplirent de larmes. De la voir pleurer en silence lui serra le cœur. Il faillit s'en aller, ne fût-ce que pour fuir son sentiment d'impuissance.

Rassemblant tout son courage, il lui prit tout doucement la main.

– Raconte. Quelqu'un t'a poussée ?

Il crut deviner un imperceptible battement des cils, et décida que ça valait pour un oui.

– Qui ça ?

Pour toute réponse, Linda fondit en larmes.

– S'il te plaît, Linda ! supplia-t-il. C'est super important que je sache.

Comme elle ne réagissait toujours pas, il commença à s'impatienter. Ce qui était très mauvais car, dans ces cas-là, il avait du mal à se contrôler et se laissait parfois aller à des dérapages regrettables.

Inspirer, expirer…

– Est-ce qu'au moins tu l'as dit à la police ?

Linda ferma les yeux. De grosses larmes roulaient sur ses joues.

– Rien de tout ça ne serait arrivé… si Schratter n'avait pas pété un câble… et ne l'avait pas fait chanter, hoqueta-t-elle.

– Qui ça ? Lichtenberger ?

Elle acquiesça d'un signe de tête.

– David était quelqu'un de merveilleux. Sensible, tendre, avec beaucoup d'humour… Jusqu'à ce que…

Incapable d'aller plus loin, elle enfouit la tête dans son oreiller.

Quoique très mal à l'aise, Jonas ne pouvait pas en rester là.

– Tu penses qu'il ne se serait pas suicidé si Schratter ne l'y avait pas poussé ? insista-t-il.

Les sanglots redoublèrent, comme si Linda s'autorisait enfin à pleurer l'homme qu'elle avait aimé.

Alarmé, le mari en visite s'approcha de Jonas.

– Votre amie souffre beaucoup ? Vous voulez que j'appelle l'infirmière ?

À ces mots, comme frappée par la foudre, Linda se ressaisit.

– Surtout pas, chuchota-t-elle en se tournant sur le côté. C'est très gentil à vous, mais ce n'est pas la peine. Je me sens déjà mieux.

– Vous êtes sûre ?

– Certaine, affirma-t-elle en se forçant à sourire.

Hochant la tête, l'homme alla se rasseoir près de son épouse.

Jonas tendit un Kleenex à Linda, attendit qu'elle ait fini de se calmer et annonça tout bas :

– Je m'en vais. Tu refuses de me dire qui t'a poussée, soit. Je ne peux pas te forcer. Mais, au moins, dis-moi ce que tu reproches à Schratter. Les gens que j'ai interrogés m'ont tous chanté ses louanges. Pour eux, c'est un type sympa qui…

– Sympa ? s'étrangla Linda. Lui ? Un monstre, tu veux dire !

Serrant le poing sur son mouchoir, elle ajouta avec colère :

– Il a tout détruit. Tout !

Jonas ne répondit pas, espérant qu'elle ajouterait quelque chose, mais elle détourna la tête, palpant sa joue tuméfiée du bout de ses doigts. Ils demeurèrent quelques instants ainsi, immobiles et silencieux. Jusqu'au moment où quelqu'un entra dans la chambre. S'arrachant à sa prostration, Linda jeta un coup d'œil en direction de la porte. Aussitôt la terreur se peignit sur son visage. Alarmé, Jonas pivota sur sa chaise.

Barbara Lichtenberger !

Vêtue de sa blouse blanche, celle-ci passait en revue les feuilles maintenues par la pince de son clipboard. Levant alors le nez de ses papiers, elle s'approcha du lit avec un sourire suave.

– Jonas, tiens donc ! Décidément, nous n'arrêtons pas de nous croiser !

– C'est vrai, admit-il en soutenant son regard.

Elle le toisait avec autant de méfiance qu'il y avait de frayeur dans les yeux de Linda. Il sentit son pouls s'accélérer.

Très professionnelle, Barbara Lichtenberger vint se placer au pied du lit.

– Alors, Linda, comment te sens-tu aujourd'hui ?

– Bien, merci.

– Je vois que tu as un nouvel ami, dit-elle en insistant sur le mot « ami » d'une façon qui ne laissait aucun doute sur le sens qu'elle y mettait.

Comme si Jonas avait succédé à son mari dans la foulée.

– On se connaît à peine, se défendit Linda. Il est en première année.

– C'est d'autant plus gentil de sa part de venir te voir ! ironisa la doctoresse.

Se tournant vers Jonas, elle poursuivit avec un sourire carnassier :

– Ça t'arrive souvent de rendre visite à des inconnus ?

Avec le sentiment d'être tombé dans un piège abyssal, Jonas chercha fébrilement quoi répondre.

– Linda est une des premières personnes que j'ai rencontrées ici. Et une des rares à avoir été sympas avec moi.

Barbara Lichtenberger les regarda l'un après l'autre.

– Mmh, si tu le dis..., lâcha-t-elle au bout d'un moment. Cependant, Linda ne doit pas se fatiguer. Elle a besoin de beaucoup de repos, et elle a déjà eu une visite aujourd'hui, n'est-ce pas ?

Jonas tiqua. Derrière toute l'aimable sollicitude qu'elle s'efforçait d'afficher perçait comme une menace. Il n'en était pas sûr, mais si son intuition était juste, le problème était davantage lié à la visite en question qu'à l'idylle entre Linda et son mari.

Surtout, quelque chose lui échappait. Pourquoi Linda était-elle à ce point terrorisée ?

– Je crois qu'il vaut mieux que tu t'en ailles, chuchota celle-ci. Merci d'être venu, même si on n'a rien eu le temps de se dire. Désolée, je suis épuisée...

Jonas lui serra la main, se leva et se dirigea vers la sortie sous le regard pénétrant de Barbara Lichtenberger.

Dans le bus, il se repassa la conversation qu'il avait eue avec Linda. Elle prenait Schratter pour un monstre, le croyait responsable du suicide de son amant...

Malgré lui, Jonas ne put s'empêcher de repenser au soir où il s'était retrouvé enfermé dans la salle de réunion. Quelqu'un avait frappé sur la porte. Pour lui faire peur.

Quelqu'un de violent. Un *monstre*.

30 ◉

Plongé dans ses pensées, Jonas remonta la rue sans se presser jusque chez lui. Il trouva la porte du jardin légèrement entrouverte. Sans doute l'avait-il mal refermée en partant…

Il n'avait pas encore introduit la clé dans la serrure que deux types portant des masques de ski lui tombèrent dessus. Le premier lui décocha un direct à l'estomac, l'autre le crocheta par les bras et l'entraîna *manu militari* derrière la maison. Ils le plaquèrent dans l'herbe près de la cabane à outils, à un endroit du jardin qui n'était pas visible depuis la rue. Jonas résista de toutes ses forces. Peine perdue ; un violent coup de pied dans les côtes lui coupa la respiration.

Plié en deux de douleur, il ne put parer le coup suivant, qui l'atteignit à la cuisse. Ensuite, tout s'enchaîna si vite qu'il ne se rendit plus compte de rien. Tout ce qu'il pouvait faire, c'était se rouler en boule de façon à offrir le moins de prise possible à ses adversaires et se protéger la tête des deux bras.

Au bout d'un moment enfin, ses agresseurs se calmèrent. L'un d'eux le saisit par la peau du cou et lui renversa la tête en arrière.

– Où est-il ?

– Qui ça ? souffla Jonas, au bord de l'évanouissement.

– Le drone avec lequel tu t'amuses à espionner les gens. Il y en a à qui ça plaît pas. Mais alors là, pas du tout. Alors, il est où ?

– Perdu, croassa Jonas, conscient qu'il jouait son va-tout.

– Ne dis pas de conneries ! le tança l'homme en le soulevant par les aisselles pour le faire asseoir.

– C'est la vérité, je vous le jure ! Hier soir, j'ai voulu le faire voler. Manque de chance, il y avait énormément de vent et il a percuté une fenêtre. Le choc a dû l'endommager car, après, j'ai eu un mal fou à le piloter. Il était complètement déséquilibré. Il s'est écrasé sur le chemin du retour.

Jonas s'interrompit, secoué par une quinte de toux qui le mit au supplice. Puis il reprit d'une voix éteinte :

– J'ai eu beau le chercher partout, je n'ai pas réussi à remettre la main dessus. Quelqu'un d'autre a dû le trouver avant moi.

Ses assaillants échangèrent un regard à travers leurs masques.

– Un, j'espère pour toi que tu te fous pas de notre gueule, sans quoi tu vas le regretter, c'est moi qui te le dis. Deux, tu es prié d'arrêter de fourrer ton nez dans les affaires des autres. Et trois : le chantage, c'est pas une bonne idée. C'est clair ?

Un dernier coup de pied dans le tibia, presque gentil comparé au reste, et les deux types battirent en retraite. Jonas s'affala dans l'herbe en cherchant sa respiration. Quand il eut un peu repris ses esprits, il essaya de faire le point.

Ses bras, son dos et ses jambes étaient en charpie, mais il n'avait rien de cassé, apparemment. Il palpa sa cage thoracique : pas de fracture non plus de ce côté-là. La tête était intacte, comme si ses agresseurs avaient délibérément évité de le frapper au visage. Ce qui, quand on y réfléchissait un peu, était tout de même étrange.

Jonas resta allongé un bon quart d'heure avant de pouvoir passer en position assise, puis se mit péniblement debout, s'agrippant à un arbre. Ça faisait abominablement mal, mais au moins il était entier, et sur ses deux jambes.

Au prix d'un effort surhumain, il réussit à se traîner jusqu'à la maison. La clé était par terre devant la porte. En se baissant pour la ramasser, il sentit des larmes de douleur lui monter aux yeux. Il la récupéra en serrant les dents et l'introduisit dans la serrure d'une main tremblante.

Il ne devait pas se laisser aller, pas encore. Si par hasard un des Müller rentrait plus tôt, il ne fallait pas qu'il le voie dans cet état. Certes, Silvia et Martin n'étaient sans doute pour rien dans son agression : ils avaient parlé de l'éliminer, mais pas de le passer à tabac. Par contre, eux aussi recherchaient activement Élanion. Sur ordre de Schratter.

Monter l'escalier fut une véritable torture. Jonas se hissa jusqu'au premier, marche après marche, en appréhendant le moment de se regarder dans la glace.

Une fois à l'étage, exténué, il alla prendre un caleçon, un sweat et son pantalon de jogging dans sa chambre, puis se traîna dans la salle de bains, verrouilla la porte et ouvrit le robinet d'eau chaude.

Il s'extirpa à grand-peine de son jean, ôta son pull – une opération qui lui prit deux fois plus de temps que d'habitude – et s'examina. Sa poitrine, ses bras et ses jambes étaient couverts de taches rouges qui commençaient déjà à virer au noir. Sur sa hanche droite, il avait une plaie qui saignait beaucoup.

Jonas se palpa de nouveau les côtes. Ces salauds savaient exactement quelle était la limite à ne pas dépasser. Ils s'étaient arrêtés juste avant qu'il soit bon pour l'hosto.

Pour un peu, il les en aurait presque remerciés. À cette pensée, il fut secoué par un petit rire – qui le mit au supplice. Pour rien au monde il n'aurait voulu se retrouver en traumatologie : si une chute sur un chantier vous y valait un coma prolongé, rien ne garantissait qu'un passage à tabac ne vous en fasse pas ressortir les pieds devant. Rien que de s'imaginer livré pieds et poings liés aux bons soins de Barbara Lichtenberger, Jonas fut pris de sueurs froides. Il n'avait pas oublié le regard effrayé et suppliant de Linda quand la chef de service était entrée dans la chambre.

La douche ne lui apporta pas le réconfort espéré. Au contraire, le contact de l'eau chaude sur ses nombreuses plaies et égratignures lui arracha des larmes de douleur. Cependant, une fois lavé et séché, Jonas se sentit mieux.

Il enfila ses vêtements – toujours au ralenti – et retourna dans sa chambre.

Il n'avait qu'une envie, dormir ! Mais d'abord, il avait un coup de fil à passer. Il récupéra son portable dans la poche de son jean – qu'il fourra dans le bas de son placard ainsi que le reste de ses vêtements – et vérifia s'il marchait encore. La réponse était oui, ce qui relevait du miracle compte tenu de la violence avec laquelle on lui avait tapé dessus.

Jonas se mit au lit en grimaçant, remonta sa couette jusqu'aux épaules et appela Pascal.

– Écoute bien ce que j'ai à te dire. C'est important.

– Jonas ? s'émut Pascal, aussitôt sur le qui-vive. Tout va bien ? Tu as une voix bizarre !

– Non, ça ne va pas. Pas du tout, même. Je viens de me faire tabasser par deux types qui voulaient savoir où je planque Élanion.

– Ils vont débarquer chez moi ?

– Non, t'inquiète... Je leur ai dit qu'il s'était écrasé et j'ai l'impression qu'ils m'ont cru. Mais je ne suis pas en état de venir le récupérer. C'est tout juste si je peux me traîner de mon lit jusqu'aux toilettes.

– Aïe. Tu as vu un médecin ?

– Pas la peine. Je voulais juste te dire de faire très attention.

– Message reçu.

– Autre chose : si tu vois quoi que ce soit d'anormal ou quelqu'un qui rôde autour de chez les Müller, appelle-moi tout de suite, OK ?

– Promis, répondit Pascal avec plus d'excitation que d'inquiétude, comme si cette perspective mettait un peu de piment dans son quotidien.

Jonas raccrocha. Épuisé, il ferma les yeux et ne se rendit plus compte de rien jusqu'au moment où le bruit de la porte d'entrée l'arracha à sa torpeur. Il avait dû somnoler une bonne heure car la nuit était déjà tombée.

Personne ne viendrait le déranger. La veille, il avait demandé qu'on le laisse tranquille en se prétendant patraque. À présent, ce n'était même plus un mensonge. Il n'aurait même pas à faire semblant devant Silvia.

Aïe. Il ne devait pas rire.

Quand Kerstin vint frapper à sa porte, un peu plus tard, il dormait profondément. Inquiète, elle tambourina à sa porte.

– Jonas, tu viens ? Le dîner est prêt !

– Je suis malade, grogna-t-il d'une voix pâteuse.

– Dis donc, tu n'as pas l'air en forme, observa-t-elle en passant la tête à l'intérieur. Tu veux que je te monte quelque chose ?

– Non merci. Je n'ai pas faim.

Elle s'éclipsa pour revenir quelques minutes après, un thermomètre auriculaire dans une main et une tasse de thé brûlant dans l'autre.

– Maman dit que tu devrais prendre ta température. D'après elle, il y a un mauvais virus qui sévit dans le quartier.

– Plus tard. Et maintenant, laisse-moi.

Jonas passa le reste de la soirée à alterner des périodes de sommeil comateux et des moments de lucidité pendant lesquels il essayait de réfléchir. Il en revenait toujours à la même conclusion : le commanditaire de son agression ne pouvait être que le père de Tim, l'architecte en chef du chantier. Lorsque Jonas avait raconté à ses assaillants avoir perdu son drone suite à une collision, ils n'avaient pas insisté. Preuve que sa version leur avait paru cohérente avec celle de leur patron.

Zeman se contenterait-il de cette explication ? se demanda Jonas avec angoisse. Ou lui enverrait-il ses hommes de main pour lui régler son sort une fois pour toutes ? Erich était-il dans le coup ? Ça paraissait probable...

Jonas passa péniblement sur le dos. Par chance, on était jeudi. N'ayant pas cours le vendredi, il pouvait rester couché tout le week-end en espérant être d'attaque le lundi matin pour retourner à l'université.

Ce qu'il fit. Il ne bougea pas de son lit de tout le samedi, sauf pour aller aux toilettes et à la cuisine piocher dans le frigo. À midi, Silvia lui monta du rôti de bœuf et des pommes de terre en disant regretter qu'il ne déjeune pas avec le reste de la maisonnée, mais son ton laissait entendre le contraire.

Il se demanda pendant un quart de seconde s'il pouvait se fier à la nourriture, et décida que oui. Si les Müller avaient voulu l'empoisonner, ils auraient eu toutes les occasions de le faire plus tôt. Et puis, ils n'oseraient pas se salir les mains. Ils laisseraient ça à Erich.

Le dimanche, en fin de matinée, Jonas entendit sonner à la porte. Il se leva aussi vite que possible et se traîna jusqu'à la fenêtre. Hélas, même s'il y avait du progrès depuis la veille, il ne fut pas assez rapide. Lorsqu'il mit le nez au carreau, le visiteur était déjà dans la maison.

Devant le portail était garée une grosse BMW. Un modèle haut de gamme qui avait dû coûter une fortune. Malgré lui, Jonas ne put s'empêcher de penser à Zeman. Ce genre de voiture collait parfaitement au personnage.

Ouvrant sa porte avec précaution, Jonas tendit l'oreille. D'en bas lui parvenait un bruit de voix étouffées. Malheureusement, il ne comprenait rien à ce qui se disait.

Depuis la veille, en plus d'avoir mal partout, il avait l'impression qu'on l'avait amputé d'un organe. L'idée qu'il ne pouvait rien observer de ce qui se passait dehors le rendait à moitié fou.

Une demi-heure plus tard, le propriétaire de la BMW n'était toujours pas reparti. Jonas décida de descendre. Il prétexterait une petite faim. Au risque de se trahir : jusque-là, il s'était arrangé pour ne croiser aucun des Müller lors de ses rares incursions au rez-de-chaussée. Que diraient-ils en le voyant boiter ? Cela ne faisait pas partie des symptômes de la grippe…

Parvenu dans l'entrée, il se racla la gorge pour se signaler, puis s'avança dans le salon. Étaient présents Silvia, Martin, le restaurateur… comment s'appelait-il déjà ? Ah oui, Roginski, et un homme que Jonas n'avait encore jamais vu auparavant… Quoique si, à la réflexion, Jonas l'avait déjà aperçu à l'université. Le jour de la mort de Lichtenberger.

– Oh, pardon ! Je ne savais pas que vous aviez des invités, s'excusa Jonas d'un air faussement embarrassé. Sinon, je ne serais pas descendu dans cette tenue.

Désignant la cuisine de l'index, il ajouta :

– Je voulais juste avaler un morceau.

L'inconnu s'était levé.

– Jonas, n'est-ce pas ? dit-il en lui tendant la main. Hans Ackermann. Je suis le commissaire divisionnaire de Rotenheim.

Jonas avait le cerveau en ébullition. Que faisait le chef de la police locale chez les Müller ?

– Enchanté, balbutia-t-il.

À son tour, Roginski voulut lui serrer la main. Ou plutôt, il la lui broya et lui donna une telle bourrade sur l'épaule que Jonas réprima difficilement un cri. Ce salaud l'avait fait exprès, ce n'était pas possible autrement ! On aurait dit qu'il avait appuyé en toute connaissance de cause là où ça faisait le plus mal.

– Nous nous sommes déjà rencontrés, dit le traiteur de sa voix de baryton.

– Exact, répondit Jonas, glacial. Qu'est-ce qui vous amène aujourd'hui ? Encore une ampoule à changer ?

Une fois de plus, il avait parlé trop vite. Décidément, il était incorrigible.

Roginski prit le parti d'en rire.

– Pas aujourd'hui, non. Je voulais juste inviter Silvia et Martin à dîner et j'ai croisé Hans devant la porte.

– Absolument, confirma le policier. Dis-moi, Jonas, tu n'aurais pas remarqué des individus suspects, ces derniers jours ? Des gens qui rôdaient dans le quartier en ayant l'air de s'intéresser un peu trop aux maisons, par exemple ?

Jonas pensa immédiatement à ses agresseurs, ainsi qu'à Aron et son copain, avec leurs casques de moto.

– Non, déclara-t-il avec conviction. Il n'y a pas longtemps que j'habite ici, tout me paraît très calme, au contraire.

Ackermann plissa le front.

– Vraiment ? Pourtant, ce n'est pas ce qu'on m'a rapporté. Il semble qu'un objet volant ait été repéré plusieurs fois dans le secteur, un drone probablement. Il sortirait de préférence la nuit. Ça ne te dit rien ?

– Rien du tout, affirma Jonas avec tout l'aplomb dont il était capable, en priant le ciel de ne pas être en train de rougir.

– Mmh, dommage. Nous sommes très curieux de savoir à qui appartient cet engin. Il vole sans autorisation, Dieu seul sait ce qui pourrait arriver : il ne s'agirait pas qu'il tue quelqu'un en tombant, ni qu'il vole trop haut et soit un danger pour le trafic aérien. Tu es sûr de ne rien avoir aperçu d'anormal ?

Jonas haussa les épaules.

– Certain, mentit-il, sachant pertinemment qu'Ackermann n'était pas dupe.

Le commissaire n'avait aucune preuve contre lui. Élanion était entre de bonnes mains, et *a priori*, il n'y avait aucune raison que les flics fassent une descente chez les Brittner.

Jonas gratifia ses hôtes et leurs invités de son plus charmant sourire, puis se dirigea vers la cuisine en prenant sur lui pour ne pas boiter. Il prit du beurre et du fromage dans le réfrigérateur, se coupa une tranche de pain et mangea sa tartine en tendant l'oreille pour ne pas perdre une miette de ce qui se disait dans le salon.

– Bien sûr, nous allons intensifier la surveillance, expliquait Ackermann. J'ai déjà demandé qu'on organise des rondes. Il n'y a aucune inquiétude à avoir, je te le promets, Silvia. Martin m'a confié que tu étais très angoissée, ces derniers temps.

– Oh, c'est juste..., commença-t-elle sans pouvoir achever.

Du coin de l'œil, Jonas vit Ackermann lui presser la main.

– Fais-moi confiance, je contrôle la situation. Et maintenant, il faut que je vous laisse. Ma femme est aux fourneaux et c'est moi qui dois mettre le couvert.

Éclat de rire général. Jonas hésita sinon à courir après Ackermann – impossible –, du moins à essayer de l'intercepter discrètement pour lui parler des deux malfrats qui l'avaient tabassé. Il lui suffirait de soulever un pan de sa chemise pour que le commissaire le croie sur parole.

Cependant, son instinct lui dicta la prudence. Il n'entrait pas dans les attributions d'un commissaire divisionnaire de rendre visite à des citoyens lambda le dimanche matin pour savoir s'ils n'auraient pas remarqué quelque chose d'insolite autour de chez eux. Vu son carrosse, Ackermann devait être quelqu'un de très haut placé. Pourquoi s'abaissait-il à une mission qu'il aurait pu déléguer à ses subalternes ? Était-ce un ami des Müller ? Auquel cas, Jonas avait intérêt à se méfier.

Il se fit un autre sandwich, puis monta dans sa chambre et s'effondra sur son lit, totalement épuisé. Avant de se rendormir, il consulta ses messages.

Rien. Toujours pas de réponse de Schratter.

31 ◉

Le lundi matin, Jonas ne se sentait guère mieux ; chacun de ses mouvements était un supplice, pourtant il décida de se rendre à la fac. Il n'aurait pas supporté de rester un jour de plus dans son lit, surtout sans pouvoir faire voler Élanion qui était désormais activement recherché par la police.

Ce n'était pas la seule raison. En réalité, Jonas en avait assez que Schratter joue au chat et à la souris avec lui, et il comptait bien mettre un terme à cette comédie. Mme Gilles ne l'ayant toujours pas contacté pour lui fixer un rendez-vous, il avait l'intention de se poster devant le bureau du recteur et d'attendre Schratter le temps qu'il faudrait, quitte à y passer la journée si nécessaire. En tout cas, il n'en partirait pas tant qu'il ne lui aurait pas parlé. Car Jonas n'arrivait pas à se débarrasser du sentiment confus qu'il lui suffirait de le voir pour que le mystère s'éclaircisse de lui-même.

Il était dans l'autobus lorsque lui parvint un message de Marlene :

En forme ?

« Si on veut, répondit-il sans entrer dans les détails car il n'avait pas encore pu se résoudre à lui parler de son agression.

Il faut absolument que je discute avec Schratter, alors je vais monter la garde devant son bureau jusqu'à ce qu'il se pointe. On se voit après ? »

Il ne réalisa à quel point il était nerveux qu'une fois franchie la porte de l'administration. Qui était vraiment le recteur ? Un philanthrope qui s'était battu pour le faire entrer à l'université et lui obtenir une bourse d'étude, ou le monstre décrit par Linda ? Selon elle, c'était sa faute si Lichtenberger s'était suicidé. D'ailleurs elle n'était pas la seule à le penser : Martin avait dit très exactement la même chose à sa femme.

Il n'y avait personne au secrétariat, à part une étudiante de première année qui jouait sur son smartphone. Jonas s'assit à côté d'elle.

– Bonjour ! la salua-t-il gentiment. Tu attends Schratter ?

Levant les yeux, elle secoua la tête.

– Non, j'ai besoin d'un formulaire, mais Mme Gilles est en réunion. Ça fait un moment que ça dure.

« Ah », se réjouit Jonas, sentant naître un espoir.

Cette fois, il était peut-être arrivé assez tôt pour attraper le recteur au vol avant que celui-ci ne déserte la place pour revenir Dieu savait quand. Se renversant en arrière, il laissa son regard errer autour de lui quand une des vitrines installées dans le corridor attira son attention. On aurait dit une maquette d'architecture.

Mû par un pressentiment, Jonas s'en approcha en traînant la jambe.

Bingo, c'était bien ce qu'il pensait : sur le socle en bois, il y avait une plaque en laiton gravée : « Institut de technologie Victor Franz Hess ».

Le futur centre de recherche promettait d'être monumental. Il comprendrait trois parties disposées en arc de cercle. À gauche du bâtiment principal, l'aile Vladimir Treplov ; à droite, l'aile Samuel Berkshaw. La partie centrale, la plus imposante, semblait ne pas encore avoir de nom.

Soudain, Jonas eut comme un déclic. Le chantier, les accidents, ces noms… il devait y avoir un lien, forcément. Tout à coup, il se sentit gagné par une étrange excitation, comme s'il venait de faire une grande avancée conceptuelle – bien qu'il lui manquât toujours un élément clé pour résoudre l'équation.

Il fut interrompu dans ses réflexions par le bruit d'une dispute. Dans le bureau, le ton avait monté.

– Il faut absolument que ça redémarre ! rugit quelqu'un.

Jonas tressaillit. Il avait déjà entendu cette voix. Par deux fois : la première, lorsqu'il avait cherché à prendre rendez-vous avec le recteur, le lendemain de son arrivée. Et la seconde, le soir où il avait essayé en vain d'apercevoir Schratter par Élanion interposé.

Ce coup-ci, c'était bon. Il allait enfin pouvoir le rencontrer !

– C'est au point mort depuis des semaines, rugit l'homme. Je ne peux pas attendre plus longtemps, impossible ! Après-demain, on s'occupera de notre… problème et on lui réglera son sort une fois pour toutes.

Quelqu'un émit une protestation. À son timbre, Jonas devina une femme. Elle avait à peine pris la parole qu'elle se fit durement rabrouer.

– Taisez-vous ! Vous n'avez pas l'air de vous en rendre compte, tout ça nous coûte un fric fou. Jusqu'à présent, par égard pour vous, j'ai fait preuve de patience ; mais ça ne peut plus durer. Ça doit reprendre d'urgence.

Sur ces mots, la porte s'ouvrit à toute volée. D'un bond, Jonas se mit en position. Le recteur était peut-être d'humeur massacrante mais, qu'il le veuille ou non, il lui accorderait quelques minutes d'attention.

Sauf qu'au lieu de Schratter, ce fut le père de Tim Zeman qui surgit du bureau. Il passa en trombe devant Jonas interloqué, marqua un temps d'arrêt et revint sur ses pas.

Il l'avait reconnu, c'était évident. Alors qu'ils ne s'étaient jamais rencontrés auparavant.

– Tu veux voir le recteur, c'est ça ?

Trop abasourdi pour dire quoi que ce soit, Jonas hocha la tête.

– À ta place, je n'essaierais pas, s'esclaffa le maître d'œuvre.

Jonas ne voyait pas ce qu'il y avait de drôle. Cependant, Zeman enchaîna avec un rire mauvais :

– Votre rencontre pourrait ne pas se passer comme tu l'imagines, c'est moi qui te le dis !

Sur quoi il s'éloigna à grands pas. Jonas sentit la moutarde lui monter au nez. Au diable les bonnes manières, puisque Schratter refusait de lui donner un rendez-vous, eh bien, il s'en passerait !

Traversant le secrétariat aussi vite que son état le permettait, Jonas se précipita à la porte du recteur et fit irruption dans le bureau.

Autour de la table se trouvaient quatre personnes : deux hommes, deux femmes, chacun avec une tasse à café et de quoi écrire devant lui.

Le premier des quatre, ô surprise, n'était autre que Martin Müller. Le second était Ackermann, le commissaire divisionnaire de Rotenheim. Quant aux femmes, l'une était Andrea Gilles, la seconde, Barbara Lichtenberger. Pas de trace de Schratter.

Soudain livide, Martin bondit de sa chaise.

– Qu'est-ce que tu fais ici ?

– Je pourrais vous demander la même chose, lui retourna Jonas avec un sourire mordant.

– Je… suis ici pour affaires, répondit Müller en passant nerveusement la main dans ses cheveux. Ma boîte a décroché le contrat pour toute la partie plomberie dans le nouveau centre. Il y a de nombreux points à discuter.

Entre autres avec le maître d'œuvre, ça se tenait.

– Soit. Mme Lichtenberger est là pour vous donner des nouvelles de Kolya et Linda, et monsieur Ackermann, pour vous dire où en est l'enquête. Quant à Mme Gilles, elle vous sert de secrétaire. Tout ça me paraît limpide.

Promenant sur l'assistance un regard circulaire, Jonas ajouta :

– La seule chose qui m'échappe, c'est : comment se fait-il que Schratter ne participe pas aux débats ?

Entre-temps, Martin s'était ressaisi. Croisant les bras, il assena :

– Je ne suis pas ton père, Jonas. Cependant, d'une certaine manière, je me sens responsable de toi. Ton comportement est inadmissible. Tu ne peux pas faire irruption dans un bureau sans crier gare et sommer les adultes de te rendre des comptes. Pour qui tu te prends ?

Andrea Gilles eut un petit geste apaisant.

– C'est bon, monsieur Müller. Ce garçon attend depuis des semaines d'avoir un entretien avec le recteur ; je comprends qu'à force, un certain nombre de questions lui pèsent sur le cœur.

Fixant Jonas d'un air navré, elle ajouta :

– Malheureusement, ça ne sert à rien de forcer la porte. Comme tu le vois, le docteur Schratter n'est pas là.

– Il n'est jamais là, grogna Jonas avec amertume.

– C'est vrai qu'il est souvent absent, confirma la secrétaire avec un soupir. Crois-moi, tu n'es pas le seul à l'avoir remarqué. Seulement, moins cela se saura, mieux ça vaudra. Nous avons ici des parents d'élèves très pointilleux…

– Et surtout très riches, l'interrompit Jonas. Il ne faudrait pas qu'ils retirent leur progéniture de l'université, sans quoi ça pourrait faire très mal, c'est ça ?

Ackermann leva les yeux au ciel.

– Naturellement. L'université est le fleuron et le principal employeur de cette ville. Or, vu l'attitude du recteur… Il n'est ici que depuis un semestre, mais je crains qu'il ne doive être remplacé très bientôt.

Jonas ne répondit pas. Ces quatre-là étaient liés par un lourd secret, cela se lisait sur leurs visages. Ils savaient ce qui n'allait pas chez Schratter. Mais ils ne le lui diraient pas. Surtout si l'homme était dangereux... par exemple, si c'était lui qui avait poussé Kolya et Linda dans l'excavation.

– Essaie de te concentrer sur tes études, conseilla Martin. Tu n'as pas besoin du recteur pour réussir ton semestre. Je parie que la plupart des étudiants n'ont même pas remarqué qu'il se faisait rare, ces derniers temps.

Ce n'était pas faux. Seulement voilà, les autres étudiants n'avaient pas été tabassés. Ils ne savaient pas que certains accusaient Schratter d'avoir poussé Lichtenberger au suicide. Et ils ne vivaient pas dans la terreur d'être éliminés par le concierge de Rotenheim Palace.

Erich ne laisse pas de traces.

« Ils savent, mais ils ne lâcheront rien », ruminait Jonas en descendant l'escalier.

Toute cette petite bande était parfaitement au courant des magouilles de Schratter. Ils le couvraient afin de préserver la réputation de l'université.

Jonas était tellement absorbé par ses pensées qu'il faillit ne pas entendre sonner son téléphone. Il le sortit de sa poche, vit qu'il s'agissait d'un numéro enregistré et, pensant que c'était peut-être celui du recteur, décrocha immédiatement :

– Jonas Wolfram !

– Comment ça, Jonas Wolfram ? s'étrangla une voix qui ne pouvait en aucun cas être celle de Schratter. Alors c'est toi qui m'as envoyé ce SMS comme quoi je t'aurais tapé dans l'œil ?

Jonas se mordit les lèvres. Tim Zeman. Aïe !

– J'y crois pas ! hurla celui-ci. Qu'est-ce qui t'a pris de m'écrire un truc pareil ? Tu es malade ou quoi ? Ou alors tu es gay ?

– Ni l'un ni l'autre, répondit Jonas de son ton le plus conciliant. C'était une plaisanterie ; de mauvais goût, je te l'accorde, mais...

– Tu mens ! Ne me prends pas pour un imbécile. Tu voulais savoir avec qui je sors, c'est ça ? Ou...

Poussant un long sifflement, Tim Zeman s'interrompit avant de reprendre beaucoup plus bas :

– Non... en fait, c'est encore plus tordu que ça. Tu m'as envoyé ce SMS le soir où un drone a percuté la fenêtre de mon père. Entre les deux, il s'est écoulé à peine plus d'une demi-heure. Ce n'était pas une coïncidence...

Jonas sentit la sueur perler à son front. Ce Tim réfléchissait un peu trop vite à son goût.

– Je voulais juste pouvoir te charrier un peu devant les autres, prétendit-il. Avec Karin ou Michelle...

– Ta gueule, connard ! Raconte ça à d'autres, avec moi ça ne prend pas. Tu as dû mettre au point je ne sais quel logiciel de géolocalisation permettant de tracer un téléphone portable, comme les nouveaux services de livraison de colis. Et tu nous espionnes ! Ça ne te suffit pas de traîner sur le chantier, en plus tu te permets de regarder par la fenêtre de chez nous !

Tim l'avait démasqué avec une facilité déconcertante. Jonas regrettait amèrement d'avoir pris l'appel.

– N'importe quoi, répondit-il un rien trop vite. Quelle raison j'aurais eue de te surveiller ? Je te connais à peine.

– Bonne question ! éructa Tim avec un accent de triomphe. Pourtant tu as mon numéro. Bizarre, non ? D'ailleurs je n'ai pas dit que tu t'intéressais à moi, mais à mon père.

Sur ce, il raccrocha.

Le dos contre le mur du couloir, Jonas était au désespoir. Toute sa belle intelligence ne l'avait pas empêché de faire voler Élanion par vent fort. Erreur fatale. À présent, l'existence de son drone n'était un secret pour personne. Tout le monde le cherchait, à commencer par les deux types qui l'avaient tabassé. Sans parler de la police. Qui encore ?

Ce n'était pas ça le pire. Désormais, quelqu'un avait compris comment fonctionnait son système. Dès que ce maudit SMS aurait été analysé, Zeman porterait plainte contre Jonas. C'était une catastrophe…

Certes, tant que personne n'aurait trouvé Élanion, il n'existait aucune preuve contre Jonas, à part les vidéos stockées sur son ordinateur. Les effacer ne suffirait pas. Il devrait les vider définitivement de son disque dur.

Tout à coup, Schratter devenait le cadet de ses soucis. Le plus important, à présent, c'était de faire disparaître toutes les traces compromettantes.

Ou se dépêcher d'acheter un billet et rentrer chez lui par le premier train, en refermant la parenthèse de son aventure universitaire. Fin de l'épisode.

Seulement, s'il était dénoncé, fuir ne servirait à rien. Le commissaire divisionnaire de Rotenheim en personne était venu l'interroger. À son domicile. Autant dire qu'il avait été dûment informé. Par qui ? Les Müller ?

Le cœur lourd, Jonas sortit du bâtiment administratif. Il avait fait preuve d'une imprudence coupable. Et surtout, en misant sur la stupidité et l'incompétence d'autrui, il avait péché par orgueil. Et il le payait.

À peine eut-il mis le pied dehors que son téléphone sonna une nouvelle fois. Jonas le prit d'une main tremblante, craignant que ce ne soit déjà la police. Marlene. Soulagé, il décrocha.

– On peut se voir ? demanda-t-elle sans préambule. J'ai quelque chose à te montrer.

Ils se retrouvèrent dans un coin reculé du campus, non loin du parc de Rotenheim Palace. Marlene avait l'air stressée et ne cessait de jeter des regards angoissés autour d'elle. Elle ne se détendit qu'une fois parvenue près d'un banc dissimulé derrière une charmille.

– Tu marches bizarrement, dit-elle. Tu as des courbatures ?

– Mmh, éluda Jonas en tirant sur sa manche pour cacher le bleu à son poignet. Tu voulais me montrer un truc ?

– Tu te rappelles la batterie de téléphone portable que j'ai trouvée dans la plate-bande retournée par Erich ? murmura-t-elle en posant son sac à main sur ses genoux.

– Bien sûr.

– Je n'ai pas arrêté d'y repenser. Pourquoi bêcher la nuit quand on a toute la journée pour le faire ? Alors j'y suis retournée et je me suis un peu noirci les ongles.

Plongeant la main dans son sac, elle en sortit une petite pochette en plastique transparent. Jonas ne vit d'abord qu'un bulbe de fleur.

– Ah, alors il a vraiment planté des tulipes !

Marlene fit non de la tête.

– Pas seulement. Juste à côté de cet oignon, il y avait autre chose. Tu ne vois pas ?

Prenant le sachet, Jonas découvrit alors un minuscule bout de plastique bleu nuit, de forme plutôt longue et étroite. Un souvenir fugace lui traversa l'esprit.

– Ça ne viendrait pas d'une monture de lunettes, par hasard ?

– Si ! confirma Marlene. Et tu sais à qui appartenaient ces lunettes ?

D'un seul coup, Jonas fut ramené à son premier cours à l'université, lors de son intervention débile, et il revit son maître de conférences rajustant toutes les trente secondes ses lunettes rafistolées avec du scotch.

– Lichtenberger ! murmura-t-il avec stupeur.

– C'est ce que je crois aussi, dit Marlene en reprenant le sachet qu'elle présenta à la lumière du soleil couchant. Je serais curieuse de savoir pourquoi Erich a enterré ce bout de plastique. Lichtenberger s'est suicidé. À quoi bon cacher un objet lui ayant appartenu ?

Jonas sentit son estomac se nouer. Marlene venait de formuler tout haut ce qu'il pensait tout bas : personne n'irait enfouir des lunettes cassées dans une plate-bande. Sauf si, au lieu de s'être suicidé, leur propriétaire avait été assassiné. Fermant les yeux, Jonas essaya d'imaginer la scène. Quelqu'un se jette sur Lichtenberger, le traîne dans un amphi où le nœud coulant est déjà préparé, le force à monter sur une chaise, lui passe la corde au cou et recule la chaise...

Non, cela n'avait pas de sens. Quoique... en admettant que Lichtenberger ait perdu ses lunettes dans la bagarre... et que son assassin ait marché dessus... peu à peu, une idée se fit jour dans l'esprit de Jonas. Des lunettes en miettes sur le lieu du drame laissaient supposer qu'une ou plusieurs personnes se trouvaient dans la pièce au moment du décès. Ce qui n'était pas favorable à l'assassin...

Cependant, Erich avait fait disparaître la pièce à conviction d'une façon peu commune. Pourquoi ne l'avait-il pas jetée dans une benne à ordures, tout simplement ? Ce bout de plastique n'intéressait personne, c'était absolument sans risque !

La réponse s'imposait : Erich n'avait pas tué Lichtenberger lui-même. Il avait sans doute été chargé de « nettoyer » derrière quelqu'un d'autre et avait gardé la branche de lunettes en souvenir pour avoir un moyen de pression au cas où. Si un jour il en avait besoin, il savait où la retrouver.

– Erich ne laisse pas de traces, murmura Jonas comme pour lui-même.

– Tu crois qu'on devrait aller remettre ça aux flics ? demanda Marlene.

– Non, répondit Jonas sur un ton catégorique, tandis que d'autres morceaux du puzzle s'assemblaient dans son esprit.

Ce n'était certainement pas un hasard s'il venait de voir Ackermann en compagnie de Barbara Lichtenberger, Martin Müller et Andrea Gilles. Sans oublier Zeman. Et si la police était du côté de ceux qui couvraient Schratter ? La voiture du commissaire divisionnaire était décidément trop luxueuse pour un fonctionnaire, si haut placé dans la hiérarchie fût-il. Il n'était pas impossible que toute la bonne bourgeoisie de la ville soit mouillée, et que tout le monde ait intérêt à préserver la réputation de l'université pour continuer à s'attirer les étudiants fortunés...

Jonas se rappela ce que le maître d'œuvre avait déclaré avant de quitter la salle : « Après-demain, on s'occupera de notre problème et on lui réglera son sort une fois pour toutes. »

Traduction : Ackermann savait que Jonas devait être éliminé, et il fermerait les yeux. Dans ces conditions, ce serait une très mauvaise idée de s'en remettre à la police. Tout ce que pouvait faire Jonas, c'était s'enfuir. Il avait vingt-quatre heures pour se mettre à l'abri. Cinq cents kilomètres ne seraient pas de trop pour échapper à ce merdier.

Seul l'adieu à Marlene serait difficile.

– Tu sais, commença-t-il en prenant la main de la jeune fille, je crois que je vais suivre ton conseil et rentrer chez moi. Jeudi dernier, je me suis fait tabasser dans le jardin des Müller ; et aujourd'hui, j'ai entendu le père de Tim Zeman dire que le problème devait être résolu après-demain et qu'on me réglerait mon sort une fois pour toutes.

Pour la première fois depuis longtemps, Jonas avait les larmes aux yeux. D'une part parce qu'il crevait de peur, de l'autre, parce qu'il trouvait insupportable l'idée de s'enfuir.

Marlene lui caressa la joue.

– En temps normal, j'aurais tendance à croire que tu t'inquiètes pour rien, mais depuis que j'ai entendu ce qu'ont dit les Müller l'autre jour…

Laissant sa phrase en suspens, elle réfléchit quelques instants avant de reprendre :

– Avec ta lettre anonyme, tu t'es vraiment mis dans de sales draps.

Jonas opina sans joie.

– J'ai agi comme un imbécile. Mais toi, au moins, je peux te demander pardon. Tu n'imagines pas à quel point je suis désolé.

– Moi, ça n'a pas d'importance, observa Marlene. Je ne suis pas à l'hosto.

– Tu vas me manquer, dit-il tristement.

– On restera en contact. Et tu reviendras peut-être. Une fois que tout ça sera fini.

Jonas leva les yeux.

– Comment je pourrai savoir que c'est fini alors que je ne sais même pas de quoi il retourne ?

En disant ces mots, il comprit enfin ce qui le dérangeait depuis qu'il avait pris la décision de partir : jamais il ne connaîtrait la vérité.

32 ◉

Aller en cours n'avait désormais plus aucun intérêt. Jonas prit donc le chemin du retour. Mais tandis qu'il marchait dans la rue, il eut l'impression d'être observé : d'abord lorsqu'une voiture ralentit derrière lui et roula au pas pendant une centaine de mètres avant de le doubler trop vite pour qu'il ait le temps de voir qui conduisait – une femme, lui sembla-t-il. Ensuite, en voyant deux types en blouson de cuir noir postés au coin de la rue près de l'arrêt d'autobus, qui semblaient guetter son arrivée.

Ou était-ce son imagination qui lui jouait des tours ?

Il n'y avait personne chez les Müller. Jonas se demanda si ce ne serait pas l'occasion d'inverser les rôles, pour une fois, et de fouiller dans leurs affaires, mais cette idée le rebuta.

Autant plier bagage et partir le plus vite possible.

En ouvrant son ordinateur pour consulter les horaires de train, il s'aperçut qu'il avait huit nouveaux e-mails. Dont un de Schratter. Objet : *Notre rendez-vous.*

Le cœur battant à tout rompre, Jonas l'ouvrit et lut :

Cher Jonas,

Encore pardon de vous avoir fait déplacer pour rien l'autre jour, je vous promets que cela ne se reproduira plus.

Je suis enfin en mesure de vous proposer un rendez-vous. Sauf contre-ordre de votre part, je vous attendrai après-demain mercredi à 18 H 00 dans mon bureau. Mme Gilles sera partie, nous aurons tout le loisir de nous entretenir sans être dérangés, et je répondrai à toutes les questions que vous avez sur le cœur.

Merci de me confirmer votre présence par retour.

Sincères salutations.

Carl Schratter

Jonas poussa un sifflement. Ça sentait le piège à plein nez. Combien on pariait qu'il serait attendu par Erich et n'en sortirait pas vivant ? À moins que ses ennemis ne lui tombent dessus avant, au détour d'un couloir ? Quoi de plus facile s'ils savaient exactement à quelle heure il se présenterait ?

Les mains au-dessus du clavier, Jonas hésitait. En lui, la curiosité le disputait à la prudence. Et s'il acceptait quand même ?

Ce serait de la folie, naturellement. Peut-être la pire bêtise de sa vie. Mais c'était sans doute sa seule chance d'y voir clair.

Jonas relut le mail du recteur avec attention, en proie à un certain malaise. Quelque chose dans la formulation le chiffonnait, mais quoi ?

La question était surtout de savoir quoi répondre. Décliner ? Sous quel prétexte ? Il ne pouvait pas dire qu'il rentrait chez lui : Schratter se débrouillerait pour l'en empêcher. Alors quoi ? Accepter et se jeter dans la gueule du loup ? Accepter et faire le mort ?

Se jetant sur son lit, Jonas passa méticuleusement en revue les différentes options. Après mûre réflexion, il en arriva à la conclusion que le mieux était d'accepter en laissant les choses ouvertes jusqu'au dernier moment. Parallèlement, mettre en place un dispositif de sécurité au cas où il irait au rendez-vous.

Adjugé ! Il rédigea quelques lignes à l'intention de Schratter. Il était ravi et serait là à l'heure dite.

Lorsque Pascal tourna au coin de la rue, quelques minutes plus tard, Jonas l'attendait devant chez lui.

– Je peux te voir une minute ? J'ai besoin de ton aide.

Son ami lui fit signe de le suivre.

À peine Pascal eut-il refermé la porte de sa chambre derrière lui que Jonas prit son ordinateur dans son sac à dos et ouvrit le programme de téléguidage.

– Je voudrais qu'après-demain, tu me suives avec Élanion.

– Tu voudrais quoi ? s'étrangla Pascal, qui s'attendait à tout sauf à ça.

– Schratter vient de me contacter pour me fixer un rendez-vous mercredi. Comme j'ai toutes les raisons de penser que c'est un traquenard, j'aimerais que tu veilles au grain avec Élanion.

Pascal le regarda d'un air ahuri.

– Tu n'es pas un génie, déclara-t-il sur un ton consterné. Tu es un crétin fini. Si quelqu'un te met une raclée, à part te filmer sous tous les angles, je ne pourrai rien pour toi.

– Tu pourras prouver que j'ai été agressé…

Jonas n'avait pas terminé sa phrase qu'il en mesura le ridicule.

– T'inquiète, reprit-il. Marlene sera dans les parages. En cas de pépin, elle appellera les gars de la sécurité de Rotenheim Palace. Ils rappliqueront dans les trente secondes.

Pascal secoua la tête.

– Débile. Tu seras mort avant qu'ils arrivent.

– Pas du tout, assura Jonas en se disant qu'il ferait bien de prendre un couteau, au cas où. Écoute…

Tirant son ami par la manche, il le fit asseoir devant son ordinateur et arrêta le pointeur en haut à droite de l'écran.

– J'ai rentré mon numéro de téléphone ici. Si tu cliques sur « Démarrer », Élanion me suivra automatiquement. Et lorsque tu actives ça, poursuivit-il en descendant un peu avec la souris, tu passes en mode manuel. À ce moment-là, tu dois vite prendre la manette et télécommander Élanion à l'aide des deux Joysticks. Les indications dont tu as besoin apparaissent sur le petit écran au milieu : vitesse, altitude, niveau de la batterie...

Pascal avait les yeux brillants d'excitation. À la perspective de piloter le drone, ses réticences avaient fondu comme neige au soleil.

– Pour t'orienter, poursuivit Jonas, tu regardes ce que tu vois à l'écran. Et si tu observes quelque chose d'intéressant, tu lances l'enregistrement vidéo ici.

Il lui montra comment diriger la caméra, comment zoomer, et désigna un bouton.

– Tu vois, là : « RTH » ? Ça veut dire « *Return to Home* ». C'est la fonction de retour automatique. Lorsque le niveau de la batterie devient critique, Élanion rentre par le plus court chemin.

Pascal comprenait tout au quart de tour. Bien plus vite, en tout cas, que ses théorèmes de maths.

– Prêt à essayer ? demanda Jonas. Alors, on y va !

Il vérifia le niveau de la batterie – 98 %, parfait – et annonça :

– Je vais faire un petit tour dans le quartier, OK ? Dès que je suis dehors, tu lances Élanion. Au début, laisse-le me suivre en mode automatique sans toucher à rien. Ensuite, active la caméra et entraîne-toi à filmer. Une fois que tu te sentiras à l'aise, tu passeras en mode manuel. Au moindre souci, surtout, tu remets le pilote automatique. Pigé ?

– YESSS ! s'exclama Pascal avec enthousiasme en caressant le dos du quadricoptère avec précaution. T'inquiète, je ne te l'abîmerai pas.

Jonas était déjà dans l'escalier.

« Espérons ! » songea-t-il en dévalant les marches, terrifié de savoir son bijou entre les mains d'un débutant.

S'étant assuré que la voie était libre, il se dirigea à grands pas vers l'arrêt de bus. Quelques secondes plus tard, un « Waouh ! » émerveillé lui donna à penser que Pascal avait lancé Élanion, et il ne put se retenir de jeter un coup d'œil par-dessus son épaule. Son drone était exactement à l'endroit voulu, douze mètres au-dessus de sa tête, légèrement derrière lui. On ne le voyait qu'à condition de le chercher.

Jonas bifurqua à droite au coin de la rue, traversa un jardin public avec une aire de jeux pour les enfants, et déboucha de l'autre côté dans une artère un peu plus fréquentée.

Il sillonna le quartier pendant vingt minutes, puis revint à son point de départ. Malgré toute son appréhension, il ne s'était pas retourné une seule fois pendant tout ce temps. Si Élanion s'était crashé, il l'aurait su en entendant l'impact. Cependant, au moment de pénétrer dans la maison, ce fut plus fort que lui, il s'arrêta sur le seuil pour le regarder descendre.

Pascal avait fait du bon boulot.

– Trop génial ! s'exclama-t-il dès qu'il aperçut Jonas.

Élanion s'était posé dans sa main, et il le regardait avec autant d'intensité que s'il essayait de lire son avenir dans une boule de cristal.

– OK, déclara-t-il, rayonnant de fierté. On recommence après-demain. Si les choses tournent mal, j'appelle immédiatement les flics, Marlene, la sécurité, et on te tire de là vite fait bien fait. Et maintenant, regarde : j'ai tout filmé !

Ce n'était pas une très bonne idée car le fichier pesait lourd et prenait beaucoup de place sur le disque dur, mais Pascal l'ignorait, et Jonas ne voulait pas lui gâcher sa joie. Il l'effacerait après l'avoir visionné, voilà tout.

Jonas fixait l'image avec l'étrange impression d'être dédoublé. Il trouvait si fascinant de se voir marcher dans la rue qu'il mit cinq minutes à remarquer l'homme derrière lui. Distance : une dizaine de mètres. Veste en cuir marron, cheveux blonds presque blancs. La position d'Élanion, juste au-dessus de sa tête, n'avait pas permis à la caméra de filmer son visage. Mais l'individu n'avait pas lâché Jonas d'une seule semelle, le filant d'abord dans la rue, puis dans le parc et pendant tout le reste de son périple, jusqu'à son retour chez les Brittner. Le téléphone à l'oreille, en train de parler avec quelqu'un. Impossible d'entendre ce qu'il disait, malheureusement ; pour ça, il aurait fallu pousser le micro au maximum. L'homme n'avait interrompu sa filature qu'au tout dernier moment.

– Je te jure que je ne m'en étais pas aperçu, souffla Pascal avec stupeur. J'étais concentré à fond sur les commandes et je ne regardais que toi. Désolé.

– Pas grave, minimisa Jonas pour le rassurer. L'essentiel, c'est qu'il n'ait pas repéré Élanion. Il ne s'est pas retourné une seule fois.

– Et s'il te colle encore aux fesses après-demain ?

Jonas réfléchit quelques instants avant de répondre :

– On n'en saurait rien, de toute façon. Car tu ne m'enverras Élanion qu'une fois que je serai sur le campus.

Plaçant son drone sur sa base, il expliqua :

– Sinon on sera à court de batterie bien trop tôt.

Lorsque Jonas appela Marlene pour l'informer de ses projets, une demi-heure plus tard, elle se montra beaucoup plus réservée que Pascal :

– Ou ton entretien avec Schratter se passera bien et tes craintes se dissiperont d'elles-mêmes, ou il a vraiment l'intention de te liquider et il ne sera pas tout seul. Si ça se trouve, il ne sera même pas là et tu tomberas sur ses hommes de main. Dont Erich, puisqu'il semble qu'il soit chargé de te faire la peau. Dans un cas comme dans l'autre, Élanion ne pourra rien pour toi.

– Sauf si toi tu m'aides ! répliqua Jonas dès qu'elle le laissa en placer une. Tu te tiendras à proximité de l'administration. Au moindre problème, je t'appelle. Tu préviens la sécurité que tu es en train de te faire agresser, au secrétariat, et…

– C'est le plan le plus foireux que j'aie jamais entendu ! l'interrompit-elle sèchement. Tu crois peut-être que tes agresseurs te laisseront téléphoner quand ils te tomberont dessus ? Franchement, Jonas, tu ferais mieux de rentrer chez toi.

Il en fallait plus pour le faire changer d'avis.

– C'est le seul moyen de savoir ce qui se passe, insista-t-il. Dis oui, je t'en supplie.

Il l'entendit qui soupirait au bout du fil. Puis elle déclara avec lassitude :

– « Donner une fois par jour un coup de main désintéressé à un crétin fini qui en a marre de vivre. » Un point à rajouter sur ma liste.

33 ◉

Jonas passa la journée du lendemain en repérages : il arpenta le campus en tous sens pour bien s'imprégner du plan, mémorisa les différents accès au bâtiment administratif, inventoria les issues de secours et définit un itinéraire au cas où il aurait à s'enfuir.

Il fit également un petit tour du côté du chantier. Tandis qu'il longeait la palissade, il aperçut le maître d'œuvre en train d'expliquer quelque chose à un ouvrier, le bras tendu vers le bas. Comme annoncé par Zeman, les travaux avaient bel et bien repris. Les fondations étaient en cours, on avait commencé à couler la dalle de béton. Il n'aurait pas fallu que quelqu'un tombe dans le trou maintenant…

À cette idée, Jonas regarda autour de lui. Ce n'était peut-être pas très malin de se promener tout seul sur le campus à cette heure-ci de la matinée. Il s'éloigna sur la pointe des pieds en espérant ne pas s'être fait remarquer.

Ce qu'il venait de découvrir venait de lui rappeler quelque chose. Le centre technologique aurait une aile Berkshaw et une aile Treplov. Cela lui donna une idée.

– Est-ce que par hasard Treplov ne serait pas le nom de famille de Kolya ? demanda-t-il à Marlene vingt minutes plus tard.

– Affirmatif. Son nom complet est Kolya Alexandrovitch Treplov. Son père est un des principaux sponsors de l'université, ce qu'il a versé se chiffre en dizaines de millions. De quoi assainir les finances de n'importe quelle ville moyenne.

– Alors que son fils est dans le coma après avoir eu un accident sur le chantier en question ? se récria Jonas, sidéré. Là, il y a un truc qui m'échappe.

Ils s'étaient retrouvés dans le parc et se promenaient sous les arbres à présent presque entièrement dénudés. Soudain, Marlene saisit la main de Jonas et croisa les doigts dans les siens. Ignorant son regard surpris, elle déclara :

– Allons boire un café. Avant de te faire liquider, tu pourrais m'offrir un dernier gâteau. Tu me dois bien ça, non ?

Bien qu'elle ait parlé sur le ton de la plaisanterie, l'inquiétude perçait derrière ses paroles. Jonas en fut profondément ému.

– Si demain je te fais signe, appelle la sécurité, surtout pas la police, OK ? répéta-t-il pour la troisième fois tandis qu'elle sirotait son Latte Macchiato à petites gorgées.

– Bien sûr, soupira-t-elle en posant sa tasse. Parce que Ackermann est de mèche avec les autres et se préoccupera bien plus d'étouffer l'affaire que de t'aider, j'ai compris, Jonas. Même si, pour être honnête avec toi, je ne vois pas comment c'est possible.

– Tant mieux si je me trompe, murmura pensivement Jonas en repoussant les restes de son muffin au chocolat au bord de son assiette. Ça voudrait dire que demain mon entretien avec Schratter se passera bien et que jeudi tout sera rentré dans l'ordre. Je pourrai reprendre mes études sans craindre à longueur de journée qu'on me fasse disparaître.

Marlene le fixa de ses yeux clairs.

– D'un côté, j'ai peur pour toi, chuchota-t-elle tout bas pour ne pas être entendue depuis la table voisine. De l'autre, je n'arrive pas à imaginer comment un type comme Schratter pourrait commanditer l'assassinat d'un de ses étudiants simplement parce que ce potache a distribué des papiers sur lesquels il a écrit : « Je connais ton secret. »

– Moi aussi, j'ai du mal à y croire, répondit Jonas. Sauf que tous les indices convergent dans ce sens.

Après avoir réglé l'addition, il accompagna Marlene à son cours, puis il alla s'asseoir sur un banc. Le campus était animé. Les étudiants allaient et venaient, les bras chargés de dossiers, plaisantant et riant. D'autres lisaient en marchant, si absorbés dans leur livre qu'ils déviaient du chemin. Des couples s'embrassaient sous les arbres, étroitement enlacés.

Tout ça, c'était fini. À supposer que ç'ait jamais commencé. Le cœur lourd, Jonas se leva et se dirigea vers le portail avec un goût amer dans la bouche.

– Quels sont tes projets pour aujourd'hui ? s'enquit Silvia en déposant un café devant lui le mercredi matin.

Les joues en feu, elle le regardait si intensément qu'il aurait pu en rire si lui-même n'avait pas été tendu comme un arc.

– J'ai une dissertation à rédiger, répondit-il d'une voix mate. Et ce soir, j'ai rendez-vous avec le recteur.

– Ah, tu vois Schratter ? Surtout, salue-le bien de ma part. Et de celle de Martin.

Si Jonas n'avait pas déjà eu des soupçons, cette réflexion aurait suffi à l'alerter. Car Silvia avait prétendu ne connaître le recteur que de loin. De plus, sa gaieté forcée trahissait une nervosité extrême.

Laissant sa cuillère retomber dans son bol de céréales, Kerstin demanda d'un ton soucieux :

– Ça va, Maman, tu es sûre ?

– Mais oui. Pourquoi ça n'irait pas ?

Le sourire qui accompagnait ces paroles ne fut pas pour rassurer Jonas. Décidément, non, il n'y avait aucune chance pour que son rendez-vous avec Schratter se passe bien, et Silvia le savait. « Il faut à tout prix qu'il dégage, et le plus tôt sera le mieux. » Elle l'avait dit elle-même. Et tout semblait indiquer que ce moment était arrivé.

– Tu as l'air bizarre..., répondit Kerstin.

– Tu trouves ? dit Silvia en se détournant pour vider le lave-vaisselle. Mmh, c'est peut-être parce que j'ai une visite importante cet après-midi. Une grosse villa, un peu à l'écart. Si j'arrive à la vendre, je toucherai le jackpot.

Kerstin fronça les sourcils, signe qu'elle n'était qu'à moitié convaincue.

– Bonne chance, alors. Tu me raconteras.

« C'est moi qui vais avoir besoin de chance », songea Jonas avec abattement.

Incapable de finir son petit-déjeuner, il monta dans sa chambre, écouta les Müller partir l'un après l'autre et tenta de mettre de l'ordre dans ses idées.

Il pouvait toujours faire machine arrière. Écouter de la musique, aller au cinéma ou se planquer chez Pascal. Cette perspective le rasséréna un peu. Somme toute, la journée avait commencé tout à fait normalement, il ne tenait qu'à lui que ça continue.

En début d'après-midi, l'angoisse reprit le dessus et il sentit de nouveau la peur lui nouer l'estomac. Il allait devoir prendre une décision.

Ne supportant plus de rester enfermé, il attrapa son blouson et sortit.

Il parcourut la rue dans les deux sens. Pascal n'était pas rentré du lycée, dommage. C'était une des rares personnes à qui il aurait aimé parler.

Entre-temps, il s'était mis à pleuvoir. Une petite pluie fine et glacée, désagréable. Jonas rentra chez lui. Mais en franchissant le portail, il se figea. Quelque chose n'était pas comme d'habitude. Il regarda attentivement autour de lui, tentant de comparer ce qu'il voyait avec le souvenir qu'il en avait, sans parvenir à trouver ce qui le chiffonnait. Ce devait être un détail infime, mais qui faisait toute la différence. S'il avait été en pleine possession de ses moyens, Jonas l'aurait détecté au premier coup d'œil. Seulement voilà, il n'était pas dans son état normal.

Lorsque Pascal déboucha au coin de la rue, vers 16 h 30, Jonas était à bout de nerfs. Il se rua dehors et rejoignit son ami au moment où celui-ci allait refermer la porte derrière lui.

– Salut ! lui lança Pascal. Alors, c'est le grand jour ? Je suis curieux de savoir comment ça va se passer. Tu ne peux pas imaginer co...

– Je ne suis pas sûr d'avoir le courage, l'interrompit Jonas.

Si Pascal fut déçu, il n'en laissa rien paraître.

– À toi de voir. Je comprendrais très bien que tu renonces.

– Je crois que je ne le saurai qu'une fois sur place, réfléchit Jonas à voix haute. Écoute, voilà ce qu'on va faire : si je me décide à prendre le risque, je t'appelle. Pas la peine de décrocher, ce sera le signal que tu dois envoyer Élanion. Si tu ne reçois pas de coup de fil de ma part, ça voudra dire que j'ai calé. Compris ?

– Oui, mon capitaine ! répondit Pascal en esquissant un salut militaire. Mais j'aurai quand même le droit de le faire voler ?

– Une autre fois, promit Jonas en tournant les talons. Quand tout ça sera derrière nous.

Les heures qui suivirent furent un véritable supplice. Les minutes s'écoulaient au compte-goutte, interminables. Jonas n'arrivait ni à se distraire, ni à se détendre. Il tournait en rond dans sa chambre comme un ours en cage en imaginant les pires scénarios : Erich lui tombait dessus, le ligotait et le bâillonnait pour l'emmener Dieu sait où... Ou on l'assommait par derrière avant qu'il ait eu le temps de contacter Marlene.

À 5 heures et demie, Jonas vérifia une dernière fois si son téléphone était bien chargé à bloc, et descendit à la cuisine prendre un couteau. Après hésitation, il se dit que ce n'était pas une bonne idée. Il n'avait pas l'habitude de se balader avec une arme et craignait de ne pas savoir s'en servir. Son meilleur atout était encore son intelligence. Il devait rester concentré, faire fonctionner son cerveau – en espérant qu'on lui en laisserait le temps.

Claquant la porte derrière lui, il se dirigea vers l'arrêt de bus. Il n'alla pas bien loin. Au bout de vingt mètres à peine, il fit une découverte qui le pétrifia.

Le long du trottoir était garé un petit camion de livraison marqué : « ROGINSKI TRAITEUR ». Tous les sens en alerte, Jonas regarda autour de lui. Roginski était-il dans les parages ? Attendait-il quelque part que Silvia et Martin reviennent du travail ? Pourtant, il n'y avait personne dans la fourgonnette. Ni à proximité. Peut-être était-ce un hasard et il s'agissait d'une livraison pour une soirée, tout simplement ?

Soudain, sous l'inscription en rouge, Jonas remarqua deux petits mots en bleu qui lui fit l'effet d'un détonateur, et il dut se retenir à un arbre pour ne pas tomber. Son cerveau tournait à cent mille tours, reprenant les données, établissant des connexions, procédant par substitution... Comme il l'aurait fait pour résoudre une équation, Jonas réajusta les variables qu'il connaissait... et en oublia presque de respirer. Comment avait-il pu être aveugle à ce point ?

Il pouvait prendre le problème dans n'importe quel sens, il en arrivait toujours au même résultat. D'ailleurs, c'était facile à vérifier... à condition de retrouver assez de souffle pour regagner la maison.

Tout concordait. « Un marché stupide », c'étaient les mots que Silvia avait employés le soir où Jonas avait épié sa conversation avec Martin par Élanion interposé. Stupide, oui, c'était le moins que l'on puisse dire. Restait à savoir combien on les avait payés pour ça… Et la réaction de Silvia le soir où l'électricité était tombée en panne… À présent, Jonas comprenait qu'elle se soit affolée. À sa place, il aurait paniqué aussi. Sans parler de cette phrase qui l'avait poursuivi pendant des semaines : « Il faut qu'il dégage, et le plus tôt sera le mieux. »

Pourtant, il était toujours là. Jonas mit les mains sur ses hanches, inspira et expira plusieurs fois à fond, se forçant à réfléchir calmement. Combien étaient au courant ? Se livrant à un rapide calcul, il estima à huit le nombre des complices, Linda incluse. Cela faisait beaucoup. Tous devaient être au bord de la crise de nerfs à l'idée que l'un d'entre eux pourrait craquer…

Tout en se redressant péniblement, Jonas repensa à tous les messages qu'il avait envoyés au recteur et qui étaient restés sans réponse. Ainsi qu'à la conversation qu'il avait surprise dans les toilettes : « Combien de temps ce mensonge monumental va-t-il pouvoir tenir, d'après vous ? »

De fait, c'était déjà un exploit que ça ait duré jusque-là, songea Jonas, qui aurait été curieux de voir jusqu'où ses ennemis auraient poussé les choses. Sauf qu'il allait y mettre un terme.

Il revint vers la maison, prêt à prendre ses jambes à son cou si par malheur il voyait apparaître quelqu'un de la bande. Sachant qu'il aurait intérêt à courir vite.

Il ne croisa qu'une vieille dame qu'il connaissait pour l'avoir déjà vue promener son pékinois rachitique. Elle le salua, il lui répondit d'un sourire poli et s'éloigna comme un automate.

Parvenu devant la maison, maintenant qu'il savait de quoi il retournait, il remarqua tout de suite ce qui n'était pas comme d'habitude. Ainsi son intuition ne l'avait pas trompé. Par contre, il se demanda s'il n'avait pas perdu de son acuité intellectuelle. Comment avait-il pu passer à côté d'un élément aussi important ? Pourtant, cela crevait les yeux ! Et s'il l'avait remarqué, aurait-il compris ce qui se tramait ?

Peut-être. En attendant, il n'y avait pas une minute à perdre. Jetant un coup d'œil dans la rue, il vit une voiture garée devant chez Pascal, signe que Mme Brittner était rentrée. Il ne pouvait donc pas aller lui expliquer la situation, cela lui aurait pris trop de temps.

Il poussa le portail du jardin d'une main tremblante et, sûr de son fait, se dirigea à grands pas vers la façade ouest de la maison, là où s'ouvrait la porte permettant d'accéder à la cave par l'extérieur. Contrairement aux semaines précédentes, il y avait une clé dans la serrure. Une clé avec un ruban jaune. Bingo ! C'était le détail qui l'avait frappé en début d'après-midi sans qu'il ait pu dire de quoi il s'agissait.

Il regarda autour de lui. Le quartier était quasi silencieux. Les rares voitures qui passaient dans la rue ne ralentissaient pas particulièrement devant chez les Müller, il n'y avait personne en vue...

Jonas tourna la clé dans la serrure.

34 ◉

La porte s'ouvrit sans grincer, signe qu'elle avait été graissée récemment. Jonas trouva l'interrupteur à tâtons et les néons s'allumèrent en tremblotant. Il retira la clé de la serrure pour refermer à double tour derrière lui. Ainsi il ne risquait pas qu'un importun vienne le déranger.

En bas de l'escalier, il déboucha dans une pièce d'environ quatre mètres sur quatre, éclairée par une simple ampoule pendue au plafond. Les murs étaient couverts sur trois côtés de rayonnages croulant sous les boîtes de conserve, les paquets de nouilles, riz, sucre et céréales et autres réserves en tous genres. Le quatrième… Sentant son estomac se soulever, Jonas poursuivit son inspection. Il reviendrait ici après, quand il aurait reconnu les lieux…

Luttant contre la nausée, il passa dans la buanderie où se trouvaient une machine à laver et un sèche-linge antédiluviens, ainsi qu'une grosse chaudière rouge qui ronronnait en dégageant de la chaleur. Il y avait également un atelier, visiblement utilisé aussi comme débarras. À côté d'un établi et d'un caisson à outils à trois tiroirs, s'entassaient pêle-mêle un vélo d'enfant rose, des paires de skis, des valises, sans doute pleines à craquer de vieux vêtements, et tout un bric-à-brac d'objets inutiles. Appuyé conte le mur, un vélo de course noir qui devait appartenir à Martin. À côté, un miroir fendu sur toute sa hauteur.

Jonas s'examina dans la glace. Il était pâle comme la mort. « J'y vais ou j'y vais pas ? », interrogea-t-il son reflet qui soutint son regard sans un mot, l'air terrifié.

– Stop ! s'admonesta Jonas.

Maintenant qu'il était là, il irait jusqu'au bout. Le cœur à l'envers, Jonas regagna le cellier où se trouvait stocké de quoi soutenir un siège, et s'adossa au chambranle. Le moment était venu de regarder la vérité en face, au sens propre. Sauf... sauf s'il s'était trompé sur toute la ligne. Il avait peut-être fait une erreur de raisonnement qui avait faussé le résultat ? Une fois de plus, son esprit s'emballa, cherchant fébrilement de nouvelles explications à ce qui s'était passé.

Mais non, il avait beau retourner le problème dans tous les sens, il en arrivait toujours à la même conclusion.

Pour se donner du courage, il pensa à Marlene, qu'il pouvait appeler à tout moment, et aux Brittner, dont la porte lui était toujours ouverte. En cas de besoin, il n'aurait qu'à traverser la rue pour se réfugier chez eux.

Les mâchoires contractées, il fit un pas en avant. Puis un autre. Et encore un autre. Enfin, il atteignit le congélateur. Un coffre énorme, Pascal n'avait pas menti. Jonas posa la main sur la poignée. Au point où il en était, ça ne servait à rien de tergiverser. Il souleva le couvercle d'un coup sec.

Une vision de cauchemar.

Schratter, tel que sur ses portraits officiels, à la différence près qu'il ne souriait plus. Il avait les yeux mi-clos, avec des cristaux de glace sur les cils et des croûtes de sang séché sur le front ; sur le menton, comme une... écorchure dans laquelle semblaient s'être également formées des paillettes.

En se penchant en avant pour essayer de comprendre de quoi était mort le recteur, Jonas se rendit compte qu'il s'était trompé. Ce qu'il avait pris pour de la glace était en réalité de minuscules éclats de verre. Et ce n'était pas tout. Au col de la chemise adhérait, soudé par le froid, un petit bout de plastique bleu.

Cette découverte lui fit l'effet d'un détonateur. Comment diable un morceau des lunettes de Lichtenberger avait-il pu atterrir là ?

Le jour où Jonas avait rencontré son maître de conférences pour la première fois, celui-ci avait ses lunettes sur le nez. Rafistolées parce que la monture était cassée, mais les verres intacts. Erich s'était chargé d'en enfouir ce qui restait dans un parterre de fleurs avec une batterie de téléphone ayant appartenu soit à Lichtenberger, soit à Schratter. Sans doute parce qu'il y avait des empreintes digitales dessus et qu'elles seraient un bon moyen de pression.

Le visage et les mains de Schratter étaient gris. Le corps était couché en chien de fusil, replié sur lui-même. Même ainsi, ses bras et ses longues jambes tenaient à peine dans le bahut.

Alerté par un bruit mi-sanglot, mi-soupir, Jonas sursauta. Il lui fallut quelques instants pour réaliser que c'était lui-même qui hoquetait, contenant difficilement ses larmes. D'un geste non prémédité, il avança la main avec précaution et toucha le cadavre. Schratter avait les doigts glacés, durs comme du bois. Forcément puisqu'ils étaient congelés.

Jonas recula d'un pas. Ce n'était pas le moment de commettre une erreur. Il devait vite refermer le couvercle, remonter, et courir chez les Brittner.

Cependant, il n'arrivait pas à détacher les yeux du macchabée. Trop de questions se bousculaient dans sa tête. Pourquoi Schratter avait-il été tué ? Qui avait voulu sa mort ? Le déclic,

Jonas l'avait eu en découvrant sur la camionnette de livraison l'inscription « transport frigorifique ». Et il avait tout de suite fait le lien avec ce que lui avait raconté Pascal à propos de la dinguerie de Silvia, qui nourrissait tout le quartier lorsque son congélateur ne parvenait plus à absorber les quantités industrielles de nourriture qu'elle cuisinait.

Comment Pascal aurait-il pu deviner qu'en réalité, elle avait dû entièrement vider son congélateur pour y cacher le cadavre du recteur de l'université ?

Tout à coup, Jonas se rappela la terreur qui s'était emparée de la pauvre femme le soir où l'électricité avait sauté. Elle avait prétendu avoir peur du noir. Tu parles ! En fait, elle avait paniqué à l'idée que le cadavre dégèle et commence à sentir mauvais. Comme si ça pouvait arriver en cinq minutes.

Silvia n'était ni courageuse ni intelligente. Ce n'était certainement pas elle qui avait assassiné Schratter. Si elle était coupable, c'était seulement d'avoir bien voulu le cacher. Ou plutôt, elle y avait été forcée par son mari. Il l'avait mise devant le fait accompli, voilà pourquoi elle lui avait reproché d'avoir « accepté ce marché stupide sans la consulter ».

Un marché... Combien les Müller avaient-ils touché en échange de leur... hospitalité ? Quelques milliers d'euros dans une enveloppe en papier kraft, comme Barbara Lichtenberger ?

Jonas ferma les yeux. Peu à peu, tous les éléments du puzzle s'emboîtaient les uns dans les autres.

Les mails qu'il avait reçus du recteur, par exemple. Il y avait fort à parier que Schratter n'en avait écrit aucun. D'ailleurs...

Soudain, il se frappa le front. L'avant-veille, lorsqu'il avait fait irruption dans le bureau, Andrea Gilles avait plaidé sa cause... Voyons, qu'est-ce qu'elle avait dit, déjà ? Ah oui : « Je comprends qu'à force, un certain nombre de questions lui pèsent sur le cœur. » Et vingt-quatre heures plus tard, dans le mail envoyé à partir du compte personnel de Schratter : « Je répondrai à toutes les questions que vous avez sur le cœur. »

Les mêmes mots, exactement ! Sans pouvoir s'expliquer pourquoi, Jonas avait senti dès la première lecture qu'il y avait anguille sous roche.

Maintenant, il comprenait. Andrea Gilles faisait partie de la bande, au même titre que Martin Müller, et Ackermann, le commissaire divisionnaire. Quel pourri, celui-là ! Jonas l'avait entendu dire à Silvia de ne pas s'inquiéter, qu'il avait donné l'ordre qu'on surveille le quartier… L'avant-veille, il avait parié que le recteur aurait bientôt un successeur.

Jonas réprima un fou rire nerveux. Vu l'état dans lequel se trouvait Schratter, le pronostic relevait plutôt du délit d'initiés !

Une chose était sûre, en tout cas : Jonas ne pouvait pas compter sur la police. Il devrait résoudre le problème par lui-même. En commençant par constituer des preuves. Ça, c'était une bonne idée. Prenant son téléphone, Jonas fit quelques photos du cadavre. Il le mitrailla sous tous les angles : en entier, de face, de profil, de près, toujours avec un pan de mur à l'arrière-plan, pour que la cave soit reconnaissable sur chacun des clichés.

Soudain, un coup de sonnette retentit à l'étage au-dessus. Il y avait quelqu'un dehors ! Vite, Jonas rabattit le couvercle, sprinta en haut de l'escalier de l'entrée et colla l'oreille à la porte. À présent, il savait pourquoi celle-ci était toujours fermée à clé !

Quant à la raison de ce coup de sonnette, ce n'était pas difficile à deviner : sans doute voulait-on s'assurer que Jonas était bien parti à son rendez-vous avec Schratter. Raté, il était toujours dans la place. Mais l'entrevue avait quand même eu lieu !

À cette pensée, Jonas eut toutes les peines du monde à réprimer un fou rire nerveux. Plaquant ses deux mains sur sa bouche, il se força à réfléchir. Roginski et ses acolytes devaient penser que la voie était libre. Donc ils allaient contourner la maison pour descendre au sous-sol récupérer le colis. Normalement, la clé aurait dû être sur la porte. Normalement…

Jonas se précipita à toute allure de l'autre côté. Du dehors lui parvinrent des jurons étouffés :

– Bon sang, pourquoi elle n'est pas dessus ?

– Ce n'est pas ce qui était convenu, grogna un homme. Appelle Martin ! Vite !

– Regarde par terre ! fit une voix, tandis que quelqu'un s'excitait sur la poignée.

Comme elle lui résistait, il donna un coup de pied dans la porte qui vibra avec un fracas épouvantable. De frayeur, Jonas fit un bond en arrière.

Puis le silence revint. Sans doute les hommes s'étaient-ils éloignés.

Jonas se demanda une fraction de seconde si Kerstin était au courant, et se dit que non. Elle n'avait pas manifesté de nervosité particulière ces derniers temps et s'était montrée toujours aussi bavarde et avide de potins. Pas du tout le genre de Jonas, mais il la croyait à mille lieues de soupçonner la présence d'un invité-mystère dans le congélateur de sa mère. Jonas la plaignit de tout son cœur. Quel choc elle aurait quand l'affaire éclaterait au grand jour. Il ne pouvait rien pour elle, malheureusement.

Il aurait aussi donné cher pour savoir qui avait tué Schratter. Martin ? Tel que Jonas le connaissait, c'était peu probable. Roginski ? Lui, Jonas l'en croyait tout à fait capable. Cependant, à ses yeux, celui qui lui paraissait le plus susceptible de se salir les mains était encore Zeman, le maître d'œuvre, dont les colères devaient être célèbres dans toute la ville. Jonas l'avait déjà entendu s'énerver deux fois, c'était un violent. À moins qu'Ackermann ait fait le coup ? Si oui, on comprenait pourquoi il couvrait tous ceux qui l'aidaient à étouffer l'affaire.

– Il dit qu'il l'a mise lui-même dans la serrure ! déclara l'un des types à l'extérieur. Une clé avec un ruban jaune.

– C'est bizarre : il n'y a rien.

– Quelqu'un pourrait l'avoir enlevée, tu crois ?

L'un des hommes tambourina à la porte en hurlant :

– Qui est là ? Qui que vous soyez, ouvrez cette porte immédiatement !

N'obtenant pas de réponse, l'autre essaya d'enfoncer la porte à coups de pied. Jonas retint son souffle. S'ils devinaient qu'il était là, il était mort. Compte tenu de ce qu'il savait, jamais ils ne le laisseraient leur échapper.

« Il faut qu'il dégage, et le plus tôt sera le mieux », avait déclaré Silvia. Jonas était toujours parti du principe qu'il s'agissait de lui. Erreur : personne n'avait envisagé de le liquider. Jusqu'à présent. Car désormais, ils le tueraient sans l'ombre d'une hésitation. Ils avaient beaucoup trop à perdre. Et pas seulement les Müller, qui ne tarderaient plus à rappliquer et ouvriraient par l'intérieur. Jonas se tassa sur lui-même. Il avait beaucoup trop traîné. Il aurait dû prendre la fuite en courant aussitôt après avoir découvert le cadavre, et réfléchir ensuite, une fois en sécurité quelque part.

Trop tard. Tout ce qu'il pouvait faire, c'était retarder au maximum le moment où ces racailles feraient disparaître Schratter. En espérant avoir trouvé le moyen de s'en sortir d'ici là…

Ouvrant sa galerie de photos, il choisit une sur laquelle le recteur était reconnaissable au premier coup d'œil, et l'envoya à Pascal avec la légende suivante :

> Accroche-toi : les Müller ont un cadavre non
> pas dans le placard, mais dans leur congélo.
> Suis coincé au sous-sol sans pouvoir sortir,
> la maison est cernée. SURTOUT N'APPELLE
> PAS LES FLICS : leur chef est mouillé.

Le SMS envoyé, Jonas respira un peu mieux. Il mit son portable en mode silencieux pour ne pas risquer d'être trahi par une sonnerie ou le bip d'un message entrant. Bien lui en prit car la réponse de Pascal arriva dans la seconde :

> Horreur ! Que comptes-tu faire ? Je peux t'aider ?

Jonas faillit répondre que non, quand soudain il se ravisa et écrivit :

> Essaie de contacter Marlene. Qu'elle vienne chez toi : à vous deux, vous faites une équipe imbattable. Explique-lui la situation, mais sans lui envoyer la photo.
>
> OK.

Poussant un soupir, Jonas rangea son téléphone dans sa poche et réfléchit : comment les autres allaient-ils procéder ? Tenteraient-ils d'enfoncer la porte ? Pas dans un premier temps : le bruit risquerait d'attirer l'attention des voisins. Or c'était la dernière chose dont ces malfrats avaient besoin.

Donc ils essaieraient de passer par l'intérieur. Pour l'instant, la porte de l'entrée était verrouillée, mais Martin était sans doute déjà en route, et dès l'instant où il arriverait avec la clé, ce serait fichu...

Condamner l'accès, c'était la seule solution. Avec quoi ? Une chaise ? Non, même s'il bloquait le penne, ils pourraient toujours dégonder la porte.

Mmh, il y avait éventuellement une autre option. Pas très orthodoxe, mais jouable...

Descendant sur la pointe des pieds, Jonas alla voir dans le débarras. Martin Müller possédait un établi avec quantité d'outils soigneusement rangés dans un caisson. Rien d'intéressant dans le premier tiroir. Le deuxième, pas mieux. Mais en fouillant d'une main fébrile dans le troisième, Jonas trouva exactement ce qu'il cherchait : de la Super Glue à prise instantanée ! Le tube encore dans son emballage n'avait jamais été entamé. Un vrai cadeau du ciel !

Arrachant l'emballage, Jonas remonta les marches quatre à quatre, perça le tube à l'aide de l'aiguille fournie par le fabricant, et remplit généreusement la serrure de colle. Puis il en étala une bonne couche sur les gonds et les charnières, en la faisant bien pénétrer dans les fentes avec son aiguille.

Désormais, on ne pouvait descendre à la cave que par l'accès extérieur. Ce qui signifiait également qu'il n'y avait plus qu'une seule issue possible pour Jonas.

35 ◉

Dans le jardin, le calme était revenu. Pas pour longtemps, sans doute. Ses adversaires devaient avoir décidé d'attendre Martin devant la maison. S'ils avaient laissé la porte sans surveillance, c'était le moment ou jamais d'en profiter…

Malheureusement, Jonas n'avait aucun moyen de le vérifier. La porte n'avait pas de judas et elle était complètement hermétique.

De nouveau, il descendit dans le cellier. À quoi bon se mentir, il se sentait comme aimanté par le congélateur. Animé par un mélange de curiosité, de pitié et de répulsion, il souleva le couvercle.

La mort avait sans doute été provoquée par un coup à la tête, juste derrière l'oreille gauche. Le froid avait séché la plaie qui semblait profonde et avait beaucoup saigné. Il y avait de fortes chances pour que la boîte crânienne ait été enfoncée. Jonas n'osa pas le vérifier. D'ailleurs, ça n'aurait servi à rien, il n'était pas assez expert pour reconnaître une fracture au toucher. Avec quoi Schratter avait-il été frappé ? Une pierre ? Un objet lourd et tranchant, en tout cas.

Il pensa à Erich. Combien l'homme à tout faire de Rotenheim Palace toucherait-il pour nettoyer le congélateur et en éliminer toutes les traces du séjour de Schratter ?

Soudain, il entendit claquer la porte d'entrée. Quelqu'un venait de rentrer dans la maison. Tous les sens en alerte, Jonas referma le coffre à la hâte et remonta sans bruit au rez-de-chaussée. Parvenu sur la dernière marche, il tendit l'oreille.

– Bande d'incapables ! Puisque je vous dis que je l'ai laissée dessus !

Jonas ne s'était pas trompé. C'était bien Martin.

– Pas la peine de vous énerver, répondit un de ses complices d'un ton posé. C'est possible que vous l'y ayez mise. Seulement, elle n'y était pas quand on est arrivés.

– Peu importe, j'ai une clé de secours au coffre-fort. Attendez-moi une minute, je reviens tout de suite.

Sur ces mots, Martin monta au premier, Jonas sentit une bouffée d'adrénaline. Cette fois, la menace se précisait.

Rebroussant chemin, il alla se poster côté jardin. Il n'eut pas longtemps à attendre : à peine avait-il pris position qu'il entendit fourrager dans la serrure.

– Qu'est-ce que… ? grogna Martin. Je ne comprends pas… ça bloque… Tiens, essaie, toi !

De nouveau ce bruit de métal…

– Ça ne marche pas, bougonna quelqu'un en qui Jonas crut reconnaître Roginski. On dirait que la clé est à l'intérieur.

– Je ne vois pas comment ! chuchota Martin.

À sa façon de parler tout bas, sans doute pour ne pas attirer l'attention des voisins, Jonas devina qu'il commençait à s'inquiéter pour de bon.

– Silvia a peut-être cru bien faire ? Elle aura vu la clé sur la serrure et elle l'aura rentrée en remontant par l'autre côté ?

– Impossible, elle est à Vienne avec Kerstin. Elle ne voulait surtout pas être à la maison au moment où…

S'interrompant brusquement, il reprit d'une voix altérée :

– Au fait, Andrea n'a pas appelé ?

– Non, pas encore.

– Merde !

Jonas fut pris de sueur froide. Andrea Gilles ! Elle montait probablement la garde au secrétariat, avec ordre d'avertir ses comparses dès qu'elle le verrait, et de le retenir le temps nécessaire.

Ce coup-ci, il était fichu. À moins d'être stupides, les autres comprendraient vite de quoi il retournait.

Silence de mort. Au bout d'un moment, Jonas entendit Müller demander tout bas, comme s'il avait la main devant la bouche :

– Andrea ? Oui, c'est moi… Où on en est ? Quoi ? Mais pourquoi est-ce que tu ne nous as pas appelés ? Tu étais chargée de surveiller le timing, et tu…

Martin se tut, sans doute attentif aux explications de la secrétaire, puis trancha d'un ton abrupt :

– Stop ! N'essaie pas de te justifier. Je ne sais pas si tu t'en rends compte, mais on joue très gros. Surtout ne bouge pas. S'il se pointe, tu nous préviens tout de suite.

Jonas ne le savait pas capable de tant de fermeté. Martin devait être vraiment paniqué.

– Assez perdu de temps, décida celui-ci. On va passer par l'intérieur. Pour le reste, on avisera après.

Les hommes s'éloignèrent en courant. Jonas alla vite les attendre derrière la porte d'entrée – en priant le ciel que la colle ait pris dans l'intervalle.

Par miracle, elle était dure comme du béton. Les hommes – combien étaient-ils, au juste ? – avaient beau s'escrimer sur la serrure, ils n'arrivaient pas à y enfoncer la clé, ne fût-ce que d'un millimètre.

– Tu es sûr que c'est la bonne ?

Cette fois, pas de doute. C'était bien Roginski.

– Certain ! Seulement, je ne sais pas pourquoi, elle refuse de rentrer.

Jonas entendit un chapelet de jurons. Un coup de pied ébranla la porte. Puis Jonas perçut le déclic d'un interrupteur, et Müller s'exclama d'un ton triomphal :

– Vous voyez ce que je vois ? Regardez, il y a de la lumière à la cave ! Ce petit salopard est en bas.

Jonas se laissa glisser le long du mur. Comment n'y avait-il pas pensé plus tôt ? La lumière l'avait trahi. D'un autre côté, il avait besoin de pouvoir réagir au quart de tour à ce qui se passerait. Dans le noir, il lui aurait été plus difficile de se déplacer. Et puis, pour l'instant, ils supposaient qu'il était là, mais n'en avaient pas la certitude absolue. Car rien n'excluait qu'il soit ressorti. Or le moindre doute, même minime, jouait en sa faveur.

Müller tambourina à la porte.

– Jonas, tu es là ?

Osant à peine respirer, Jonas ne répondit pas.

– Si tu es là, ouvre cette porte ! Qu'est-ce que tu fabriques en bas ?

« Tu le sais très bien, songea Jonas. D'ailleurs, j'ai trouvé ce que je cherchais. »

– Écoute, arrête de me faire marcher. Sors de là, et on va régler ça à l'amiable.

Jonas se retint d'éclater de rire. Pour un peu, il aurait presque été vexé que Martin pense pouvoir l'embobiner si facilement.

Toujours aussi immobile et silencieux, il entendit les autres se retirer dans le salon, sans doute pour délibérer. Sortir par le jardin ? S'il avait été sûr qu'ils n'avaient laissé personne devant la porte, il se serait précipité. Mais pour cela, il aurait fallu être sûr.

Soudain, une idée lui traversa l'esprit. Si fulgurante qu'il se demanda comment il avait pu passer à côté. Mais oui, il pouvait en être sûr ! Il suffisait de regarder !

Tirant son portable de sa poche, il écrivit un message à Pascal :

Suis enfermé à la cave. Martin est là, Roginski aussi, plus deux ou trois autres, je ne sais pas combien exactement.
Envoie-moi Élanion. Mon numéro est enregistré dans le programme. Mets-le en pilote automatique, altitude : huit mètres, sensibilité de la caméra au maximum et…

Au même instant, la lumière s'éteignit et le ronron du congélateur cessa. Martin avait coupé l'électricité. Il croyait peut-être que ça suffirait à le faire sortir ? Jonas étouffa un juron. Il faisait noir comme dans un four. Désormais, il en était réduit à s'éclairer avec son smartphone, au risque de n'avoir bientôt plus de batterie, ou à se déplacer à tâtons…

… pareil pour le micro. Ces salauds viennent de couper le jus, je n'y vois plus rien. Marlene est avec toi ?

Il cliqua sur *Envoyer* et se sentit tout de suite moins isolé. Encore une chance qu'il y ait du réseau dans cet endroit de malheur. Tant qu'il avait un contact avec le monde extérieur, tout n'était pas perdu.

On s'en occupe ! répondit Pascal dans la seconde. Marlene vient d'arriver. Désolé, mon vieux, j'ai été obligé de lui montrer la photo. Elle m'aurait arraché les yeux, sinon.

D'un coup, le moral de Jonas remonta en flèche. Ses amis étaient là, tout près, ils ne le laisseraient pas tomber.

Il redescendit avec précaution, n'allumant son portable qu'une fois en bas pour en économiser la batterie le plus possible, et alla s'asseoir par terre dans le débarras, le dos calé contre le mur. Puis il ouvrit l'appli permettant de suivre Élanion. Il l'avait installée longtemps auparavant, mais ne s'en était quasiment jamais servi.

Écran noir. Cela pouvait se comprendre : Pascal ne maîtrisait pas encore le maniement du drone, il mettait un peu de temps à le démarrer. Au bout de quelques minutes enfin, Jonas vit apparaître une image. La maison des Brittner. Élanion prit de la hauteur, traversa la rue et vint se stabiliser au-dessus du jardin des Müller.

Génial, ça marchait !

Si Jonas avait été aux commandes, il aurait fait descendre Élanion un peu plus bas pour voir qui étaient les deux individus en train de s'escrimer sur la porte. À peine s'était-il fait cette réflexion, comme s'il avait lu dans ses pensées, Pascal zooma sur les deux individus. Le premier… on aurait dit Aron. Même taille, même corpulence. Malheureusement, Jonas ne pouvait pas voir son visage. Le second pouvait être Tim Zeman, mais il se dissimulait sous un sweat à capuche.

Tant pis, après tout, ce n'était pas le plus important. Ils étaient là et n'en délogeraient pas de sitôt. Si Jonas s'avisait de mettre le nez dehors, ils lui tomberaient dessus à la seconde même.

Laissant l'appli tourner en arrière-plan, Jonas appela Marlene. Elle décrocha dès la première sonnerie.

– Allô ? Comment ça va ? Tu veux qu'on vienne ? On pourrait essayer de faire diversion…

– Surtout pas, répondit Jonas en chuchotant. Il ne faudrait pas qu'ils s'en prennent à vous, ce serait la fin de tout. Pour l'instant, ils se doutent que je suis là, mais ils n'ont pas encore trouvé le moyen de descendre et ça les rend dingues.

– J'imagine ! Donc : que peut-on faire pour toi ?

– Continuez à surveiller les abords. Prenez des photos des voitures, filmez tout ce qui se passe. Et prévenez-moi s'il y a du mouvement. Je ne vais pas pouvoir continuer à suivre Élanion, sinon je vais être très vite à court de batterie.

– Compris. Ton portable est en silencieux ?

– Évidemment.

Grimaçant un sourire, Jonas ajouta :

– Je ne suis pas stupide.

Marlene pouffa, ce dont il lui fut éperdument reconnaissant : tant qu'elle riait, il avait encore une chance de s'en sortir.

– D'ac, monsieur le petit génie pris au piège. À plus.

– Attends ! la retint-il. Pas un mot à la police, OK ? Ackermann est dans le coup.

Elle hésita une seconde de trop à son goût avant de soupirer :

– Soit. Pas la police.

Elle raccrocha. Jonas ferma son appli, l'écran s'éteignit, et tout devint sombre autour de lui.

À présent, il n'y avait rien d'autre à faire que d'attendre. Or rien ne lui pesait davantage que l'inaction. Surtout avec un cadavre dans le congélateur. Pour être honnête avec lui-même, Jonas devait s'avouer que cette cohabitation forcée le mettait mal à l'aise et qu'il éprouvait une certaine angoisse à être dans le noir avec un mort à quelques centimètres de lui.

Passant la main sur son front, il se força à se ressaisir. C'était ridicule, voyons, il n'avait rien à craindre de Schratter. Par contre, il avait tout à redouter de ceux – bien vivants, ceux-là – qui s'agitaient de l'autre côté de la porte.

– Tu as mis le pied-de-biche à l'envers !

– Laisse-moi faire…

Curieusement, ils semblaient ne pas avoir encore compris qu'elle était pleine de Super Glue. Tant mieux, plus ils s'escrimeraient dessus, plus Jonas aurait de temps pour réfléchir.

Au bout de dix minutes, Müller perdit patience.

– Ouvre, Jonas ! cria-t-il de nouveau depuis l'entrée. Je te promets qu'on ne te fera pas de mal. Et je ne dirai rien à tes parents. Mais, s'il te plaît, sors de cette cave !

Comme pour donner plus de poids à ses paroles, il tambourina à la porte de toutes ses forces.

Jonas se garda bien de répondre.

– Bon sang, siffla quelqu'un entre ses dents. On ne va pas y passer la nuit ! Je viens d'avoir Herbert au téléphone, il est furax. Il dit qu'il ne peut plus attendre : ils ont attaqué tout à l'heure ; il a tout arrêté mais ça a déjà commencé à prendre. Si on rate encore le coche, on sera bons pour remettre ça la semaine prochaine.

Jonas frissonna des pieds à la tête : Herbert, à tous les coups, c'était Zeman. Quant à ce qui avait commencé à prendre, ça ne pouvait être que la chape en béton. Ils voulaient ensevelir Schratter dans les fondations du futur centre technologique ! Dans un sens, ce n'était pas idiot : même dans l'hypothèse où des chiens repéreraient le cadavre à l'odeur, qui irait le chercher sous la dalle ?

Jonas sentit une grosse boule dans sa gorge. Il n'en réchapperait pas. Impossible… S'ils avaient ne fût-ce qu'une once de matière grise dans la cervelle, ils ne prendraient pas le risque de le laisser en vie.

Il pensa à Kolya, toujours en réanimation. Le jeune Russe s'était approché de la fouille, avait vu quelque chose qu'il n'aurait pas dû voir, et payait cher sa curiosité… Peu à peu, les choses s'éclairaient. Kolya était hospitalisé dans le service où travaillait Barbara Lichtenberger. Son rôle, à elle, c'était de veiller à ce qu'il ne se réveille pas… Voilà pourquoi elle était si grassement rémunérée. Combien toucherait-elle pour que l'état de santé du malheureux se dégrade et prenne une tournure tragique ?

Au fait, songea Jonas, dont l'esprit s'était mis à tourner à cent mille tours, était-ce la raison pour laquelle Lichtenberger s'était suicidé ? Il n'avait pas supporté de savoir à quelle odieuse machination se prêtait sa femme ?

Ce n'était pas complètement exclu. Mais peu probable...

Contrairement au jeune Russe, Linda était consciente. Mais elle mourait de peur. Ils devaient donc avoir des raisons de penser qu'elle ne dirait rien.

Un bruit métallique en provenance de la porte de l'entrée arracha Jonas à ses réflexions. On aurait dit qu'un outil heurtait la charnière. Se levant, Jonas voulut allumer la lampe-torche.

Trop tard ! Dans son mouvement, il avait heurté un objet dur posé en équilibre au sommet d'une pile de cartons. S'éclairant de son téléphone, il vit qu'il s'agissait d'une boîte pleine de pots de peinture, déjà entamés pour la plupart. L'un d'eux s'était ouvert dans sa chute, et de la peinture bleue s'en échappait.

– J'en étais sûr ! hurla Martin, fou de rage, en tambourinant sur la porte à coups de poing. Ça suffit, maintenant ! Allez, ouvre, et nous resterons bons amis ! Tandis que si tu fais l'idiot, tu le regretteras, c'est moi qui te le dis.

Plus encore que la menace, la frustration de Jonas et son dépit d'avoir été maladroit eurent raison de sa patience.

– Bons amis, nous ? répliqua-t-il au mépris de toute prudence. À qui vous parlez, Martin ? Au bonhomme dans le congélateur ?

Et voilà, à cause de son impulsivité, Jonas venait de creuser sa tombe. Erich aurait moins de travail... il n'aurait d'ailleurs même pas à se salir les mains : la dalle de béton était assez vaste pour accueillir deux cadavres au lieu d'un.

– Une dernière fois, je te demande d'ouvrir cette porte, tenta de l'amadouer Martin. Ensuite, on discutera gentiment. Je suppose que tu as eu très peur, tu ne t'attendais pas à ça, forcément. Mais je peux tout t'expliquer. C'est un accident.

« Ben voyons ! »

Jonas n'avait plus peur, mais il se connaissait : quand il était dans cet état, en général, il avait plutôt tendance à envenimer la situation.

– Ah bon, un accident ? railla-t-il en sachant pertinemment que c'était une erreur et qu'il ferait mieux de se taire. Mmh, c'est gênant, en effet ! Le recteur est descendu chercher de la sauce tomate faite maison, et il est tombé par hasard dans le congélateur en se fracturant le crâne au passage ? Je vois. Le genre de chose qui arrive tous les jours…

Personne ne disant rien, il en rajouta encore une couche :

– D'ailleurs, dans ce patelin, les accidents sont monnaie courante, on dirait : d'abord, Kolya fait une chute sur le chantier… Ensuite, c'est le tour de Linda Koren… Et le suicide de Lichtenberger était peut-être un accident aussi : il s'est passé la corde au cou sans le faire exprès et crac, le nœud s'est refermé avant qu'il ait eu le temps de dire ouf !

Silence de mort de l'autre côté. Jusqu'au moment où Roginski prit la parole :

– Sors de là, petit. De toute façon, tu ne pourras pas rester enfermé en bas indéfiniment. Alors arrête tes bêtises et arrive, que l'on réfléchisse à une solution viable pour tout le monde.

– Une solution viable ? ironisa Jonas, toujours en mode provocateur. Pour qui ? Pour moi ? Combien de temps vous me donnez, à votre avis ? Une heure ? Moins ?

Pas de réponse. Ouvrant son appli, Jonas vit qu'Élanion volait toujours. Il lui restait sept pour cent de batterie. Le retour automatique ne tarderait pas à s'enclencher mais, pour l'instant, le drone envoyait des images parfaitement nettes. Dont une de la camionnette de Roginski avec, à son bord, deux hommes en train de fumer une cigarette. Jonas reconnut Erich.

Pascal devait être plus à l'aise avec le contrôleur de vol car le drone décrivit une courbe élégante au-dessus d'un petit parc avec piscine puis revint se stabiliser au-dessus du jardin des Müller, où Aron et son acolyte montaient toujours la garde devant la porte du sous-sol. C'était à se cogner la tête contre les murs.

Rien n'avait changé depuis tout à l'heure. Personne n'avait essayé de forcer le passage. Pas étonnant, ces fumiers n'avaient certainement pas envie d'attirer l'attention sur eux.

Jonas allait éteindre son portable quand il lui vint une idée lumineuse. C'était si simple que ça ne pouvait pas rater. Cela demandait juste un peu de préparatifs.

L'utilisation de la lampe-torche et de l'appli avaient pompé sa batterie. Plus que cinquante pour cent… ce n'était pas encore dramatique, mais à partir de maintenant, il devrait l'économiser le plus possible.

En attendant, il devait appeler Marlene et lui exposer son plan. De nouveau, elle décrocha immédiatement.

– Jonas ? Comment tu vas ?

– Bien. Ils savent que je suis là, mais ce n'est pas grave. Écoute, je sais ce qu'ils veulent faire de Schratter. Ils vont le couler dans le béton.

– Pardon ?

– Oui, ils ont prévu de l'ensevelir dans les fondations du futur centre technologique. En soi, ce n'est pas une mauvaise idée. On va les en empêcher mais, pour ça, j'ai besoin de votre aide. Élanion est rentré ?

– Il y a un peu plus de dix secondes. Pascal vient de le récupérer.

– Parfait. Qu'il le mette en charge tout de suite. Ensuite, tu me le passeras.

Jonas n'eut pas longtemps à attendre. Quelques secondes plus tard, Pascal prit l'appareil.

– Ce bidule est tout simplement incroyable ! s'écria-t-il d'une voix enjouée. J'en veux un pareil !

– Si tu fais ce que je te demande et que ça marche, je t'en fabriquerai un aussi beau, promit Jonas. Peut-être pas aussi performant ni aussi cher, mais de quoi t'amuser, tu verras.

– Extra ! se réjouit Pascal. Alors, explique : que peut-on faire pour toi ?

36 ◉

Les yeux rivés sur son appli, Jonas guettait le moment où Élanion aurait assez de batterie. Cinq pour cent, ce n'était pas assez. Il en fallait au moins le double. L'idéal eût été vingt pour cent, mais Jonas n'était pas sûr de pouvoir tenir jusque-là.

Car Müller et ses acolytes avaient attaqué la porte à la scie.

– Je te donne une dernière chance de t'en sortir vivant ! s'écria Roginski sur un ton qui n'avait plus rien d'amical. Si tu n'ouvres pas tout de suite, dans quelques minutes, tu es mort. Dis-moi, Martin, tu n'as pas une hache ? Ce serait plus rapide…

Une hache… Jonas frissonna de tout son être. Une fois que ces enragés auraient enfoncé la porte, un coup, un seul, et c'en serait fini de lui.

– À propos de chance, vous savez que vous n'en avez aucune ? les provoqua-t-il pour gagner du temps.

À ces mots, le bruit de scie s'arrêta.

– Ta gueule ! aboya le traiteur. Arrête de jouer au petit malin, ça ne marche pas !

– Je dis ça pour vous…, crâna Jonas. Parce que vous n'avez pas l'air de vous en rendre compte, mais je vous vois très bien, tous autant que vous êtes. Par exemple, vous savez qu'Erich fume dans la camionnette ? C'est vous qui l'y avez autorisé ?

Au silence qui suivit, il sentit la panique s'emparer de ses adversaires.

– Merde ! fulmina Roginski. J'avais pourtant bien dit qu'il fallait neutraliser ce putain de drone avant qu'on vienne récupérer le colis ! Qu'est-ce que tu as foutu, Martin ? Tu n'es vraiment qu'un incapable...

« Excellent », se réjouit Jonas avant de revenir à la charge.

– Je suis curieux de savoir comment vous allez « récupérer le colis », comme vous dites si bien, sans que ça se voie sur les photos !

Un coup d'œil à son téléphone... Dix pour cent de batterie. Il se mordit les lèvres. Ça ne suffisait pas. Pas pour ce qu'il avait en tête. D'une manière ou d'une autre, il fallait qu'il gagne encore un peu de temps.

Tandis qu'il réfléchissait à une diversion, il entendit Müller murmurer :

– Ackermann nous arrangera ça, il trouvera bien un moyen.

– Vous croyez ? lança Jonas, qui venait d'avoir une idée. Pour ça, il ne faudrait pas que les vidéos tombent dans de mauvaises mains. Imaginez que les photos fassent la une des journaux ! En ce moment, par exemple, mon drone est en train de filmer les deux comiques à la porte de derrière. Le premier, c'est Aron, n'est-ce pas ?

Le traiteur poussa un juron. Cependant, contrairement à ce que Jonas avait espéré, il ne bougea pas d'un pouce.

Jonas soupira. À présent, il fallait qu'il aille voir de l'autre côté...

Parvenu en haut de l'escalier opposé, il tapa du plat de la main contre la porte en métal.

– Hé, Aron, cria-t-il. Comme on se retrouve ! Content de te voir, mon pote !

Moins de cinq secondes plus tard, un coup de pied ébranla la porte.

– Hé, enfoiré ! J'ai hâte de te démolir !

– J'imagine. Je vois très bien ta face de brute. Je vois même tes boutons d'acné.

– Tu ne vois rien du tout.

Aron était ferré.

– Justement si. Pourquoi est-ce que tu ne te caches pas sous une capuche, comme ton copain ? C'est Tim Zeman, je ne me trompe pas ?

– Comment le s... bon sang ! s'exclama Aron, électrisé. Il doit avoir son foutu drone en train de nous filmer quelque part ! Tu le vois ?

Jonas consulta son appli. Treize pour cent. C'était peu, mais ils devraient s'en contenter.

Vite, il descendit au cellier pour appeler Pascal sans risque d'être entendu.

– On y va. Tenez-vous-en exactement à ce qui est convenu : pilotage manuel, retour automatique désactivé. Surtout, prends bien soin de l'oiseau...

– Et toi, fais attention à toi.

– Compte sur moi !

Ayant raccroché, Jonas remonta sans bruit, compta jusqu'à vingt, puis il alluma son appli. Élanion se dirigeait droit vers le jardin des Müller. Altitude parfaite. Il se stabilisa au-dessus d'Aron et Tim, et amorça la descente.

Jusque-là, tout allait bien.

– Je vous vois ! cria Jonas à travers la porte. Ça va faire des photos géniales.

– Le voilà ! s'écria Tim en levant le bras.

Se baissant, il prit une pierre en bordure d'une plate-bande et la lança sur le drone.

Élanion esquiva le projectile d'une brusque embardée et revint élégamment à son point de départ. Aron, qui s'était emparé d'une planche appuyée contre la cabane à outils, la leva au-dessus de sa tête pour tenter de l'abattre. C'était compter sans l'adresse de Pascal. D'un rapide mouvement d'ascenseur, il fit remonter le quadricoptère de quelques mètres. Juste assez pour être hors de portée.

– Recommence ! ordonna Aron à son acolyte.

Tim ramassa une pierre. Lorsqu'il leva les yeux, Élanion s'était insensiblement déplacé. À présent, il se dirigeait vers le fond du jardin. Se laissant entraîner, les deux jeunes le suivirent d'abord lentement, puis de plus en plus vite car Pascal accélérait au fur et à mesure. Ils traversèrent la rue en courant.

Dès qu'ils eurent dépassé l'arrêt de bus, Jonas tourna la clé dans la serrure. Un coup d'œil à son appli : ces deux imbéciles pourchassaient toujours Élanion, ils étaient presque à hauteur du petit parc. Parfait. À présent, il n'y avait pas une minute à perdre : lorsque Aron se rendrait compte de sa bêtise, ce qui ne saurait tarder, il ferait demi-tour et rappliquerait à fond de train. À ce moment-là, Jonas aurait intérêt à être loin.

Se faufilant dehors, celui-ci referma la porte sans bruit, la verrouilla à double tour par l'extérieur et s'enfuit avec la clé sans demander son reste. Escaladant la haie, il traversa le jardin du voisin, sauta par-dessus la clôture, déboucha dans la rue et piqua un sprint. Pas question de se réfugier chez Pascal : Pascal et Marlene se seraient retrouvés dans le collimateur de ses adversaires, et c'était bien la dernière chose qu'il voulait.

Au bout d'une dizaine de minutes, parvenu dans un lotissement en bordure de forêt, il vit un petit chemin qui s'enfonçait dans les bois. Il s'y engouffra, s'écroula derrière le premier buisson un peu fourni qu'il rencontra, et reprit son souffle.

D'une main tremblante, il sortit son téléphone de sa poche et envoya un message à Marlene :

Sauvé ! Merci à vous !

« Bravo ! Et bisou », répondit-elle par retour, avec un smiley envoyant un baiser.

Sans ce petit mot : « bisou », et le smiley qui allait avec, qui sait si Jonas aurait entrepris ce qu'il fit alors...

37 ◉

Jonas avait des photos du cadavre de Schratter. Et d'autres sur lesquelles on voyait Aron et Tim. En revanche, il n'avait rien pour prouver l'implication de Müller, Roginski, Zeman et Ackermann dans la mort du recteur. Il fallait faire quelque chose.

Jonas jeta un coup d'œil à sa montre. 22 heures passées. Les bus ne circulaient plus à cette heure-ci mais ce n'était pas grave : en se dépêchant, il ne mettrait pas plus de vingt minutes à rejoindre le campus.

Enfonçant ses mains dans ses poches, il sentit sous ses doigts la clé de la cave. Müller, Roginski et leurs complices devaient être encore en train de batailler avec la porte. À l'idée qu'ils le croyaient encore pris au piège et continuaient sans doute à l'insulter ou tenter de parlementer, Jonas se mit à rire. Ils allaient avoir une belle surprise ! Les choses s'étaient passées comme sur des roulettes, mieux encore que tout ce qu'il aurait pu espérer. À présent, il s'agissait de conclure l'affaire en beauté.

Son euphorie ne l'empêchait pas d'être lucide. Toujours sur ses gardes, Jonas évita avec soin les rues les plus éclairées, préférant se fondre dans l'obscurité pour ne pas être repérable au premier coup d'œil si par hasard la fourgonnette réfrigérée de Roginski patrouillait dans le secteur.

Il était déjà à mi-chemin lorsque son portable vibra. Un SMS. C'était Marlene.

Où es-tu ? On t'attend ! Si tu as besoin d'aide, dis-nous.

« Tout va bien, répondit-il en marchant. Encore un ou deux trucs à régler et j'arrive. »

Il ne s'était pas écoulé trente secondes qu'il reçut un nouveau message.

Ne me dis pas que tu es en route pour le campus ? Si oui, laisse tomber ! Tenter le diable n'est jamais une bonne idée.

Elle se faisait du souci pour lui ! À cette pensée, Jonas se sentit pousser des ailes.

T'inquiète, je n'ai pas l'intention de prendre des risques. À +

Cette fois, la réponse mit un peu plus de temps à arriver :

Concéder une fois par jour à quelqu'un le droit d'être plus intelligent que toi. MAINTENANT. Please.

Jonas rangea son smartphone dans sa poche. Son bel enthousiasme était un peu entamé, mais pas sa détermination. Même si ça l'ennuyait de refuser quelque chose à Marlene, il irait jusqu'au bout. Müller, Roginski, Andrea Gilles… Ils l'avaient assez emmerdé, tous autant qu'ils étaient… À présent, c'était son tour de leur en faire voir.

Plutôt que par le grand portail, il pénétra sur le campus par une entrée secondaire. On entendait de la musique et des rires en provenance de la résidence universitaire, mais les allées étaient désertes.

De là où il était, Jonas ne distinguait pas encore le chantier qui se trouvait plus loin sur la droite, à l'écart des autres instituts. Par contre, il avait vue sur le bâtiment de l'administration.

Les fenêtres du rectorat étaient éclairées. Pourtant, Andrea Gilles devait avoir renoncé à l'attendre...

Alors, pourquoi était-elle encore là ? La tentation était grande de lui faire une petite visite. L'espace d'un instant, Jonas s'imagina débouler dans le bureau en débitant une excuse bidon, du genre : « Désolé pour le retard, mais je viens d'avoir une entrevue avec votre chef. Très cool, le recteur, pas vrai ? »

Depuis qu'il avait réussi à s'enfuir, il se sentait presque invulnérable. Cependant, il s'exhorta à la prudence. Surtout, pas de risque inutile. L'heure n'était pas aux actions d'éclat, la situation était bien trop dramatique, elle exigeait d'agir dans l'ombre, le plus discrètement possible. Ce n'était pas dans les habitudes de Jonas, mais il y avait des moments dans la vie où il fallait savoir se faire violence.

Petite vérification... Il avait trente pour cent de batterie. Et pas de nouveau message.

Évitant systématiquement le halo des bornes lumineuses, Jonas prit la direction du chantier. Tandis qu'il se rapprochait, il aperçut la silhouette des grues se découpant dans le ciel nocturne. Soudain, il crut déceler comme un bruit de roulis, pas très fort, mais continu.

La zone était entièrement plongée dans l'obscurité. Seule émergeait de la pénombre une benne près de laquelle brillait une petite loupiote à peine visible de loin.

Jonas décida de passer derrière l'Institut de physique théorique, qui n'était séparé du mur d'enceinte que par une étroite bande de terrain non éclairée. C'était un détour, mais il y avait moins de risques qu'il tombe sur quelqu'un.

Serrant son téléphone dans sa main comme un talisman, il s'avança dans l'obscurité. Il atteignit la lisière du chantier sans avoir rencontré âme qui vive, longea la palissade à tâtons, toujours en direction de la benne, et chercha un espace par lequel se faufiler de l'autre côté.

En entendant une voix, il se figea. L'homme parlait à voix basse, mais il contenait mal sa fureur. Pas de doute, c'était Zeman.

– … ces imbéciles n'arrivent pas ! enrageait-il. Ils devraient être là depuis longtemps ! Si ça continue, on va attirer l'attention, les étudiants vont rentrer de soirée et se demander ce qu'on fait ici à cette heure-ci.

Se hissant sur la pointe des pieds, Jonas regarda le maître d'œuvre. Celui-ci était exactement tel que dans son souvenir : furibond, le visage cramoisi de colère.

Photo ! Hélas, la caméra du smartphone était infiniment moins performante que celle d'Élanion, et l'image, de très mauvaise qualité. On apercevait à peine un faible halo laissant deviner les contours flous d'une silhouette masculine. Jonas zooma sur le visage. À sa grande déception, il ne vit qu'une tache claire indéfinissable.

Donc il n'avait pas le choix : il devait s'approcher davantage. Retenant son souffle, il fit quelques pas en avant, presque centimètre par centimètre. À un moment, il rencontra un endroit où les planches étaient légèrement disjointes, formant une sorte de X avec juste assez de place au milieu pour passer dessous.

Jonas eut un instant d'hésitation. Il était encore assez loin de Zeman pour s'estimer à peu près en sécurité. Tandis qu'une fois franchie la palissade, il serait à la merci de ses ennemis.

Sa raison avait beau lui crier que c'était une folie, il s'aplatit sur le sol. C'était bon, il y avait juste assez d'espace pour passer. Jouant des coudes, il rampa sur le sol boueux jusqu'à une pile de palettes où il se tapit à l'abri des regards indiscrets.

Il n'était plus qu'à quelques mètres de Zeman. Qui fixait le fond de la fosse en secouant la tête d'un air furibond.

Le ronron continu de tout à l'heure s'était interrompu. Lorsqu'il reprit, Jonas n'eut aucun mal à l'identifier : il venait d'une petite bétonnière montée sur camion, installée à proximité. Pas étonnant que Zeman soit à bout de nerfs. Si cela faisait des heures qu'il malaxait le béton, il avait de quoi être énervé.

Après s'être assuré que toutes les fonctions de son smartphone étaient en mode silencieux, Jonas prit une photo de l'engin. Puis il fit quelques pas en avant, et en prit une autre de Zeman, vu de dos. Aussi floue que la précédente, hélas. Tandis qu'il hésitait à la conserver, la main au-dessus de l'écran pour cacher la lumière bleue, un nouveau bruit le fit sursauter. Celui d'un moteur diesel, semblait-il… Le véhicule se rapprochait.

À cet instant, Jonas aurait donné n'importe quoi pour avoir Élanion. Ah, si seulement il avait pu se planquer quelque part et piloter son drone à distance pour voir ce qui se passait !

Du côté du fourgon réfrigéré en train d'arriver, par exemple. Celui-ci s'arrêta près de la fosse, et deux types en descendirent. Jonas zooma sur leurs visages avec son smartphone, mais renonça à les photographier. Ça ne donnerait rien, de toute façon.

La voix de Martin Müller s'éleva dans l'obscurité :

– Ce bâtard nous a échappé.

– Quoi ? s'écria Zeman, oubliant toute prudence.

D'un seul coup, Jonas eut une idée. À défaut de photos, il pouvait au moins enregistrer ce qui se disait. Fébrile, il activa son micro.

– Vous êtes malades ou quoi ? beugla le chef de chantier. Bande de tarés, comment avez-vous pu laisser faire ça ?

Jonas n'entendit pas la réponse de Müller. Sans doute quelque chose en rapport avec la police, car Zeman se mit à hurler qu'Ackermann les aiderait peut-être à limiter la casse mais qu'il ne fallait pas en attendre des miracles.

– Bien sûr qu'il nous aidera ! tempêtait le maître d'œuvre. Seulement, si cette petite fouine s'amuse à raconter partout qu'il a vu le cadavre de Schratter dans votre congélateur, ça risque de faire du bruit ! Et à ce moment-là, Ackermann ne pourra plus rien pour nous.

Génial. Une phrase comme celle-là ne pourrait qu'impressionner les juges lors du procès.

– Et pourquoi avez-vous pris la camionnette ? poursuivit Zeman sur sa lancée. Vous croyez peut-être que Schratter aurait eu le temps de décongeler en cours de route, et qu'il serait arrivé ici en état de putréfaction avancée ? Bon sang, ça vous arrive de vous servir de votre cervelle, quelquefois ?

Jonas n'en revenait pas que le maître d'œuvre se laisse aller ouvertement à des aveux aussi compromettants. D'accord, la résidence universitaire était trop éloignée pour qu'on puisse l'entendre, mais si quelqu'un passait à proximité...

Cela ne pouvait signifier qu'une chose : il avait posté des sentinelles pour veiller à ce que personne ne s'approche de trop près. Jonas ne serait pas passé par l'arrière de l'Institut de physique théorique qu'il aurait été découvert à tous les coups.

Combien étaient-ils à être impliqués dans le complot ? se demanda-t-il en épiant la scène. Jusqu'à présent, ils avaient fait bloc, sans doute parce que tous avaient beaucoup à gagner dans la mort du recteur...

Jonas repensa à l'enveloppe trouvée dans la boîte aux lettres des Lichtenberger quand un mouvement à arrière de l'utilitaire attira son attention. Quelqu'un abaissait la plateforme, sur laquelle gisait une forme sombre.

S'étant assuré que personne ne regardait dans sa direction. Jonas quitta sa cachette derrière les palettes, courut jusqu'à une pelleteuse stationnée à environ une trentaine de mètres de l'endroit où s'activaient ses ennemis, et s'accroupit derrière la chenille. Haletant, il tendit le cou pour mieux voir.

Le cadavre avait été roulé dans une grande bâche en plastique vert foncé. Il avait gardé la position biscornue imposée par son séjour dans le congélateur, si bien que la tête, les coudes et les genoux saillaient à angles droits sous la toile enduite.

– Ça n'a pas été une partie de plaisir, expliquait justement Roginski au maître d'œuvre. Il s'en est fallu de peu qu'on soit obligés de l'attaquer à la scie. Si Martin avait eu un peu de jugeote, il l'aurait mis à décongeler cet après-midi.

Müller frémit sous l'insulte. Pâle comme la mort, il avait assisté sans mot dire au déchargement du « colis ». Mais, cette fois, c'en était trop. Se ruant sur le traiteur, il le frappa en hurlant :

– Ta gueule ! J'aurais voulu t'y voir ! Ça fait trois semaines et demie que j'héberge un macchabée dans mon sous-sol ! Trois semaines que je ne dors pas et me bourre d'antidépresseurs. Et toi, tu te permets de critiquer, alors que c'est ta faute si on a loupé le premier créneau ! Alors ferme-la, compris ?

Trois semaines et demie ? Jonas se livra à un rapide calcul. Il avait pris ses quartiers chez les Müller en même temps que Schratter. Sinon le même jour. Mais oui ! Voilà pourquoi Silvia était arrivée en retard à la gare ! Elle avait sans doute eu beaucoup à faire pour installer son invité-surprise dans son sous-sol.

Roginski n'était pas du genre à se laisser frapper sans réagir. Saisissant Martin par les épaules, il le poussa violemment en arrière et le plaqua contre le fourgon.

La bagarre faisait du bruit.

« Pourvu que quelqu'un entende ! se prit à espérer Jonas. Quelqu'un qui n'est pas dans le complot… »

C'était un vœu pieux, et il le savait. Il n'y avait rien à attendre des flics : quand bien même quelqu'un les aurait appelés, ils n'auraient sûrement pas donné suite. Ackermann devait avoir donné des ordres dans ce sens.

Zeman se chargea de séparer les combattants. Il attrapa Roginski par le col et le sermonna. Contrairement à son habitude, il avait baissé la voix, si bien que Jonas ne comprit pas ce qu'il disait, mais le ton était menaçant.

Le calme revenu, tous firent cercle autour du cadavre. Erich, qui venait de descendre de voiture, se plaça à la tête ; Roginski, aux pieds ; Müller, au milieu. Ensemble, ils soulevèrent le corps pour aller le déposer quelques mètres plus loin, tout au bord de la fosse.

Toujours accroupi, Jonas se rendit à l'arrière de l'engin. De là, il avait une vue plongeante sur l'excavation. Au premier abord, il ne distingua pas grand-chose. Jusqu'au moment où Zeman alluma une lampe-torche.

Jonas sentit son sang se figer dans ses veines. Tout en bas, on apercevait un trou de deux mètres par deux environ, dont le fond était légèrement luisant.

« La première couche de béton ! » devina Jonas.

La seconde n'attendait que d'être coulée.

– Retirez la bâche, ordonna alors Zeman. Moins il y aura de bulles d'air, mieux ça vaudra.

Comme Müller et Roginski hésitaient, Erich prit les devants. En quelques gestes énergiques et précis, il découvrit le corps.

En revoyant Schratter recroquevillé sur lui-même tel un pantin désarticulé, Jonas faillit se sentir mal. Mais ce n'était pas le moment de flancher. Prenant son portable dans sa poche, il consulta le niveau de la batterie. Plus que douze pour cent. Autant dire presque rien.

Éclairant le cadavre, Zeman l'examina d'un air pensif. Jonas en profita pour prendre trois photos – correctes, cette fois – sur lesquelles on distinguait les visages, y compris celui du recteur.

Avec le logo de l'entreprise de Zeman sur une des bennes à l'arrière-plan.

À ce moment-là, son téléphone se mit à vibrer. Jonas retint un cri mais, dans sa frayeur, il laissa échapper son portable. Vite, il tendit les bras pour essayer de le rattraper au vol et le rata. Au lieu de se refermer sur le téléphone, sa main droite envoya celui-ci valser au fond de la fosse.

Tapi dans l'obscurité, Jonas retint son souffle. Aucun des hommes n'avait rien vu. Par contre, tous avaient entendu le ploc de l'impact.

Les quatre têtes pivotèrent en même temps. Jonas comprit qu'il n'avait que quelques secondes pour déguerpir. Abandonnant son portable à son destin, il se rua tête baissée vers la palissade en sachant très bien qu'il achevait de se trahir. À présent, ces messieurs ne pouvaient plus ignorer qu'ils avaient été observés... Il y avait peu de chances qu'ils le laissent dépasser la clôture. Et quand bien même il y parviendrait, qu'adviendrait-il ensuite ?

Surtout ne pas réfléchir. Se concentrant, Jonas mit toute son énergie à repérer l'endroit, se jeta à plat ventre, rampa comme un dératé et déboucha de l'autre côté.

Victoire ! Cependant il n'était pas encore sauvé pour autant. Car des ordres claquaient dans son dos. Il avait beau ne pas tout comprendre, il n'avait aucun mal à en deviner le sens.

Prenant ses jambes à son cou, il piqua à gauche dans la première allée qu'il rencontra. La sortie la plus proche se trouvait à quatre ou cinq cents mètres de là, et c'était la seule qu'il pouvait espérer atteindre.

Il ne s'était pas écoulé dix secondes qu'il se sentit fauché par derrière. Tourbillonnant sur lui-même, il s'écroula sur le sol. Son adversaire s'abattit sur lui, l'écrasant de tout son poids.

Jonas ne pouvait plus respirer. Au bord de l'asphyxie, il cherchait désespérément un peu d'oxygène. Il allait s'étouffer quand son agresseur roula sur le côté. Jonas ne fit pas un mouvement, n'essaya pas de s'enfuir. Tel un homme en train de se noyer, il aspira une grande goulée d'air frais.

Malgré le voile qui lui brouillait la vue, il reconnut Erich. Celui-ci le crocheta par le coude et le poussa sans ménagement vers la camionnette. Cette fois, Jonas n'eut pas à ramper sous la clôture; le concierge le fit passer par l'accès réservé aux engins de chantier.

Zeman l'attendait, les bras croisés sur sa poitrine. À côté de lui, Roginski, un mauvais sourire sur les lèvres. Martin Müller regardait ailleurs.

– Je regrette beaucoup, commença l'entrepreneur, sur le ton de quelqu'un qui a une mauvaise nouvelle à annoncer à un de ses associés. Tu comprends bien que tu nous poses un problème… En fait, tu ne nous laisses pas d'autre choix que de t'éliminer.

Jonas se tortilla pour se libérer. Peine perdue, le concierge le tenait d'une main de fer.

– Quoi que vous fassiez, c'est trop tard de toute façon, répondit crânement Jonas. Croyez-moi, ce n'est pas parce que vous m'aurez supprimé que vous serez débarrassés du problème. Tout ce que vous y gagnerez, c'est un mort de plus sur le dos.

Il avait failli dire « sur la conscience » mais s'était repris au dernier moment. Ce n'était pas en faisant appel à la conscience de Zeman qu'il l'impressionnerait.

Contre toute attente, celui-ci mordit à l'hameçon.

– Explique ! Je te donne une minute.

Jonas réfléchit à toute allure. Et joua le tout pour le tout. Levant les yeux, il scruta le ciel comme s'il espérait y voir apparaître quelque chose.

Zeman poussa un rugissement.

– Tu as ton drone avec toi ? Fais-le redescendre ! Tout de suite !

– Je ne peux pas. Il est en pilote automatique.

Se jetant sur lui, Zeman le saisit par le menton.

– Tu dois pouvoir changer ça, pas vrai ?

Entrevoyant la vérité, il se décomposa.

– Ne me dis pas que tu as passé les commandes à quelqu'un ?

Jonas tenta en vain de se dégager. Zeman lui enfonçait ses ongles dans la chair.

– J'attends ! éructa-t-il en faisant un signe à Erich.

Aussitôt, Jonas sentit une douleur fulgurante dans le bras. Le concierge venait de le lui tordre atrocement.

– Si j'appelle au secours, on m'entendra, articula Jonas, les larmes aux yeux.

– Merci de me prévenir, ironisa le maître d'œuvre.

Se tournant vers Müller qui suivait la scène les lèvres serrées, il ajouta :

– Quoi qu'il arrive, il faut absolument qu'on récupère ce drone. Je crois qu'il bluffe, mais on ne peut pas se permettre de prendre le moindre risque.

Martin hocha la tête.

– Écoute, commença-t-il d'une voix tremblante, on ne va pas... je veux dire... Jonas n'est encore qu'un gamin. S'il lui arrivait quoi que ce soit, je ne pourrais plus jamais me regarder dans la glace.

Zeman balaya l'objection d'un geste :

– Tu es prié de me retrouver ce putain de drone et le matos informatique qui va avec. Une fois qu'on aura récupéré tout ça, on sera tranquilles.

Levant la main, il fit signe au chauffeur de la bétonnière.

– Ce qui est bien, poursuivit-il, c'est que cette petite frappe s'est déjà fait remarquer plusieurs fois pour son indiscipline et ses comportements hargneux. Les jeunes de son espèce disparaissent parfois sans laisser de traces. Et comme il n'y a aucune chance qu'on le retrouve...

À ces mots, gagné par l'énergie du désespoir, Jonas se jeta par terre en hurlant et en donnant des coups de pied dans tous les sens. Un bruit de moteur couvrit le son de sa voix.

Ouf ! Enfin des gens qui ne trouvaient pas normal qu'on travaille de nuit sur le chantier, et venaient voir ce qui se passait ! Sauf si ce n'était pas la première fois, auquel cas le bruit ne dérangeait plus personne.

Tandis qu'il se débattait comme un forcené pour échapper à la poigne d'Erich, les autres soulevèrent le cadavre.

– On compte jusqu'à trois ? demanda Müller d'une voix blanche.

– Oui, répondit Zeman. Essayez de bien viser, ça nous évitera d'avoir à descendre pour le pousser dans le trou.

La suite, Jonas ne l'oublierait jamais : le cadavre disloqué tombant comme une pierre et atterrissant avec un bruit horrible sur son lit de béton, trois ou quatre mètres plus bas, puis s'enfonçant lentement dans la masse jusqu'à disparaître en partie.

Oui, cette image le poursuivrait. Même si tout laissait à penser qu'elle serait brève. Dans quelques minutes, ce serait son tour. Il abattit sa dernière carte.

– J'ai des photos de Schratter, improvisa-t-il après qu'Erich l'eut remis debout de force. On voit le congélateur, un bout de la cave des Müller, le visage du recteur et sa blessure derrière la tête.

– Prends-lui son portable ! ordonna Zeman à Erich.

– Je ne l'ai pas sur moi, répondit Jonas en affectant un air dégagé pour ne pas montrer combien il était paniqué.

L'arrogance, la morgue, c'était la seule façon de déstabiliser son ennemi, de le faire hésiter à répondre d'un nouvel assassinat…

Erich le palpa des pieds à la tête, fouilla les poches de son jean et de son blouson.

– Je répète : je ne l'ai pas, crâna Jonas. Par contre, ce que je ne vous ai pas dit, c'est qu'en plus d'avoir photographié votre copain, j'ai publié sa photo.

Les yeux du maître d'œuvre lui sortirent de la tête.

– Comment ça : « publié » ?

– Sur Facebook.

Au moment où il prononçait ces mots, Jonas aurait voulu se gifler. Comment avait-il pu ne pas y penser plus tôt ?

– Je l'ai mise en ligne, bluffa-t-il. Avec une petite notice explicative. À l'heure où je vous parle, elle doit avoir été vue par des centaines de personnes. Peut-être plus.

Le maître d'œuvre le fixa d'un air soupçonneux. Jonas soutint son regard sans faiblir, conscient qu'il jouait son va-tout. Affaissé sur lui-même, Müller se tenait la tête dans les mains, mais Zeman était taillé dans un autre bois.

Sur un signe de lui, Erich lui lâcha les bras. Jonas voulut se les masser mais il parvint à peine les bouger, tant ils étaient engourdis. Cependant, avant qu'il ait eu le temps de comprendre ce qui lui arrivait, un violent coup de poing au visage le fit tomber à la renverse.

– Sale petite vermine ! siffla Zeman entre ses dents. Ne crois pas que tu vas t'en tirer comme ça.

L'attrapant par le col, il le remit une nouvelle fois sur ses pieds.

– Possible qu'on aille en taule, éructa-t-il. Si c'est ce que tu voulais, t'as réussi ton coup. Mais tu ne l'emporteras pas au paradis, c'est moi qui te le dis.

Sur ces mots, Zeman le souleva de terre avec une force décuplée par la rage et le balança dans la fosse. Jonas eut assez de présence d'esprit pour se protéger la tête avec ses mains. Un tourbillon dans les airs, et il heurta le sol avec une violence qui lui coupa la respiration. Il perdit connaissance.

Lorsqu'il revint à lui, quelques secondes plus tard, il se rendit compte qu'il avait atterri dans une masse visqueuse et collante qui cédait peu à peu sous son poids et l'aspirait inexorablement, tels des sables mouvants.

A priori, il n'avait rien de cassé. Ou plutôt, il était insensible à la douleur. L'angoisse avait pris le pas sur tout le reste. Il essaya de relever la tête, en vain. Il avait tout le côté droit pris dans le béton, et ne pouvait prendre appui sur rien. À la moindre tentative de s'extraire du piège mortel en train de se refermer sur lui, il s'enfonçait davantage.

Ouvrant les yeux, il vit la main de Schratter juste sous son nez, et ce spectacle le glaça d'effroi. Mû par l'énergie du désespoir, il s'efforça de bouger une jambe. Impossible. Cependant, il ne voulait pas s'avouer vaincu. Redoublant d'efforts, il réussit à la déplacer. Quelques millimètres seulement, mais cette victoire lui donna du courage.

Hélas, au même instant, il reçut une giclée de mortier sur la poitrine. Ils avaient commencé à combler le trou ! Peu à peu, le béton recouvrait ses jambes, son torse, sa poitrine…

Il cessa de lutter. Cela n'avait plus aucun sens, à présent. Levant les yeux, il regarda le ciel bleu nuit dans lequel scintillaient des étoiles. Sentit le béton se refermer autour de son cou. C'était la fin. Dans quelques minutes, son brillant cerveau aurait cessé de cogiter, ses rêves, ses désirs, tout ce à quoi il tenait, son affection pour ses parents… Marlene, tout cela appartiendrait au passé.

Il ferma les paupières. Serra les lèvres. Ce ne serait plus long, désormais. Juste un mauvais moment à passer.

Malgré lui, et bien qu'il se soit juré de ne pas faire traîner les choses en longueur, il prit une profonde respiration et retint son souffle.

Il était à présent enseveli sous une chape de plomb. Le cœur battant à tout rompre, il n'entendait plus que le bruit assourdissant de son sang bourdonnant dans ses tempes.

Ses poumons étaient sur le point d'exploser lorsqu'il se sentit brutalement soulevé par les aisselles. Quelqu'un l'assit, lui tapa le dos, lui essuya le visage. Ouvrant grand la bouche, il respira avidement. De l'air ! Enfin !

On lui essuya les yeux.

Tout cela dans le plus grand silence. Il n'entendait ni voix, ni moteur, ni rien. Rien, sinon son cœur qui tambourinait dans sa poitrine, preuve qu'il était vivant.

Zeman et ses complices avaient-ils changé d'avis ? Müller avait-il réussi à les convaincre qu'ils commettaient une erreur ?

Jonas voulut regarder autour de lui, mais ses cils étaient collés. D'ailleurs, il se souvint d'avoir lu quelque part qu'il fallait éviter tout contact du béton avec les yeux. Du coup, il pressa les paupières encore plus.

Il sentit qu'on lui passait une sangle sous les bras. Il y avait quelqu'un avec lui. Quelqu'un qui lui voulait du bien et semblait savoir ce qu'il faisait.

L'instant d'après, il y eut une secousse, il fut hissé dans les airs et réceptionné un peu plus loin par des bras amis. Tandis qu'on lui enlevait ce qui devait être un baudrier, deux personnes s'occupèrent de le soutenir. Alors, comme si son corps n'avait attendu que ce signal, ses genoux flanchèrent et il sombra dans un gouffre sombre et silencieux.

Sa dernière pensée fut pour Élanion. Il lui avait sacrifié tant de temps et d'énergie pour qu'il voie et entende à sa place, même là où il ne pouvait pas aller.

À présent, Jonas n'avait plus qu'une seule aspiration : ne rien voir, ne rien entendre.

38 ◉

Lorsqu'il se réveilla, il avait perdu toute notion du temps. À quand remontait le moment où il avait perdu connaissance ? Deux heures ? Deux jours ? Il aurait été incapable de le dire. Il s'était passé quelque chose de grave, c'était tout ce qu'il savait.

Peu à peu, comme goutte à goutte, la mémoire lui revint. Une cave… une pelleteuse… un téléphone en train de vibrer qui lui échappait des mains et… Seigneur ! le cadavre de Schratter dans le congélateur.

Soudain, le goutte-à-goutte se transforma en un flot impétueux, et Jonas se revit au fond de ce qui avait bien failli être sa dernière demeure, avec le béton qui l'ensevelissait inexorablement…

Malgré lui, il porta la main à ses yeux. Pas de pansement, il était libre de les ouvrir. Mais était-ce une bonne idée ?

Il roula avec précaution ses pupilles derrière ses paupières fermées. Ça ne faisait pas mal, en soi c'était une bonne nouvelle. Mais s'il ouvrait les yeux et qu'il ne voyait rien ? Si du béton y était entré quand même, et l'avait rendu aveugle ?

Cela ne servait à rien de se faire des nœuds au cerveau. Surmontant son appréhension, Jonas prit une profonde inspiration et battit tout doucement des cils.

De la lumière, génial ! C'était le signe qu'il n'avait pas de lésion irréversible.

S'enhardissant, il regarda autour de lui. Il était dans une chambre d'hôpital. Seul. Le deuxième lit était inoccupé. Accrochée à la perche à côté de son lit, une pochette en plastique distillait dans ses veines un liquide jaunâtre. Il voulut s'asseoir. Pour cela, il dut s'aider du trapèze qui pendait au-dessus de sa tête. Une douleur fulgurante irradia ses épaules, ses bras, son dos... En fait, il avait mal partout. Et tout tournait autour de lui. Désagréable, mais dans les limites du supportable.

Jonas s'examina. Bouger lui faisait très mal aux bras, et la douleur se répercutait jusque dans les omoplates. Tout le côté gauche de son visage devait être tuméfié et enflé. Et dès qu'il tournait la tête ou baissait les yeux, il était pris de vertige.

Donc, non, il n'était pas complètement indemne.

La télécommande permettant d'appeler les infirmières pendait aux barreaux de son lit. Il fut tenté de s'en servir pour faire savoir qu'il était réveillé, mais préféra attendre un peu.

Où en étaient les choses ? Avait-on découvert ce que manigançait Barbara Lichtenberger ? Ou continuait-elle à administrer son poison impunément, n'attendant qu'un mot de ses complices pour injecter à Jonas la dose qui le ferait taire une fois pour toutes ?

Plus il y réfléchissait, moins il y croyait. Si on lui avait sauvé la vie, c'était le signe que la conspiration avait été démasquée.

Retombant sur son oreiller, il ferma les yeux. Il apprendrait la vérité bien assez tôt...

Lorsqu'il émergea de nouveau de son sommeil, quelques heures plus tard, il y avait tout un aréopage de jeunes internes au pied de son lit. Avec, à leur tête, un grand chauve en blouse blanche. Une de ses étudiantes lui tendit un clipboard.

– Jonas Wolfram, dix-sept ans, lut-il à voix haute. Voyez-moi ça : déchirure ligamentaire à l'épaule droite, plaie ouverte à la joue gauche, *commotio cerebris*...

Levant les yeux, il s'excusa avec un sourire.

– Pardon, commotion cérébrale...

– Je sais ! répliqua Jonas du tac au tac.

Mmh... s'il avait toujours son côté je-sais-tout, la situation n'était pas si grave que ça...

– Comment te sens-tu ? demanda le médecin tandis qu'une jeune interne passait un brassard à Jonas pour lui prendre sa tension.

– Pas mal, même si je suis très fatigué. Et j'ai la tête qui tourne...

– Ça n'a rien d'anormal. Te crois-tu assez en forme pour répondre à quelques questions ? Il y a deux policiers qui attendent dans le couloir.

Malgré lui, Jonas se raidit.

– Qui ça ? Ackermann ? Le commissaire divisionnaire ?

Le médecin fit non de la tête.

– Pas lui, non ; des agents de l'Inspection générale. Ils souhaiteraient t'interroger. Mais je peux très bien leur demander de repasser demain.

Jonas réfléchit. Répondre à des questions lui permettrait peut-être d'en poser quelques-unes...

– Ça va aller, faites-les entrer.

Une fois le médecin sorti, suivi de toute sa cour, les deux flics ne tardèrent pas à frapper à la porte. Ils n'étaient en uniforme ni l'un ni l'autre. Le plus âgé était en jean et pull-over à col roulé sous une veste en tweed. Le plus jeune portait un vieux blouson de cuir marron.

Ils commencèrent par se présenter. Le premier s'appelait Brandt. Le second... Chose qui ne lui était encore jamais arrivée, Jonas fut incapable de retenir son nom, ce qui le perturba beaucoup. La seconde lettre était un t, c'était tout ce qu'il se rappelait.

« Une commotion cérébrale..., songea-t-il avec abattement. Espérons que ça ne laissera pas de séquelles... »

Brandt lui serra la main.

– Content de te voir vivant, mon garçon. Tu as de la chance, tu sais ? Ça aurait pu beaucoup plus mal finir...

Jonas s'interdit de hocher la tête. Surtout, ne pas donner prise au vertige.

– Tu peux nous raconter ce qui s'est passé hier soir ? On aimerait avoir ta version des faits.

Hier ? Tant mieux, il avait craint que son coma n'ait duré plus longtemps que ça.

Jonas reprit les choses depuis le début : son arrivée à Rotenheim, ses tentatives d'obtenir un rendez-vous avec le recteur, la porte du sous-sol fermée à clé chez les Müller, l'impression qu'un certain nombre des choses étaient étranges, surtout après le suicide de Lichtenberger... Dans la mesure du possible, il s'efforça de rester au plus près de la vérité, tout en évitant soigneusement de mentionner l'existence de son drone.

– Comment as-tu eu l'idée de chercher Schratter au sous-sol ? voulut savoir l'agent en blouson de cuir.

– Mon voisin m'avait mis la puce à l'oreille. Pascal Brittner. Au début de mon séjour, Silvia Müller s'est mise à distribuer des plats cuisinés en quantité industrielle. Ça faisait marrer Pascal. Il m'a expliqué qu'elle avait un congélateur tellement énorme qu'il contenait de quoi nourrir tout le quartier. Et puis, un soir, il y a eu une panne d'électricité, et Silvia est devenue hystérique.

Brandt fronça les sourcils d'un air sceptique.

– Ce n'est pas suffisant… il a dû y avoir autre chose…

– Oui et non. Silvia et son mari se comportaient de plus en plus bizarrement. Un soir, je les ai surpris en train de dire qu'il fallait que quelqu'un dégage, et vite. J'ai d'abord cru qu'ils parlaient de moi. Il s'est avéré que non.

Les yeux rivés sur son calepin, Brandt feuilleta quelques pages en arrière.

– Tu es supérieurement intelligent, à ce qu'il paraît. Une sorte de petit prodige, si j'ai bien compris.

S'attendait-il à une confirmation ? Jonas haussa les épaules.

– Dans certains domaines, oui. Dans d'autres, je ne suis pas sûr… Il n'y a qu'à voir ce qui s'est passé hier soir…

Cette réponse les fit rire.

– Certes, opina Brandt, aussitôt redevenu sérieux. D'ailleurs, j'aimerais qu'on y revienne, si tu veux bien. Que faisais-tu au sous-sol ? Comment en es-tu ressorti ? Pourquoi t'es-tu rendu sur le chantier ensuite ?

Jonas avait du mal à ordonner ses idées, ce qui n'était pas dans ses habitudes. Au bout d'un moment, il se rendit compte qu'il s'empêtrait dans ses explications. À quoi bon tourner autour du pot ? Tôt ou tard, les flics apprendraient l'existence d'Élanion. Si ce n'était déjà fait. Aron et Tim l'avaient vu, Zeman aussi. Les Müller et Roginski avaient fouillé sa chambre de fond en comble pour le retrouver…

Il se prit la tête dans les mains.

– Ça ne va pas ? s'inquiéta le policier. Tu préfères qu'on te laisse ?

– Non, non…

Tendant le bras, Jonas prit le verre d'eau posé sur la table de chevet et le vida à grands traits.

– Simplement, il faut que je reprenne tout à zéro. Jusqu'à présent, je ne vous ai dit qu'une partie de la vérité.

Dès l'instant où il cessa de se censurer, son récit devint plus cohérent. Même si la peur qu'on lui retire Élanion lui nouait l'estomac. Ce drone, c'était sa vie ! Il y avait mis toute son âme, consacré des heures et des heures de travail… Il en avait fait son sixième sens… Si on le lui enlevait, il se sentirait comme amputé d'une part de lui-même.

Les policiers l'écoutèrent de bout en bout, ne l'interrompant que de temps à autre pour se faire préciser un détail, se contentant le plus souvent de hocher la tête et de prendre des notes.

Le cœur lourd, Jonas s'interdit de leur demander quelle peine il encourait. Il l'apprendrait bien assez tôt. Et puis, une question lui brûlait les lèvres.

– Avez-vous réussi à déterminer qui a tué Schratter, et pour quel mobile ?

Brandt referma son calepin d'un geste sec et le glissa dans la poche intérieure de sa veste.

– L'enquête suit son cours. Je ne peux rien te dire pour l'instant.

– Je comprends, déclara Jonas en regardant ses mains.

Il s'aperçut qu'il avait encore des traces de béton sous les ongles.

– À qui est-ce que je dois d'avoir été tiré d'affaire ? s'enquit-il. Je sais que le chef de la police locale était de mèche avec les autres et qu'il a tout fait pour les couvrir. Donc ce n'est pas lui…

Brandt esquissa un sourire.

– Ça, c'est une question à laquelle je peux répondre : tu as des amis efficaces. Ils ont appelé directement au ministère, en envoyant une photo assez éloquente.

Schratter dans le congélateur… Quand Jonas avait pensé à poster le cliché sur Facebook, il était déjà trop tard. Heureusement pour lui, Marlene avait été plus réactive. Il ne l'en remercierait jamais assez.

– Et l'intervention sur place ?

– Mademoiselle Dornik nous a convaincus qu'à condition de nous dépêcher, nous y trouverions non seulement la victime mais aussi ses meurtriers.

Jonas sourit.

– Alors il faudra que je dise à « mademoiselle Dornik » combien je lui suis reconnaissant.

– Ce serait le minimum…

Les enquêteurs prirent congé, non sans avoir promis de revenir dans les prochains jours. Au moment de sortir, le jeune en blouson de cuir se retourna.

– Au fait, ce drone, il est où ?

– Je ne sais pas, répondit Jonas, ce qui était strictement conforme à la vérité. En miettes quelque part, je suppose. Il a dû s'écraser la nuit dernière quand la batterie est tombée en panne…

À la suite de cette discussion, épuisé, il avait encore sombré dans un sommeil comateux. Soudain, il sentit qu'on lui tapotait la joue. Pas de façon très amicale. Plutôt comme si on se retenait de lui mettre une paire de claques.

Ouvrant un œil, il reconnut Marlene. Et derrière elle, près de la porte, Pascal.

Se dressant sur ses coudes, il lança avec joie :

– Hey, vous deux, content de vous voir !

– C'est toi qui le dis, répartit Marlene sans l'ombre d'un sourire. Ça t'est déjà arrivé de te faire traiter d'imbécile ? Bon sang, qu'est-ce qui t'a pris d'aller sur le chantier ?

Le visage déformé par la colère, elle croisa les bras sur sa poitrine et enchaîna, caustique :

– « Encore un ou deux trucs à régler et j'arrive ! » Non mais, et puis quoi encore ? Belle réussite, je te félicite !

– C'était débile, je le reconnais.

– Ah, quand même !

Lui tournant le dos, elle poursuivit en regardant par la fenêtre :

– Et ne viens pas me chanter que sans moi, tu ne serais plus là, que je t'ai sauvé la vie, et que tu ne pourras jamais me remercier assez. Tout ça est parfaitement exact. Sauf que je ne veux pas de tes tralalas.

– Dans ce cas, je me tais.

Se tournant à demi, elle le fixa quelques instants en silence.

– Si j'ai bien compris, c'est passé pas loin…

– À un cheveu…

Elle se mordit les lèvres.

– Je vais nous chercher un café. Je reviens tout de suite.

Marlene sortie, Pascal avança une chaise.

– Waouh ! T'as pas idée du cirque qu'elle m'a fait ! Ça, à côté, c'est de la rigolade ! Elle était dans une de ces fureurs… je te raconte pas. J'ai cru qu'elle allait mettre ma chambre à l'envers.

Jonas faillit lui faire remarquer que ça paraissait difficile étant donné le bazar, mais il avait plus important à lui dire :

– Merci, vieux. Ce n'est pas parce que Marlene ne veut pas de mes remerciements que je ne dois pas t'en faire : je te dois une fière chandelle.

Pascal sourit de toutes ses dents :

– De rien, je suis sacrément content que tu sois encore de ce monde. Et très curieux de savoir ce qui va sortir de l'enquête. Martin Müller a été embarqué hier soir. Et, aujourd'hui, ils sont venus arrêter Silvia.

C'était inévitable. Cependant, Jonas eut un pincement au cœur. Cela allait être très dur pour Kerstin…

Il fut tout à coup submergé par la mauvaise conscience. Il avait vraiment beaucoup à se reprocher. Tout n'était pas entièrement sa faute, mais quand même…

– Où est Élanion ? demanda Jonas au bout d'un moment. Il s'est crashé ?

– Crashé ? se récria Pascal, vexé. Quelle idée ! Dès que les deux comiques ont cessé de lui courir après, je l'ai envoyé se poser dans un endroit sûr où je me suis dépêché de le récupérer. Il est en parfait état, sans la plus petite égratignure.

Jonas lui serra la main.

– Tu es un chef. Merci ! Je te revaudrai ça.

Pascal éclata de rire.

– On fera nos comptes après, quand tu seras rétabli. Et t'inquiète, je ne te lâcherai pas.

Au même instant, la porte s'ouvrit et Marlene entra dans la chambre, les mains chargés d'un plateau.

– Kolya est réveillé, annonça-t-elle en tendant un gobelet à Pascal. Depuis environ quatre heures. Je viens de croiser Sergueï dans le couloir. Il est fou de joie.

Ça, c'était une bonne nouvelle.

– Et Barbara Lichtenberger ?

– Arrêtée. C'était prévisible. Zeman, Roginski et les autres ont dû tout déballer. D'ailleurs, les bruits courent vite : Sergueï avait l'air déjà au courant. La seule chose qu'on ne sache pas encore, c'est qui a tué Schratter. Ils s'y sont peut-être mis à plusieurs ?

Jonas remonta sa couverture en se demandant s'il ne devrait pas mettre les enregistrements d'Élanion à la disposition de la police. D'un autre côté, il craignait de s'attirer des ennuis. Était-ce bien nécessaire ?

Ses parents ne tarderaient pas à arriver. Le jeune flic avait laissé entendre qu'ils avaient été avertis et qu'ils étaient en route. Il avait hâte de les voir, mais en même temps, il éprouvait une certaine appréhension. Jamais il n'oserait leur avouer la vérité.

39 ◉

Soucieux de ne pas fatiguer Jonas, Pascal et Marlene ne tardèrent pas à s'éclipser avec la promesse de revenir le lendemain. Dès qu'ils furent partis, il s'arracha péniblement à ses couvertures. Quelqu'un devait lui avoir apporté quelques affaires pendant qu'il était dans le coma car il trouva son peignoir et ses chaussons au pied de son lit. Les ayant enfilés, il prit son pied à perfusion et sortit dans le couloir.

Linda était toujours dans la même chambre mais sa voisine de lit avait été renvoyée chez elle. Quelle chance ! Jonas allait pouvoir lui parler seul à seul ; il n'en avait pas espéré autant.

Il ne s'attendait pas à ce que sa visite lui fasse plaisir, aussi ne fut-il pas surpris qu'elle détourne la tête en le voyant arriver. Il s'assit sur le fauteuil et attendit. Au bout d'un long moment, poussant un soupir, elle lâcha du bout des lèvres :

– Contente que tu en aies réchappé…

– Moi aussi, répondit-il avec un sourire qui resta sans écho. Les flics t'ont interrogée ?

Changeant de position, elle le regarda enfin.

– Pas encore. J'aurais cru qu'ils viendraient à la première heure, mais non. Comme si mon nom n'avait pas été cité pendant les auditions.

Jonas la dévisagea avec attention.
– Pourquoi ? Il aurait dû ?
Linda haussa les épaules.
– Je n'ai pas tué Schratter, si c'est ce que tu veux savoir. Mais je sais qui est le coupable. Et pourquoi il a fait ça.
Jonas en eut la chair de poule. Il n'était pas proche de Linda. Accepterait-elle quand même de se confier à lui ?
– Tu n'as pas non plus caché le cadavre, déclara-t-il en espérant qu'elle ferait un pas de plus s'il lui donnait des éléments nouveaux. Schratter était chez les Müller. Sans m'en douter, j'ai cohabité avec un mort pendant plus de trois semaines.
À son air, il comprit qu'il ne lui apprenait rien.
– Je sais. Ils l'ont mis là en pensant que ce serait l'affaire d'une nuit ou deux. Et puis…
Elle s'interrompit comme pour chercher ses mots et hoqueta :
– … et puis tout est allé de travers.
Voyant ses mains trembler, Jonas fut tenté de les prendre dans les siennes. Sans arrière-pensée, juste par amitié, pour lui montrer qu'il était là… Craignant qu'elle ne se méprenne sur ses intentions, il y renonça.
– La dernière fois que je suis venu te voir, tu as dit que tout était la faute de Schratter. Tu veux bien m'expliquer ?
Peut-être s'était-elle préparée à devoir tout raconter à la police. Ou alors, elle n'aspirait qu'à être déchargée d'un fardeau trop lourd. Toujours est-il qu'elle ne lui opposa aucune résistance.
– C'est vrai, chuchota-telle. Avant Schratter, c'était le bon temps. Mais avec sa droiture et son honnêteté poussées à l'extrême, il a tout mis par terre. Il n'était pas là depuis très longtemps, six mois tout au plus, qu'il s'est mis à éplucher les comptes et mettre son nez partout. Il a fouillé dans les archives, vérifié les factures et commencé à se mêler de choses qui ne le regardaient pas.

– Comme le futur Institut de technologie, par exemple ? devina Jonas.

Linda acquiesça d'un signe de tête.

– Tu vois, les sponsors qui ont financé le projet roulent littéralement sur l'or. Le père de Kolya a des milliards et des milliards d'euros en dépôt sur des comptes en banque aux quatre coins du globe. Pour lui, quelques millions de plus ou de moins ne font aucune différence. Il dépense ça en claquant des doigts, comme d'autres iraient dîner au restau…

Dans l'esprit de Jonas, l'histoire commençait à prendre forme.

– Donc l'université demande à monsieur Treplov une aide très largement supérieure au coût des travaux estimé, et Zeman et consorts se partagent le magot.

– C'est ça, opina Linda en s'essuyant le nez. Tu savais que Martin Müller avait décroché le contrat pour l'installation du chauffage dans le bâtiment ? Tiens-toi bien, rien qu'en arrhes, il a exigé le triple de ce qu'il aurait dû facturer au total !

Voilà pourquoi Schratter n'était pas aimé… Pour ceux qui avaient l'habitude de se sucrer sur le dos de l'université, le recteur trop intègre était une réelle menace. Non seulement il pouvait les assigner en justice, mais si la famille de Kolya, comme celle de Sergueï, avait des accointances avec la mafia russe, le danger était peut-être encore bien pire. En tout cas, les Treplov n'étaient certainement pas du genre à se laisser rouler dans la farine sans réagir.

– Rotenheim est une petite ville, expliqua Linda. Sans être pauvre à proprement parler, la municipalité ne dispose pas de moyens illimités. Le recteur précédent avait compris qu'il y avait beaucoup plus à attendre des fonds privés, en l'occurrence les parents des étudiants étrangers. Avec ses copains, ils ont commencé à les traire comme des vaches à lait.

Jonas enregistra l'information.

– Je suppose que Kolya a découvert le pot aux roses ?

– Forcément. Il est le fils d'un géant de l'immobilier, il connaît le milieu. Et il fait des études d'économie, et donc, il sait compter. En voyant le chantier, il n'a pas été long à se poser des questions…

– C'est là qu'il a eu un accident.

– Oui.

– Et toi aussi.

Elle écarta une mèche de cheveux.

– Quand je me suis réveillée, Barbara Lichtenberger était au pied de mon lit. « C'était un avertissement, m'a-t-elle expliqué. Si tu ne veux pas avoir un problème de drogue et finir très vite d'une overdose, tiens-toi tranquille et boucle-la. »

Linda étouffa un sanglot.

– En fait, je ne suis pas malade. Ils m'ont gardée ici uniquement pour m'avoir à l'œil.

Jonas vit qu'elle était très pâle.

– Tu sais quelque chose, n'est-ce pas ? Quelque chose qui pourrait les compromettre…

Linda ne répondit pas. Mais la réponse se lisait dans ses yeux.

– Tu ne veux pas me dire ce que c'est ?

– En fait, Schratter est mort depuis longtemps, avoua Linda tout bas. Il ne fallait pas que ça s'ébruite. À part moi, les seuls étudiants à être au courant étaient Aron et Tim. Avec ce qui s'est passé, les autres ont eu peur que je crache le morceau.

Jonas sentit qu'ils en arrivaient au cœur du problème. À la façon dont elle chiffonnait convulsivement son drap entre ses mains, il devina qu'elle était écartelée. D'un côté, elle brûlait de tout lui dire ; de l'autre, elle le redoutait.

– Tu crois toujours que Lichtenberger s'est suicidé ? demanda-t-il avec toute la douceur dont il était capable.

Les larmes aux yeux, elle acquiesça d'un signe de tête.

– Il s'est pendu parce qu'il avait touché de l'argent, lui aussi, et craignait que ça soit découvert ?

Elle le regarda comme si elle n'avait pas compris la question, puis ses yeux prirent une expression étrange, et elle ânonna d'une voix sans timbre :

– David n'a jamais touché un centime. Il s'est pendu parce qu'il avait tué Schratter.

Jonas accusa le coup. Non que cette idée ne lui ait jamais effleuré l'esprit. La monture cassée dont il avait trouvé des débris collés par le gel sur le cadavre de Schratter l'avait fait tiquer, certes. Mais il n'avait jamais envisagé sérieusement cette hypothèse.

Linda avait éclaté en sanglots, il aurait fallu la laisser tranquille, mais Jonas ne pouvait pas s'en aller. Pas tant qu'il n'avait pas tous les éléments du puzzle.

– Si Lichtenberger ne faisait pas partie de la bande, il n'y avait aucune raison que Schratter l'ait dans le collimateur… Pourquoi l'a-t-il tué, alors ?

Battant des cils, elle le regarda avec surprise.

– Et moi qui te croyais intelligent ! À cause de moi, évidemment ! David et moi, on sortait ensemble depuis un an. On se retrouvait chez lui quand sa femme était de garde, ou à l'hôtel, au-dessus d'un petit restaurant italien appartenant à Roginski.

Attrapant un Kleenex sur sa table de chevet, Linda se moucha bruyamment.

– Quelqu'un a averti Schratter de notre relation. Je parie que c'est Aron, il n'a jamais pu digérer que j'aie rompu avec lui. Or, en plus d'être à cheval sur le règlement, Schratter était aussi un apôtre de la morale. Un enseignant avec une étudiante ? Quelle honte ! Il a menacé David non seulement de lui retirer sa chaire s'il ne mettait pas fin tout de suite à notre liaison, mais aussi de tout raconter à sa femme.

– Et il a refusé ?

– Oui. Nous étions vraiment amoureux. Il s'apprêtait à demander le divorce. Nous nous serions mariés quand j'aurais fini mes études. Et puis, il y a eu cette soirée horrible…

Jonas lui laissa le temps dont elle avait besoin. S'approchant de la fenêtre, il regarda dehors. Le vent avait forci.

– Ce jour-là, reprit Linda après s'être mouchée une nouvelle fois, Schratter a débarqué chez les Müller. Ça devait être un ou deux jours avant ton arrivée. Un lundi, je crois. Il leur a jeté à la figure tout ce qu'il avait découvert et les a convoqués dans son bureau : « Je veux voir tout le monde dans une heure ! Vous, Zeman, Roginski… tous ceux qui sont mouillés de près ou de loin ! Moi, je file chez Lichtenberger. J'ai un compte à régler avec lui. »

Jonas n'était pas sûr de vouloir entendre la suite. Il ne revoyait que trop le cadavre de Schratter à moitié enseveli dans le béton à côté de lui…

– David et moi, on était dans la chambre d'amis. Jamais je n'aurais pu me coucher dans le lit de sa femme. Il était un peu plus de 22 h 30 quand quelqu'un a carillonné à la porte. J'ai paniqué. David a sauté dans son pantalon et il est descendu ouvrir.

Jonas n'avait aucun mal à se représenter la scène. Le recteur en furie, demandant des comptes à Lichtenberger. Alors que la vie privée de son maître de conférences ne le regardait en rien.

– En voyant David avec sa chemise débraillée, Schratter en a tiré les conclusions qui s'imposaient. Il a sommé David de choisir. Pire : il a voulu monter pour avoir la preuve du délit. David l'en a empêché, et ils se sont battus.

Linda ferma les yeux comme si elle avait voulu revenir en arrière, puis reprit d'une voix tremblante :

– Schratter s'est mis à hurler : « Cette université est un nœud de vipères et une porcherie ! Mais je vais y mettre bon ordre ! »

Ensuite, il y a eu un bruit sourd, des cris, et un grand badaboum dans l'escalier.

Linda pressa son mouchoir sur sa bouche. Et poursuivit courageusement :

– David est venu me voir. Il ne voulait à aucun prix que je descende et m'a interdit de bouger. J'ai obéi. Au bout d'un moment, en regardant par la fenêtre, j'ai vu arriver Roginski au volant de sa camionnette. Il est entré dans le garage. Ils ont chargé le cadavre de Schratter et l'ont emmené chez les Müller. Ce n'était pas très loin. Roginski savait qu'ils avaient un énorme congélateur à la cave.

Tremblant de tout son corps, elle fit une pause.

– Après leur départ, je suis descendue. Il y avait du sang sur les marches. J'ai nettoyé avec de l'essuie-tout dont je me suis débarrassée dans les toilettes. Quand il est rentré, David était dans tous ses états, je n'ai pas réussi à lui arracher une parole. J'ai essayé de le calmer, de lui dire qu'on s'en sortirait, que je ne le quitterais jamais…

Sa voix n'était plus qu'un chuchotement.

– Le lendemain, ils ont mis Andrea Gilles dans la confidence. Moyennant un joli pactole, elle a promis de faire comme si le recteur était là : elle répondrait à ses mails, prendrait les appels téléphoniques en promettant de transmettre le message, donnerait les renseignements à sa place… D'après elle, c'était un juste retour des choses : il lui avait mené une vie d'enfer, c'était normal qu'elle ait sa part du gâteau. Les jours passant, David a repris espoir. C'est à ce moment-là que tu l'as rencontré. Juste avant…

De nouveau, elle s'interrompit pour sécher ses larmes.

– Personne ne semblait soupçonner quoi que ce soit. La police était de notre côté : il y avait des mois qu'Ackermann touchait des sommes rondelettes pour fermer les yeux sur ce qui se passait à l'université. Les choses auraient très bien pu continuer ainsi. Officiellement, Schratter aurait été hospitalisé pour raison de santé, et on lui aurait rapidement trouvé un successeur. Hélas, j'ai reçu une lettre anonyme. Une lettre que je n'aurais jamais dû montrer à David.

Incapable d'aller plus loin, Linda cacha son visage dans ses mains. Sachant ce qui allait suivre, Jonas sentit une grosse boule se former dans sa gorge. D'un seul coup, la panique le submergea.

– Je ne sais pas comment, quelqu'un avait dû être témoin du meurtre. Car la lettre disait : « Si tu crois que personne ne sait ce que tu fabriques, tu te trompes ! Aucun rideau ne pourra te protéger, si rouge soit-il… »

C'en était trop. Bondissant de son fauteuil, Jonas arracha sa perfusion d'un geste brusque et sortit en courant dans le couloir. Parvenu près d'une porte vitrée, il se laissa glisser le long du mur et s'assit par terre. Un filet de sang coulait le long de son bras.

C'était sa faute. Un mauvais tour ? Tu parles ! Une tragédie, oui ! Et lui qui se croyait intelligent… Très drôle. Que faire maintenant ? Effondré, Jonas songea à appeler une infirmière pour qu'elle le raccompagne dans sa chambre et l'aide à se recoucher. Oui, c'était sans doute le mieux. Il lui demanderait un calmant, et il dormirait pour oublier. Cependant, ce n'était pas une solution, il le savait.

« Dire la vérité une fois par jour, même lorsqu'il serait plus facile de mentir… »

Rassemblant tout son courage, il se leva et alla retrouver Linda.

De retour dans la chambre, il s'assit au bord du lit pour être tout près d'elle et s'obligea à la regarder dans les yeux. Cela lui demanda le pire effort qu'il ait eu à fournir de sa vie. La mort dans l'âme, il récita :

– « … Aucun rideau ne pourra te protéger, si rouge soit-il. Je connais ton secret. Avec un peu de chance, je le garderai pour moi. »

Elle ne comprit pas tout de suite. Au bout de quelques secondes, les yeux agrandis par l'horreur, elle ouvrit la bouche sans émettre un seul son.

– La lettre était de moi, expliqua Jonas pour qui chaque mot était une torture. Ce qui s'est passé est entièrement ma faute. Je ne pensais pas à mal, et j'étais à mille lieues de me douter dans quoi je mettais les pieds, mais ce n'est pas une excuse. C'est ma faute, et j'en suis infiniment désolé.

Elle se redressa. Si elle voulait le frapper, il ne se déroberait pas. Ne se défendrait pas. Elle en avait le droit.

Trop hébétée pour réagir, Linda se contenta de le regarder sans un mot. Jusqu'au moment où, n'en pouvant plus, elle se jeta dans ses bras et sanglota amèrement.

40 ◉

Le lendemain, Jonas reçut la visite de ses parents. Un vrai cauchemar. Il aurait voulu rester dans son lit à regarder le plafond, mais sa mère avait apporté un gâteau, et son père affectait une bonne humeur à toute épreuve. Alors, bon gré, mal gré, il tâcha de faire bonne figure.

Ils avaient été informés de tout, bien sûr, mais aucun des deux n'osait aborder la question. Il était vivant, c'était la seule chose qui comptait, et serait bientôt de retour à la maison. Un point sur lequel Jonas aurait à revenir.

– Nous n'aurions jamais dû te laisser partir chez des gens que nous ne connaissions pas, déclara M. Wolfram. Mais on ne pouvait pas deviner. N'est-ce pas, Jonas ?

Il préféra ne pas répondre et dit oui à tout ce qu'on voulait. En réalité, ses pensées étaient auprès de Linda, qui était rentrée chez elle dans la matinée.

Elle ne lui avait pas fait le moindre reproche. Mais elle avait donné libre cours à sa douleur, ce qui avait été un châtiment bien pire.

Vers 4 heures, il prétexta qu'il était épuisé pour congédier ses parents :

– Vous devriez rentrer, maintenant. Je vais très bien, ne vous en faites pas. Et je vous appellerai tous les jours, c'est promis.

Quoiqu'un peu surpris, ils eurent la délicatesse de ne pas insister.

Deux jours plus tard, le neurologue le jugea assez remis pour être libéré. Le père de Pascal, qui travaillait en lien étroit avec lui à l'hôpital, s'était spontanément proposé pour accueillir Jonas chez lui, et cette solution avait emporté l'adhésion de tous, à commencer par Jonas.

Lorsque M. Brittner vint le chercher en fin de matinée, Pascal attendait dans la voiture. La première chose qu'il fit en voyant Jonas fut de lui administrer une tape sur l'épaule. Amicale, certes, mais horriblement douloureuse.

– Oh, pardon ! s'excusa-t-il, penaud. C'est la joie de te revoir, vieux.

En passant devant la maison des Müller, Jonas se sentit devenir tout chose. Il se revit à la cave, devant le congélateur… et crut qu'il allait vomir.

Détournant les yeux, il descendit de voiture et se laissa conduire comme un enfant par Pascal. Parvenu au premier étage, il découvrit une chambre impeccablement propre.

– Mes parents ne m'ont pas laissé le choix ! expliqua Pascal. J'ai eu beau protester et leur dire que le bazar est la dernière chose dont tu te préoccupes, ils n'ont rien voulu savoir. Tu dormiras ici, ça te va ?

– Super !

Quelqu'un s'était chargé d'aller récupérer ses affaires chez les Müller. Tout était déjà dans le placard.

– Tu peux rester aussi longtemps que tu le voudras, ajouta Pascal en se balançant en arrière sur sa chaise. Même si mon petit doigt me dit que tu préférerais avoir une piaule à la résidence universitaire. Je me trompe ?

Marlene les rejoignit dans l'après-midi. Elle insista pour qu'ils aillent se promener.

– L'air frais, il n'y a rien de tel pour t'éclaircir les idées !

Jonas n'aurait pas osé, mais elle lui prit la main et ne la lâcha pas de toute la balade. Pascal avait emporté la mallette avec Élanion. Il avait hâte de prouver à Jonas qu'il était en parfait état.

Contrairement aux jours précédents, il n'y avait pas un souffle de vent. Quelques nuages épars passaient dans le ciel dont ils soulignaient le bleu profond.

Parvenu en haut d'une petite colline, Pascal posa la mallette dans l'herbe.

– Que dirais-tu de faire une petite visite à ce Hendrick ? On a ses coordonnées, et tu ne les as pas encore utilisées.

– Pas la peine, éluda Jonas avec un petit geste de la main. Fichons-lui la paix…

– Tu sais, je me débrouille comme un chef, annonça Pascal en sortant fièrement Élanion de son étui. Écoute, voilà ce que je propose : je survole la forêt, de là je vais au stade, on regarde un peu le match de foot et je te le ramène. Ça te va ?

– Parfait !

Pascal lança le drone et le fit monter à dix mètres, puis quinze… Élanion resta quelques secondes en suspension, puis il partit en flèche, direction plein ouest.

Jonas avait ouvert l'appli sur son téléphone, et tous trois regardaient, fascinés, le monde défiler à l'écran : des arbres, une petite rivière scintillant au soleil, des rues, des maisons puis le stade où se disputait effectivement un match.

– L'image est incroyablement nette ! s'extasia Pascal. Si je zoome, tu verras les gouttes de sueur sur le front des joueurs !

Cinq minutes plus tard, il ramena Élanion.

Ce fut un vol merveilleux. Les images de la forêt aux couleurs d'automne et des prés encore bien verts inondés de soleil étaient tout simplement magnifiques. Jonas savoura chaque instant.

Il récupéra son drone d'un geste expert, le tint dans sa main le temps que les rotors s'arrêtent, en caressa le dos lisse et légèrement bombé...

– C'était génial, hein ? l'interrompit Pascal en s'approchant, le visage rayonnant. Chaque fois que je le fais voler, j'ai l'impression d'être un oiseau. C'est vraiment un truc de dingue !

Hochant la tête, Jonas lui mit Élanion dans les mains.

– Tiens, dit-il avec un sourire. Il est à toi.

Sur ces mots, il passa son bras valide autour des épaules de Marlene et redescendit la colline avec elle.

Achevé d'imprimer au 1er trimestre 2021
en Espagne par Rodesa